中国侦探小说实力派作家丛书

姜晨竹 著

中国人民公安大学出版社·北京

图书在版编目（CIP）数据
九案侦办组／姜晨竹著．—北京：中国人民公安大学出版社，2020.9
ISBN 978-7-5653-4069-7
Ⅰ.①九…　Ⅱ.①姜…　Ⅲ.①长篇小说—中国—当代　Ⅳ.①I247.5
中国版本图书馆 CIP 数据核字（2020）第 181358 号

九案侦办组
姜晨竹　著

出版发行：中国人民公安大学出版社
地　　址：北京市西城区木樨地南里
邮政编码：100038
经　　销：新华书店
印　　刷：涿州市新华印刷有限公司

版　　次：2020 年 11 月第 1 版
印　　次：2021 年 5 月第 2 次
印　　张：11.75
开　　本：880 毫米×1230 毫米　1/32
字　　数：284 千字

书　　号：ISBN 978-7-5653-4069-7
定　　价：39.00 元

网　　址：www.cppsup.com.cn　www.porclub.com.cn
电子邮箱：zbs@cppsup.com　zbs@cppsu.edu.cn

营销中心电话：010-83903991
读者服务部电话（门市）：010-83903257
警官读者俱乐部电话（网购、邮购）：010-83901775
文艺分社电话：010-83901350

不管时间掩饰了多少真相，每一起悬案终将得到答案。

案件告破，是对所有逝者最好的慰藉，是对所有奋斗者最高的褒奖！

——题记

目　录

第一章　调兵遣将

一、陈年档案

九起案子，七十一具尸体。这是罗牧青跟着公安部刑侦局“九案侦办组”在外“云游”二十八天的全部见识。

从3月15日出发，到4月11日回来，罗牧青要么是在赶路，要么是在案发现场，要么是对着大屏幕。照片里一具具鲜血淋漓的尸体，冲击着她的视线，导致她连日失眠。

罗牧青十分不爽。

九年的记者生涯，她不敢说看尽人间沧桑，也几乎算是体察过人间百态，还真没有接到过这么“不靠谱”的采访任务。

她站在总编办公室门口，稍微停了一下，吸一口气，整理一下情绪，好让语气不至于太过生硬。

她纤细的手指轻轻地落在高大厚实的枣红色门板上，很有节奏地敲了两下。

“进来吧。”总编辑郑达的洪亮声音传到了耳际。

“郑总，我是昨天晚上回来的。向您汇报一下，这次我算开了眼，不光案件奇葩，人也都堪称奇葩。”罗牧青边说，边走到郑达的办公桌前。

郑达示意她坐在对面。

“这次的疑难命案积案攻坚行动，由刑侦局副局长关鹤鸣任一线总指挥。一共九起积案，发案时间距现在，最长的是三十年，最短的是五年。其中五起案件，是警界最著名的‘世纪悬案’。其余四起，是近十年来各省遇到的最头疼的案件。这九起案件，全国顶级专家都组团去过，费了很大力气，最后还是没破。依我看，这回……一起都破不了。”

罗牧青连珠炮似的一口气说完，觉得心里痛快了许多。

她看着郑达。郑达的表情由和颜悦色变得严肃起来。

突然，她想起来，还忘了一句很重要的话：“这次出去，差旅费花了一万多。绝对不能再跟着他们瞎转悠了，咱们真的伤不起！”

郑达越听越不高兴，沉着脸说：“继续跟吧。这次采访也是为了配合新闻单位‘走转改’活动。现在外出采访的条件比以前好多了，可是记者变懒了，变油了。咱们是《公安时报》，有几个人到基层跟着民警办过案？”

罗牧青心里则觉得这太离谱了。《公安时报》虽然是公安部直属机关报，但也是自负盈亏的单位。这些年来，纸媒经济效益下滑严重，报社对差旅费的控制越来越严，凡是出差必须经编委会研究通过才行。可眼前的这次采访，案子破了能写报道，案子不破就什么也不能写，这个赌注下得是不是有点儿大？

她以为是自己没有说清楚，继续解释：“这九起案子，随便哪一起都称得上惊天大案。只要有一起能破，必定是产生轰动效应的新闻。可关键是，好多年都破不了的案子，仅凭九案侦办组这三个人就能破了？退一步，即便能破，恐怕也需时日吧。一年破一起，这算快的吧？难道这一年我什么也不干，就这么跟着跑吗？”

郑达的脸色阴沉得可怕。

他不理她，开始翻阅桌上的文件。

罗牧青把事先写好的报告放在桌上，说："郑总，这份报告里有比较详细的案情介绍。"

郑达说了句"好"，继续低着头批阅文件，她只好悻悻地起身离开。

其实，这次采访是郑达费了好大力气才争取到的。早在3月13日下午，他去公安部宣传局开完会，就去拜见了他的师兄——刑侦局局长向国明。

"师兄，最近忙什么呢？有没有我们能参与的？"郑达知道向国明特别忙，没闲工夫跟他唠家常，所以每次去都是有话直说。

"最近要打一场硬仗，也是我们局今年的一项重点工作——疑难命案积案攻坚行动。带队指挥的是关鹤鸣副局长……一共九起，全是各省报上来的最让人脑袋疼的案件。"向国明边说边用手指着头。

"您大风大浪见得多，这九起能破几起？"郑达用他多年在媒体实战中锤炼而变得异常敏感的专业的鼻子，嗅到了特大新闻的味道。

向国明压低声音道："这事儿我还真不敢猜，反正全是悬案，有的都悬了好几十年了。一起不破也不是没可能，难度实在太大。这破案里面的门道你不懂，可是'时过境迁'这个词你懂吧？关鹤鸣非要去碰这个硬，拦了几道都没用。所以啊，要人给人，要钱给钱，全力支持。"说完，他两手一摊，一副无奈的样子。

"那我派个记者跟着吧，做个全程记录。破不破案呢，都给局里留点儿档案资料，毕竟是局里的重点工作。"

向国明指着门口，说："你找关鹤鸣说去吧，只要他同意，我这儿就没问题。"

五十岁的关鹤鸣为人十分低调，破获过多起在全国有重大影响的案件，人送绰号“警界铁汉”。一是因为他的工作作风特别硬朗；二是因为他平时不苟言笑，做事一板一眼，原则性很强。

在传统媒体受到新兴媒体大规模冲击的形势下，郑达也尝试“触网”，创办了报社的公安网站和中国警察微信公众号，但一直不温不火。而刑侦局的这个行动，有可能就是个“不鸣则已，一鸣惊人”的好机会。

于是，郑达硬着头皮找到关鹤鸣，问他可否带个记者一起去。

意料之中，关鹤鸣一口回绝：“你让我带个记者办案子？这不成笑话了？”

果然不出郑达所料，他只得又返回去找刑侦局局长向国明，承诺一定会派最优秀的记者、一定做好档案记录工作、一定遵守宣传纪律，等等。

向国明和郑达都是公安大学毕业，虽然不是同一届、同一系，但也算同门师兄弟，这点儿面子都不给的话，实在说不过去。

向国明带着郑达走进了关鹤鸣的办公室。

一进门，向国明就笑着说：“鹤鸣，这项工作是咱们局今年的重点，带个记者留点儿资料也不是坏事。前几年部里修编部史，跟咱们要材料，一整理才发现有好几个大行动都没留下什么文字记录。”

他慢慢走近关鹤鸣，低声说：“万一有的案子炒起来，咱们也有记者跟着，还能写条新闻，以正视听。你说呢？”

关鹤鸣见推托不过，便不情愿地说：“必须是男的。”

向国明假装板着脸对郑达说：“有句话说，新官不理旧事，这积案不好办呀！这次局里拿上来的这些案子，全是难上加难的案件，你们一定要派个政治素质、业务素质双高的人才行。还有，再强调一遍，必须遵守纪律、听从指挥啊！”

郑达一个劲儿地点头，一个劲儿地说："是是是，局里允许我们报道才发稿……"

这时候，郑达心里想到的最佳人选是罗牧青。她虽然长得文文静静，骨子里却蕴藏着一种不胜不归的韧性。不管是拒绝接受采访，还是惜字如金的人，只要她去，都能搞定。

而且，郑达隐隐地觉得，罗牧青身上有一股劲儿，跟关鹤鸣有着某种相通之处。

"我把话说在前边，报社可是个阴盛阳衰的地方啊！"郑达半开着玩笑说。

关鹤鸣听了这话，瞥了郑达一眼，嘴上没说，心里已经很不乐意了。他知道，肯定要带个女的出门了。

就这样，罗牧青硬是被郑达塞进了"九案侦办组"。

等罗牧青走后，郑达才拿起她写的报告，认真地读起来。

九起案件，起起惊天，件件疑难，全是公安部挂牌督办案件，全是经过多次攻关都拿不下来的悬案，有几起还是中央领导批示过的。

黔贵省东南州"开里两案"：十八年前，先是杀警抢枪，再造灭门惨案，致使一名派出所副所长、银行行长一家三口及其一名女邻居被残忍地杀害。这么大的两个现场，除了足迹，多名犯罪嫌疑人居然只留下了一枚左手食指指纹和一枚左手四连指指纹。四根手指全是斗形纹，专案组成员以前从来没有碰到过这样的指纹。有人怀疑是一根一根手指按上去的，用以迷惑警方。而且，鞋的样本一直没有找到，如此复杂的鞋底花纹简直太诡异，很可能来自东南亚。银行行长的人际关系复杂，不排除境外买凶杀人的可能性。

震惊海内外的"8·05"白金—包头连环杀害妇女案：犯罪嫌疑人在陇原省白金市和漠北包头市作案十一起，首案发于1988年，末案发于2002年，在十四年间杀死十一名女性，其中两起案件均发生在一栋管理严格的家属楼里。2002年以后，再未发现同类手法案件。更邪门的是，有指纹、DNA、足迹，可二十八年过去了，愣是找不到人。为什么2002年以后不再作案了？有人说他自作孽不可活，也许是病了、死了，或者是因为其他案件被抓入狱了。

黔贵省南阳市芳城区“2·10”连环杀害女性案：五年前，三名年轻女性分别在下班回家途中被杀，其中两名女性身上明显抵抗伤较少，有一名女性居然跟着凶犯在黑夜中走了两千多米的山路。案子作得相当干净，三名女性的衣服、手提包、手机等物品，犯罪嫌疑人全都接触过，可现勘人员既没有提取到DNA，也没有提取到指纹。更让人吃惊的是，每起案件发生后，夜里都会下雨，所有案件没有留下一枚清晰的足迹。

三晋省云成市祥县“4·19”三名女童被杀案：三个分别为九岁、十岁、十一岁的女孩被人杀死在废弃的窑洞里。当时勘查这起案件的民警提取到了犯罪嫌疑人的精斑，确定了嫌疑人的血，做出了DNA数据，然后又做出了DNA细分数据。按照很多人的想象，DNA是当今的证据之王，有了它就肯定能抓到人。可是，六年过去了，民警除了港、澳、台没去，其他省份都去比对过了，愣是零比中。

广粤省深惠市代号为“ZJ”的案件：“ZJ”是“肢解”两个字的拼音首字母。1998年至1999年，三名女性先后被杀，相同点是她们全部被肢解，甚至连脸部的皮肤都被一点儿一点儿地剥了下去，直到面目全非。法医尽了最大努力进行修复，但也很难完全呈现本来面目。三起案件一共提取到了十四枚犯罪嫌疑人的指纹。这些指纹竟然没有重复，其中一枚不知道是犯罪嫌疑人的掌纹还是脚纹。不管是什么纹，反正经济发达、科技手段高明的深惠市已无能为力。

江南省安平“12·28”石灰厂八人被杀案：2005年底，一家小型石灰厂的厂长夫妇、五名工人以及一名男童被残忍杀害。现场被大面积翻动，可犯罪嫌疑人没有留下指纹。除了提取到成趟的血足迹以外，现勘人员什么也没有提取到。水池里有一只白瓷饭碗被薄冰冻住了，技侦人员从这只碗上提取到了一个仅有九个位点的DNA，却始终对不上人。也有人提出，这只碗的污染十分严重，所以这个DNA疑点很多，有可能根本不是一个实际存在的人的DNA。

龙江省“呼河血案”：三十年前，犯罪嫌疑人一共作案五起，造成十一人死亡、一人重伤。现勘人员提取到了犯罪嫌疑人的足迹。车把手上有一枚指纹，但不能确定是否为犯罪嫌疑人所留。目击证人很多，但由于犯罪嫌疑人戴着面罩，没人说得清他具体长什么样儿。这个人会熟练使用枪支，身手敏捷。他来无影，去无踪，反侦查能力很强。因此，有想象力丰富的码字人，为博眼球，给他取名“呼河大侠”，说他每作完一起案件都往墙上写几个血红的大字——“替天行道”。到现在，这个案子都没有确定过一名重点嫌疑人。

辽阜省海阳市“9·30”案：十三年前，一家七口人被杀死在住所内，现场被刻意地擦洗过。现勘人员只提取到一枚指纹、一滴血、半枚足迹。至于共有几名犯罪嫌疑人，至今不明。

跨三省四市的“小超市”系列抢劫杀人案：涉及吉宁、苏北、黑沙，1988年至1998年，犯罪嫌疑人流窜作案四起，杀害十三人。被害人均在农村经营超市生意，家庭较为富裕。这个系列案件，为多人交叉结伙作案。四个现场均提取到了成趟清晰足迹，室内被翻得乱七八糟，可是指纹、DNA之类的生物信息一概没有。

郑达看完这九起案件的基本情况，禁不住轻轻叹息了一声。

事实上，郑达现在面临的确实是明晃晃的“压力山大”。他上面还有社长，如果最后真的一起未破，还真没法儿收场。关鹤鸣啊关鹤鸣，都说你本事大，这回真要看你的了！

罗牧青坐在报社的咖啡厅里，颇不气顺。她想不通，一向精打细算的郑达怎么突然晕了头。

她心情郁闷，拿起手机，不知怎么，点中了“乘风”的头像，发了条微信：“我回北京了。”

对方很快回信：“明天见。”

她只知道他的微信名叫“乘风”。

偶遇“乘风”，是在3月15日，也就是跟着九案侦办组出发采访的那天。她想乘地铁去机场，公交卡却突然出了问题。地铁站售票员说他们处理不了，只能去管理中心处理。可是，不管是买票还是办卡，都要现金。她这才发现，身上没有一分钱现金。

售票员看她急得团团转，就帮她出主意：“等有人来办卡，你就找他借钱，然后微信转给他。”可是，来办卡的人不多，都用怀疑的眼光看她，问了两个人都没理她。

终于来了一个三十多岁的男人。他个子很高，宽宽的肩膀，戴着一顶黑色的棒球帽，上身穿深蓝色运动衣，下面是一条黑色的运动裤。他急匆匆地朝办卡窗口奔来。

再不上地铁，就要迟到了。情急之下，罗牧青决心抓住这根救命稻草。

“您好，拜托帮我换三十块钱，我微信转给您。”她盯着他的眼睛请求道。

“帽子男”正在低头掏零钱，没想到有人挡在售票窗口前，吓了一跳，对着罗牧青相了几秒钟的面，摆了一下手，说：“不好意思，我赶时间。”声音低沉而富于磁性。然后，他试图绕过罗牧青，挤到售票窗口去。

“我叫罗牧青，是报社记者，要赶时间去采访。麻烦你了，时间来不及了！真的谢谢你，帮个忙吧！”罗牧青依然挡在他前面，他没法儿把钱递进窗口。

见她态度坚决，他皱着眉头，仿佛在自言自语：“好吧，好吧，这都什么情况？”他边说边从裤兜里摸出钱夹，从里面拿出一张五十元的钞票，说：“只有五十的。”

罗牧青就像怕他中途后悔一样，迅速接过钱，划亮手机屏，打开自己的微信二维码图片，说：“麻烦您扫我一下。”

就这样，两个人互加了微信。“帽子男”办完充值手续后匆匆走了。罗牧青的手指又细又长，给他留下了深刻的印象。

为了赶时间，罗牧青先办了卡，然后快速进了地铁站。等上了车，她才开始转钱。

总以为在不同城市、不同领域生活的两个人，就像两条永不交叉的平行线，但当几十年过去，突然在某一个点相遇，才蓦然发现，原来以前所有的努力和失误，都是为了不可错过的相遇。

二、超级奇葩组合

3月14日上午。公安部，通往分管刑侦工作的副部长办公室的楼道里。

向国明瞟了一眼关鹤鸣，问道：“决心已定？”

“定了！”关鹤鸣的回答十分坚定。

“现在再加上一起还来得及。”向国明还是希望加入一张“保底牌”。

关鹤鸣面无表情，竟没有理他。

在向国明眼里，关鹤鸣身上始终藏着一股闷着头往前冲、无所畏惧的坚毅劲儿。

向国明转过头来，眼光里既有钦佩也有担忧。关鹤鸣即将面对的不仅仅是九起疑难案件，还有在这些案子面前一筹莫展的刑警队伍。

事实上，这两个硬汉都是中国刑侦战线上举足轻重的人物。局长向国明是名副其实的全国刑侦队伍的掌门人，而副局长关鹤鸣分管侦破杀人、放火、爆炸、投毒案件，可谓中流砥柱，面对的都是最恶劣、最复杂的案情和最狡猾、最凶残的犯罪嫌疑人。

他们都是警龄超过三十年的“老刑侦”，久经沙场。然而，他们毕竟是在不同的环境中成长起来的，处世方式明显不同。

向国明大学一毕业就分配到公安部工作，他面对的，上面是高级领导，下面是全国民警，所以养成了言行谨慎、前思后想的习惯。

可关鹤鸣不一样，他一出警校大门，就直接面对犯罪嫌疑人，既要靠脑力，又要拼体力，工作中如果不机警果断，要么错失良机，要么身陷险境，甚至流血牺牲。因此，关鹤鸣做事从不拖沓，态度坚决，凡是认准的事，谁也拦不住。

有道是英雄相惜，虽然个性不同、经历不同，但是关鹤鸣调入公安部刑侦局后的这五年里，两个人总是十分默契地相互配合、相互支撑。

开展疑难命案积案攻坚行动的提出，是在一个月前。春节刚过，关鹤鸣一大早就跑到向国明的办公室，把自己的设想和盘托出。

“你要直接去基层办案？”向国明怀疑自己听错了。

“是，我想带两个人直接去基层，就挑各地认为最难的案子办，带动全国把积案彻底清一清。”关鹤鸣坐在向国明对面，一副决心已定的神情。

“你现在是公安部刑侦局的副局长，下去破案，分管的那一摊工作怎么办？要想搞积案也行，就搞个积分评比，让各地都动起来。

亲自下去搞案子没必要，再说那么多积案，你一个人能破几起？”向国明态度很明确。

要是一般人，局长不同意也就算了，可关鹤鸣不，他固执己见，说：“这几年现案侦破率很高，正是咱们抽出手脚搞积案的难得机会。咱们常说传承、讲责任，老一代的精神和经验传下来了，责任和担子也传下来了。那些还没破的疑难案件，既是历史的欠账，也是我们这一代刑侦人必须承担的责任。要是再拖下去，恐怕有相当一部分失去破案条件。如果死者不得安息，生者不得安宁，我们还有什么资格说守住了初心、尽到了职责？”

看着关鹤鸣激动的样子，向国明的脸阴沉着。

作为刑侦局局长，向国明恨不得把所有的案子全破了。可是，凡事要有轻重缓急，要讲究时机。现在突然提出搞积案，向国明心里没有底啊！

但他不动声色，问道：“你打算怎么搞？”

关鹤鸣心里早就有了初步的计划，他说：“让各省把他们认为最难的案子报上来，然后咱们从中挑出社会影响最大、最难的案子来办。”

“那就先让各地报吧，咱们摸摸情况再说。”此事太突然，向国明一时不好决断。

一个星期后，关鹤鸣拿着一份汇总报告，走进向国明的办公室，说：“根据各地上报的案件，命案处选了九起，都是在当地甚至全国影响比较大的。”

向国明接过关鹤鸣递过来的报告，快速翻阅了一遍，不由得心里“咯噔”了一下。

眼前这九起案件，公安部已组织专家搞过几次了，可是都久攻不破。各地民警情绪低落，士气受挫，虽说都想破案，但真愿意再趟这“浑水”的恐怕不多。再说，好多案件的证据缺失严重，嫌疑人也可能死的死，跑的跑，就怕费了九牛二虎之力，最后闹个竹篮打水一场空。

向国明边看边想：“你真是哪儿硬往哪儿撞，不撞南墙不回头啊！”

他思索了良久，然后对关鹤鸣说：“这几起案子，社会关注度太高了。这几年好不容易消停下来，你又要翻出来把它炒热，就不怕惹出负面舆情吗？”

“破案是咱们刑警的职责，再没有比这个更正面的了。”关鹤鸣不以为然地说。

“案子不破，肯定有它的复杂性在里面，有些案子涉及的人比较特殊。现在的媒体不比当年，新媒体时代，追求的就是抢新闻、博眼球，就他们那穷追不舍的劲儿，还真是跟侦查员有一拼。”在这些方面，向国明显然比关鹤鸣考虑得更加周全。

关鹤鸣毫不相让：“有些案子，恰恰因为当时的条件不允许。现在有些束缚没有了，变不利为有利，我们反而更容易开展工作。”

两个人你一言，我一语，气氛不由得紧张起来。

向国明见关鹤鸣态度坚决，坐在椅子上抽闷烟，不说话。关鹤鸣不抽烟，可也不走，就定定地坐在他对面。

一支烟抽完，向国明一边捻着烟头，一边说：“你想干的事儿，我哪件没支持？积案的事肯定要干。可是破案，一要有条件，二要有运气。这九起案件条件都不太好，咱们再加一起条件好点儿的，凑十起。先保个底，省得万一一起不破，弄个灰头土脸，不好收场。”

想到有些案子确实到了最后关头，再不试一试就真的错过了机会，向国明也怕日后留下弥补不了的遗憾。再加上一起，也是对关鹤鸣的保护，纯属善意。

可是关鹤鸣却不领情，说：“咱们公安部刑侦局代表的是国家层面的办案能力，要办就得办最难的案件。”

向国明目光柔和地注视着关鹤鸣，说道：“这几个案子，都是疯狂作案后突然停手。好多年没再作案，要真是死了呢？那不是白忙活？”

“要是没死呢？”关鹤鸣反问道，“这回一定活要见人，死要见尸，没个结果绝不放手。”

看他如此决绝强硬，向国明无奈地连连摆手：“还是老模式，你往前冲，我在后边兜底。”

关鹤鸣笑了。那是一种发自内心的憨厚的笑。他从一开始就知道向国明会同意，而且会鼎力帮他——这就是默契。

经过一个多星期的准备，报告打上去了。部领导要求他们当面汇报。过一会儿向部领导汇报完，这件事就算板上钉钉，开弓没有回头箭了。向国明真的是捏了一把汗。

副部长的秘书已等在办公室门口，轻轻推开门，报告说：“向局和关局到了。”两个人走了进去。

“部党委研究通过了你们的报告，给予一定的财力支持。这几年你们干得不错，现发命案侦破率能超过百分之九十八，这可是个不小的成果啊！”副部长先是一通表扬，然后接着说，“有一些陈年旧案，当时在社会上影响很大，现在还有影响，是时候把它们理清楚了。这回拿上来的九起案件到年底能破几起，心里有没有个底？”

向国明看着关鹤鸣，这是他一直想问又不好问的问题。

“没底。”关鹤鸣自嘲地笑了笑，低头看着地面，不敢跟副部长对视。

副部长也不怪罪，笑着说：“全国的积案这么多，部党委对你们寄予了厚望，希望你们开个好头，打个样板儿出来。”

从副部长办公室出来，向国明和关鹤鸣对视了一下，什么也没说。

向国明知道，这时的关鹤鸣，脑子里已经在盘算着出发的时间了。

果然，没走几步，关鹤鸣就说：“局里边，我想调走一个人。另外，再从基层调一个年轻人过来。”

向国明问：“谁？”

关鹤鸣略带调侃的语气说：“邱博士。”

意料之中，向国明点了点头。

“邱博士”本名邱实，现任刑侦局侵犯人身案件侦查处（俗称“命案处”）处长，业务能力和协调能力都很强。

邱实有一张非常漂亮的履历表：六岁上学，十二岁被免考保送市重点中学，十八岁考入中国人民公安大学刑事侦查系，二十二岁考取中国人民大学法律系硕士研究生，二十五岁毕业后直接被公安部录取，第一年在三晋省吕梁市公安局锻炼。到公安部后，一直在命案处工作。一边工作，一边学习，二十七岁的邱实考取了心理学在职博士研究生。三十岁时，他拿到了博士学位。工作十一年来，他参与侦破过近千起命案，其中有上百起特大疑难案件。其超强的逻辑分析能力和丰富的专业知识被全国刑侦专家认同和点赞。邱实敏而好学，不仅是侦查破案的一把尖刀，而且有各种生活“小发明”，包括简易制氧机、综合运动仪，还会修电脑、做动画，等等，简直无所不能。由于他学识渊博，局里的人都管他叫“邱博士”。

被关鹤鸣看中的基层民警叫朱会磊，是江苏省北湖市公安局的一名法医。

法医在中国是一个很大的概念，不仅要进行伤情鉴定、分析成因，而且要能从现场提取到对破案有用的生物检材。此外，还要懂得一些排查方法。但凡当了法医，哪怕是县局的，都是三头六臂的人物。

朱会磊，三十一岁，毕业于国内最权威的医科大学法医专业，又考取了国内最著名的法医专家闵建国的硕士研究生。毕业后，公安部物证鉴定中心看中了他，可是他却不愿意，硬是跑到北湖市公安局安营扎寨。他说不喜欢关在屋子里做实验，想多跑跑现场，多接触真实的案例。的确，毕业六年来，他大小现场都抢着出，积累了丰富的实战经验，在工作中可谓如鱼得水，屡立战功。特别是破获了 1999 年的抢劫金店案件，一鸣惊人。

2014 年，一个犯罪嫌疑人使用过的敲柜台用的铁锤“传”到了朱会磊的手上。

此案发生于 1999 年。根据侦查民警的走访与分析，劫匪在用铁锤砸银行柜台玻璃时，手被碎玻璃扎破了。当年出现场的技术民警从锤子的木把上提取到了犯罪嫌疑人的微量血斑，公安部物证鉴定中心迅速检验出了犯罪嫌疑人的 DNA 信息，可在全国数据库中一直没有比中。十五年来，经过多次擦拭提取检验，以及长时间的降解，血斑已损耗殆尽，无法进行进一步的检验。

朱会磊由于入职后表现出色，得到了复检这个锤柄的“待遇”。去物证室办手续的时候，管理员小张说：“这个锤柄在我手里进进出出就好几回了。这匹死马又传到你手里，就看你能不能医活了。”

因时间跨度大，朱会磊调取 1999 年至 2003 年的 DNA 检验卷宗，对照查找当时的血迹提取部位，查询当年的血迹检验情况，确定了检验部位。他聚精会神地盯着锤柄，重新对检材相应部位小心地提取，进行血迹预实验检验、确证实验检验，结果呈阴性。这意味着没有提取到血液检材，自然不能检出基因信息。

时逢三九寒冬，朱会磊却汗湿衣衫。他的心脏剧烈地跳动着，检材居然在自己手里消失了！

他闭上眼睛，深深地吸了一口气，又慢慢地吐了出去。镇静，你能行！他给自己鼓劲。他把自己关在实验室里，不觉得饿，更不觉得困。同事们来了又走，好像说过些什么，但他没听清。

他尝试采用粘取器粘取和棉签两步擦拭法，在锤柄上提取犯罪嫌疑人脱落的细胞，两种方法也均未检出基因信息。

朱会磊重重地坐在椅子里，脑子里闪过了一幕一幕。想着想着，他竟睡着了。第二天醒来的时候，他身上多了一件衣服。同事们知道朱会磊的性格，都在默默地关注着他，关心着他。

他不想说话，依然不想说话，好像是在一场拳击比赛中，被一记重拳无情地击倒了，耳边响起“十、九、八、七……”。迷迷糊糊的，他梦到了侦办此案的刑侦大队大队长的临终遗言：“在此案破获的那天，勿忘告知。”

朱会磊决定从头开始。

实验室里，不仅有他，还有那个犯罪嫌疑人躲在某个角落里狡黠地笑着。

他重新翻看记录着此案所有信息的笔记本，那个锤子放在视线以内。由于反复多次擦拭进行血型和基因检验，表层血迹已被擦拭殆尽，加之检材存放时间久远，表面血迹已经降解，原来留有血迹的部位表面已经失去了提取价值。

他大胆地设想，木制锤柄具有渗透性，表面血迹会不会有些细胞已经渗透到锤柄里了呢？

想到这里，他决定尝试一下。

鉴于这个推断，朱会磊将锤柄表面的木屑采取分区域多点刮取、切片及粉碎、提取、纯化。经检验，仍没有结果。虽然失败了，但图谱上还是出现了几个令人兴奋的小高峰，与1999年公安部物证鉴定中心的检验结果相像。

这次失败中的小小“兴奋”，给了朱会磊极大的信心。他加大提取面积，再检验。反反复复，失败，重检！失败，重检！失败，重检……

整整一百二十次，整个锤柄被分割成“银环蛇”状。连续一个多月，他像是注入了超能力，在失败中一次次地爬起。最终，他从木芯里提取到了犯罪嫌疑人的DNA细分数据，完成了他人生中最漂亮的一次绝地反击。

在这之后，他又将DNA深化运用，把河南省在“家系排查”方面取得的成果应用于本案，很快比中了一个家系，继而锁定了犯罪嫌疑人。

案子一举侦破，三名犯罪嫌疑人逃匿十五年后悉数被擒。

很显然，关鹤鸣看中朱会磊，让他参加疑难九案的侦破，就是看中了他绝不言败的内在精神气质。当然，还包含另外三重意思：一是看他是否德才兼备；二是让他在更艰难的实战中得到历练；三是把他培养成中国法医界的接班人。

回到办公室，关鹤鸣开始打电话给邱实。

他轻描淡写地说：“我考虑，你跟着我到各地走走，把没破的案子捋一捋。”

“您计划什么时候出发？”邱实问。他说话不紧不慢，温文尔雅。

“明天下午吧。上午我有个会，下午就出发。”

“九案攻坚开始了？”邱实问。他意识到，一场硬仗即将打响。

“你马上联系一下北湖的朱会磊，上回咱们一起搞‘8·21’抢劫珠宝店的案子，我看他不错，这回带上他。你协调一下，让他明天上午赶到部里，下午一起走。另外，还有个《公安时报》的记者一起去。”关鹤鸣说。

“记者？”邱实重复了一遍，紧接着“哦”了一声。

邱实着实吃了一惊，搞案子还带个记者，这可不是关鹤鸣的风格。

他有点儿摸不着头脑，看来这回还真是一次不寻常的“旅行”。但是，他这个人不轻易发问。他相信，只要愿意想，愿意等，就一定会找到答案。

三、初见如水火

整个下午，关鹤鸣满脑子都是如何开展九案侦查的事情，竟忘了通知郑达。等想起来的时候，都晚上十点多了。他想，总比第二天再跟他说强吧。于是，他拨通了郑达的电话。

刚刚从长春出差回来的罗牧青已早早地上床睡觉了。突然，一串急促的手机铃声叫醒了她。

她迷迷糊糊地拿起手机，一看屏幕——“郑达”，脑子立即清醒了一半。

“明天下午六点多的飞机，在机场跟刑侦局的人会合。我给你个电话号码，你马上把身份证号发过去，他们帮你订票。”

“哦，是去采访还是开会？”

“采访，九起大案。具体什么案子，别问我，注意保密。”郑达说完，挂了电话。

保密？保什么密？真是晕，您什么也没说清楚呀！

罗牧青一下子从床上爬起来，把在长春采访的稿件抓紧写了出来。她是个心里压不住活儿的人。眼看着有新任务，必须要把手边的事干利索。写完稿子，也快天亮了。她决定睡个回笼觉，可是怎么也睡不着。

3 月 15 日上午 11 点，罗牧青接到电话，是用前一天郑达发给她的那个号码打来的。

“罗记者，我是关鹤鸣。多带点儿衣服，出去的时间有点儿长。”对方声音不大，但很有厚度，有些像配音演员童自荣的声音。

“好的，谢谢您。”罗牧青刚要问“大概要去多长时间”，电话就挂了。

下午 5 点，九案侦办组的三名成员已到达首都机场。

最年轻的那个戴着耳机，一副很陶醉的样子。他身高一米八五，穿着一件灰色毛呢外套，双排扣；长圆脸，自来卷头发，单眼皮，眼睛细长，嘴唇微厚，神情里带着些许傲气。他是朱会磊。

邱实站在朱会磊身旁，比他略矮一些，皮肤白净，五官匀称，一脸的平和。他里面穿了件黑蓝相间的格子衬衫，外面套了件黑色皮夹克，俊朗中带着些许书生气。

关鹤鸣站在他们俩对面。他中等身材，深蓝色的翻领外套熨烫得十分平整，但衣服看上去略显单薄。他身姿挺拔，脸部线条清晰，下巴微尖，眉毛浓黑，一双大眼睛炯炯有神，鼻梁又直又挺，双唇紧闭。

这么多年来，关鹤鸣只做不说，拒绝接受任何人、任何形式的采访。给记者讲案子？这不等于浪费时间吗？再说，他压根儿就不想被人关注，只想踏踏实实地研究案子，让真相大白于天下，将犯罪嫌疑人绳之以法。所以，带个女记者出门，他心里是一百个不愿意。

罗牧青随着人流走进了机场候机大厅。她穿着件黑色立领羊毛短大衣，腰身修饰得十分完美，系了一条浅紫色主基调的方格子围巾。她脚下踩着一双四厘米的黑色高跟中筒磨砂皮靴，黑色的铅笔牛仔裤将一双腿衬托得笔直而修长。她头发及肩，一双灵动的大眼睛东张西望，希望靠自己的直觉从熙熙攘攘的人群中辨认出九案侦办组的三名成员。

这时，一个身影突然出现在她面前："您是罗记者吧？"

他比罗牧青高出半头多。她愣愣地问："您是……"

"我是邱实，部刑侦局命案处的。关局让我来接您，他在那边等您。"邱实讲话彬彬有礼，面带微笑，给人一种非常舒服的感觉。

"您怎么一下子就认出我了？"罗牧青微红着脸兴奋地问。阳光、健康，是一个女人最让人难以抗拒的魅力。

邱实笑而不语，头向侧边歪了一下，示意罗牧青跟他走。

来到关鹤鸣近前，罗牧青尴尬了。

关鹤鸣似乎没有看她，但她分明又感觉有一道目光将她从上到下扫描了一遍。她突然觉得后背有点儿发凉。关鹤鸣的眼睛太敏锐，似乎瞥那么一下就能把人的心思看穿。

该伸手过去，还是先自我介绍一下，抑或是站在原地等着他先开口？罗牧青的脑子里在快速地转圈圈。

可以说，如果要找一个思维速度飞快的人，罗牧青就是典型中的典型。从小她的记忆力和想象力超群，语言表达能力强，鬼主意特别多，是校园里的优秀班干部、工作单位的重点培养对象。

等了那么两秒钟，看起来关鹤鸣没打算先开口。罗牧青见机行事，伸出手，轻轻地说了句："关局，您好。"

关鹤鸣只是微微地点了一下头，仿佛没有看到她伸出的那只手。冷，这绝对就是传说中的高冷！

她只好悻悻地转过身，伸出手讨好地对朱会磊说："你好，以后有不懂的，请多指教啊！"

朱会磊嘴角斜了一下，撇向邱实，用软软的“苏普”说：“以后多向邱处长请教好了。”

罗牧青尴尬地把手缩回来，邱实连忙打着圆场：“这是朱会磊，江苏省北湖市的著名法医。”

她心里暗叫一声“不好”，预感到这一路会状况不断。

朱会磊对记者没什么好感。当邱实告诉他要有一个女记者同行时，他就浑身不自在。有个女人跟着，言行坐卧都不方便。有个女记者跟着，简直就是身边带了颗定时炸弹。在他看来，现在已经鲜有“铁肩担道义，妙手著文章”的新闻记者了。更多的所谓记者，是为了提高点击量，编造新闻、诋毁他人、颠倒黑白……他有个朋友，是派出所的民警，遇到了一个老上访户。上访户把房子租给别人开小卖店，小卖店主在房子到期前一个月转租给别人之后，拿着租金消失了。上访户报警，派出所只能找拿走租金的小卖店主。人过了一年才找到，可钱已经花光了。上访户不依不饶，非让派出所解决。派出所提出的解决方案，上访户全都不同意。上访户打了《都市报》的新闻热线，说派出所的人跟拿走租金的小卖店主认识，偏袒店主。记者来了，事件正在处理中。派出所按照有关规定，没有接受采访，结果记者不仅偏听偏信，还添油加醋，把上访户描写成一个生活窘迫的老实汉子，代表普通群众问责派出所。所长因为没有处理好这件事，让公安机关被动了，还受了处分。这样的事太多了！不知道从何时起，记者揭露真相、抨击丑恶的光辉形象暗淡下来。一些不择手段追求名利的记者，严重败坏了这个职业群体的形象。

“到了地方，不要说是记者。”关鹤鸣的眼睛根本没有看着罗牧青，只是自顾自地低声说道。候机大厅里十分喧闹，也就是记者出身的罗牧青能迅速地捕捉到，一般人恐怕都听不清。

“噢，”她把这个字拖了很长的尾音，然后语气里带有一点儿不情愿，蒙蒙地问：“那我……说我是从哪儿来的？”

“就说是局里借调的吧。”关鹤鸣依然不看她，声音低沉地说。

“要是有人问我从哪儿借调的，我怎么回答？”

这时，关鹤鸣抬起头，眼神像一道寒光甩过。罗牧青感觉自己被抽了一鞭子，脸上有点儿发热。

的确，话有点儿多，这也让她意识到自己是不受欢迎的存在，这将是史上最尴尬的采访。

她红着脸把头扭向一边，正碰上朱会磊的目光。于是，她向他微笑着耸了耸肩膀。

朱会磊根本无心理会她，扭过头望向登机口，低头看了一眼黑色的运动腕表，说：“关局，时间到了，咱们过去吧。”

罗牧青心里嘀咕着：“刑警都这么没有人情味儿吗？”

关鹤鸣坐在十八排，罗牧青、邱实和朱会磊坐在后面一排。刚坐下，朱会磊就戴上眼罩开始睡觉了。

邱实说：“罗记者，您可能还不是特别了解这次行动，我先给您简单介绍一下。”

“感谢，感谢！”罗牧青连声说。她想，这三个人里，只有邱实还算正常。社会上有个说法，说做记者的百无禁忌，不管遇上什么人都能说得上话，聊得了天。这话说得虽然难听了点儿，但好像不无道理。罗牧青天生就有股不服输的劲儿，越是难以搞定的采访对象，就越要冲上前去试一试。

“咱们这次行动的攻坚目标，是改革开放以来的九起疑难命案积案。之所以能腾出手来搞这些积案，就是因为近两年咱们的现案侦破率已经达到百分之九十八，有些省份达到了百分之百。我们先期是让各省刑侦部门把疑难命案汇总上来，然后挑最有影响、最难的干。噢，就是白金的案子，一开始省里没报，是我们做了工作以后才报上来的。”邱实耐心地介绍着。

“预计能破几起？”罗牧青单刀直入。

邱实皱了一下眉，心想：“你以为这些都是普通案子吗？刚才都说了，这些都是最疑难的案件，听话没听到重点，还当什么记者？”

可他的脸上仍然带着微笑，礼貌地说：“这个您问关局吧，他是攻坚行动的一线指挥长。”然后，他从双肩背包里拿出一本书，把书里夹着的一张对折的A4纸递给罗牧青，说：“这是九起案件的名称，要是有兴趣，可以在网上查一下。当然，网上的信息肯定不准确，有的编得还挺离奇。”

然后，他翻开书，专注地看起来。

罗牧青想，这真是一个很有心的人。

罗牧青用身体挡住手机屏幕，趁着还没有起飞，偷偷地上网，把九案侦办组这三人的名字输入了搜索引擎。遗憾的是，没有得到有价值的信息，都是名片式的介绍而已。

一切皆有因果。人们常以为先有因，后有果，或许逻辑上是这样的。但是，事实上，常常是人们看到果之后，才会想起因在哪里。

刑警就是最先看到结果，然后去寻找原因的人。

第二章　开里两案

一、抢枪灭门

到了黔贵，为尽快掌握这次即将侦办的陈年旧案的情况，罗牧青进了自己的房间，简单洗了一把脸，就开始闷头翻阅黔贵警方送来的相关材料。

那是 1998 年 12 月 7 日，黔贵省东南州银行开里分行行长何健康、妻子孙小萌、十四岁女儿何淑娴和一名据说是来劝架的女邻居刘云被杀死在宿舍楼 501 室。

一共开了六枪，其中三枪卡壳、三枪打响，分别击中了何健康和刘云。

但是，全楼的邻居都说没听见枪响。住在对门的女人说，她也没有听到枪声，只是听到了女孩的尖叫声，以为是行长夫妇打孩子，所以打电话给他们家的朋友、也住职工宿舍区的刘云，让她来劝架。经法医鉴定，只有刘云手上有抵抗伤。

不止一个人说，在宿舍区看到了白色面包车、红衣女人。住在何健康家对面楼 501 的邻居说，看到红衣女人拉上了何健康女儿卧室的窗帘。综合多名目击者的描述，红衣女人留长卷发，高个子。可因头发挡着脸，没人说得出她的样貌特征。

行长家到底丢了什么？罗牧青禁不住想。

黔贵警方通过走访了解到，何健康的女儿何淑娴曾说过，他们家有一匹东汉时期的青铜马。他的弟弟说，他们家存有一些不同年代的纪念币。经查找，开里警方没有发现这两样东西，推测是被凶手拿走了。

是谁报的警？罗牧青接着往下翻资料。

案发当天，即12月7日12点左右，行长何健康从单位开车回到了居住小区门口。小卖店店主谢军叫他一起吃饭，何健康停好车后，与店里的员工一起用餐。12点30分，女儿何淑娴放学回家，走到小卖店时，看到了父亲何健康。然后，父女二人一起开车回家。当日下午，何健康没有上班，工作人员认为他外出开会了。12月8日，银行工作人员夏吉胜找何健康签字，打电话给他，但他一直没接。

左大明是刘云的丈夫，也在银行上班。他告诉夏吉胜："昨天中午行长家吵架，我爱人去劝架，也一直没回家。"

夏吉胜听了，心里一惊："哟，这事有点儿……咱们还是跟马副行长汇报一下吧！"

于是，马副行长带着夏吉胜赶到何健康的岳父家，说明了情况，拿到了钥匙，赶去何家。打开何家的房门，只见几个人倒在血泊中，浓烈的酒味混着煤气味直扑鼻孔。

他们谁也没敢进屋，直接拨打"110"报了警。

派出所民警最先赶到，然后是刑警。

银行行长何健康家有两道防盗门，门锁没有破坏的痕迹。一进门的地上洒着很多米花糖，然后夺人眼目的就是摆在客厅里的煤气罐和电饭锅。电饭锅插着电，亮着灯。煤气罐的开关把手被拧到最大挡，地上扔着几个空的茅台酒瓶。罐身上、电饭锅上、尸体上都被洒上了酒。很显然，有人精心设计，企图炸毁犯罪现场。

然而，为什么没有发生爆炸呢？罗牧青在脑子里画着问号。

苍天有眼。那天，煤气罐里的气所剩不多，而电饭锅开到了保温挡。锅里的菜虽然已经烧干了，但因发现得早，没有遂了犯罪嫌疑人的愿。

室内翻动很大，除了六枚清晰完整的足迹外，技术人员在客厅的茶几上发现了一个带有紫色塑料托的一次性水杯、一包“阿诗玛”牌香烟和一串属于何健康女儿何淑娴的钥匙。

一般来说，一次性水杯是接待客人用的，可是警方找到的多项证据表明，至少进来过两个人，怎么只有一个水杯呢？

技术人员从“阿诗玛”香烟盒上发现并成功提取了一枚左手食指指纹。

在何健康卧室的内衣柜旁，技术人员从断成两截的衣帽架上发现了一枚四连指指纹，而且这枚四连指指纹是四个斗形纹。

不少人认为，连续四根手指全是斗形纹的人少之甚少，所以有可能并不是一个人真正的指纹，有可能是一根手指一根手指地印上去的，以迷惑警方。

枪是从哪儿来的？罗牧青思索着。

来自一名叫马一昆的派出所副所长。

那是 1998 年 10 月 17 日晚上 11 点 53 分，东南州电影公司职工宋顺宁用公用电话拨打“110”向开里市公安局报警。

“有人倒在州电影公司办公楼二楼和三楼之间的楼梯平台上，地上全是血。”他话语急促，声音里充满了不安和恐惧。

接警后，开里市公安局民警立即赶赴现场进行勘验。

现场位于玉山北路东南州电影公司办公楼。办公楼一共有三层，砖混结构。中心现场在办公楼二楼通往三楼的转弯平台处，平台面积有三四平方米。

勘查人员从一楼走向中心现场时，发现了两趟带血的脚印。据此判断，犯罪嫌疑人有两名，身高大约一米六八，年龄三十岁左右，鞋号四十码。

很快，现场勘验工作在黔贵省公安厅刑侦总队的指挥下，由省、州、市三级技术人员联合展开，侦查人员则迅速开展走访工作。同时，巡警、派出所民警在开里市通往外面的交通要道设卡，对火车站、汽车站进行布控，查缉可疑人员和车辆。

死者为城区派出所副所长马一昆，尸体呈仰卧状，头部附近的地面上有大量血迹。

经法医查验，他的头部有钝器打击创伤六处，造成颅骨呈凹陷性、粉碎性类圆形骨折，直径八厘米；左胸第二、第三肋间见两处横行创口，长度分别为四点二厘米和四点六厘米，深达胸腔；左肩胛下角见一纵向创口，长一点九厘米，深三厘米。作案工具有两种，钝器是锤形硬物，锐器是单刃刀。

根据尸检结果，法医给出了致死原因：死者被他人用锐器刺入左胸，心脏破裂，造成失血性休克；用钝器打击头部，造成颅脑严重损伤，导致死亡。

马一昆遇害时身着警服，衣服口袋内有两包“龙江”牌香烟、一百六十元现金，腰上别有一个传呼机，后颈部枕着一部手机。二楼平台的地面上有一把吉普车钥匙，一楼平台附近有马一昆的家门钥匙。

经勘查，犯罪嫌疑人没有进入马一昆的居所，没有开走吉普车，没有拿走现金和手机。

根据调查走访和现场勘查，马一昆当天随身带有警用手枪及枪套，这两样最重要、最不能丢失的物品双双不见了。

那么，杀人动机暴露无遗——抢枪。

为什么抢枪？罗牧青一边继续看材料，一边皱起了眉头。

最大的可能性就是拿枪作案。

可是，如果单纯为了弄一支枪，像东南州这种偏远的地方，通过非法渠道买一支比抢一支恐怕要容易得多。

那么，究竟为什么冒着天大的风险抢一个警察的枪呢？这背后一定暗藏着某些令人意想不到的原因。

警察的枪丢了，这让所有参战人员万分紧张。

一定要赶在犯罪嫌疑人再次作案之前抓住他，这是黔贵警方的期望。于是，黔贵省公安厅刑侦总队、东南州公安局、开里市公安局抽调精干警力，组成了一个近二百人的专案组，展开大规模侦查走访。

由于马一昆分管特种行业，所以与他打交道的人可谓是三教九流，排查起来十分困难。

马一昆出生于 1964 年。1988 年大学本科毕业，分配到开里市公安局城区派出所工作。1997 年提任城区派出所副所长，主要负责公共场所、特种行业审批工作，同时负责东南州医院片区的治安管理工作。1996 年初，马一昆与妻子离婚。离婚后，他先后在多处租住房屋。1998 年 6 月至遇害时，他租住在电影公司办公楼三楼宿舍。

专案组对 10 月 17 日马一昆遇害前的活动轨迹进行了调查。这一天是星期六，他休息。

中午 12 点以前，马一昆没有离开居所。

中午 12 点 30 分至晚上 10 点左右，马一昆先后与朋友李刚、何小冰、江平等人在一起喝茶聊天。

除凶犯以外，马一昆最后见到的应该是代红梅。代红梅是饭店服务员，正与他谈恋爱。他几乎每天都去接代红梅下班。

晚上 9 点 45 分，他给代红梅打电话，说去接她，但代红梅说要临时加班。

晚上 10 点 15 分，代红梅从饭店走到电影公司门口，看见马一昆坐在车上。然后，两人站在路边闲谈。

晚上 11 点 40 分，马一昆开车把代红梅送到了家。

晚上 11 点 53 分，电影公司职工报警称马一昆倒在地上。

10 月 17 日是星期六，从马一昆的活动轨迹上看，警方未发现异常。

据报警人宋顺宁说，他是从楼上下来给一楼电影放映厅送放映带时，发现了马一昆的尸体。

电影公司的一名职工反映，10 月 17 日晚上 9 点，他看到两名可疑人员从电影院一楼过道往二楼楼道方向走，其中一人背着“马桶包”。电影公司的另一名职工向民警反映，案发当晚，楼道灯的开关拉线被人为拉断，当日晚间楼道的灯一直没有亮过。由此推测，这是一起精心预谋、准备充分的杀人案件。

现场留给警方的痕迹物证，除了足迹以外，没有任何东西。这使侦办难度陡然增大。

巧合的是，这起案件现场的足迹与银行行长家里的足迹相吻合。可以判断，两起案件的中心现场均有两名男子，身高一米六八左右，年龄三十岁左右。

据黔贵省公安厅刑侦总队的民警介绍，案发十八年来，他们曾多次开展攻坚，采集重点人员的指纹和足迹，但均未比中。

“开里两案”牵动着很多人的心。十八年来，黔贵先后有五百多名民警直接参战。七十八本案卷、两万多页相关调查资料、二十八套工作笔记，点点滴滴的工作凝聚着一批批专案民警的心血。

民警马一昆的被杀，一度成了人们街谈巷议的焦点话题。各种猜测使马一昆形象崩塌，说他生活混乱不堪，还仗势欺人。对于银行行长被杀原因的猜测更是五花八门，猜测最多的是债务纠纷或感情纠葛。要不是行长理亏，为什么当天连声“救命”都没喊呢？

侦查人员普遍认为，抢警察的枪、灭行长的门，这伙人的来路绝非寻常，其中的原因一定不简单。

仇杀、情杀，还是劫杀？罗牧青感到了一种莫名的困惑。

二、无情胜有情

案情分析会上，来自刑侦总队、东南州刑侦支队和开里刑侦大队的二三十号人纷纷落座。

罗牧青见桌子上摆着桌签，找到自己的名字，刚要坐下，朱会磊突然挡在前面，伸手把他们俩的桌签换了个位置，说：“您坐近点儿，看得清楚。”

眼看大家坐定了，她也不好推辞，便坐在了离大屏幕最近的位置上。

关鹤鸣认为开什么会就说什么话，既然开的是案情分析会，就不要说一句跟案情无关的套话、废话。他开门见山，直入主题：“同志们，开会。既然犯罪嫌疑人想要烧了现场却没如愿，那就给我们留下了破案的机会。另外，我听说咱们的一名民警兢兢业业地保护这个现场十八年。这些都在提示我们，一定要用好这个现场，通过现场彻底看明白前因后果、来龙去脉。”

关鹤鸣一副信心满满的样子，而与其形成鲜明反差的是黔贵民警的士气并不高涨。虽然都想破案，可是十八年了，大家对案件的性质、过程和作案工具以及犯罪嫌疑人的性别都还持有不同的意见。

这案子真的是名副其实的跨世纪悬案。当年案发时，中央领导高度重视，批示“速破此案”。可十八年过去了，连重点嫌疑人都没确定下来。

“在座的都说说自己对案件的看法!”关鹤鸣用目光快速扫了一圈。

片刻的沉默后，有人发言。

“我觉得这个案子已经时过境迁，不再具备研究的价值。”一个声音突然响起，“我这人说话直。在警力这么紧张的情况下，抽出人来研究这个案子，有没有必要?”

大家的目光先是投到这个看起来五十岁上下的民警身上，然后又集中到了关鹤鸣的脸上。

“你可以去办更紧急、更重要的案子，现在就可以去。”关鹤鸣的声音不太大，但是字字铿锵。他的棱角更加分明，表情更加坚毅。

会场的气氛骤然紧张起来。

每个人都屏住呼吸，听着自己的心跳，等待着下一秒的爆发。

时间变得十分漫长。

过了好一阵儿，关鹤鸣才又开口说话：“将心比心，如果被害的是我们的亲人，我们还会不会觉得这个案子已经没有再追究的必要?快二十年了，他们的亲人没有卖掉房子，等待的就是警察帮他们沉冤昭雪。他们等待的时间已经足够长了！更何况，被害人里面还有一名我们的战友。难道咱们就能眼睁睁地看着战友不明不白地死去?我们对战友的感情在哪儿?对群众的感情又在哪儿?”

会场一片寂静。

关鹤鸣就是这样一个人，遇到他认为的原则性问题，绝不妥协和将就。真是看似无情胜有情!

他的声音低沉却富有张力，冲击着会场里每个人的心。

“现在之所以重新来研究，是因为案发十八年后，我们有了更先进的技术和理念。同志们，这是我们推不掉的责任！案子不破，就要一直扛在肩上、放在心上。如果谁对破积案既没兴趣也没信心，可以直接退场。新成立的专案组需要的，是不服输、负责任的人。休息十分钟。”

大家悄然散去，罗牧青也跟着人流走出了会议室。

经过吸烟区的时候，她听见了两个人的对话。

一个说：“我看这架势，说不定能破。”

另一个说：“还是头一次见到这么不客气的公安部领导，有股狠劲儿。”

罗牧青心想，这也是她见过的最怪的领导。

十分钟后，大家再次就座的时候，每个人的神态都有了明显的变化。没人低头看手机，没人闭目养神，没人东张西望……

有了前车之鉴，谁还敢往枪口上撞？关鹤鸣是来搞案子的，不是来看面子的。

关鹤鸣指着大屏幕说：“把‘10・17’案件现场照片调出来，谁勘查过现场谁来讲。”

黔贵省公安厅刑侦总队副总队长周林觉得没人比他更有资格详细介绍这起案件，于是他应声答道：

“当时我参加了两起案件的现场勘查。事实上，两起案件有相似之处。电影公司楼上楼下都有不少人，又是夜里，如果马一昆发出喊叫声，应该会惊动楼里的人。但是，没有人听到喊叫或者打斗的声音。这个情况跟银行行长被杀案类似，行长一家被杀的时候，也没有邻居听到打斗的声音。另外，马一昆的手机被插到后颈处，银行行长的肩颈下有茅台酒瓶盖，他的妻女身上盖有衣物。我们怀疑这是刻意摆放，有可能是某个地域或民族的风俗习惯。”

周林个子不高，长得挺敦厚，说起话来从来都不拐弯抹角。案发时，他只是一名大案处的侦查员。为了侦破“开里两案”，他在开里专案组干了八年。那段时间，他常常睡不好觉，总是重复做着情节相似的梦，常常被枪声或者破案的喜讯惊醒，醒来才知道不过是梦。若不是后来妻子病重，需要换肾，他可能会在开里工作更久。十八年过去了，周林的心里一直放不下此案，他把最好的年华都献给了“开里两案”。这是他心里的“死结”，就像悬在嗓子眼儿里的一根刺，时时刺痛着他。

关鹤鸣问：“东南州有多少个少数民族？”

“三十三个。少数民族人口占州人口总数的百分之七十多。”

“哪个民族人数最多？”关鹤鸣问。

“侗族。”周林答道。

“了解到哪个民族有这方面的风俗习惯了吗？”

周林说：“这个还没问到。”

他边说边从公文包里拿出一个小小的U盘，走到发言席，用一双粗大的手把U盘结结实实地插到了笔记本电脑接口上。很快，大屏幕上显示出了“10·17”案件的现场勘查照片。

“这栋小楼随着城市改造，已经拆除了。以前是电影公司，一共三层：一楼是录像和电影放映厅；二楼是办公室；三楼除了两间库房外，其余都是宿舍。马一昆住在三楼。犯罪嫌疑人杀了马一昆后，从二楼平台往下走，在楼梯上留下了成趟的带血足迹。作案工具是钝器，有可能是一种胶皮锤。头皮没有明显破损，但是颅脑损伤严重。据法医分析，工具大而且重，但有别于铁质工具。经过在猪头上做实验，木槌类的工具可以造成这种损伤，也有可能是直径八厘米左右的胶头锤。”

大屏幕上显示出一个血淋淋的猪头，罗牧青下意识地闭了一下眼睛，又赶紧睁开。虽然恐怖，但不能错过，这是一名记者的本职工作。

周林胸有成竹地介绍着："有一个目击者说，在电影公司附近看见一个人带着'马桶包'。电影公司的一名工作人员说，上楼取胶片时，楼道里的灯还亮着。下楼时，灯就灭了。勘查时发现电灯拉线断了，怀疑是人为破坏。"

关鹤鸣连忙问："被破坏的电灯拉线还留着吗？"

周林略显尴尬地说："那个年代，DNA还没有发展起来，所以没有留。那时候，比较重视提取指纹。"

关鹤鸣没再就此追问，转而问道："对银行行长一家被杀的犯罪过程，是怎么分析的？"

周林对答如流："中午1点40分，银行行长的女儿要上学，背着书包准备出门。至于犯罪嫌疑人是如何入室的，到现在大家的意见都不统一。我倾向于事先在门口守候，在女孩打开门的一瞬间，他们夺门而入。小女孩往屋里跑，手里的米花糖洒了一地。犯罪嫌疑人往屋里追，扼住女孩的脖子——她脖子上有扼痕。女主人听到声音，把衣服穿好，从卧室里跑出来，在客厅里被杀。行长在睡觉，听到声音，从卧室里出来，走到客厅，被嫌疑人控制住之后，头部中枪昏迷，倒在沙发上——沙发缝里有大量血迹。但是，行长当时没有死。苏醒后，他被犯罪嫌疑人开枪击中死亡。紧接着，嫌疑人对所有人补刀加固。从有多处贯通伤看，犯罪嫌疑人力度强，属于青壮年。"

"除了行长一家，现场还有一名女邻居。你们认为她是什么时间被杀的？"关鹤鸣问。

"犯罪嫌疑人夺门而入时，女孩的呼救声被邻居们听到了。邻居认为是夫妻俩打小孩，就打电话给对面楼的刘云，也就是行长妻子的好朋友，让她去劝。下午两点多，刘云步行进楼，然后敲门。正在翻找财物的犯罪嫌疑人打开门，把她拉进去，杀死在进门处。刘云身上有抵抗伤，我们认为她是最后一个遇害的。”周林说。

关鹤鸣接着问：“你们对现场提取的指纹的利用价值怎么看？”

周林直率地答道：“目前，大家的观点还不统一。行长何健康家的卧室衣柜前边有个衣帽架，比较碍事，疑似犯罪嫌疑人用手拨开时，把衣帽架掰断了，留下左手四枚指纹。我认为，这是最有利用价值的。‘阿诗玛’香烟上也提取到了左手指纹，推测是食指，但与这个四连指食指的指纹对不上。”

周林对案情倒背如流，然后又补充了一下：“何行长的社会关系相当复杂。在被害前，他参加过银行内部的竞聘，据说希望很大，但最终被黑马截停。还有就是装修工程的包工头，曾分别承接过银行办公楼和他家的装修项目。因为尾款支付问题，包工头曾去银行找过他多次，两人最终以翻脸收场。”

听到这里，关鹤鸣转头问朱会磊：“指纹熏显后，还能检出DNA吗？”

朱会磊答道：“时间短可以，但时间长了不敢确定。”

关鹤鸣问：“周总，弹壳还都留着吗？”

周林说：“弹头和弹壳都在。”

关鹤鸣追问道：“污染了吗？”

周林一脸尴尬地说：“我们这边偏远，技术落后。2004年拿到东南州去检验，当时的人还没有戴手套的意识，很多人拿在手里看过，主要是想找指纹，反复处理过。有一件旧的衬衫留在现场，袖口沾有血迹。地上扔了个空盒子，说明犯罪嫌疑人换上了行长的新衣服。旧衬衫的衣领和袖口上油渍比较多，以为能检出DNA来，后来送到公安部物证鉴定中心，说污染太严重了，没检出来。当时，他们对脱落细胞这一块根本没有意识。”

“现场的物品，比如茅台酒瓶盖、空酒瓶瓶口，都检过吗？”关鹤鸣接着问。

周林说：“这些年，我们一发现什么新技术就赶紧拿去检。2006年，送到公安部物证鉴定中心检过，都没检出来。当时也采了很多指纹，全国都查过了，就连黔贵籍在新疆的服刑人员都调查了。我们分析，可能有沿海作案特点，有可能是雇凶杀人。前些年专门给广粤的几个地方发过协查通报，到现在也没什么收获。”

周林认为，“开里两案”破不了，主要原因之一就是两名死者身份的特殊性，导致对案件关系人的排查一直不能顺利进行。人员排查不彻底，导致案件的性质至今没有定论。

三、搞案子的秘诀

周林的汇报，基本上可以代表案发十八年来黔贵警方的全部侦查结果。

根据介绍，关鹤鸣敏锐地发现，针对作案工具、作案过程、作案人数以及指纹应用等问题，黔贵警方内部并没有达成共识。

决策层的意见不统一，就会让民警在侦查中产生困惑，难以把握工作重点，无法形成工作合力。他意识到，这是需要解决的首要问题，必须尽快形成大家都认可的分析意见。

他思考了一下，说：“这次行动的目标案件，总共有九起，分量都很重。尤其是这起案件，惊动了中央领导。今天看到你们，让我想起了四年前跟你们一起追捕周克年的场景。有的人一听说就积极参与，有的老同志主动带着当年的笔记本，这种精神值得弘扬。针对‘开里两案’，这么长的时间，你们不间断地思考问题，什么技术、条件都去尝试，这都是认真负责的表现。”

四年前的深秋，做完腰部手术仅一个星期的关鹤鸣从医院跑了出来。

他听说先后在江苏、湖北、湖南、重庆的银行附近持枪抢劫杀人的犯罪嫌疑人在黔贵东南州作案的消息后，就再也不能安心养伤了。这名犯罪嫌疑人身手敏捷，下手狠毒，得手后迅速消失，给社会造成了极大危害和恐慌。

关鹤鸣直接跑到公安部，要求到黔贵参与侦破工作。情况紧急，又在用人之际，局长向国明虽然担心关鹤鸣的身体，但此刻没有别人更值得信赖，只好皱着眉同意了。

犯罪嫌疑人连续三年间作案五起，案发五省市的监控设备都只拍下了犯罪嫌疑人作案前后戴着帽子的图像。犯罪嫌疑人十分狡猾，案发前精心踩点，总能在没有安装视频监控设备的地方成功逃脱，所以谁也不知道他的相貌和身份。

关鹤鸣到达黔贵后，让民警带他到视频消失的那条巷道去。

他发现巷道的尽头有一个公交车站，推测犯罪嫌疑人是从此处上车逃走的。于是，他让民警一个站点一个站点地走访。除了三个公交车站点没有监控设备，经过查看，其余站点都没有犯罪嫌疑人下车的影像。

关鹤鸣指挥民警锁定三个公交车站，查找附近的摄像头，但最终还是没有看到嫌疑人的身影。

必须尽一切可能看清他的相貌。关鹤鸣亲自到达三个公交站点，挨门挨户地观察，终于在一户人家的房檐下找到了一个私人安装的防盗摄像头，从中获取了犯罪嫌疑人的正面图像。

腰部的剧痛，丝毫没有影响关鹤鸣清晰的思路。首先通过图像确定犯罪嫌疑人的身份，接着根据成长背景和经历推测他的行为习惯和思维方式，然后结合五起案件的作案过程、进出路线，对重点嫌疑人进行详细刻画。

关鹤鸣发现，这是一个心理素质极好、性格孤僻、行为反常的嫌疑人。这个人是孤儿，从小胆大，一向独来独往。既然城市里找不到他的落脚点，那么他很有可能藏在城郊一带。

东南州是山区，关鹤鸣让民警注意搜查城市近郊的荒山野岭。

果然，民警很快就在一个乱坟岗发现了被人遗弃的背包和大衣。经过警犬追踪，确定了犯罪嫌疑人的活动路线。犯罪嫌疑人发现大批警力围山后，很有可能乘虚而入，再次进入城区作案。

关鹤鸣果断地指挥警力对重点街巷加强巡查，最终将嫌疑人击毙在通往城区车站的通道上。

案件侦破告捷，关鹤鸣这才意识到腰疼得厉害，完全不能动弹。直到现在，他仍然不能久坐。

旧地重回，关鹤鸣抱着很大的期望。他的表情渐渐缓和了一些，话锋一转，说：

"现在，我们回过头来看这起案子，有哪些没做到位的。当初解决不了的事情，今天我们用信息化的手段来解决。把手里所有的东西都挖掘出来了，我们再来研究这些东西怎么用。指纹肯定要重点研究。另外，我听有的同志说，当年画过像。过了十八年，画像还能不能用？怎么用？科技进步了，我们现在有了脱落细胞的检验方法，我认为可以尝试一下。子弹和衬衫如果污染不严重的话，也可以做一下，做出混合的DNA，拆分一下试试。你们说说对案件的看法，过去有什么问题没解决，以后怎么高效地推进……"

东南州公安局刑侦支队支队长唐树身上带着明显的刑警特色　眼睛里布满了血丝，眼袋和黑眼圈都十分明显。

他说："我对袭警抢枪的定性有看法。十八年来，一直没找到两个案子的结合点。我认为，犯罪嫌疑人选择派出所副所长和银行行长这两个人绝非偶然，这两个人与犯罪嫌疑人之间一定存在某种关系。当时，提取指纹采用哈气的方法。看到衣架上有指纹，我先拍了照，然后用 502 熏显。这个就是犯罪嫌疑人所留。这些年，我们在二十多个省进行了排查，都是人工筛查的，到现在也不知道排查到位了没有。据我分析，这人肯定有作案前科。”

唐树的话音刚落，技术人员高飞就迫不及待地站了起来，声音洪亮地说道：“我叫高飞，是被害人何淑娴的同班同学。”

关鹤鸣不禁打量了一下这个精气神儿十足的年轻人。

高飞有一点儿紧张，脸慢慢地泛红，清了一下嗓子，然后说道：“我当警察也是受了这个案子的影响。何淑娴是我的初中同学，性格很好。她的突然遇害让我们特别震惊和惶恐。这个案子也成了我心里的结。我现在是开里刑警大队的技术人员。我师傅龙敏参加过现场勘查，他带着指纹去过全国很多地方，我也跟他去过几次。这么多年，我一直在思考，为什么一直比不中？我找当年采集指纹的民警问过，他们说当时有一些不符合标准的输不到系统里。有些被扔掉了，有些就存在民警自己手里。也就是说，有可能漏掉了。”

待高飞说完，他的师傅龙敏接过话茬儿：“我想请专家帮我们分析一下，像这种在很用力的情况下形成的变形的指纹，是否会影响鉴定结果，是否还有鉴定价值。四个斗的指纹，能否通过人工干预的方式来增加比中概率？”

关鹤鸣说：“为了早日给你的问题找到答案，指纹这一块的工作就交给你们师徒了。到底怎么利用，需要专家帮你们解决什么问题，由你们来做一个方案。”

听关鹤鸣这么一说，龙敏和高飞不免有些激动。

他们没想到最基层民警的意见能被如此重视，同时又被委以重任，这让他们既有信心又有些担心。

可是，就在此时，唐树迫不及待地对指纹发表了自己的看法："四个指纹全斗的人很少，判断成连指指纹是否正确？我们过去在不间断地比对，始终没比对上。所以，方向这次一定要搞准。到底是四个指头一次性摁上的，还是一个一个摁上的？"

对于指纹的争论，早在关鹤鸣的意料之中。

他并没有不悦，而是点点头，目光从唐树、龙敏和高飞脸上一一扫过，恳切地说："那咱们这次就把这事儿校准了，看看到底是不是连指，到底能不能用。"

已经退休的黔贵省公安厅刑侦总队原政委曲建宁一听说要搞"开里两案"，立即带着所有资料从贵阳赶过来参加案情分析会。

他像是憋了一肚子话，终于找到机会往外倒了："为了这个案子，我来过几次开里。关于作案工具，我有话说。马一昆头上的圆弧形伤是一次形成的，如果多次打击，伤痕不会这么整齐。放射痕迹很长，明显是用的大工具，八厘米的直径。若是木质，由于质量不够，可能不会这么整齐，所以考虑是铁质的。但这么大的铁锤，无法挥动。榔头的可能性不大……如果是铁质，应该有穿孔性骨折，但没有。"

曲建宁原是一名法医，有着丰富的刑侦经验，刚刚从领导岗位上退下来。他对这个案子有着很深的"感情"，当年尸检时的场景历历在目。

"不好意思，曲政委，我打断您一下。关于作案工具，大家的意见分歧比较大。您认为是什么工具？"邱实微皱着眉头问道。

"工具锤，我倾向于某种职业专用的工具。"曲建宁一边比画着长度，一边答道，"应该是站立位迎面打的。这个工具，犯罪嫌疑人使用得非常得心应手。他十分残暴，下手既狠又快。马一昆三十几岁，是经过训练的民警，但我们发现他连一点儿抵抗能力都没有。我感觉嫌疑人不是单纯为了抢枪，而是来了以后就想杀人……没有交谈，直接打在头上。”

“您认为是报复杀人？”邱实问道。

“我认为有报复的成分在里面。随后发生的银行行长一家被杀的案件也能佐证这一点。当时案件性质定的是侵财，但中午一点多肯定有人在家，为什么这时候来呢？这时候楼上楼下都有人，犯罪嫌疑人就胆敢进门杀人。可见，他进入现场很快，针对的是人，不计后果。女孩何淑娴的书包一下子摔在地上，没有移位。她是被一下子打倒的，心脏部位被刺了很多刀，可以说每一刀力度都很大。两起案子补刀时都是一样，对准左胸，不留活口，在杀人方面相当熟练。女邻居刘云手上有抵抗伤。犯罪嫌疑人让她进去，紧接着就开枪，接着刀就上来了，没有过多地考虑，认不认识都不管，就想杀人。两起案件用的基本上是同类型的刀。第二起案件有了枪以后，就不再带榔头了。行长的膝盖上有表皮伤，考虑是跪在地上过。现场有翻动现象，但我认为这并不能掩盖入室杀人的目的。”

东南州公安局副局长姚元平插话说：“行长中午休息比较有规律，犯罪嫌疑人对他的作息时间比较了解。”他虽然没有参与过“开里两案”的现场勘查，但是后来也参加过几次专项侦破工作。

“这是一起精心策划的灭门案。”曲建宁越说越兴奋，大有不吐不快之感，“如果是侵财，时间不对，方式也不对。在第一起案件中，他们抢了马一昆的枪。十八年过去了，这把枪都没出来。如果是抢劫，还会用这支枪去作案。所以，应该是灭门。杀人成功后，他们把枪掩埋了。”

姚元平说：“我建议把近年来全国涉枪案件比对一下。我敢肯定，这支枪的号码没有错。作为曾经参战的一员，我对此是有信心的。现在再去搞调查，不现实。所以，我认为指纹是犯罪嫌疑人所留，应该抓住指纹。那么大的面儿都没比出来，说明有些工作开展得不理想。”

显然，前面几个人的踊跃发言，让大家有了参与的积极性。

“我是第二天到现场的。”黔贵省公安厅刑侦总队大案处副处长黄刚感触颇深，略显激动地说，“当年搞了一年半，我主要负责内勤工作。因为搞这个案子，我得了个绰号叫‘黄总秘’。一叫这个绰号，我就马上想到‘开里两案’。当时一共出了六十多期简报，其中四十八期是从我手里出去的。今天感觉这个案子有希望了。当时，技术人员说有认定的东西。现在过去十八年了，再进行性质的分析，我感觉没有必要。第一，只要是现场留下的生物检材，我们就要好好利用。第二，这个案件的抓手就是指纹。现在就是不知道怎么在茫茫人海中把这只手抓出来。”

话音刚落，专案组的侦查员孟杰便迫不及待地说：“我参加过现场勘查。那时候，我还只是刚毕业两年的小警察。有两件事一直困扰着我：一个是，行长夫妻俩的身份证没有了，怀疑是犯罪嫌疑人拿走了，但是为什么一直也没人去银行取款？另一个是，鞋印的花纹很特殊，我们花了很大力气找鞋样都没找到。如果这鞋来自境外，那么这个人也有可能出国了。我建议查一下当时的数据，把案发后一个月内，从东南州前往东南亚的人查一下。”

姚元平补充说：“我们浙江、福建都去过，都没找到。后来又陆续到其他省找了，鞋样库里确实没有。”

东南州公安局局长王智贤刚到任不到一个月，四十多岁。他以前一直在基层工作，十分朴实，不笑不说话。他的普通话说得不太好，口音很重，但是非常努力地咬字。

对王智贤来讲，“开里两案”既陌生又熟悉。他听说过，但没有参与过，所以对案件也是第一次深入了解。不过，他很有心，听得很认真，事先做了功课。他发现，马一昆戴眼镜、个子小、十分单薄，因为分管的是特行，所以容易得罪人。他觉得，马一昆可能是被人报复杀死的。而银行行长当年是个风云人物，不排除有人图财害命——行长家的纪念币全部被拿走了。他一边思考，一边谦逊地说道：

“听了大家的话，很受启发，我说说自己的看法。行长曾经跟几个老板带了几千万元去海南投资，答应给钱，后来又没给，也不排除有人雇凶杀人。犯罪嫌疑人力气很大，对人体构造比较了解，总共扎了三十多刀，都在一个部位，心狠手辣。这伙人生活上不算宽裕，有一名犯罪嫌疑人在两起案件中穿的是同一双鞋。有钱的人会扔掉血鞋，他没钱，所以洗干净接着穿。关于指纹，我认为是犯罪嫌疑人所留。行长家有两道防盗门，一般能进他家的人很少，就更不要说去卧室了。所以说，指纹肯定是犯罪嫌疑人留下的。但是，鞋印的花纹一直没有比对上。如果这鞋真的产自国外，那么这个人还在不在境内呢？要大规模开展指纹采集工作，就必须明确一件事，那就是嫌疑人到底还在不在开里。”

王智贤说完，一时没人说话。

关鹤鸣轻咳了一声，问道：“有几个人从不同角度看到了红衣女人，你们对红衣女人怎么看？”

大家沉默了。

这个问题没有人愿意碰。按理说，有超过三个人说看到了红衣女人就应该可信。但是，案发十八年来，这件事情到现在还是没有研究明白。

关鹤鸣想借这个问题提醒大家，搞案子，必须要把案件的过程、细节想明白。要注重运用传统的侦查手段，不能简单地依靠生物检材。要在反复思考中逐步“接近”犯罪嫌疑人，这样才能准确判定排查圈到底有多大。

搞案子，最终靠的是人——这是搞案子的成功秘诀。关鹤鸣从不认为，有了先进的刑侦技术，就可以忽略人的巨大潜能。

因此，在案件分析会结束前，他还是说了一番鼓舞士气、启发思考的话：“十八年前的案件，现在还能说得这么清楚，现场保护完好，当年的物证也都保存了下来，所有这些都能体现出大家的良苦用心。”

东南州刑侦支队是一支经历过很多大场面、侦破过很多大案件的队伍，对他们，关鹤鸣是有信心的。

关鹤鸣提高了声音，用手指着对面说：“跟我们交锋的是很有心计的犯罪嫌疑人。他们精心预谋，有充分的前期准备，干得很利落，并且事先预判到了作案过程中可能出现的意外情况。现在我们要解决的问题，第一个是案件的性质，能决定下一步的侦破方向，务必要搞清楚。第二个是物证方面，前期对指纹的认识和利用都不充分。这跟采集、比对水平有关，要用现代的理念和技术重新研究。对于鞋样，还要再深入拓展。所有东西都要重新检验。第三个，要进行现场重建。没有解释清楚的问题，这回必须解释清楚。这两天，我们侦办组还要找大家深入了解案件。请大家做好准备，把当年的和这些年的笔记本都带上。”

晚上，整理完一天的会议记录，写完这一天的观察思考笔记，罗牧青躺在床上，怎么也睡不着。

她的大脑处于极度亢奋的状态。白天在案情分析会上，屏幕上显示的五具血肉模糊的尸体依次在眼前闪过，画面十分惨烈。马一昆的头部被砸得脑浆崩裂；小女孩何淑娴的胸部被扎了十几刀，血是暗红色的。所有这一切，就像电影回放。她失眠了。

鞋、红衣、锤……都是谜。

四、夜遇

关鹤鸣带着邱实找当年专案组的人进一步了解案件，安排朱会磊带领当地技术人员对所有生物检材进行重新检验。

周林坚持认为，杀银行行长的人一定跟行长有矛盾。他告诉关鹤鸣他们，当年他发现了一名犯罪嫌疑人，叫程福林。这个人承包了银行新建办公用房的装修工程。据知情人说，在装修过程中出现了新的问题。原来合同中未标明有这一项，程福林向行长说了，行长口头答应等装修完工后，会把这一部分钱补给他。可是，等装修完了，他多次去要，行长都以各种理由搪塞他。他对此十分不满，曾经跟行长大吵了一架。为了要钱，程福林跑到行长家门口堵过几回，都没能要回钱。周林认为程福林的嫌疑很大，身高、年龄都与犯罪嫌疑人十分吻合。并且，有一种装修用的橡皮锤，分量挺重，直径大约八厘米，有可能是杀害马一昆的工具。

"程福林现在在哪儿?"邱实问。

"案件发生后，我们安排人监控了他一段时间，后来也找不到证据，就逐渐把人撤了。他现在不在黔贵了，不过我们有他的联系方式。"周林停顿了一下，摸摸头说，"这人也变油滑了，知道我们手里没有东西。每回找他，他的抵触情绪都很大，有时候还骂骂咧咧。"

"足迹和指纹都比对过吗?"邱实追问道。

"比对过，都没比对上。"周林有些泄气地回答。

邱实摇摇头，没说话。

周林又皱着眉头补充道："这个案子实在是太特殊了。行长的这一条线根本就查不深入，刚往前推一步，就有人叫停。"

“你们认为犯罪嫌疑人是当地人还是外地人?”关鹤鸣一边翻着周林拿来的笔记本，一边问道。

“如果程福林能完全排除的话，我倾向于外来的。当地人，我们都采了指纹和足迹，都没比中。雇凶杀人的可能性也比较大。”

周林每每谈起这个案件，都是一脸的无奈和无辜。他在开里研究了八年，若不是阻力太大，他也不至于连个重点嫌疑人都没有发现。他始终认为，银行行长一定是与什么人结了仇，否则一家人不会死得这么惨。

关鹤鸣他们又找到了东南州公安局刑侦支队支队长唐树。

唐树说：“当年行长何健康参与了省会城市分行行长的竞争，本来大家都觉得他很有实力，却没竞争上，被一个叫祝东山的人比下去了。后来何健康倒是没说什么，但是祝东山却到处说何健康的坏话，两个人就这样结了仇。何健康这个人做事沉稳，话不多，心机重。祝东山有个儿子上高中，就在案发前不久突然被一伙人给打折了胳膊和腿。那时候没有监控摄像头，所以查了半天也没查出来那伙人。”

当年的专案组成员再提起“开里两案”来，都是一肚子的委屈和郁闷。他们觉得当时没能查深查细，现在已经物是人非，无从查起。

尽管线索千头万绪，但关鹤鸣发现了一个问题：大多数人的视线都聚焦在行长何健康身上，而对另一起案件的死者马一昆关注不多。换句话说，就是大部分人认为“开里两案”的切入点是何健康，因为他身上的矛盾点比较突出。而马一昆虽然负责特行管理，但是交往的人群相对固定，而且并未查出与谁有突出的个人恩怨，除了在个人婚姻的情感生活中有可能因爱生恨，别无其他。

这可能正是此案的侦破一直不能取得突破的核心问题。

敢于在一个开放的场所公然杀害民警，并且确定马一昆在公休日还随身带有枪支的人，一定是有某种自信的。

而这种自信从何而来呢？那就是他对马一昆相当熟悉，在与马一昆的对抗中有稳操胜券的能力。

以前，关鹤鸣每天早晚都坚持跑步，腰伤之后，就改为每天早晚快走了。作为一名警察，身体素质一定要好，绝不能眼睁睁地让犯罪嫌疑人从自己手里跑掉。

夜幕降临了，他换好运动衣和运动鞋，准备到附近走走。他习惯了这种脑子和腿同时高速运转的方式。夜晚的沉静，能让人更加客观地思考事物的另一面。

血腥的场面让罗牧青连续几天失眠。她想到外面买双运动鞋，然后暴走一通，让自己累得像猪一样倒在床上呼呼大睡。

在电梯口，她遇上了关鹤鸣。

尴尬了，同乘一个电梯，却没有话说。罗牧青本来是个十分敬业的人，若是往常，还是会没话找些话说的。可是，连日的“摧残”让她实在有些疲乏，再加上好几天了，关鹤鸣连正眼都没看过她，没话找话终将是自讨没趣。

可是，很意外，关鹤鸣竟然先开了口：“这么晚了，一个人出去不安全。要是缺什么东西，就让邱实他们帮你买。”

“谢谢您，我就是出来走走。”

下了电梯，关鹤鸣径直走在前边，罗牧青犹豫着要不要跟他一起走。

“开里这案子得好好研究。研究透了，自然就知道人在哪儿了。”关鹤鸣一开口，罗牧青就马上跟了上去，但与关鹤鸣保持了前后半臂的距离。

这是一个满脑子都是案子的人，就像一台破案的机器，只要一涉及案子，随时都有可能开动起来。

“东南州公安局的局长是刚调过来的。这是个好信息，有利于咱们开展工作。新官上任三把火，咱们得帮他把这火烧得旺一点儿。”关鹤鸣边走边说。

罗牧青踩着两只高跟鞋，有些跟不上，勉强三步并作两步地紧紧跟随。

“这几天会上大家说的话都记录了吧？”关鹤鸣问道。

“记下来了。有的人口音有点儿重，我在会后分别找他们核实了。”

关鹤鸣说：“好。等案子破了，咱们回过头来再看看大家的分析，哪些是正确的，哪些是跑偏的。总结经验教训的时候，用得上。”

东南州是一个充满民族色彩的地方，随处可以看到图腾类的建筑。开里是东南州的一座不大的城市。在昏暗之中，可以看到不远处有一座小山，再远处就是隐隐约约的巍峨高耸的大山。路上的车和人都不多，小城里一片静谧。

“关局，那个红衣女人会不会是放风的？”罗牧青突然问了这么个问题，也许是因为这几天红衣女人一直在她的眼前晃。

“作这种案子还用这么麻烦？”关鹤鸣说，“不出意外，中心现场只有两个人。红衣女人不能作为重点，会干扰视线。”

“但是，有好几个人分别在居民小区的楼道口、窗口看到了红衣女人，这难道是巧合吗？有没有可能是男扮女装？”罗牧青总觉得确实有这么个红衣女人：长卷发，高个子，穿着红色的风衣。

关鹤鸣只管走路，没有回答。

他发现这个女记者的记忆力很好，工作非常认真，有一定的逻辑分析能力。

走了大概半个小时，他连大气都不喘一下，身姿仍然十分矫健。

罗牧青觉得自己像是连滚带爬地跟在他身后，样子相当狼狈，再加上这几天没有睡好，头上开始冒汗，有些力不从心。

关鹤鸣听着罗牧青“咯噔咯噔”的脚步声，心想：她还真是像那个总编说的那样，有一股子不服气的劲儿。

这几天，他一直在暗暗观察她。她很干练，工作认真，做事稳重，性格也不错。

过了一会儿，关鹤鸣说：“你们记者在写破案过程的时候，常用一个词叫‘千头万绪’。所以，我们搞案子，一定要从‘千头万绪’中找出关键问题。”

“那怎么分辨哪些是关键问题，哪些是次要问题？”

关鹤鸣说：“当你一步一步走进现场，你感受最强烈的，就是关键问题。”

又走了十几分钟，关鹤鸣决定收兵，向住处走去。

罗牧青拖着两条疲惫不堪的腿回到了房间。

简单地洗漱完后，她一头栽倒在床上，心想，这回可以睡了。可是，翻腾了好久，还是睡不着。

她突然想起在地铁站换钱的事，打开微信一看，五十元红包早就被退回了，那个叫“乘风”的人也没有回她的话。她挺生气，这是什么意思啊？于是，她也不管是几点钟了，又发了个五十元的红包，附带一条微信：“麻烦您收下钱。”

过了几分钟，“乘风”终于回话了：“不好意思，刚刚回国，前几天这个手机没开。”

“没关系。收钱吧，谢谢啦！”随后，她忍不住点开了他的朋友圈。连续几天，他发的都是老挝的风光照片，还配有简短的文字。照片很唯美，文字很清新，罗牧青不禁点赞。

“这么晚了还不睡?”“乘风”在微信里说。

“最近有点儿失眠。”

“不会吧，这么年轻就失眠?有心事吧!”随后，一个大大的笑脸发了过来。

“是啊，心事很重。”罗牧青心想，每天想着那些血淋淋的尸体，能睡着才怪。

“放松一点儿，可能是出差水土不服。可以听听音乐，或者看一些轻松的东西。”“乘风”说。

“没用，都试过了，都想吃安定片了。”

“可别，这可不是什么好药。”

“你在老挝?那儿怎么样?”

“静与美的结合。”

“比较原始吧?”

“让我想想，好像不是‘原始’这个词能解读的。我们能不能用语音的方式?”

罗牧青犹豫了一下，答应了。

“我这次主要推介的是琅勃拉邦，是一座古老的佛教重镇。这里是老挝很多朝代的都城所在地，又是一座饱经殖民沧桑的城市。城区满是留有法国殖民地遗风的建筑。这种风格成就了琅勃拉邦的独特风格，也是那段悲情历史的见证。”在寂静的夜里，他的声音显得特别温暖、特别轻柔。罗牧青的神经渐渐放松下来，身体开始变轻、变暖……不一会儿，她竟拿着手机睡着了，发出了均匀的呼吸声。

“乘风”微笑着关闭了语音通话，他的心里有种莫名的满足感。

这一夜，她梦到了寺庙。

人的一生仿佛就是为了遇见而来，会遇见快乐，会遇见痛苦，会遇见茫然，也会遇见成熟，还会遇见那个一生都忘不掉的人。而这个人，爱你最深，伤你最痛。可在最初，没有人知道结局。

第二天醒来，罗牧青眼前的世界清亮了好多。她手里还捏着手机，这个动作让她慢慢回忆起了前一天晚上的事情，和那温暖的、带有磁性的声音。

这就是一切的开始，一切的开始都是那么美好。在她最需要帮助的时候，他出现了。他的柔情恰好达到了她喜欢的程度，自然、舒缓。

五、惊奇和质疑

这些天，关鹤鸣看上去不动声色。他的房间里每天都有民警进进出出。

他们说，他听，偶尔提问，但并不表态，也没有任何暗示性的表情。

朱会磊把所有检材该重做的都做了一遍，该核验的核验完了，并没有什么新的发现。他把所有尸体的照片和法医检验报告都看了又看，倒是从中发现了一些问题。

邱实看完了案卷，又分别找了几名当年的办案民警了解情况。

罗牧青也没闲着，出于记者的职业素养，她一直跟在邱实身边，对案情有了更深的了解。

她想去刑侦支队的技术处看看，遭到了朱会磊的拒绝。

他一脸嫌弃地说："检材最怕污染。"

罗牧青怯而止步。她很想知道，朱会磊为什么总是排斥她。

关鹤鸣打电话给邱实："你们三个到我的房间来，咱们碰碰。"

邱实赶紧叫上朱会磊和罗牧青赶了过来。

关鹤鸣先让朱会磊从法医的角度说说对案件性质和作案过程有什么看法，又让邱实谈了一下这些天对案件的体会。最后，他竟问罗牧青："你对案子有什么想法？"

太意外了！一向机敏的罗牧青强装镇定，但还是有点儿结巴："没……没有。我就是觉得那几个人太残忍了，对一个小女孩刺了那么多刀，胸口全是血。就算他跟行长有仇，也应该对行长下毒手，不至于对一个小女孩下这么狠的手。这一点，我想不通。"

她停顿了一下，迅速看了一眼关鹤鸣，见他听得还挺认真，就接着说："还有，就是觉得开里的民警特别想破案。我采访过王波，就是那个看现场十八年的民警，他说着说着就哭了。他说，案发现场的门钥匙，全局就他一个人有。这钥匙在他心里比什么都重要。他每天下班都要去看看，站在外边拉一下门，然后才放心回家。"

关鹤鸣"嗯"了一声，说："办案子就需要这样的民警。咱们下午就把民警都叫来，有机会你给大家讲讲这事儿。然后，咱们尽快把下一步的侦查行动定下来。"

下午，来了很多人，比第一天集中研判会明显多了不少。

原来，大家都想见识一下这个既神勇又不怕得罪人的公安部刑侦局副局长，当然也很期待听听九案侦办组的分析结果。

会议一开始，朱会磊就站在发言席上，从容地从电脑里调出了分析报告。

大屏幕上首先出现的是马一昆尸体的照片。

朱会磊根本不用看着屏幕，胸有成竹地说："马一昆的死亡原因是钝器击打头部，合并锐器刺破心脏。头部有钝器击打创伤六处，造成颅骨呈凹陷性、粉碎性类圆形骨折，直径八厘米。而刺向胸部的九刀，刀刀直达胸腔。可见犯罪嫌疑人杀人的决心之大。至于把手机放在脖子后面是某种民族习俗的说法，我不认同。手机应为打斗中自然落地，之后马一昆倒地时恰好颈部压在上面。倒地时的压痕与倒地后把手机插在脖子下面形成的印痕有明显区别。”

紧接着，大屏幕上切换了照片，显示出了铁锤、木槌、胶皮锤三张照片。

朱会磊说：“作案工具是大家关注的问题。前边不少专家和技术人员提出了胶皮锤、木槌的说法，我现在还无法准确判断。但是，能形成这种粉碎性但边缘相对整齐的圆形伤的工具，肯定具有一定的重量，且发力点距离受力点很近，只有这样才能形成很大的杀伤力。所以，我认为可以排除带柄的木槌或胶皮锤。”

朱会磊将照片切换到了银行行长一家被杀的现场照片。

他说：“何健康的死因是枪击头部，他的妻子和女儿都是锐器刺胸，来劝架的邻居刘云是枪击加刀刺。这说明中心现场只有两个人、两种工具。使用锐器的人行凶方式是一致的，主要刺点为左侧前胸和左侧后背，包括对何健康补刀都是在左侧，具有行为单一性的表现。特别值得提到的是何健康的女儿何淑娴，在女孩的颈部有左手拇指留下的印痕。也就是说，犯罪嫌疑人右手持工具，左手扼颈，但是扼不住，女孩还是发出了呼救声。她胸部被连续刺入十六刀，每一刀都在要害部位。这种连续刺入很容易让人认为是犯罪嫌疑人对被害人的仇视造成的。有没有可能是同学之间的矛盾导致的报复呢？我们也调查过何淑娴在学校的表现，老师和同学反映她乐观向上，与同学关系融洽。因此，我认为，对女孩的仇恨不会大于对其父母的仇恨。那么，为什么会连续狠刺十六刀呢？这一点需要各位侦查员给出一个合理的解释。”

台上的人说得慷慨激昂，台下的人听得全神贯注。

朱会磊用激光笔指点着重要位置，叙述得紧张而有节奏，仿佛他的推断全都不容置疑，一万分地正确。

“枪杀何健康时，不能保证他是坐在沙发上的。这一点，我向公安部物证鉴定中心的法医专家闵建国老师请教过。应该是首先击中了腰部，而不是头部。如果第一枪击中了头部的话，颅底骨折，人立刻就会失去行为能力。在现场可见向后晃形成的血迹，然后向前扑，流注状血迹很明显。根据出血量判断，这一枪没有致命，应该是近距离射击。沙发与茶几之间有一摊血，至少要有十秒钟以上的停留才能形成这样一摊血。也就是说，第一枪与第二枪之间有时间上的间隔。其间是否有对话，就不得而知了。”

朱会磊再次更换了照片。这一次，大屏幕上出现了何健康的左手腕。手腕上有一红色的印迹。

“我询问过当年的勘查人员，何健康戴什么牌子的手表，以及马一昆被害时身上有没有带手铐。得到的回答是，何健康有一块劳力士手表。马一昆遇害的那天身上没有带手铐，他把手拷放在派出所的抽屉里了。在何健康的左手腕上，我看到了浅红色印痕，并且有轻微破皮。我无法十分准确地分析这个细微的痕迹，因为手表可能形成，手铐也可以形成。但是，根据多年的经验，如果是手表印，不会有破皮的现象，这种伤必须有硬质衬托才能形成。因此，我认为何健康戴过手铐。但是，这个手铐并不是来自被杀死的警察马一昆，那它又是从何而来呢？戴手铐就意味着被控制，也就是说不排除有短时间的威逼过程。犯罪嫌疑人如果真是带着手铐来的，那么非常明显是冲着行长来的，是要对他进行逼问。也就是说，犯罪嫌疑人了解行长的身份。那么，要逼问什么呢？从现场的大面积翻动来看，我认为他们是为财而来。

“综上所述，出现在中心现场的是两个人。马一昆被杀案件中持钝器打击头部的人，在银行行长一家被杀案件中持枪，而持锐器的人始终没变。两个人力度大，配合默契，对人体构造有一定认知，杀人坚决。以上就是从法医的角度对案件的分析。”

朱会磊的讲解有理有据，让人感受到了知识的力量。年轻的他在那个时刻变得光芒四射。

开里民警热烈地鼓掌，因为在他们过去的经历中，没有见过如此器宇轩昂、气度不凡的法医。

紧接着，邱实对案件未破的原因进行了分析。他与朱会磊截然不同，无论是表情还是语气里，都始终保持着一种谦和的姿态。

他没有走到前面的发言席，而是坐在自己的座位上说道：“案件过去了十八年，我们做了大量工作，还是没破。最主要的原因就是我们对案件还有很多认识不到位的地方，比如说犯罪嫌疑人采用何种方式入室，到底是报复杀人还是抢劫杀人，目击者所说的红衣女人到底与本案有没有关联，为什么一直没有找到鞋样，犯罪嫌疑人是否既认识马一昆又认识何健康……之所以有这么多不明确的问题，确实有很多客观原因。我想，一些同志会有疑虑，当年都没查清的问题，十八年后还能查清吗？我们认为，侦办现案要用侦办现案的方法，侦办积案就要用侦办积案的办法。希望大家打起精神，我们有信心、有能力把这个案子研究透。现在，请关局部署下一步工作。”

关鹤鸣把笔放在桌子上，看了一下自己的笔记本，说道：“这起案件符合抢劫杀人案的特征。”

他是用一种确凿无疑的语气说出这句话的，这也与很多领导或专家不一样。说这样的话，就等于确定了侦破的方向，这是要承担责任的。这就是关鹤鸣的风格，在推理的时候，他会说“可能”，但在做方向性判断或下结论时，他却极少用“倾向于”、“可能是”这样的词汇。

他稍微停顿一下，看了看大家的反应，紧接着说："有人反映说，行长被杀前参加过领导职务的竞争，以失败告终，怀疑这与案件有关。但经过推理，如果是由于竞争产生矛盾而报复杀人的话，那么何行长竞争失败，胜利方有没有杀人的必要？另外，报复杀人的时间和地点不对。报复杀人完全可以选择任何一次何行长单独出行的机会，没有必要非冒着很大的风险跑到家里去。中午入室更符合抢劫的特征，因为何行长生活比较规律，每天中午基本上都回家休息，而晚上则应酬比较多。行长家有两道防盗门，一般叫不开门，只有中午趁孩子上学的时机可以进入。可见，嫌疑人对行长进行过跟踪观察。"

在场的几十号人居然静得出奇。

关鹤鸣的食指和中指并排，一边说话，一边轻轻地敲击着桌面，像是在给自己打着节奏。

"还有人说，是装修队的工头，这个也可以不查了。指纹、足迹都不对，胶皮锤也不对。再有，不要再考虑红衣女人的事情了。"

罗牧青偷眼观察了一下每个人的表情，从很多人眼里看到了惊奇和质疑。

十八年来一直都在争论的话题，居然这么快就被人给出了定论，特别是那些心里一直坚信是仇杀的人，自然不会一下子就释放走全部的疑惑。

在基层干过二十多年的关鹤鸣，当然知道此时大家的想法。他目光如炬，仿佛看穿了每个人的内心，说道："还想不通的就来找我，想通了的就别再往回想了。"

一遇到难点就怀疑一切都跑偏了，这是相当一部分侦查员的通病。

在关鹤鸣的办案经历里，绝不允许模棱两可的概念存在。凡事一定要搞清楚，只要是自己确信和验证过的事实，就绝对不要再怀疑，就要坚定地沿着这个思路走下去。

这次到开里，他的主要目的只有两个：一是对案情进行深入了解，让大家在原则问题上统一认识；二是调动大家的积极性。

他很清楚，以目前的状况，距离开展实质性的工作还远着呢，需要时间和条件的积淀。

破案不能着急，要遵循水到渠成的原则。关鹤鸣开始有条不紊地部署工作："下一步，由总队牵头，组建新的两案专案组。把那些不服气的、愿意研究案件的人都叫来，然后制订详细的工作方案。同时，你们要把四连指指纹研究透了。部侦办组会为你们邀请专家，帮你们一起研究。另外，你们把案发时开里市适龄人口的情况摸摸底。至于是不是重勘现场，要等咱们把案件彻底吃透了再定。工作中有什么问题，咱们随时沟通。"

第三章　芳城杀手

一、带刀却不用刀

有人说，现在警察破案，只要依靠DNA、监控视频等高科技手段就行了。

实则不然，有时候就算拿到了DNA，要在茫茫人海中锁定犯罪嫌疑人也并非易事。所以，传统的推理分析和技术手段，在案件侦办中依然发挥着重要作用，对准确划定犯罪嫌疑人的身份和活动范围，起着十分关键的作用。

只有准确划定范围，准确刻画嫌疑人的样貌和心理特征，才能不虚耗人力、物力、财力，让高科技有用武之地，发挥效力。

3月19日，九案侦办组来到了黔贵省南阳市芳城区。

罗牧青第一次接触到代号为芳城"2·10"系列杀人案时，感到了一种莫名的恐惧。

这起案件的犯罪嫌疑人是一名年轻男子。据南阳刑警介绍，这人长得颇为俊朗，并且很有可能是一名高级知识分子。在罗牧青身边，这样的人不少。她心里隐约生出了"重新认识身边人"的糟糕念头。

这起案件中一共有三名年轻女性被杀，在九案当中，是被杀害人数最少的。犯罪嫌疑人十分嚣张，在短短的两个月中，把三名年轻漂亮的姑娘变成了僵硬的尸体。芳城震惊了、恐慌了，流言四起。

有人说“他是一个变态杀人恶魔”，有人说“他专杀穿白衣、长头发的年轻姑娘”，有人说“他是大学城的学生”，有人说“他是一个因爱受伤的人”，有人说“他是附近兵营里的士兵”……年轻女孩晚上不敢独自出行。举报信息像雪片般飞来，网友们纷纷发帖帮警方分析，“变态杀人恶魔”成了整个芳城的热点话题。为了查证这些线索的真实性，芳城警察忙得马不停蹄。

其实，人们知道的还不够多。若知道这名案犯在连杀三人后，两次潜入警察重兵把守的包围圈伺机作案，大家恐怕真的就连家门都不敢出了。

“对，就是你站的这个地方。”罗牧青背对着两米多高的公园外墙站好，举起手机拍摄案发地环境时，朱会磊伸出右手指着她站立的地方，一本正经地说，“邱处，郭盛应该就是倒在这个位置。”

他边说边观察罗牧青的表情变化。罗牧青虽然心里一惊，但是丝毫没有表现出来。她慢条斯理地挪动着脚步，按动了几次快门，把周边环境拍摄了下来。

的确，这正是一个叫郭盛的年轻女子被杀害的位置。她出生于1981年8月，正是繁花盛开、烂漫璀璨的时节。二十世纪九十年代，她随着家人从四川来到了黔贵省南阳市。她是一个勤劳本分的姑娘，相貌姣好。十六岁时，她第一次出去打工，在田玉兰家做保姆。田玉兰非常喜欢郭盛，说她乖巧听话、手脚麻利，为人值得信赖。后来，郭盛到家具厂上了一段时间班，负责发货。家具厂倒闭后，她又到商场当了几个月的售货员。那时，她认识了沈云。

2009年，郭盛与沈云结婚，组成了小家庭。婚后，郭盛一时没有找到合适的工作，一度靠沈云开摩托车拉客赚钱养家。2009年底，郭盛到工厂上班，负责给工人做饭，有时候也应老板的要求到他家做饭，时间不固定。就在案发前不久，郭盛又回到田玉兰家当了保姆。

沈云说，婚后他们关系很好。但是，郭盛遇害后，警方在调查中了解到，她和沈云经常吵架。2011 年 11 月 30 日，郭盛曾打电话给沈云，告诉他自己怀孕了，两个人在电话里吵了几句。12 月 18 日晚，郭盛住在田玉兰家里。19 日晚上 7 点 35 分，她打电话问沈云："今晚不回家住行吗？"沈云说："不行。"于是，郭盛让沈云在家里烧好洗澡水。

接下来，悲剧发生了。警方通过走访调查，根据视频资料和法医给出的伤情鉴定，逆推了整个事件。

12 月 20 日早上 10 点，警方调取了田玉兰家小区内的监控录像。录像显示：12 月 19 日晚上 8 点，郭盛走出小区大门，步行至医院大门口坐中巴车。

这时，沈云准备到芳城大道航天路十字路口接郭盛，后因修电视机的师傅打电话说已到家门口，便返回家中陪师傅修电视。8 点 40 分拨打郭盛的电话，提示为"暂时无法接通"。待到 9 点修理完电视机，郭盛还未到家，沈云便出来寻找，再拨打手机，提示已经关机。沈云又打电话问田玉兰，田玉兰表示郭盛已于 8 点离开。

20 日早上 7 点，沈云再次打电话问田玉兰，然后又拨打了郭盛所有亲朋好友的电话，大家一致说没见过郭盛。

中午，郭盛的姐姐和姐夫得知妹妹失踪了，便乘坐中巴车赶往芳城区郭盛的租住房。到达的时候已经是下午四五点了，家中无人，打电话得知沈云去小河边找人了。

12 月 21 日，大家又分头去找。下午三点多，郭盛的姐姐和姐夫看到芳城区芳城大道旁有一个小山坡。坡上是一片松树林，树木高大茂盛。郭盛的姐夫独自走进去，看到墙边有一个女人躺在水管上，上身的衣服被掀到胸部以上，头部有很多血，面部被头发遮住了。他用手拨开头发，发现是郭盛，慌得大叫。郭盛的姐姐飞快地跑上来，确认是妹妹。过了几分钟，田玉兰和郭盛的丈夫也先后跑来了。同来寻找的朋友立即打电话向芳城公安分局溪北派出所报案，当时是下午 3 点 30 分。

更令郭盛的家人感到遗憾与悲伤的是，发现尸体的地方与她的居住地仅隔一条公路。几百米的距离，阴阳两隔。郭盛遇害时，已经怀有两个月的身孕。

谢菲是南阳市公安局的一名有着二十多年经验的法医，四十八九岁，中等身材，头发用一根黑色的皮筋扎成个马尾辫，简单利落地系在脑后，刘海儿被一只黑色的卡子卡着，整个人看起来十分干练。案发时，是她出的现场。

谢菲对“2 · 10”系列案件非常熟悉，已经研究过无数遍了。据她说，郭盛的尸体被发现时，呈仰卧状态，但家属说发现时是俯卧状态，翻过来看是郭盛才报警。

谢菲带着九案侦办组来到了案发现场。

从芳城大道旁上了小山坡，走进茂密的树林，罗牧青才知道，原来黔贵人说的松树与北方人说的松树大相径庭。

这是一片十分茂密的大叶藤类灌木，枝蔓相互缠绕。他们去的前一天刚下过一阵雨，地面泥泞湿滑、坑坑洼洼。地面上厚厚地叠着黄色、褐色、灰色的落叶。一年又一年，植物在静静地生长，同时也目睹了人间的聚散离合。林子里蚊虫飞舞，个头儿很大，叫不出名字。有的比蜜蜂还要“健硕”一些，见到有人进入林子，高兴坏了，轮番“轰炸”。他们的脸上、脖子上、手上被叮咬了数不清的肿包。

罗牧青大受蚊虫的喜爱，手腕上的包尤其之大，很快就红肿起来。还是经常出现场的法医有经验，从树林里出来，只见朱会磊从包里拿出一瓶药水，递给大家轮流抹一下。

他看到罗牧青手腕上的包肿得厉害，又从包里拿出一小瓶药膏，一边递给她，一边嘲笑道："你中毒太深，那个药水不管用，得用这个药膏以毒攻毒。"

罗牧青尴尬地说了声"谢谢"，隐隐感觉朱会磊说的"以毒攻毒"另有所指。

郭盛被杀时正是冬天，黑夜的树林应该萧条清冷很多。大概是因为下过雨，地面湿滑，郭盛自己卷起了裤脚，然后被犯罪嫌疑人劫持进了树林。

"卷裤脚这个动作，说明她当时并没有意识到生命受到了威胁。"邱实说。

"被陌生人挟持到这么黑的树林里都不害怕？不可能吧！"罗牧青诧异地说。

朱会磊从牙缝里挤出个"切"字来，一脸不屑地小声嘀咕着："人家说的是没有意识到生命受到威胁，没说害不害怕的事。"

罗牧青脸上立时开始发热，暗暗埋怨自己话多。话一多，就露出"外行人"的马脚来。

关鹤鸣问："劫持的工具是什么？"

"没有特殊的痕迹来印证，但根据推断很可能是刀。"谢菲回答。

谢菲介绍了法医检验的结果。郭盛的尸体在湿地公园的高墙旁，头部流血，地面上全是树叶。一块带血的砖头被扔在旁边，重量为五百六十九克。头旁有一块红色塑料片，是摩托车头盔砸在地上形成的。尸体东侧十九米处有一条红布条，是电信公司做广告用的横幅，展开后上面写有“创新改变世界”。尸体旁的黑色提包内有一只手套，上面有血迹。郭盛的米白色羽绒大衣位于距尸体九点五米处，上面有血迹。拉链头脱落分离，是暴力扯断所致。拉链齿掉落了三颗，一颗变位。郭盛的眼睑、左耳、右耳裂伤出血，颈部环形皮下血，右侧头部粉碎性骨折，食道、气管内有血性液体，颅骨骨折。胃内容物存留了两小时以上。经鉴定，郭盛的死因是勒颈窒息加颅脑损伤，死亡时间为 12 月 19 日晚上 8 点至 9 点。郭盛当日穿的衣服都检验过了，均未检出其他人的 DNA。

“创新改变世界？这红布条上的字还挺励志。”朱会磊有感而发，“这布条是从一条很长的宣传红布条上截取下来的，如果是犯罪嫌疑人带来的，那么可以推测这个人年龄不会太大。而且，他好像心理上有点儿问题。邱处，这方面您是专家。”

“犯罪嫌疑人可以分为两大类：其一是有危险人格的犯罪；其二是有危险心结的犯罪。所谓危险人格，是指因人格问题导致其对他人或社会具有重复威胁或持续危害的一种人格心理现象。所谓危险心结，是指因心理创伤而致的心结使其出现了令人意外的犯罪行为现象。现在，还很难判断本案的嫌疑人属于哪一种。”邱实平静地说。

半天不语的关鹤鸣突然发问：“既然怀疑现场的红布条是勒颈用的工具，那么这上面怎么没有检出任何人的 DNA 呢？”

谢菲答道：“被害人遇害的时间是 12 月 19 日晚上。19 日夜里下了雨，直到 21 日才发现尸体和布条。雨水对 DNA 的提取有影响。从目前的情况看，只能说是吻合，有可能是勒颈工具。”

话音刚落，只听朱会磊语气坚定地接过话头说：“根据被害人颈部的勒痕和红布条的褶皱情况看，红布条基本上可以确定为勒颈工具。由于勒颈力度大，上面一定附着有大量的皮屑。案件发生的时间段是黔贵的阴雨季节。在这种条件下，DNA 降解速度很快，下雨、浸水等方式会造成 DNA 成分的冲刷和稀释。综上所述，检出条件很差。但是，不一定就检不出。”

谢菲瞟了他几眼，一脸的不高兴，但没有说话。

罗牧青心里暗暗同情谢菲，觉得朱会磊当着关鹤鸣的面说这些话，太不给人留面子了。一个男人，又这么年轻，厚道一点儿没毛病，没必要这么嚣张。

不过，朱会磊的脸上也没有什么特别的表情。他大概只是就事论事，似乎根本没有关注到谢菲的不满。

根据调查，勒颈用的红布条出自电信公司在案发前两个月做宣传用的横幅。那么，案犯是否与这家电信公司存在某种关联呢？

关鹤鸣观察了一下案发地点周边的环境，问道：“杀人的过程，推测是先勒颈吗？”

“是先勒颈，然后用钝器击打，都是致命伤。”谢菲回答。

关鹤鸣又问：“勒颈动作能描述得具体些吗？”

谢菲想了一下，摇了摇头。

照片上显示，被害人的外衣被脱掉，棉毛衫和内衣被掀到胸部以上，这是一种与性相关的行为。但是，法医检验结果显示，并没有发生过性行为。

“外衣是钝器打击以前脱掉的，还是打击以后脱掉的？”关鹤鸣问。

谢菲迅速回答：“打击以后脱的。”

朱会磊故作惊讶地看了一眼谢菲，反驳道：“从伤情看，是打击之前脱的外衣。肩臂伤得很厉害，只有脱掉外衣后才能打击得这么重。在案犯脱扯衣服时，被害人反抗，这激怒了案犯。案犯用力拉扯，造成羽绒大衣上的拉链被破坏。大衣脱掉之后，被害人继续反抗，案犯捡起砖头进行击打。”

关鹤鸣示意把现场照片拿给他看一下。

谢菲从 IPAD 里调出了照片。

关鹤鸣仔细看着几张从不同角度拍摄的照片，过了一会儿，自言自语地说道：“衣服距离尸体九米多，在树林中部。也就是说，案犯先把人劫到树林中部，在那里想要动手。被害人的衣服被强行脱掉后，在撕扯中，她想要逃跑，但慌不择路，跑到了墙边，无路可逃，只能反抗。案犯随即实施勒颈、击打行为，直至被害人死亡。砖头可能是在现场随手拾取的，可是勒颈用的布带也是就地取材吗？要杀人却不准备工具？”

罗牧青好奇地说：“也许并不想杀人，只是情急之下出手太重？”

“这个案子的嫌疑人有谋人的意图。从整个作案过程来看，他下手很重，杀人的决心很大。从勒颈用的红布条上的痕迹可以看出来，是非置人于死地不可的力度。砖头击打的地方，伤都很重。头部击打不止一次，每次都是致死的力度。”关鹤鸣指着尸体照片说，“你看，他打偏了的这一下，造成了肩部骨折，肩关节有明显肿胀。”

罗牧青“哦”了一声，怪自己乱说话。

转而，关鹤鸣问朱会磊：“你看过照片没有？确定没有锐器伤？”

朱会磊自信地说：“没有。从成伤机制上看，杀人工具确实是红布条和砖头。”

邱实倒吸了一口气，又轻轻地吐出去，然后慢悠悠地说：“不对，感觉这个案子里，劫持的时候应该还是带着工具的。”

朱会磊说：“应该有。”

他把 IPAD 从谢菲手里拿过来，翻到了一张死者羽绒大衣的照片，说：“你们看这里，非常明显，衣服上有刀尖划和挑的痕迹，说明劫持的时候带着刀。带刀又不用刀，有没有遇到过这样的案例?”

“这种还真没有。”邱实说。

关鹤鸣微微笑了一下，说：“我倒是碰上过使用三种作案工具的。我在省里工作的时候，有一回碰上一起杀人案，现场出现了单刃刀、斧子、棍子三种工具。这可让大家犯了难，怎么想也想不明白。等抓到犯罪嫌疑人一问才知道，他当时情绪太激动，先用的自己带来的刀。打斗中，刀掉到地上了，当时没来得及捡；随手抄起一把斧子，砍在桌子上，拔不下来了；又看到棍子，就拿起来用了。等把人杀了，他把刀的事给忘了，直接就跑了。我们还是要按常理去推测，把事情想得过于复杂，反而理不清思路。”

好像经办过的每一案，都在关鹤鸣的记忆中十分清晰。

邱实和朱会磊一边听，一边不住地点头。

罗牧青仔细地听着关鹤鸣惟妙惟肖的讲述，看着他沉浸其中的表情，深感眼前的这个人经历丰富，所见非常人所见，所感非常人所感。他显然看到了人生更深邃的一面。

二、踩点劫持

沿着郭盛被杀的公园外墙走大约二百多米，就能看见一条南北向的道路，这条路的西边是一条河。这个地方被取名为“九里长滩”，一眼望去，感觉河滩比河面还要宽阔一些。顺着不算太宽的路向南走三四百米，就到了推断中的美静被劫持的地方——通往麦子寨后山的坡道。

年轻漂亮的黔贵姑娘美静怀着对生活的憧憬，考上了江浙大学法学院，成了2008级的一名学生。二十一岁的她即将毕业，2011年底，学校安排她到南阳市芳城区人民法院实习。

12 月 28 日是美静第一天到法院实习的日子。为了表示欢迎，法院的同事邀请美静下班后一起到饭店聚餐。大约晚上 7 点 30 分，吃完饭后，她搭乘同事小余的私家车顺路回居住地，同车的还有另外两名同事。警方通过调取监控录像，证实了小余先送另两名同事回家，最后送美静到达芳城大道麦子寨路口，美静下车后失踪。

12 月 29 日 10 点 15 分，一名爬山人在麦子寨后山猴子坡发现山顶平台旁的草丛中有一具尸体，随即向芳城公安分局报案。

南阳刑警及法医在现场勘查时发现，美静被劫持后，在山上平台的石凳上，有片状擦拭血迹。经检验，这些都是美静的血迹。尸体上盖有杂草、玉米秆和泥土。美静的上身衣着完整，下身全裸，足底干净。钝器致双眼损伤、出血；颈部有环状索沟，绕了两圈；右手掌有锐器伤。尸体旁有一根带血的树枝，长二十三厘米，推测为双眼致伤工具。

尸体旁有女鞋，左侧鞋带被解了下去，后在尸体不远处被发现，鞋带长六十八厘米。距尸体七米的地方有一双白色袜子，很干净。尸体的西北侧六十厘米处，发现了一个纸袋，为美静随身携带的物品。纸袋内的物品散落一地，各种证件、推荐表和笔记本上有手套的印痕。距尸体七米远的灌木林里，散落着牛仔裤、棉毛裤等。牛仔裤挂在树枝上……

通过现场照片，罗牧青看到了暴力与血腥。案犯毫无人性，竟然残忍地把树枝刺入美静的双眼，血染红了美静尸体旁的地面。

沿着美静被劫持的路线，一行几人徐徐上山。

案发当天，案犯先是劫持美静走了一段很黑的坡道，大约三百米长，然后才走到上山的小路。一路走上去，蜿蜒崎岖。开始还有人工修砌的台阶，后来就是爬山人踩出的山道了。山上树木茂盛，转弯的地方较多。翻过几个小山头，回头望去，就已经找不到是从哪里上的山了。越往上走就越陡峭，虽然脚下不是什么万丈深渊，但是如果摔下去，恐怕也是一劫！

走着走着，邱实不禁发出感慨："这个案犯真够执着的，一定要把人带到事先踩好的地点才动手。"

朱会磊应声道："是啊，都走这么远了，有好几个地方都足够隐蔽，完全可以动手，可是他却非得走到最高峰的平台上才大开杀戒，真够谨慎的。"

邱实若有所思，说道："最让人疑惑的是美静。她从被劫持的地点到被杀害的平台，至少走了两千多米的路，这中间似乎没有明显的反抗。"

谢菲连忙赶上几步说："之前一直没有打斗的迹象。顶峰平台的入口处有一个石凳，在上面发现了美静的血迹。结合尸检，应该是右手掌的抵抗伤形成的。石凳和尸体之间的距离是一百九十六米，这中间的路上没有发现血迹。在美静的围巾上，我们发现了血迹，推测当时用围巾绑过手，血流到了围巾上。或者是，案犯用围巾给美静包住了伤口。另外，和郭盛一样，在她的指甲缝里，没有提取到其他人的DNA。"

"那就是说，之前走过一千八百多米都是相安无事，没有反抗也没有攻击。"罗牧青小声地看着谢菲说道。

谢菲会意地点点头。

罗牧青恍然大悟，说："看来，遇到有人劫持，应该立即反抗才对。如果是和平上山的话，我猜那个人大概长得并不可怕，所以才具有很强的迷惑性，让人误以为没有性命之忧。"

尽管罗牧青声音不大，可朱会磊还是听得清清楚楚。谁叫山里那么安静呢！

"长成什么样叫'并不可怕'？"朱会磊眯着他那细长的眼睛，

低下头盯着罗牧青的眼睛追问着。

罗牧青被他盯得浑身不自在，声音发虚地说：“就是……就是不是很高很壮，有点儿文弱书生的感觉。”

“以貌取人！谁说书生就文弱了？谁说文弱就不会杀人了？”

罗牧青被问得哑口无言。然后，她再也不敢作声，默默地跟在队伍的后面。

终于爬到了这群小山中最高的一座——猴子坡的顶峰，入口处有一个石凳。

罗牧青忍不住把目光停留在上面，下意识地寻找着上面的血迹。

关鹤鸣问谢菲：“死因和致伤工具都明确吗？”

谢菲回答：“勒颈工具是现场提取到的鞋带。死因是勒颈窒息，死亡时间大约是饭后两小时。手上的刀伤是单刃锐器所致，刃宽不超过三厘米，比较便于握持，十分锋利。”

腰不好的人最怕爬山。由于上山太快，中间又没有休息，关鹤鸣感觉腰有些疼，用两只手在后面托着，停住脚步，问：“鞋带上检出 DNA 没有？”

谢菲答道：“只检出来了美静的 DNA，没有提取到犯罪嫌疑人的 DNA。但据推测，鞋带很可能是他解下来的。勒死美静后，他丢掉鞋带，脱掉她的鞋、裤子，又用树枝扎眼睛。然后，他把美静的纸袋拿走，翻动后丢掉了。”

朱会磊又不失时机地抬了一杠，说：“也可能是威逼美静，让她自己把鞋带解下来的。”这一次的攻击性有点儿明显。

罗牧青想，也许这位朱法医对女人存有偏见，也有可能是天生喜欢抬杠。

“这个人十分谨慎，作案时全程戴着手套，而戴着手套解鞋带并不方便。如果是他自己解的，他应该会把鞋带带走。”朱会磊接着说，“从伤情上看，他动刀并不多，只是在美静突然反抗难以控制的情况下才用了刀。这是不是说明他很自信？”

邱实用舌尖舔了舔干裂的嘴唇，冲着朱会磊点了一下头，说：“有点儿这个意思。”

然后，大家便沿着抛撒衣物的路线走。

走到两棵枝蔓相互交叉纠缠的粗壮大树旁，谢菲指着一根距地面两米多的树杈说：“她的牛仔裤被发现的时候，是挂在这个树杈上的。”

“是挂上去的？”罗牧青眼里充满了疑惑，忍不住凑到谢菲身边小声地问道。

谢菲解释说：“应该是随手高抛后掉落在树上的。还有很多其他的物品，也都是这样用力抛出去的。”

物品抛撒的路线与上山的路线完全不同。

罗牧青的脑海中出现了这样的画面：在黑暗的山里，月光惨淡，案犯在作案后显得十分兴奋。他一路抛扔被害人的物品，发泄着心中的某种情绪。

坊间流传他是一名变态杀手，看来这不是空穴来风。

三、案发总在雨后

美静被杀后，芳城紧急安装了一批夜视监控设备。然而，第三起案件还是发生了。

“爱情坡”并不是一个真正的地名，而是大学城的学生们给这座小山坡起的名字。顾名思义，这里是学生情侣们携手漫步的地方。山坡上有一个装有化学品的仓库，后来废弃了。仓库的墙壁上有很多涂鸦，大多是大学生们的杰作。

2012年2月6日，正月十五，是中国人传统观念中的团圆节。然而，这一天是个阴天，没有月亮。民间有个说法，如果正月十五看不到月亮，就将有不祥的事情发生。就在这个团圆夜，二十四岁的冯艳遭遇了人生最黑暗的一天，她的青春在猝不及防中戛然而止。

6日晚上，冯艳从商务会所下班后失踪。10日，冯艳的父亲到芳城公安分局报案，说他在芳城区家园北路爱情坡一废弃房屋内发现了女儿的尸体。

根据监控录像，警方发现，冯艳在遇害前一天去商店买了内衣。她的下班路线是：穿过大学校园，上家园北路，然后很快就能走到家。遇害当天，监控设备拍到她穿着白色羽绒服，身材苗条，温婉可人。其间，有一名学生和一对老夫妇与她逆方向行走。但是，尽管事后警方下了很大功夫，但这三个人均未找到。

根据现场勘查，冯艳被劫持进入废弃的仓库后遇害。

穿过一片玉米地，就看到了一座小山坡，即是“爱情坡”。谢菲指着坡顶说：“上边的那座房子就是案发的仓库，因为发生了命案，学生们都不敢来了。去年冬天，有一对夫妻住了进来。妻子不能说话，但能听到声音。丈夫精神有些不太正常，见人就打，不过很听妻子的话。刚才那片玉米地就是他们种的。”

仓库是砖混结构的，窗户都被贴上了各种颜色和图案的广告宣传用的塑料布。

走到近前，谢菲说：“原本这里没有门，他们夫妻俩捡了个门安上了。你们等一下，我先去跟他们说一声。”

她边敲门边冲着屋里喊：“我是谢菲，早些时候我来过的，是警察。”

接着，就听到有女人“啊、啊”的声音，随后就是男人的叫骂声。

谢菲拉开门，只见一个女人拿着扫帚站在门口，身后是她的丈夫。

谢菲拿出警察证，指着照片说："我是警察。还是上次的案子，来看看现场。"

女人仔细看着谢菲的脸，半信半疑地点点头，把手上举着的扫帚慢慢地放在了地上。然后，她回身拉住丈夫的胳膊，嘴里"啊、啊"地说着什么，她丈夫站在原地没有动。

谢菲示意可以进来。

她边走边结合现场勘查时的场景，介绍道："在入口处的砖缝里，发现了被害人冯艳的内裤和背包带，上面浸满了血迹。仓库一共有三间房，从第一间通往第二间的过道处，提取到了一枚烟头。第二间房的地面上，提取到两枚烟头、带血的砖块和菱形花纹的裤子。冯艳仰卧在最里面房间的靠窗处，从她的黑色袜子上检出了一名叫华生的男子的DNA。尸体周围有两张卫生纸，从上面检出了冯艳和华生的DNA。她的双脚被人用白色布条捆住了，白色布条是从冯艳的羽绒衣上截取下来的。在现场提取到的烟头上，分别检出了三名男子的DNA，但华生不在其中。"

仓库里光线很差，有些阴冷。让人感到十分意外的是，虽然是一对残疾夫妻住在里面，没有一件像样的家具，但是打扫得十分干净。

从里面出来，阳光明媚。罗牧青感慨万千，有人在这里死去，有人在这里继续。生活不易，只要活着，哪怕卑微，依然有幸福可以寻觅。

谢菲带着大家沿着冯艳物品抛撒的路线，来到了家园北路的一条一米多宽的排水沟旁。她介绍说："顺着水流的方向，依次发现了内衣、棉毛衫、白色羽绒服，还有装着剪刀和雨伞的女包、外裤、棉毛裤。衣服、包和伞都比较容易辨认，只有那把剪刀，冯艳的同事和男朋友都说从没见她使用过这种红柄剪刀。”

邱实问道：“冯艳身上的伤是什么工具形成的？有没有剪刀形成的伤？”

谢菲回答：“身上有锐器伤，切割伤是用刀，身上的划痕不确定是用的剪刀还是刀。头部是钝器伤，砖头形成的。”

邱实又问：“衣服上缺了一条布，是用什么工具截取的？”

“这个也不清楚。”

“剪刀做过 DNA 检测吗？”

“做过，泡在水里，没检出东西。我们也调查过红柄剪刀的销售地点，在大学城的便利店里，有好几家都在销售。”谢菲对答如流，可见对案件烂熟于心，确实下了功夫。

邱实不解地问谢菲：“你看，从仓库到这里，案犯走了很远，另外两个现场也是这样，都有长距离的行走，为什么都没有提取到足迹呢？”

谢菲答道：“一个是地面条件不好，另一个是每起案件发生之后都下雨了，所以没有提取到足迹。”

“找到华生了吗？”邱实问。

“华生是冯艳的同事，案发后不久就消失了，到现在还没找到人。”谢菲说，“不过，查到了他跟他姐姐的通话记录。他姐告诉他，政府在找他。他说：‘我有他们想要的东西。’在调查中，他们的同事都说，没发现华生和冯艳之间有密切的来往，而且他们不在同一个部门。”

冯艳身上的伤，比郭盛和美静都重，手上有明显的锐器形成的抵抗伤。

法医尸检结果显示：死因是钝器致颅脑损伤，由砖块所致。冯艳的额面部有多处锐器砍切创，脸上有多处平行创，应该是死后或濒死期丧失反抗能力后形成的。颈部有多处切划伤，背部有擦伤，左侧胸有切创，右侧肋骨骨折。擦干净尸体后，发现身上的锐器伤很多，有一些伤痕看起来像是一个“杀”字。

朱会磊说：“从她的伤情看，应该是跟案犯发生了十分激烈的搏斗，迫使案犯用刀了。”

“随身带刀的他，难道还带着一把剪刀吗？”罗牧青心里想着，话到嘴边，终究还是咽了回去。

三起案件中被害人的手机全部丢失，说明案犯对手机比较感兴趣。技侦部门通过对三名被害人的手机展开侦控，发现 2012 年 2 月 7 日 11 点，冯艳的手机有一个小时左右的开机。8 日晚上 10 点再次开机，据分析是取下手机卡后，用手机拍过多张照片。

冯艳的手机是一部“山寨”手机，价值不高。当月 19 日，警方从二手手机收购人蒲东东处将被害人冯艳的手机追回。

据蒲东东讲述，18 日，他在南明区青山小区内的营业点开门做生意。中午的时候，有一个卖手机的男子走了进来。蒲东东当时正在打手游，没太看清楚那个人的样貌，只记得那个人挺瘦的，二十多岁，穿着黑色帽衫。青山小区里面没有视频监控设备。

对此，黔贵省公安厅十分重视。鉴于三起案件作案地点、作案手法、侵害对象存在较多相似之处，他们立即抽调省、市、区三级刑侦、技侦、网安等精干力量成立了“2 · 10”专案组。

四、清秀的黑衣人

几乎所有芳城区的警力都压到大学城内外，进入了二十四小时警戒状态，还再次加装了监控摄像头。芳城公安分局下达命令，辖区内只要发生针对女性的案件，不论大小，一律都要带着刑警出现场。

为了及时通过视频监控发现案件线索，专案组对三起案件中视频条件相对较好的冯艳被害案案发地周边的各类监控设备进行了地毯式摸排，先后调取了五十一个地点的八十五个监控视频资料，对视频中出现的男子进行了排查，但均未发现重要线索。

在这种高度戒备的情况下，有一名外貌清秀的年轻男子在深夜独自走进了警察的包围圈。

2012 年 3 月 5 日，也就是第三起杀人案发生一个月后，晚上 9 点 15 分，芳城公安分局政委林子胜叫上局里的专职驾驶员大武到连环杀人案现场附近转了转。

大武以前在刑侦支队工作过，也有办案情结。于是，两个人一起往案发地点走。

以前谁也没有注意过，离冯艳被杀案现场不远的地方，两道高高的院墙中间形成了一条巷道，长度有二十几米，宽度大约有五十厘米，只容得下一个人通过。地面上倒放着一根很粗的树干，有七八米长。里面没有灯，漆黑一片。这个地方没有安装视频监控设备。

林子胜和大武距巷道口四五米远时，隐约看到有一个人，或蹲或坐——距离太远，看不清。

林子胜小声提示大武，前方好像有人。大武向巷道口望过去，说：“是有个人。”

这时，两个人都觉得有点儿意外。按照常理，一个制造了三起轰动全城命案的真凶，在如此紧张的形势下，应该早就溜之大吉了。难道他还会闯进警方的重点警戒区伺机作案？

白天开侦查会时，芳城分局局长在会上进行了巡逻分组，并要求抓捕时一定要先合围后动手。可是，驾驶员大武没有参加这个会。

林子胜忽视了这一点，这是他最后悔的事情。

林子胜示意大武从那个人后边围过去，但是大武没有明白林子胜的意思。就在与那个人相距两三米远时，走在林子胜身后的大武大叫一声："林政委，小心！"

林子胜心里说："你喊什么喊?!"无奈，他只好停下脚步，打亮手电筒，向巷道里照去。

那个人坐在大树干上，穿着黑色连帽衣，是个小伙子，眉清目秀。他不紧不慢地站起来，手上戴着白色手套，什么也没拿。

"这里这么黑，你坐这儿干什么?"林子胜用南阳话问。

那个人回答："没做什么。你是干什么的?"

大武认为很危险，就大喊："别动，公安局的！"

那个人闻声，转身就顺着巷道往外跑。

林子胜和大武在后边追。

出了巷道，跑了十几米，来到了山底下。黑衣人路很熟，毫不犹豫地上了山。

林子胜他们紧跟其后进了山，但是山路不熟，追到一处断崖就看不到黑衣人的身影了。

林子胜喘着粗气，掏出手机，打电话叫巡逻组围山。十几分钟后，他们又通知了警犬队。

民警从黑衣人逃跑的路线上找到了一只白色手套。

大批警察赶到，把整座山围得很严，但最终还是没找到人。周边的监控视频也都调看过了，并没有发现可疑人员的身影。

虽然没有追上这名清秀的黑衣人，但是刑事技术人员从他丢落的白纱手套上提取到了 DNA。可专案组的民警觉得，真凶不会那么傻，在这种形势下不可能钻到警方的包围圈里来，所以没太重视。

就在此事过去后不久，大学城里又发案了。

当月 16 日晚上 9 点，四十五岁的女老师林泽走到大学城家属区居民楼转弯处时，突然被从山坡上冲下来的一名年轻男子袭击。那人伸手抢夺她的背包时，身材比较高大的林泽极力反抗，并大声呼救。

年轻男子见有人从楼上下来，转身就沿山路跑掉了，一边跑还一边讲着什么，但林泽完全听不清他讲的是什么。

林泽被抢的地方，距离三起命案的案发地都不算远，处于警方的重点防范巡逻区域。警方自然而然地把这起案件与之前的三起杀人案联系在了一起。这个人简直是奇葩之极，竟然在警察的眼皮底下肆无忌惮地“折腾”！

林泽起初说，她看清了那名年轻男子的相貌，很像她女儿的一个同学。可是后来，当警方让她指认这名学生时，她又犹豫了，说没看清。

在案发现场，刑警发现了一个矿泉水瓶。技术人员从矿泉水瓶上提取到了 DNA，与之前从白纱手套上提取的 DNA 一致。

根据所掌握的重要线索，专案组推断，这名男子很有可能多次在芳城实施过抢劫。为此，南阳市公安局情报组调取了 2011 年 10 月 1 日至 2012 年 5 月 31 日的一千八百九十一起刑事案件的档案，从中筛查出作案方式类似于林泽被抢案的抢劫案件一百六十七起，并推送了重点人员三名。

除此以外，警方还使用技术手段对案发地周边的网吧进行了清查，筛查出五十八名重点人员。但是，经过进一步核查，均被排除。

有了林子胜、大武和林泽三名目击证人，黔贵警方邀请专家绘制了嫌疑人的画像。

林子胜作为一名警务指挥人员，眼力相当好。然而，在当时十分紧急和突然的情况下，他确实看清了吗？

五、切忌自乱阵脚

在芳城“2·10”系列案件中，林子胜“受伤”严重。当时，他是芳城公安分局的政委。九案侦办组一到，他心里的希望又被点燃了。

关鹤鸣看到卷宗里有关于林子胜见过犯罪嫌疑人的记录后，专程找到林子胜，向他询问当时的具体情况。

“手电筒照到脸了？”关鹤鸣问道。

“照到了。”林子胜如实回答。

“模拟画像是根据你的描述画的，你认为相像度有多少？”

“我总觉得模拟画像跟那个年轻人还差那么一点儿。”林子胜不假思索地说。

“瞬间看像谁？比如咱们熟悉的人，或者是哪个电影演员也行。”关鹤鸣继续问。

林子胜想了想，说：“说不上，感觉他‘阴气’很重。脸很白，长得很清秀，看起来层次不低。他上身穿着黑色连帽外衣，下身穿的是牛仔裤，奔跑能力很强。”

根据多年的经验，关鹤鸣说：“脸白跟手电的光线强有关系。”

林子胜解释道：“我后来去现场做过实验，能肯定他的皮肤确实非常白。当时大武带着枪，但是没敢开。真该开一枪，怎么也不能让他跑了。”

一说起当年这事儿，林子胜就情绪激动。

关鹤鸣又问：“这个人说话有没有口音？偏北方还是偏南方？”

“不是黔贵方言，对话时对方讲的是普通话。”林子胜说，“他选的那个伏击地点，真是最佳选择。我第二天白天又去看过。他对地形太熟悉了，那个地方真的非常隐蔽。”

林子胜走后，邱实说：“这个事有点儿遗憾，要是准备再充分点儿，当天就能抓住了。”

他给关鹤鸣加了些茶水，接着说道：“不过，林子胜当时就已经有十几年的办案经验了，那天他应该还是看清了黑衣人的外貌。”

关鹤鸣严肃地说：“我们办案子的时候，没有什么应该不应该，要尊重客观事实。他当时准备不足，所以既没看清，也没听清。那张画像不能使用，口音也没法儿确定。”

罗牧青不禁感叹：“那个人胆子真大，重兵之下，还敢闯到警戒圈里来。难道他认为最危险的地方最安全？”

“这个人的思维确实有点儿不一般。”邱实说。

关鹤鸣说：“不神化，但也不丑化。大多数犯罪嫌疑人都是普通人，没有天生的坏人。他们的经历，一定与犯罪存在某种关联。案子没破的时候，案犯个个神通广大。等破案之后，再回过头来看，每件事都不违背人之常情。”

三个年轻人认真地听着。

罗牧青迅速把这段话记在了笔记本上。她觉得关鹤鸣身上那种“天不怕，地不怕”的劲头，其实都是来源于多年职业生涯中获得的经验。在他眼里，从来就不存在“来无影，去无踪”的案犯，只有“没有准备好的警察”。所以，面对案件，无论多神多难，都逃不过“客观”二字。

到目前为止，抢夺未遂案和林子胜追赶的黑衣人可以通过 DNA 并案。

然而，三起凶杀案什么物证也没有，无法判定三起案件可以并案，也无法判定三起案件与黑衣人相关。

这是亟待九案侦办组解决的问题。

邱实说："这次我们遇到的是一个反侦查意识很强的案犯。他全程戴手套作案，时间选择在下雨前，可见其思维缜密、小心谨慎。现在，画像不能用，我们手里的DNA不敢确定，下一步是不是要从找到串并依据着手？"

关鹤鸣把左手举起来，张开五根手指，问道："他杀人的时候戴手套了，捡红布条的时候戴没戴手套？冯艳被杀的时候反抗那么激烈，案犯是不是就一点儿没受伤？要不是觉得控制不住她了，这小子也不会用刀。"

"关局，我想再检一下红布条。"朱会磊说。

"致冯艳死亡的工具是砖头……"关鹤鸣把食指和中指并拢，点着桌子说道。

"好的，砖头也再检一次。"朱会磊连忙点头道。

"检材要科学使用，要给后边的人留一些，我们得对案件负责。"关鹤鸣嘱咐朱会磊。

他转过头问邱实："博士，说说你对这个人的总体印象。"

"倾向于危险人格犯罪。有过心理创伤，心理阴影面积很大。在整个作案过程中，可以非常清晰地看到犯罪嫌疑人的多余动作比较多，大多以心理发泄为目的。"

关鹤鸣轻轻地点点头，说："我分析，这个人生活拮据，存在心理变态的特征。总体看，还是以抢劫为目的的杀人。"

正在讨论中，有人敲门。

来人是芳城公安分局刑侦大队大队长徐德忠。他四十多岁，中等身材，穿着作训服，一进门先冲着关鹤鸣敬了个礼。

关鹤鸣连忙站起来，说："来得正好，我们正说到串并案的依据。"

三起案件的现场，徐德忠都去勘查过。当年，连发三起案件，现场勘查细之又细，可确实没有提取到能认证犯罪嫌疑人的物证。

徐德忠说："到底能不能串并侦查，当年讨论得比较激烈。公安部、省公安厅组织全国、全省刑侦专家对案件开展过几次会诊，最后决定串案侦查，依据是：这三起案件的侵害对象均为年轻女性；作案时段均在晚上 7 点至 9 点；作案地点均为靠近公路的偏僻地点；作案方式均为拦截挟持、杀人、脱被害人衣裤；丢失物品类似，现金、手机等物品均被带走；作案均可由一人完成；嫌疑人对现场环境熟悉。"

关鹤鸣不动声色地听着。

实际上，用刑侦人员的话说，由于没有证据，这只能属于软串案。但凭借经验，关鹤鸣同意前面的工作成果，他认为这个方向没有错。

徐德忠继续说："当时，专案组的重点排查对象是大学城的大学生和务工的年轻男性。根据画像进行了筛查，总共排查了大约十万人。还真有一个人，跟画像简直是一模一样。可查来查去，却怎么也查不到这个人的作案时间和动机。"

就在刚才，关鹤鸣已经否定了那个"画像"的应用价值。但是，当徐德忠提到画像的应用时，他却没有作声。这一点让罗牧青有些不解。

"我专门来找您，就是想说兵营的事。"绕了很大一圈，徐德忠才说到正题。这才是他思考再三，最终决定来找关鹤鸣的真正目的。

这时候，他的语速稍微慢了一些，一边说一边观察关鹤鸣的表情："一点儿不夸张，这么多年来，整个芳城都被我们翻了不是一遍两遍。只有一个地方是盲区，就是兵营。在大学城附近的山里，有一个驻军点，是个国家保密部门。这里的年轻士兵比较多，案发时间都在晚上训练结束后，犯罪嫌疑人就在这里也不是没有可能。"

这些年，他们一直都想到驻军点查一查，但接洽了好几次，都被部队挡了回来。可是，越不让查，就越觉得这是块心病，徐德忠对此一直耿耿于怀。

看着关鹤鸣不置可否，一副气定神闲的样子，徐德忠忍不住问：“关局，您不是说了嘛，这回要彻底查、查清楚，绝对不留遗憾！”

关鹤鸣知道，他们认为工作已经接近穷尽了，才把火力瞄准了兵营。

如果手里有确实的证据，也可以对接一下军队。可现在没有任何证据指向兵营，难道就因为兵营驻扎在案发地附近吗？网可以撒得足够大，但漫无目的地撒网只能是无功而返。当大家把全部的希望都寄托在这里却又一无所获时，士气就会进一步被挫伤。因此，无论从哪个角度讲，现在都不是翻动兵营的恰当时机。

“不管是兵营还是什么单位，需要查的时候坚决要查。这个案子，我还没有吃透，给我一点儿时间。”关鹤鸣耐心而诚恳地说。

徐德忠没有得到确切的答复，不太满意地离开了。

待他走了，关鹤鸣定定地坐在椅子上思忖着什么。

过了一会儿，他对大家说：“他们现在是有劲儿使不上，需要给他们一个方向。”

“有可能是部队的人吗？”罗牧青低声问。

“兵营暂不考虑。”关鹤鸣十分明确地答道。

他把目光转向邱实，说：“你们中午吃完饭就研究。这三起案子，还是需要找出硬件条件来并案。”

邱实和朱会磊的目光同时落在罗牧青脸上。

罗牧青大惊失色。以前他们研究案件，从未让她参加过。

吃午饭时，三个人坐在一张小桌旁。

罗牧青悄悄地问邱实：“邱处，为什么刚才关局不直接告诉徐大队长画像不能用、兵营不能查呢？”

邱实笑了一下，说："在当前的氛围下，是告诉他们什么不能干有用，还是告诉他们什么能干更有用呢？"

罗牧青还是一脸懵懂。

"告诉他们不能干，就是推翻以前的结论。而推翻之后，我们又没有新的方向给他们，人心一下子就散了。这就叫自乱阵脚。"邱实停下筷子，一脸认真地说，"凡是涉及案子的事，都要牢牢掌握住节奏。"

罗牧青佩服地点了点头。

朱会磊小声地叫了声"罗记者"，表情诡异地说："看来，以后咱们是一个战壕的了，同进同退，荣辱与共，是吧？"

罗牧青抬头看看他，预感到他下一句话准没好词儿。

"您看是我们跟着您的节奏细嚼慢咽呢，还是您配合一下我们，改成狼吞虎咽呢？"

罗牧青没说话，闷头把剩下的几口饭菜快速扒拉进嘴里。

朱会磊见她面露愠色，悻悻地说："带个女的出门就是麻烦。"

邱实在一边不说话，闷头吃饭。

"到目前为止，身份还没暴露。保密工作做得真好，佩服啊！"朱会磊阴阳怪气地说道。

他把饭迅速地吃完，又故作新奇地对罗牧青说："我听说你们女记者都很拼的。听人说，有一回坐车去采访，车上除了驾驶席以外，还有四个座位。男记者抢先上去了，车下的女记者急得一下子蹿上车，坐到了男记者腿上。您遇到过这种情况吗？"

这下可惹怒了罗牧青。她把脸唰地一下沉了下来，放下筷子，瞪着朱会磊说："走吧，干正事儿去！"

就算脾气再好，也有底线。她声音虽然不大，但是充分表达了自己的不满。

朱会磊就想逗着她发火，然后让她自己走人。

“去我房间吧，我那儿有一套完整的资料。”邱实说。

三个人来到了邱实的房间。朱会磊一屁股坐在茶几边的椅子上，一副悠闲自得的神情。

邱实泡了三杯速溶咖啡。罗牧青先端了一杯，放在朱会磊身旁的茶几上，虽然没说话，但是用行动缓和了两个人之间的僵局。

这个动作，让朱会磊感到十分意外。在他看来，女人是爱记仇的，是爱面子的。如果没有人给她们台阶下，她们就会一直端着架子。可罗牧青不同，她分分钟就调节和转换了情绪。

作为一个记者，最忌讳的就是跟采访对象之间产生心理上的障碍。罗牧青也曾遇到过不合眼缘、话不投机的情况，也曾尴尬与惶恐，但是渐渐地，她发现人心不同，人心大同。她希望通过沟通，削减距离和误解。

“不管怎么样，要把这次采访撑到底。”她想。

邱实拉出写字台旁的硬木条椅子，说：“罗记者，委屈一下，坐这儿吧。”他自己坐在床边上。

罗牧青微笑着说：“谢谢。”

邱实的房间十分整洁。床头柜上摆着一本书，包着白色的书皮。银色的书签穗儿被射进来的阳光照得亮闪闪的，给人一种和谐与雅致的感觉。

邱实端起咖啡杯，喝了一小口，说：“三起案件都没有提取到DNA、指纹和足迹，按理说不应该。当然，有天气的原因，也有作案全程戴手套的原因。可是，如果林子胜遇到的黑衣人就是犯罪嫌疑人的话，他在逃跑中掉落了手套，说明在搏斗中也有掉落手套的可能。咱们还是不能放弃任何可能性。”

朱会磊说：“现在可以确定犯罪嫌疑人接触过的东西，有一条红布条、两块砖头以及被害人的衣物……”

“还有手机，被害人的。”罗牧青补充道。

“哟，你都会抢答啦?！我这话还没说完呢！”朱会磊嫌弃地瞪了罗牧青一眼，恨恨地说。

罗牧青自觉话多，脸一下子就红了。

邱实半开玩笑地说：“会磊，你今天的话可真有点儿多了。罗记者说的对，得把从收购店拿回来的冯艳的手机再仔细检验一下。”

“这些东西，我想带回北湖去检，还是习惯用自己的机器。”

“行，会磊，一定要仔细。这个嫌疑人的反侦查意识很强。咱们一起案子一起案子地过一遍，看看哪些地方还没有检到。”邱实说。

此时的朱会磊已经对案子烂熟于心了：“第一起郭盛被杀案，重点是红布条、砖头和外衣。羽绒外衣的拉链被拉坏了，可见撕扯的力度很大。但是，衣服的拉链部位他们都做过，没出数据。第二起美静被杀案，鞋和鞋带是重点。南阳这边已经做过多次，都没有做出数据，我想把美静的衣服再做一做。第三起冯艳被杀案，砖头是重点。他们搏斗得这么激烈，很有可能留下东西，剪刀和衣服也再做一遍。另外，冯艳的手机犯罪嫌疑人使用过，是个重点。不过，南阳这边也做过好多次了。”

“罗记者，您有什么建议?”邱实突然转过头看着罗牧青发问。

罗牧青欲言又止，说：“我没什么说的。”

“刚才话那么多，现在让你说又支支吾吾。”朱会磊又是一顿埋怨。

罗牧青自知是外行，人家邱实是出于客气，所以自己不宜发表观点。听朱会磊这么一说，她倒想说几句：

“这三起案件，我觉得犯罪嫌疑人对美静的衣物处置比较特殊。他当时可能处于一种亢奋和欢愉的情绪中，在作案过程中得到了心理满足。于是，他拿着美静的衣服一边走一边抛，抛得越高，用力就越大。这几天听你们说，只要接触过，就有可能提取到脱落的细胞，我觉得抛在高处的衣服是检验重点。”

邱实点点头，朱会磊的眼睛里掠过一丝讶异。

这时，邱实的手机响了起来，是关鹤鸣打来的。

“关局，我们在一起讨论。您中午也没休息？”

“我又仔细看了一下前面的调查记录。根据分析，犯罪嫌疑人先是拔了手机卡，然后又装上了，后来又拔了。我感觉这个过程，戴着手套操作可能很不方便。”

“好的，我告诉会磊。”邱实挂断了电话，“会磊，重点检一下手机卡和卡槽附近的位置。”

下午四点多，南阳市公安局刑侦支队副支队长熊冬平找到了关鹤鸣。于是，关鹤鸣就把邱实他们也叫了过来。

熊冬平五十岁，个子不太高，酷爱健身，所以看上去身体十分结实。他深眼窝，高鼻梁，长得十分有特点。原来，他也是来说驻军的事情。

“郭盛被杀的地点有一座高墙，墙里面是湿地公园，不远处就是一个驻军点。嫌疑人每次作案都是晚上七八点钟。驻军点里的人穿制服，容易取得受害人的信任。被害人同犯罪嫌疑人一起走了这么长时间都不反抗，等到了案发地点才反抗，这里面的原因还没有搞清楚。驻军的可能性比较大，有作案的时间。可是，部队那边说有证据才配合调查。”

午饭后，关鹤鸣就把以前看过的资料和来南阳后的所见所闻在脑子里整理了一遍。在走访记录中，有多处记载着找部队领导接洽清查兵营的情况。他知道，这成了很多人“放不下心”的事情。

关鹤鸣把食指和中指并拢，轻轻地戳在桌子上，说：

“根据你们说的，我仔细考虑了一下，驻军的可能性不大。这个案子主要还是劫财。第一个，犯罪嫌疑人经济十分窘迫。有的人说这个人层次不低，我认为不对。为了五十块钱冒着风险去卖手机，说明他急需用钱。而驻军每个月都有固定津贴，五十块钱对他来说不值得，这一点极不相符。另外一个，部队管理严格，出入都有登记。在冯艳这起案件中，视频资料比较丰富，走访人员也比较多，如果说是穿着军装作案，应该会反映出来。在没有拿出新的证据之前，暂时不考虑驻军。”

这一次，关鹤鸣给出了十分明确的答复。

“那您分析，这个人现在还在不在芳城？”熊冬平问。

“不出意外，应该是走了。他干成三起后，胆子很大，但紧接着两起都没干成，再加上警方动作比较大，他应该走了。自从林泽被抢案件发生后，芳城区就再也没有发生类似的女性被杀案件，这个也是佐证。”

“他是本地的还是外来的？”熊冬平又问。

“这个还是不太好判定，多半是外来的。但是，嫌疑人至少在芳城住了三个月以上，每次作案都事先踩点。从现场向外扩展五公里，应该就是他的活动范围。要是不熟悉地形，他在遇上林子胜的时候，就不会跑得那么快。都是山路，不熟悉地形就掉沟里了。他是白天踩的点，沿途的监控视频你们有没有找全？”

熊冬平有点儿尴尬：“那时候视频监控设备安装得不多……”

“现在不好排查了。我看，你们这个地方变化也挺大。不过，还是要再努力一下，看看能不能找到当年的外来人员登记底册，把当年的人员列个表给我。如果当年工作做得扎实，可能还有希望把他扒出来。”关鹤鸣说。

邱实说：“在侦破林泽被抢劫的案子时，捡到一个矿泉水瓶，瓶口的 DNA 跟黑衣人丢下的手套 DNA 一致。矿泉水瓶上有编号，可以依据这个查出销售地点。然后，看一下那附近还有没有监控设备。”

“是个好思路。但是，过去了这么多年，销售地点附近的视频资料恐怕难以保存这么长时间。不过，可以试试。至少可以知道他是在哪儿买的，辅助确定他的活动范围。”关鹤鸣说。

办完物证交接手续，朱会磊准备回北湖开展检验工作。

吃完晚饭，朱会磊邀请罗牧青到外面散步。

罗牧青本不想去，但又怕把刚刚缓和的气氛破坏掉，于是勉强答应了。

月光不好，加上林木茂盛，忽明忽暗。

罗牧青跟着朱会磊的脚步，走上了坡道。远离路灯，越来越黑，越来越安静，似乎能听到自己的心跳声。她有点儿害怕，可是想到有朱会磊在身边，只好碍着面子，硬着头皮往前走。

“罗记者，这条路熟悉吧？”朱会磊故意压低了声音问，让人越发感到阴森恐怖。

“好像只有我们两个人在上山，这是通到哪里的路？”

“昨天咱们刚走过啊，就是美静跟着嫌疑人往山上走的路啊！”

罗牧青的心一下子悬了起来，腿也随之突然发软了。

“真是贵人多忘事。”朱会磊一边说着，一边继续往山上走。

“山里太黑了，咱们还是回去吧！”罗牧青没有心思听他耍贫嘴。

“你们记者不是什么都要亲身体验吗？现在你身临其境，想一下，在什么情况下，你愿意跟着陌生的异性往又黑又没人的山上走。”朱会磊说着话，转头看了一眼瘦小的罗牧青。她把一双警惕的眼睛瞪得很圆。

罗牧青生气地停住了脚步。

朱会磊抛下她，继续向山上走。

罗牧青回头看看山下，黑暗已经吞噬了一切。她转过头，朱会磊正大跨步地往上跑。

她赶紧不情愿地追着他的背影往山上跑，好不容易追上了他，他又转身向下走去。

罗牧青气得咬着牙跟着，却一声也不敢吭。

回到住处，朱会磊跟罗牧青在电梯口分手时，一脸得意的坏笑，还假装关心地叮嘱她："我再提醒一次，回房间后，先检查一下衣柜和床底下，这些地方是藏尸的最佳选择。"

罗牧青觉得自己真笨，又被他狠狠地捉弄了一番。

这一夜，她躺在床上，总觉得心里不踏实，生怕床下面有什么不好的东西。她突然想起了"乘风"温暖的声音，有好几次想给他发条微信，但还是忍住了。

是心灵感应吗？

11点，"乘风"发来了微信："睡了吗？"

罗牧青顿时欣喜不已，还伴着些许感激。紧张和恐惧一下子缓解了很多，心里畅快起来。

接着，"乘风"又发了一条："我工作完，发现时间有点儿晚，害怕打扰你休息，一直没敢发信息，但还是没忍住。"信息末尾，加了一个害羞的表情。

罗牧青秒回："没有，正好睡不着。"

"乘风"就像一个空中导游，带着她领略他认为最值得分享的风光。

她不由自主地感到，现在自己被包裹的氛围刚刚好。时间是对的，话题是对的，一切都是刚刚好。

第二天下午，朱会磊回到北湖市公安局，逐级向领导汇报后，市公安局的领导十分重视。于是，他便全力以赴对检材进行检验。

第四章 呼河血案

一、“呼河大侠”

原定最后一站才到龙江，但结合各地的工作安排，九案侦办组临时调整了行程。

3 月 23 日晚上七点多，飞机抵达成滨机场。

龙江省公安厅刑侦总队政委徐佳良人高马大，若是在冷冰器时代，他应该是一员类似关老爷的猛将。徐佳良提出先去总队食堂吃饭。

关鹤鸣说：“不用，飞机上吃了。”

一起往中巴车上走的时候，徐佳良看了罗牧青几眼。在他的印象中，关鹤鸣出门办案从来不带女的，除非这个女的有什么过人之处。可是，没人介绍罗牧青的身份，他也不好多问。

徐佳良把大家带到宾馆，分别给关鹤鸣和邱实了一个文件袋。

发到罗牧青的时候，他停住了，看了看关鹤鸣。

关鹤鸣没表态，但徐佳良懂了，把最后一个文件袋递给了罗牧青。

第二天早上八点半，在刑侦总队的会议室，人员到齐了。

徐佳良政委手里拿着厚厚的一沓文字材料。他没有照着念，而是慢条斯理地说："部刑侦局让我们报疑难积案，我们龙江最难的就是'呼河血案'，所以就报了它。2004 年研究过，没研究透。当时的办案民警去世的去世，离任的离任，没有一个在岗的。说实话，这样的案子放到现在，谁都不愿碰。不过，这次再拿出来，这人是死是活，还是想有个结论。"徐佳良的态度挺明确，说话也是直来直去。

他深吸了一口烟，从鼻子里冒出来两道灰白色的烟雾，眼睛轻轻地眯着，一副闷闷不乐的样子。

九案侦办组的几个人都不吸烟。相对一大屋子烟民，他们显得有点儿孤立。

这个系列案件，在公安机关的名称是"呼河系列杀人案"。人们对这个名字可能有些陌生，但要是说起这个案件的犯罪嫌疑人"呼河大侠"，恐怕就人尽皆知了。

罗牧青在想，"呼河大侠"这称呼听起来是挺神秘威风的。这到底是怎样的一个人呢？为什么会被冠以"大侠"的名头呢？

呼河县公安局刑侦大队大队长许大力打开电脑，开始结合 PPT 详细介绍这个系列案件。

案件发生在 1986 年 7 月 7 日至 1987 年 3 月 17 日。这个"呼河大侠"一共作案五起，造成十一人死亡、一人重伤。

四十岁出头的许大力，也是半路接手这个案子，算是经办此案的第三代警察吧。目前，在刑侦大队里，他就算是最了解这个案子的人了。他东北口音浓重，嘴唇很厚，一张嘴就像是在说书，抑扬顿挫，十分健谈。

1986 年 7 月 7 日深夜，呼河县许堡乡派出所民警张阿贵和妻子以及长子、长女被人用刀杀死，次女被刺成重伤。张阿贵佩带的"五一"式手枪和十余发子弹连同枪套、警用制式腰带被犯罪嫌疑人抢走。

经勘验，在现场的棉被上提取了一枚清晰完整的血足迹，系犯罪嫌疑人所留，长二十七点五厘米。经鉴定，是胶底农田鞋底纹。据此推断，犯罪嫌疑人身高应在一米七五左右。经现场勘查，杀人凶器是单刃刺器，判断为一人作案。

张阿贵在案发三四天前到县医院照顾病人，于案发当晚 9 点刚搭乘一辆“解放”车返回。他先是到住所附近的小饭店吃饭，然后回家。曾有目击者反映，有一辆紫红色两轮摩托车停在饭店附近。骑车人向饭店里张望，形迹可疑。

综上，警方推断，这是一起有预谋、有准备，精心实施的特大杀人抢枪案件。现场没有明显翻动，就连张阿贵衣袋里的一百多元钱都没有被拿走。

张阿贵九岁的次女是案件中唯一的幸存者，但是她什么也说不出来，只说“我爸妈昨天晚上干仗了”。

大屏幕上，依次闪过四具尸体、尸检过程、作案工具和现场物品照片等。

罗牧青坐的位置，离大屏幕只有一米多远。那些血淋淋的场景扑面而来，涌进了她的眼睛。

她的下意识反应是，眼睛迅速逃离屏幕，可是她的心告诉她，不能这样做，自己是专职记者，要听清、看清、记清每一个细节。

邱实看起来十分投入，不时地往笔记本上记录着要点。

关鹤鸣斜靠在椅背上，看着屏幕，若有所思。

“犯罪嫌疑人抢完枪要干什么呢？”许大力自己发问，又自己回答，“继续杀人。他杀的都是什么人？都是政府公务人员。”

同年 10 月 13 日晚上 7 点，房管所所长赫爱成下班回家后，与妻子赵艳和前来串门的镇中学教师冯卫民一起闲谈。7 点 30 分左右，赫爱成发觉房屋南侧的菜园里有异常情况，便出去查看。

这时，隐藏在房屋西侧墙角的犯罪嫌疑人突然向他开枪，赫爱成腹部中弹倒下。犯罪嫌疑人飞身扑上去，向他连刺四刀。赵艳、冯卫民听到枪声和赫爱成的叫喊声后，出去将他抬到了屋内。

犯罪嫌疑人击发枪支时，发现卡壳。住在东院的邻居田大庆闻声赶到，在赫家西屋给镇政府打电话时，犯罪嫌疑人处理完卡壳问题，进入屋内走廊，向田大庆开了一枪，击中腹部。

当犯罪嫌疑人转身将枪口对准东屋时，枪再次卡壳。冯卫民用木凳将枪打掉，犯罪嫌疑人逃跑了。赫爱成当场死亡，田大庆在被送往医院的途中死亡。

当月 18 日，民警走访得知，赵家楼村村民于 14、15 日早晨，在涵洞过水平台上看见一条蓝裤子、一双农田鞋、一个手枪套。经打捞和查找，获取了烟色针织涤纶解放帽一顶、深蓝色脖套一个、灰色涤卡制服上衣一件、正一号的确良蓝色警裤一条、四十二码胶底农田鞋一双、白色粗线手套一双，还在蓝色警裤的裤兜内发现了一枚弹壳。

经检验认定，犯罪嫌疑人被打掉在现场的“五一”式手枪是张阿贵被抢枪支。由此证明，衣物是犯罪嫌疑人作案后抛弃的物品。

的确良蓝色警裤上扣子的缝法较为特殊，即加固第一针时留出一个线头，加固到最后一针时也留出一个线头，然后把两个线头结在了一起。地上的农田鞋鞋带的系法带有部队的特点。经查，的确良蓝色警裤为服装厂生产的计划外民用产品，可以对外销售。

据目击者证实，有犯罪嫌疑人一名，蒙面，身高在一米七五左右。犯罪嫌疑人抛弃衣物的涵洞与案发地相距四公里，路况不太好，仅能步行、骑自行车或骑两轮摩托车通过。

“杀害张阿贵是为了抢枪。那么，为什么要杀赫爱成呢？为了报复。”许大力说，“讲到这里，大家就会产生一个疑问：犯罪嫌疑人与赫爱成之间到底有什么深仇大恨，才会导致他谋划如此精密、下手如此狠毒呢？”

许大力抛出了一个关键问题。

此时的罗牧青已经听得精神高度紧张，感觉眼前像闪过了一幕幕场景：遭遇、开枪、补刀。这名蒙着面的犯罪嫌疑人头脑清楚、动作麻利、下手毒辣，实施过程短，达到目的快。难道是经过正规训练的人吗？

“可能当过兵。主要依据是：他的鞋带系法和他对枪支卡壳故障的处理。”许大力说。

二、连环案

除了许大力的讲解和打火机点烟的声音，会议室里一片沉静，气氛显得有些压抑。

关鹤鸣始终一个表情、一个坐姿。他的眼神依然让人看不透，有点儿迷离，但又无形之中带有很强的震慑力。

“下面介绍冯木被杀案。”许大力的东北口音显得越来越浓重，大概一开始他在努力说普通话。

1986 年 10 月 30 日早上，呼河县公安局民警冯木及其妻子、儿子被发现惨死在家中。冯木的“五四”式手枪和枪套、子弹被犯罪嫌疑人抢走。他的女儿、女婿住在隔壁院里，他们的两辆自行车丢失。

31 日晚，警方在火车站附近发现了被犯罪嫌疑人抛弃的冯家丢失的两辆自行车，其中一辆车的右侧车把上显现出一块不完整的掌纹痕迹，车把芯上端左侧显现出指纹一枚。经检验，排除了死者、家属、发现人以及有关人员留下痕迹的可能。

在抛车地点，技术人员提取到了一枚水靴足迹。这枚足迹与现场勘查时警方从冯木家中提取到的四枚长为二十七点五厘米的水靴立体足迹大小、起落脚部位以及前掌、脚弓、后跟反映出压力面的形状均相吻合，认定为同一人所留。技术人员将这枚足迹与赫爱成被杀案犯罪嫌疑人抛弃在涵洞过水平台处的胶底农田鞋进行了比对，特征完全吻合，认定为同一人穿过的鞋。

经现场勘查认定，杀人凶器是斧子。经走访调查，呼河县有三家卖斧子的，其中一家出售的斧子与现场斧子形成的伤痕大小、长短一致。据店员反映，在案发前两三天，有人买过两把斧子。

这显然也是一起精心策划、周密实施的特大杀人抢枪案。犯罪嫌疑人翻墙进入院内，从窗户向室内窥视后，从房门进入。其作案时间推断为夜里 11 点前后，作案目的就是抢枪。

犯罪嫌疑人在此之前抢得的“五一”式手枪，在打斗中掉落后，因为还有要报复的对象，所以急于抢枪。

此人具有很强的反侦查能力，对犯罪行为进行了精心的设计。其一，在作案工具上，从刀变成了斧子，并且一次买了两把斧子。其二，实施犯罪后，他从现场盗走了两辆自行车。其三，将在现场盗走的两辆自行车抛弃在火车站附近。这些行为的目的，就是干扰侦查视线，有意造成两个人作案且不是呼河人作案的假象。

“为什么要去抢冯木的枪呢？”许大力习惯于在案件介绍到高潮时，抛出一个问题，有点儿像电视节目中的讲述人，颇能吸引别人的注意力。

“因为他熟悉冯木，知道他的家庭情况。相继发生政府机关工作人员被袭案件之后，呼河县公安局下死命令，要求每个民警加强自身防范，院门、房门都进行了加固，只有冯木家什么也做不了。

他爱人患有精神病，他家经常不锁门。冯木本人比较瘦小，也是常年有病。犯罪嫌疑人认为他比较好对付，作案容易得手。”

可是，到底是什么人，既熟悉冯木家的情况，又能下得去手杀他全家？既像熟人，又不像熟人。

对于罗牧青来说，头脑轰炸是密集的。面对一起接一起的杀人案件，她的脑海中有一个人影在晃动——身体健壮，身手敏捷，留着平头，浓眉大眼，表情严肃。他穿着那个年代很流行的绿色制服上衣和蓝色警裤，戴着黑色面罩，只露出眼睛。

罗牧青从网上搜索过“呼河大侠”。网上把“呼河大侠”说得神乎其神，什么连杀五十多人，手起刀落，一刀毙命，再在墙上书写“替天行道”几个大字，然后逃之夭夭，消失在茫茫人海当中……

从刚刚的介绍来看，虽然没有五十多人，但是一连杀了这么多人还能摆脱警方的重兵捉拿，这“呼河大侠”似乎还真是有些门道。

许大力清了清嗓子，喝了口浓茶，继续介绍案情。

同年 12 月 26 日傍晚 6 点，司法所职工祝洋下班后，骑自行车到派出所副所长童辉家串门。

在开童家院门时，他被人从身后射击三枪，腰部两处中弹。祝洋大声呼喊报警，犯罪嫌疑人逃跑了。经抢救无效，祝洋于 28 日死亡。现勘人员从现场提取到三枚弹壳，经检验认定，均由冯木被抢走的手枪击发。

侦查员在走访时，有人反映，案发前看到一男子攀上童辉家院墙，向院内窥视。祝洋与童辉的体貌特征相近，都略微有点儿驼背。童辉平时也是骑自行车上下班，且平时下班回家的时间就在案发前后。可是，童辉当天并不在家。据调查，童辉是个“急脾气”，说话容易得罪人。

根据现场勘验、技术鉴定和走访的情况分析，这是一起精心准备、守候、实施的特大持枪杀人案。犯罪嫌疑人的作案动机是报复童辉，所以祝洋是被犯罪嫌疑人误杀的。

案发时间是傍晚 6 点，当时天已经全黑了，且童辉家门口没有路灯，完全有认错误杀的可能。

也许是因为屡屡得手，犯罪嫌疑人没有停止作案，而是在两个多月后继续行凶。

1987 年 3 月 17 日晚 10 点，呼河县人民法院法警刘勇生在自己家门口被潜伏在自家院内的犯罪嫌疑人从身后连刺背部两刀。接着，犯罪嫌疑人又向刘勇生连开两枪，其中一枪击中了他的左手。刘勇生举枪还击，退入室内。犯罪嫌疑人逃走了。

刘勇生经抢救无效死亡。

现勘民警提取到了三枚弹壳。经检验，其中两枚是冯木被抢走的手枪击发的，另一枚为刘勇生击发。经鉴定，刘勇生所受刀伤同刺杀张阿贵全家、赫爱成的凶器形态相同，均是较锋利的单刃刺器。从现场还提取到残缺足迹一枚，无鉴定价值。

有人反映，案发前曾有人在白天到刘勇生家观察。

这是针对被害人刘勇生实施的一起有预谋、有准备的特大持枪杀人案。犯罪嫌疑人于夜间持枪跳围墙进院，目的就是杀死刘勇生。

“这就是五起案件的基本情况。”许大力介绍完情况，把自己的移动硬盘从电脑上拔下来，回到原来的座位上，端起水杯一顿猛灌。

案情介绍完了，罗牧青已经在笔记本上记录了十多页。

她没有在任何一张现场照片上看到“替天行道”这样的朱红色大字。看来，网上流传多年的“呼河大侠”，不过是码字人杜撰的而已，但着实让不少人信以为真。

如果有机会，罗牧青打算把此事澄清。

三、希望他还活着

下午两点，继续开会。

会议一开始，邱实就请大家对案件发表看法。但是，过了好一会儿都没人说话。

徐佳良政委把手里的烟蒂在烟灰缸里用力摁了几下，然后清了清嗓子，说："我说说吧。这五起案子是同一个人干的没问题。这个人应当就是呼河县人，对呼河县的情况特别熟悉。这个人连续杀掉张阿贵和赫爱成后，在警方严密防范、高度警惕的情况下，不仅继续作案，而且在选取对象时，抓住了冯木体弱、冯妻患精神病的弱点和他家虽然偏僻但周围四通八达的便利条件。另外，童辉家也特别偏僻，住房周围道路复杂。可见，犯罪嫌疑人对环境熟，对人熟。"

对于这个案子，关鹤鸣并不陌生。

案发时，关鹤鸣正在警校上学。这个案子轰动了全国，所以从那时起，他就十分关注。在鹤岗工作了二十多年后，他被调到龙江省公安厅刑侦总队任政委。一上任，他就想把这个案子拿起来。可是，那些年案子多，没有办法调集精干力量办积案。后来，他受命调到北京，任公安部刑侦局副局长。四年前，他提出把这个案子再攻一下，于是让龙江省公安厅刑侦总队把案件的相关资料给他递了一份。不凑巧的是，那年国家级重大活动安保任务很重，他只好又把"呼河大侠"这个案子放下了。

这次，龙江省又把这个案子报了上来，他决心弄个水落石出，一定要跟这个老谋深算的隐形杀手过过招。

案件过去三十年了，呼河县城已经发生了翻天覆地的变化，人们记忆中的小街小巷都已经消失殆尽。

现在，此案已经成了一起案发现场消失、物证严重缺失的案件，俨然是一座没有任何提示的迷宫。

根据多年的刑侦经验，关鹤鸣认为犯罪嫌疑人就在警方画定的圈子里。

可是，为什么他一次次作案，又能一次次全身而退呢？不是他用了障眼法，就是警察自己障了自己的眼。排查中漏掉了，这种可能性极大。排查漏掉，无外乎两种情况：其一是排查条件本身定得有问题；其二是民警工作不细致，或者出现了“灯下黑”。

案子过去三十年了，现在再重新大规模排查，显然已经失去了条件。该从哪里突破呢？

徐佳良有备而来，对案件相当熟悉。也许对他的魁梧身材来说，椅子有些窄了，坐久了很不舒服。于是，他挪了挪椅子，坐正身体后说：

“我们当时给出的条件，是身高一米七五，体形中等，会熟练使用枪支，会骑摩托车。这个条件，应该说比较精准，但人还是漏了。总结原因，我认为有以下几个方面。当时的刑事技术装备、条件相对落后，现场勘验的理念同现在有差距。比如说，当时不懂什么是DNA，对犯罪嫌疑人抛弃的衣物上的汗斑只做了血型检验。另外，受时代的影响，对犯罪的动机和目的认识不清晰，究竟是针对特定对象的抢枪后报复杀人，还是针对不特定对象的仇视社会犯罪，认识不统一。由于被害人身份的特殊性，调查不深入，排查工作不到位。此外，当时推断年龄在二十五至三十五岁之间，现在看依据不足。实际上，犯罪嫌疑人用面罩遮脸，且案发于天黑以后，很难推断犯罪嫌疑人的年龄。现在重新来搞这个案子，难度又增大了。”

说完，徐佳良从烟盒里抽出一支烟，拿起金属打火机，“叭”的一声打开盖子，火光亮起，点燃，深吸了一下。

听到这里，关鹤鸣想起了一个传闻。

当年在排查此犯罪嫌疑人时，一名派出所民警所管片区人口多，一个人一个人地拉皮尺量身高速度太慢，于是脑洞大开，拿了一根竹竿，先用尺子量好一米七五的长度，然后截下来。他带着这根竹竿去排查，用竹竿一比，“超高了”、“不够高”，一目了然。

表面看来，这个方法还真提高了效率，但实际上体现了民警机械操作的弊端。侦查中推测出的任何一个条件，都只是参考，必须要结合现场综合分析，排查时更不能以偏概全。仅凭身高一项就排除，显然会漏掉。

关鹤鸣的眼神全照顾到了，看来没有人再打算就案件发表观点。

沉默了一小会儿，他深有感触地说：

“首案距现在快三十年了。案发时，我们在座的大多数人都还没进公安的门。虽然这案子不是在我们那个年代发生的，但这么多年过去了，案子没破，责任落在我们这代警察的身上了。就在上个月，浙江办了一起在英中国留学生杀人案件。当时，主办这起案件的英国警察已经退休了，但是他听说案子在中国开庭了，就表示要自费来中国观看庭审，以完成心愿。不管是中国人还是外国人，别的不讲，只讲责任心。警察这个职业，最需要的就是责任心。”

会议室里只有烟雾在袅袅地飘着。

每个人的表情都特别严肃，抽烟的人动作也渐渐慢了下来，轻了下来。

“这个案子的犯罪嫌疑人一直不能确定，造成社会上传闻很多，甚至有人把这样一个穷凶极恶的歹徒描绘成了佐罗式的‘呼河大侠’。一起案子，伤害的不仅仅是被害人及其家属……也损害了整个公安队伍的形象，影响了政府的形象。当年的理念和条件跟现在不一样，留下来的东西很少。但是，再难，我们也得干。我们干得下来，是我们的功夫下到了。干不下来，也要把最确凿的东西留给后边的人。”

他的话发自肺腑。声音不大，语调也没有那么抑扬顿挫，但字字铿锵，像鼓槌一样敲击着每个人的心。

听了这席话，罗牧青不由得把脸转向了关鹤鸣。

她禁不住肃然起敬，对他有了一种新的认识。

调到公安部工作五年了，关鹤鸣依然改不了亲自参与办案的习惯。他始终认为自己不论走到哪一步，都还是一名刑警。刑警的天职就是破案，就是维护公平正义。“活要见人，死要见尸”，他决心把这个“呼河大侠”彻底掀翻。什么“呼河大侠”，一个杀人犯居然披上了光鲜的外衣。可是，不破此案，显然无法以正视听。

“虽然我们已经失去了大规模排查的条件，并且当年的保管条件差，生物检材都失去了检验条件，但我们还是有可能破案。没有破不了的案，只有下不到的功夫。咱们还是要从找人入手。既熟悉人，又熟悉路，杀人的地点都是小街小巷，还会用枪，恐怕这样的人在呼河县并不多。我看过这个案子的资料，里面都是围绕被害人的关系圈展开的调查，很细，很好。如果不出意料的话，应该就在你们排查过的人里面。”

听到这里，大家隐约觉得关鹤鸣就要说出一个名字来了。

四年前，关鹤鸣拿到了一份名单，上面有呼河县所有在案发前服过兵役的男性信息资料。

四年来，他只要有空就对这份名单仔细研究。他发现，有两个人，单从提供的简要资料看，极其相像。一个叫吴庆生，一个叫吴超勇，两个人都当过兵，都接受过枪支使用训练。吴庆生身高一米七五，吴超勇身高一米七七。吴庆生在邮局工作，是一名邮递员，案发时三十六岁。吴超勇在供电所工作，是一名查表工，案发时三十三岁。两个人都具有随时深入小街小巷踩点的便利条件。

凡是出现在名单上的人都被排查过，当年为什么被排除了？

关鹤鸣不明其中的原因。

于是，他问道："吴庆生、吴超勇这两个人，你们调查过吗？"

"吴庆生？吴超勇？你们谁了解这俩人的情况？"徐佳良转头问身后的几名侦查员。他们互相交换了一下眼神，没人作声。

"下一步，先把这两个人的情况调查清楚。他们跟被害人的关系，再细致深入地了解一下。把当年的物证整理清楚，看看还有什么能重新检验的。事情过去了这么多年，有条件的话，再去回访一下重要的关系人。也许现在讲话更容易些，没什么负担了。"关鹤鸣说，"找到这两个人以后，马上告诉我，我要见见。这恐怕是留给我们警察最后的机会了，我希望他还活着。"

要让凶手活着接受法律的制裁，把所有隐匿的事情都揭开，这是关鹤鸣心里最期盼的结局。

罗牧青看了看手腕上的银色手表，已是下午 1 点了。虽然饥肠辘辘，但是因为过了饭点儿，她已经吃不下多少东西了。

这起案子，罗牧青听得似云里雾里。

当年的物证在移交的过程中发生了缺失，现在再先进的技术也派不上用场了。DNA 鉴定的路子堵死了，车把上的那枚指纹争议很大，有人认为车把上有清晰的手套印，所以不能确定指纹是犯罪嫌疑人所留。这么多年来，也没有明确的犯罪嫌疑人。这样的案子放在现在，继续工作的意义已经不大了。

关鹤鸣提到的两个人，就算其中之一是犯罪嫌疑人，又用什么来认定呢？

由于工作安排，关鹤鸣近期要赶回北京，所以他只能压缩在每起案件发案地停留的时间。

第二天，九案侦办组赶往三晋省祥县。

第五章　窑洞魔影

一、女童被杀

3 月 25 日，九案侦办组到达三晋省云成市祥县。

祥县历史悠久，据说是尧的故乡，“尧的传说”被列为国家级非物质文化遗产。祥县土地肥沃，特色突出的富硒土壤面积四万余亩，是国家级农业综合开发县。

然而，就是在这里，发生了一桩令全民愤慨、怒不可遏的特大杀人案件。

孩子们的春天永远充满欢快的笑声，就连明媚的阳光也会被感染得更加活力四射。2010 年 4 月 18 日，星期日，居住在祥县古绛镇的十一岁的赵芳、十岁的杨晓春和九岁的贾明明午后结伴到小溪边捉蝌蚪。直到夜幕降临，三名小女孩仍未回家。三对父母提着煤油灯、打着手电筒四处寻找。

2010 年 4 月 19 日 11 时 45 分，三名女孩的尸体在西沟一处废弃的窑洞中被找到，洞口堆积的带刺树枝仿佛一道生灵与死界的屏障。刹那间，父母失声——意外、恐惧、疼惜、绝望一齐涌上心头。

每个孩子都是可爱的，没有了呼吸的她们更加让人心生怜惜。她们衣衫不整，伤痕累累，特别是杨晓春的嗓子被一个饮料瓶盖紧紧卡住，人们似乎可以听到她痛苦的呻吟声。她们虽然已经死去，但是小小的身体似乎还是柔软的。她们的母亲很想抱一抱她们，帮她们把衣服穿好，但亲友们把她们拉住了，原地等待警察的到来。

祥县公安局民警第一时间封锁现场，展开细致的勘查工作。与此同时，云成市公安局刑事技术支队民警及法医火速赶往祥县案发地点。

在通往案发现场的道路上，有一个监控探头。4 月 18 日 12 时 44 分，记录着三个小女孩最后的影像——她们手里拿着饮料瓶，朝下沟方向走去。

民警立即寻找视频中出现的相关人员，经反复印证，获取了三个小女孩下到沟底，在小溪边玩耍的信息。可是，孩子们的尸体为什么会出现在几百米外山上的窑洞里呢？

祥县百姓急切地等待着答案。

在孩子出事时，女孩杨晓春的妈妈正在商场购物。遭受了所有家人的指责，她完全不能原谅自己。作为母亲、妻子，她既要承受丧女之痛，又要承受家人的冷漠。于是，争吵越来越多，误会越来越多，压力越来越大。最后，夫妻双方都丧失了维持这段婚姻的耐心。她跑到孩子的坟前哭了好几天。孩子是维系家庭的纽带，孩子没了，家就散了。

女孩赵芳十分懂事听话，学习成绩十分优秀。赵芳出事后，她的妈妈整日以泪洗面，不知道有多少个夜晚在睡梦中惊醒，不知道有多少次忍不住翻看女儿的相册。2011 年，她再也无法背负心灵的问责，决定与丈夫离婚，并放弃了小儿子的抚养权。

女孩贾明明的妈妈韩桂芝不知道怎样向家人交代。九年前，她的妹妹生下了一个女婴，却因精神失常而无法抚养。于是，任务落到了她的身上。她对这个女婴视如己出，并让她随自己丈夫姓贾。

贾明明聪明伶俐，非常讨人喜欢。然而，孩子的横死打破了家庭的宁静，夫妻俩最后也只得离婚。

生活的不幸，使三位妈妈对抓住凶手的期待更加强烈了。她们隔三岔五地给祥县公安局打电话，害怕警察把这桩案子放下。

三个女孩如此惨死，祥县民警异常愤慨。就连已经退休的公安局原副局长王英卿、贾九源也返岗参战，发誓一定要擒拿到凶手。

法医从三个女孩的身体、衣服以及现场遗留物上提取了检材。云南省公安厅、辽阜省公安厅根据检材，确定了嫌疑人的血型为 B 型，并获取了嫌疑人的 DNA 数据。

起初，专案组认为在现场提取到了可以认定嫌疑人的生物检材，案件很快就能侦破。

祥县民警对当日下沟人员、沟内有地有窑有坟人员、污水处理厂工人、棉织厂工人、有下沟采摘野菜和野生菌习惯的人员等进行了重点走访，均未发现可疑人员。

人们对三个小女孩的不幸遇难感到震惊和同情，纷纷讲出了所见所闻。围绕现场提取的物证等，民警走访了五百多家店铺，获取了大量信息。为了查证这些信息的真实性、关联性和指向性，民警马不停蹄、废寝忘食地工作着。

限于当时的人力物力条件，祥县公安局安排民警到重点排查区域采血，进行血型比对。如果是 B 型，再进行 DNA 检验。当时，天气热，血清容易变质，民警便先扎自己的手指一针，验一下血型，准确的话，再对可疑人员采血。那时候，他们一整天、一整天地在外面采血，十根手指头被扎得红肿发炎。可是，为了破案，他们没有一句怨言。

然而，案件侦破的进展出乎大多数人的意料，犯罪嫌疑人消失得无影无踪。

2012年3月，根据现场提取的生物检材，法医利用新技术，获取了犯罪嫌疑人的DNA细分数据。

根据从河南、山东迁入祥县的居民较多的情况，三晋专案组主动与经验较丰富的河南警方进行了联系。

2015年4月至9月，专案组先后派出三个工作组赴河南省沁州县开展工作。在沁州县公安局的大力支持下，比中了沁州县的一个程姓家族。

当时，专案组对基因科学的了解十分有限。于是，他们便拿着数据求助上海的基因研究所。

经过研究比对，基因研究所的专家说："案犯就在程姓家族里。"

此言一出，祥县民警就像看到了划破黑暗的一颗流星。大家竭尽全力，通过走访群众、查阅户籍底册、查阅家谱、寻找祖坟等方式对程姓家族进行了全面排查。

专案组在沁州县找到了这一家族的坟地，推算出最长者程万国活到现在有一百九十岁。专案组根据调查情况进行综合分析之后认为，清光绪十五年（即公元1889年）是沁州程姓祖坟的立碑年。在此之前二十年左右，即1869年前后，程万国因在原籍三晋洪洞"程家坡"与本村村民斗殴，将对方的辫子拽掉了，将要被发配到边疆。为逃避刑罚，他潜逃至河南省沁州县落户。几年后，洪洞的亲属找到河南，要其迁回洪洞，但因妻儿等阻拦，就没有再回三晋。墓碑的碑文显示，程家祖辈曾立有军功。据第九代传人程炳银回忆，为五品军功，家里有印章、书画楹联留世。民警在调查中发现，程万国有两个儿子。因此，这个家族分为两大支。经专家对生物检材进行检验，证实其中一支与程姓家族已没有血缘关系，另一支与犯罪嫌疑人的DNA细分数据一致。然而，通过常染色体检验，这个家族现有的男性成员全部被排除。

后来，专案组又查了《大清律例》，确实找到了相关法条。这是一条重罪，需充军发配。通过对程万国原籍的分析，专案组认为犯罪嫌疑人可能是洪洞县人，在一个叫“程家坡”的村庄。在洪洞县，专案组找到了一个叫“程家坡”的自然村，但与程氏家庭说的“程家坡”对不上。他们又从县志里查了所有带“程”字的村庄名，但都没有叫“程家坡”的。

依据专家的说法，理论上，犯罪嫌疑人就应该在程姓家族成员当中。然而，事实却是，这个家族所有男性成员的 DNA 全未比中。

专家说：“你们一定是排漏了！”

于是，祥县警方扩大了排查范围，对所有原籍为三晋的近五千名河南省沁州县人进行了排查，但均已排除。

案件陷入了僵局。

二、重勘窑洞

关鹤鸣和罗牧青一样，都是第一次到祥县。邱实在案发后来过这里，从那以后，这个案子一直悬在他心上。

从龙江到祥县，又坐飞机，又转火车。下午三点多，九案侦办组到达祥县。祥县公安局局长魏可光在车站接到了他们。

关鹤鸣说：“时间还早，到案发现场看看去。”

魏可光脸上流露出惊愕的表情。在去现场的路上，他告诉关鹤鸣：“被害的三个女孩的母亲隔三岔五就打电话来。我每年 4 月 19 号都会去看望她们，每次心里都很内疚。”

关鹤鸣虽然只是点了点头，没说话，但心里十分同情这三位母亲的遭遇。

案发地点位于西沟，在这里能非常明显地感受到黄土地的特征。

站在沟顶往下看，差不多有二三十米深。沟底下相当宽阔，零零星星地有一小片一小片的树林。

魏可光指着沟底下说：“案发现场就在下面，咱们得从这里下去。”从所站的地方往下看，没有什么正经的路，除了土就是垃圾。目测一下，还有些陡。

魏可光走在前头，关鹤鸣跟在他身后。一行人浩浩荡荡，扬起了黄色的烟尘。

为了能跟上关鹤鸣的工作节奏，罗牧青一直穿着在开里买的黑色皮革运动鞋。这双鞋与她的职业装一点儿都不匹配，一层厚厚的黄土覆盖其上，让她整个人都显得脏兮兮的。

祥县公安局办公室的美女科员穿着一套奶白色西装，配了一双镶有圆形仿水晶扣子的白色半高跟皮鞋。原以为接上九案侦办组就回局里，没想到直奔案发现场。不过，人家可没有半点儿含糊，一声不吭地跟着队伍向前行进。

下到沟底，罗牧青看到美女科员迅速把皮鞋脱掉，把里面的土倒出来，然后穿上接着走。

沟底下人很少，一片安宁。大约十几分钟后，一行人来到了小河沟。河面大概有一米多宽、半米多深，可以看见河底的一块块磨圆棱角的石头。河水蜿蜒流淌，如一根绸带。

根据当年走访勘查的情况，三名遇害的小女孩就是从这里被犯罪嫌疑人带走的。

从小河沟往三个小女孩遇害的废弃窑洞走过去，有很长一段距离。他们上了一座小山坡，才远远地看到几座废弃的窑洞。

原来住在这些窑洞里的居民，已于案发之前两年全部搬迁到了楼房里面，所以这些窑洞全都空了出来。窑洞虽没人居住，但基本完好，常有一些流浪人员暂居于此。

这里平时少有人来，很安静。黄土坡上生长着很多被当地人称为“枣刺树”的荆条类植物。顾名思义，这种枣刺树的枝条上长着尖尖的刺。

虽然外面还有光亮，但是窑洞深处已是昏暗一片。这座窑洞分为四个部分，分别是中窑、东窑、西窑和小窑。

最里面的小窑，就是藏尸的地方。

祥县公安局刑侦大队大队长杨智说：“从三具尸体的位置来看，从里到外依次是贾明明、赵芳、杨晓春，只有杨晓春手上有抵抗伤。三个女孩子玩耍的时间是中午，在水沟里抓蝌蚪，非常活泼可爱。这个细节可能激发了犯罪嫌疑人的犯罪动机。他找了一个相对隐蔽、条件较好的窑洞。我们倾向于是本地人或长期生活在此地的外地人，年龄较大。”

有人打开了警用手电筒，几道细长的影子映在了窑洞的黄土墙上。

罗牧青上下打量着窑洞。洞里阴森森的，窑洞的顶上和墙壁上都趴着很多瓶盖大的像蜘蛛一样有很多条腿的黑色虫子。她看着它们，身上痒痒的，生怕会掉下来一只砸中自己。

关鹤鸣提出疑问：“犯罪嫌疑人年龄偏大是怎么认定的？”

杨智答道：“我们认为这个人有过性经历，但此案仅仅是猥亵。虽然检出了精斑，但是没有检出精子。向医院的泌尿外科医生请教，医生说，这符合年龄大的人的心理和生理特征。”

云成市公安局副局长葛志飞说：“我坚持犯罪嫌疑人年龄大的观点。一开始，我们定的排查范围是十六岁至六十五岁。性犯罪也有十四岁和七十岁的，年龄跨度还是应该大一些。面对三名女童，这个人有较强的制服能力。从水沟到窑洞有一百米的平路、三百米的山路，从性侵到伤害过程较长。嫌疑人用枣刺掩盖洞口之后，又抽了两根烟。从法医的角度看，根据身体机能判断，他应该不是小孩。另外，我们在监控视频里看到一个男人，但一直没找到。他看上去大概四十多岁。这个人是朝着三个女孩走的方向走的，最有条件接触到三个女孩。然后，这个男的又折返回来，从另一个方向下了沟。”

六年来，葛志飞先后几次组织人员侦办此案，对案件的情况了如指掌。

杨智说：“当时还有个奇怪的现象，到现在我们也没搞清楚。三个女孩下沟时，一人拿着一个瓶子。杨晓春拿着一瓶饮料，另外两个孩子拿的是空饮料瓶。专案组在案发的窑洞里发现了四个瓶子，其中的三个瓶子是小女孩带去的，有两个里面有蝌蚪。另外一个瓶子并不是小女孩带来的，瓶子里的蝌蚪明显大于另两个瓶子里的蝌蚪。”

关鹤鸣认真地听着，并没有表态。

出了窑洞，罗牧青和邱实走在队伍的后面。她悄悄地问：“关局为什么对年龄范围不表态？确定了年龄，不就等于缩小了范围吗？”

邱实放慢了脚步，低声说：“在分析案件时，关局从不轻易表态。他表态的事情，一定是从各个方面反复论证过的。”

云成市公安局局长郭黎明的话很少，一是因为他到任的时间不长；二是因为他不是刑警出身，自认对案件的具体侦破没有发言权。但是，他一再向关鹤鸣表态，不惜一切代价侦破此案，坚决支持攻坚工作。

郭黎明是个非常富有同情心的人，他说：“发生了这种案件是悲剧，群众伤了心。如果案子再破不了，等于在群众的伤口上撒了一把盐。”

关鹤鸣点头赞同。凡是遇到有女性被侵害的案件，他的心里都很不是滋味儿。

二十世纪七十年代的农村，如果家里没有男人，生活的方方面面都会十分窘迫。关鹤鸣的父亲早逝，母亲虽然辛苦劳作，但家里的日子却一天不如一天。十四岁的关鹤鸣看着憔悴的母亲，看着比他小两岁的妹妹，决心放弃学业，拯救这个摇摇欲坠的家庭。于是，他瞒着母亲逃学打工。当他把钱交到母亲手里时，母亲泣不成声："儿啊，再苦也要上学呀，你还有妈管呢！"他在成长的历程中，目睹了母亲在生活中的挣扎与无助。因此，他对含辛茹苦的母亲有着特殊的感恩与敬重之情。或许正是这种年少时的感触，让他对遭遇不幸的女性总怀着更深的同情。

在黄土坡上行走了一会儿，有人提议往沟上走。

关鹤鸣说，他还要再转回去看看。

此时，太阳已经西斜。金黄色的余晖照在黄色的土坡上，每个人的眼里都是一片金色。

关鹤鸣回到孩子们捉蝌蚪的小水沟旁边，往远处的窑洞方向望去。站在这里，根本看不清案发的窑洞。

关鹤鸣沿着刚才走过的路，向黄土坡上窑洞的方向慢慢地走去。他的方向感很好，一路上表情严肃，也不怎么说话。

走完一遍，他又折返，往小河沟走。

罗牧青忍不住对邱实说："邱处，这个案发现场，除了窑洞的格局没变，什么东西都没有了。这种重新踏勘，还能有什么新发现吗？"

邱实心想，这个记者的问题可真多，也真敢问。难道我们到这里来是走形式吗？

转念一想，既然她有此问，难保别人没有这方面的疑问。于是，邱实说道："关局非常重视现场的重新踏勘，他总是把'一定要研究现场、弄懂现场'这句话挂在嘴边。大多数情况下，在这种野外的现场，不会提取到更新的东西。但是，只有身临其境，置身其中，才能通过客观环境了解犯罪嫌疑人的心理，还原当时的场景。"

晚上七点多，大家才到达住处。匆匆吃了一口饭，关鹤鸣就跟大家交流起案情来。

用"铁汉柔情"来形容关鹤鸣，最恰当不过了。

他把案卷翻开，指着三个小女孩的照片，表情凝重地说："大家仔细看看这三张照片，三个多么可爱的孩子啊！再看看这三张，她们变成了三具尸体。可是，犯罪嫌疑人仍逍遥法外。我听说这三个孩子的母亲经常打电话来。这是在提醒我们，作为刑警，我们的肩上扛的是责任。六年过去了，我们有了新的理念、新的技术。大家必须坚定信心，继续发扬不屈不挠的精神，尽快扳倒这块大石头，给三个孩子一个交代。"

关鹤鸣的话字字铿锵。这个案子一定要破，他在心里暗暗下定了决心。

三、包围圈半径五公里

第二天，召开了案件分析会。

这起案件的档案里，仅保存有一段监控视频资料。对此，关鹤鸣感到十分不解。

他问云成市公安局副局长葛志飞："案发在 2012 年，视频监控设备应该已经不少了，怎么就这么一段？"

葛志飞阴沉着脸说："我们这是小地方，哪能跟大城市比。"

关鹤鸣没有作声，眼睛盯着屏幕。

2010年4月18日12点40分，记录着三个小女孩最后的影像。她们手里拿着饮料瓶，朝下沟方向走去。

12点50分，村民齐大年和父亲在沟里干活儿。民警走访时，他们说看到有几个小孩走过去，但没太留意。

12点56分，有一名四十多岁的中年男子从沟底上来，又犹犹豫豫地沿着另一条路往下沟方向走。十九秒后折返，出现在画面中。之后，再没发现有人上来。三个小时后，15点46分，从沟底上来一个人。侧面，看不清相貌。

“我们认为上沟和下沟的是同一个人，但是这个人一直没找到。”葛志飞说。

技术人员宋小勇介绍了当时的勘查情况：“当时，包括民警和家属，总共进入现场十六个人。提取到十七种足迹，有五种足迹没找到相应的鞋，其中有四种是新形成的。只有一种足迹在两个过道中间，是塑料底布鞋。鞋印都是残缺的，大致推算下来是二十七厘米。装大蝌蚪的饮料瓶上的指纹，用502熏显过。有指纹，但因为没有从其他物品上提取到相一致的指纹，所以不确定是否为犯罪嫌疑人所留。在中窑过道处提取到两个烟头和一个打火机。打火机上没检出指纹和DNA，在两枚烟头上检出了同一个人的DNA。”

接着，魏可光介绍了“4·19”专案组推测的三个女孩被侵害的过程：“为防止孩子们逃离，嫌疑人先迫使她们脱掉了鞋子，因为窑洞内未发现女童鞋印。杨晓春性格暴烈，反抗激烈，受到了徒手殴打。嫌疑人将杨晓春带的饮料瓶强行插入其口中，造成一颗牙齿脱落，瓶盖卡在咽部，同时扼颈，致其死亡。嫌疑人用电线绑住赵芳的双手，推测是就地取材，因为电线表面有高温燃烧的痕迹，应为他人丢弃。赵芳头颈部受到徒手伤害，有面部朝下姿势，头面部受伤处沾有明显灰尘，属扼颈致死。贾明明口鼻捂堵损伤明显，有脱衣穿衣过程，结合现场尸体位置，应为最后遇害者。过道上有明显拖擦痕。犯罪嫌疑人将贾明明、赵芳、杨晓春依次移至窑内的小窑洞里，然后把鞋、瓶子等物品丢入。为延缓受害人尸体被发现的时间，嫌疑人用枣刺封洞后逃离。”

随着魏可光的讲述，罗牧青眼前浮现出犯罪嫌疑人拖拽尸体的画面，他们的推测仿佛无懈可击。

关鹤鸣又一次把右手的食指与中指并拢，弯曲着轻轻地敲了两下桌子。

罗牧青发现，他每当做出这个手势，就表示要开口说话。

关鹤鸣的声音穿过层层烟雾，飘荡在会议室里：

“我给大家提几个问题，咱们一起把案子的细节理一理。现场有一个装大蝌蚪的瓶子，你们认为这是怎么回事？跟犯罪嫌疑人有没有关系？”

一石激起千层浪，大家立马讨论开来。原来，在很多问题上，六年来并未达成共识。

一派认为，这个装大蝌蚪的瓶子是犯罪嫌疑人带来的。西沟的小水沟里没有这种大蝌蚪，但是在上游暖和的地方有这种大蝌蚪。犯罪嫌疑人以可以带孩子们抓大蝌蚪为名，诱骗孩子们上山。孩子们很着急去抓大蝌蚪，所以没来得及穿袜子就跟着走了。

另一派认为，山上没有水源，如果以抓大蝌蚪为名，不该带孩子们上山。而装大蝌蚪的瓶子仅是个偶然的存在，有可能是孩子们在河边捡的，也有可能是这个瓶子在案发前被人扔在窑洞里，因此与本案没有什么直接关联。

关鹤鸣调动起了大家的积极性，紧接着又抛出了第二个问题：“孩子们是被引诱上山的，还是被胁迫上山的？这个问题必须研究透，对于进一步识别嫌疑人的身份特征很关键。”

又是一番热烈的争论。

一派认为是胁迫上山，三个小孩从沟底被胁迫。她们的鞋里有泥有水，说明是在很慌乱的情况下连泥带水地把鞋穿上了。

另一派认为是引诱上山，因为从捞蝌蚪的小河沟到窑洞之间，没发现三个人掉落的物品，说明是和平上山。

整个会场就像在举行一场辩论赛，正方、反方各不相让。

中午休息的时间很短，大家迫不及待地吃完饭，又回到了会场上。

越是有争议的问题，就越是想辩出个子丑寅卯。谁都想根据自己占有的证据说服对方，因为他们正经历着挫折，努力想找出阻碍他们拨云见日的根源。

关鹤鸣不动声色地听着双方的争论。

会场上的声音渐渐变小时，他不失时机地把大家的火力吸引到了新的问题上：

“在提取到的唯一一段视频里，两次在画面中出现的男子，到底是不是同一个人？邱实会同几省的视频侦查人员一起研究，刚刚有了结论。”

邱实左手把一沓纸从桌子的左上角拿到面前，右手夹着黑色签字笔，抬起头，看着大家说：“案发当天的监控视频上显示，有一名男子跟着三个女孩往下沟方向走，之后折返，又出现在画面中。三个小时后，有一男子从沟底上来。由于画面不太清晰，较难判断是否为同一人。如果是同一个人，可以推测出这个人是在小女孩下到沟里三分之二时折返回来的。

“昨天，我和视频侦查方面技术先进的南京、长沙、重庆公安机关连夜研判。今天中午，经过讨论，大家得出结论，两个时段认定为同一人。依据是，衣着特征符合。上衣、裤子均为深色，上衣敞开，里面的衣服是浅色。身高一致，体态相似，左肩挎着包，摆动不明显。左脚步幅比右脚大，左腿步伐频率比右腿快零点八秒。”

听完邱实的话，关鹤鸣果断地说：“是不是同一个人的问题，以后不再讨论了。那么，这个人到底是不是犯罪嫌疑人？大家是怎么认识这个问题的？”

针对这个问题，也出现了两种声音。

一派认为就是他。他显得十分犹豫，在时间上有与小女孩相遇的可能。

另一派认为不一定相关，因为这个人如果能碰上小女孩，也应该能遇到下沟砍木头的严姓父子俩，但严姓父子称没有看到过这个人。

关鹤鸣端起杯子，好像要喝水，可又把杯子轻轻地放了下来。他接着提问：“刚才可光局长叙述的作案过程，大家还有什么不同意见或者想补充的？”

关于窑洞里面的活动过程，大家辩论得更加激烈。

有人说，在中窑可能有个语言交流的过程，但是小窑才是性侵和杀人的地方。理由是杨晓春的血流线路，不支持有拖拉过程。也许她在小窑洞里还没死，于是犯罪嫌疑人把瓶盖塞进她嘴里，然后窒息死亡。

也有人说，中窑有杨晓春的血迹，从形态上看，是躺在那里流的。并且，从中窑到小窑有拖拉的痕迹，说明有人想要脱逃，这个人很有可能就是性格比较倔强的杨晓春。在搏斗中，犯罪嫌疑人把瓶盖捅到她嘴里，无意中把她杀死了。与杨晓春相比，犯罪嫌疑人对另外两个孩子的约束力更强。

罗牧青看着关鹤鸣，暗暗地佩服他的洞察力。这些问题貌似平常，却每一个都戳中要害。原来，有这么多问题没有统一认识。也许正是这些没有彻底解开的谜，阻碍着“4·19”专案组的前进步伐。

关鹤鸣听得非常认真。

她一眼望过去，看不太清楚，他似乎在笔记本上画了很多图形。

听了大家的意见，关鹤鸣又接着问道：“对于现场过道上的两个烟头，你们有什么看法？是不是犯罪嫌疑人的，这一点有没有统一的认识？”

大部分侦查员认为烟是在作案后吸的，表明犯罪嫌疑人作案后稳定了一下情绪，并开始思考逃跑的路线和方式。

也有人持不同意见，认为一根是在杀人前吸的，一根是在杀人后吸的，说明犯罪嫌疑人比较成熟老练，心理素质好。

一片云挡住了阳光，会议室里的光线暗了下来。过了一小会儿，阳光又慢慢散了进来。不过，这时候的太阳已经西斜，傍晚即将来临。

大家的情绪达到一个空前的高点之后，突然就停在了那里。

所有目光都集中在关鹤鸣的脸上。

问了这么多问题，他总该发表一下自己的观点吧！

一切就像是顺流而下，关鹤鸣收到了信号。他端起银色的不锈钢水杯，吹开飘在上面的茶叶，深深地喝了一口，然后说道：

“对案件有不同的认识，这在案发初期是正常的。但是，如果案发六年了，还有这么多问题不能统一认识，这其实就是一种阻力。我刚才问的这些问题，有的是关键的，必须弄明白，一点儿也不能含糊；有的是无关紧要的，大家一定不要纠缠于此。带着不必要的疑问去工作，有害无利。”

他那犀利的目光飞快地扫过每一张脸，他依旧十分镇静地说：“我知道，你们很想听听我对每个问题所下的结论。实话实说，这次我下不了结论。下次来，会再说到这些问题。下一步，你们做什么工作呢？你们在排查上下了很大功夫，应当继续研究怎么把它用对了、用好了。另外，这个案子，我现在肯定地告诉你们，不要再往外跑了，就在本地查。以案发地点为中心，以五公里为半径，做个方案。看看怎么能把人找全，一个不漏。”

这一席话，让专案组成员的心里五味杂陈，既给了希望，又让他们有某种失落。

如果人真的就在这个五公里的包围圈里，那这么多年天涯海角地奔波，岂不是毫无价值和意义吗？

其实，关鹤鸣故意闪过了一个非常关键的问题，那就是犯罪嫌疑人是不是年龄偏大。

这是一个决定侦查方向的问题。关鹤鸣知道，这个问题一直困扰着“4 · 19”专案组。当时的高层指挥员定的方向是“年龄偏大”，但也有不少人并不认同这个观点。这势必造成在排查时无所遵循，漏排在所难免。

吃完晚饭，关鹤鸣给还在北湖的朱会磊打了个电话，问他是否没有检验到精子，就能充分证明嫌疑人的年龄偏大。

朱会磊说：“这个不一定。具体到有没有精子，判定是很难的。不是说没有检验到，就是没有。而且，根据有没有精子来判断年龄，也是不科学的。如果物证保存着的话，我到祥县的时候再检一次。”

关鹤鸣询问芳城的物证检验情况时，朱会磊说：“明天上午就能全部做完。目前出了一部分数据，还需要进一步比对。”他虽然没有把话说得太满，但从语气里能够听出，还是有所收获的。

犯罪嫌疑人又是如何逃跑的呢？

这也是关鹤鸣关心的问题。如果能知道他的逃跑路线，就能把作案过程完整地串起来，知道他“从哪里来，到哪里去”，就等于有了一个更具体的范围。

根据走访，有当地群众说，在案发当天下午两点多，见过一辆红色摩托车从那里经过。但是，追到污水处理厂时，由于距离太远，警犬十分疲乏，已经不兴奋了。因此，无法确定他逃跑的方向和使用的交通工具。

关鹤鸣还是想找到案发周边区域的视频。

第二天早上，他独自一人跑到案发现场周边的街道上，看到不少单位和小商店都安装了监控摄像头。

他在一家招牌有些旧的小食品店买了瓶水，很随意地跟店主聊了起来。

店主告诉他，摄像头都是前几年装的，画面不太清晰。

他问："能存多长时间？四五年前的还能有吗？"

店主说："早没啦，最多能存半年吧。"

关鹤鸣给杨智打了个电话，问他当年视频这一块工作为什么没有重视起来。

杨智不好意思地说："跟您说实话吧，这个案子有指纹，有足迹，还有精斑，条件这么好……当时觉得破案很容易，所以忽视了视频采集。等过了一个月，案子还没头绪，再去收集，有的早就被覆盖了。最后还是收上来一部分，我记得移交给技侦部门了。可是，后来再开会，技侦部门的人说，他们就发现了那一小段可疑的视频。"

"那些视频资料备份了吗，现在在哪儿？"关鹤鸣问。

"别提了，后来谁都说没看到。所以，在会上我们不敢提视频的事。"

关鹤鸣心里来气，不过这也是个普遍存在的现象。越是看上去简单、万事俱备的案子，就越是容易被门槛绊倒。现在，有些民警两眼紧盯着生物检材，把传统的侦查方法全丢在了一边，不分析案件，也不吃透现场。

他想，一定要找个机会，在全国的会上把侦查办案的理念正一正。

中午，邱实正在收拾行李，接到了朱会磊打来的电话。

朱会磊兴奋地说："邱处，熬了一夜，芳城的案子做出来了。"

邱实喜出望外，着急道："别卖关子！朱专家，快说，快说！"

朱会磊从美静牛仔裤的腰部提取到了脱落细胞，检验出了一名男子的DNA；从冯艳的手机卡槽部位提取到了脱落细胞，检验出了一名男子的DNA。这两个DNA数据相同，与林子胜偶遇男子掉落的手套上、林泽被抢劫案现场遗留的饮料瓶上面的DNA相同。

"太好了！我马上向关局汇报，你赶快归队！我们是下午的航班，飞江南。咱们直接在安平见！"

关鹤鸣得到这个好消息后，马上让邱实向全国发协查令，要求各地重点比对芳城案件的DNA数据。

第六章 安平惨案

一、小厂惊现大案

一个人在短时间内，分别在两个地点杀死了八个人。其中四名被害人为身强体壮的男性劳动力，具有很强的抵抗能力。这个案子发生在江南省红泉市安平县——这是个国家级贫困县。

2005 年 12 月 28 日早晨，安平县永乐镇新星石灰厂工人汪世洪到厂里上班，发现老板娘陈雪华全身是血躺在院子里，吓得转身就跑到了哥哥家。汪世洪有轻微智障，加上受惊吓，话说得不清不楚。他哥哥虽然意识到石灰厂出事了，但还是半信半疑，于是带着汪世洪来到石灰厂，看到果真死了人，也没敢再往屋里走，就赶紧打电话报了警。

首先赶到的是派出所民警张全友。干了二十年警察的他从没见过这样的阵势。屋里屋外全是尸体，一共七具。由于从 12 月 27 日下午开始下雨，血水染红了地面。张全友头皮一阵发麻，赶紧向上级汇报。

就在大批警察赶到现场后不久，又接到群众举报，说在机耕路旁的水沟里发现了一具男尸。

几名警察赶紧赶过去，发现死者名叫吴楠，是新星石灰厂的工人。

经法医检验，作案工具是一根杉木棒、一把菜刀和一把单刃刀。棒子上有手套印，在这个位置提取到了混合血，从里面检出了吴楠的 DNA。

法医鉴定结果显示，被害八人的死亡时间大约是 12 月 27 日晚上 7 点 30 分至晚上 8 点 30 分。八名死者中，吴楠和冯慧莲夫妇均为三十五岁，儿子吴小海八岁；石灰厂老板胡永发、陈雪华夫妇均为五十五岁；其余三名工人均为四十七八岁。

根据现场足迹判断，为一人作案。中心现场除小孩以外的六名死者，致死工具一致，犯罪嫌疑人用杉木棒打击部位、死者伤口形态一致。

在一号现场，即胡永发、陈雪华夫妇的住房，法医从多处提取到了多人的混合血，很难拆分；发现了一个空的椰汁饮料罐，从上面检出的 DNA，罐身上是胡永发的，罐口处是吴楠的。可以推测，胡永发拿过饮料罐，吴楠喝掉了饮料。但是，据胡永发的儿子胡辉讲，他父亲平时是不可能拿饮料给吴楠喝的，毕竟吴楠只是一名打工者。

二号现场，即吴楠、冯慧莲一家生活的场所，也是民工吃饭的地方，进门左侧桌子上有一个塑料杯，法医做出了 DNA 数据。经查，这个 DNA 是另一家小型石灰厂的老板戴志学的。

戴志学一看警察找上门来，吓得腿直抖。安平县城不大，石灰厂的杀人案很快就尽人皆知了。

他说："26 号下午，我确实去过新星石灰厂。胡永发要卖厂子，底价是十五万，截止日期是 27 号。我就是去跟他谈这个事儿。27 号我没去过那儿。"

民警问他，为什么吴楠的房里有他喝过水的杯子。

他说：“我去的时候，正赶上胡永发在忙，吴楠就把我让到他屋里，给我倒了杯水。”

警方对戴志学的行踪进行了调查，多方证据表明，他确实没有作案时间。

据胡永发的儿子胡辉说，石灰厂生意一般。他早就劝过父母卖掉石灰厂，跟他搬到省城去住，但父母一直没有答应。12 月初，他父母说要卖石灰厂，并且很着急的样子。具体为什么决定出售，他也不太清楚。

案发当天，警方并未提取到有价值的物证。

第二天再次去现场，法医在二号现场的水池内发现了一个饭碗和一副筷子。筷子完全被水浸泡了，碗边露在外面。由于天冷，池子里的水已经微微结冰。

按照日常习惯，老板胡永发夫妇在自己的房里吃饭，碗筷也都收在自己的橱柜里。平时由冯慧莲负责做饭，他们一家三口人的碗放在大锅里用热水洗。其余每个工人的碗筷都自己拿到水池里去洗，洗好后放在橱柜里各自的固定位置上。当天一共有九个人在石灰厂吃晚饭，除了被害的八个人，还有胡永发的儿子胡辉。胡辉在饭后立即开车回省城了。

现勘人员打开碗柜，里面的六双筷子和六个碗都摆放得整整齐齐。

水池里为什么会出现一副没有清洗的碗筷呢？

抱着试试看的态度，法医尝试着从露出水面的碗边提取 DNA。检验结果并不乐观，虽然得到了九个位点的数据，但不确定性很大，能否作为证据使用还有待研究。

这个碗如果本来就属于案发现场，那么根据推测，是住在石灰厂的人员已经吃完了饭，碗都洗好了，胡辉也已经离开石灰厂后，来了一个人。这个人在吴楠的房间吃了剩饭。吃完饭，这副碗筷就被放进了水池。这个吃饭的人，即使不是犯罪嫌疑人，也有可能是最后一个到过石灰厂的人。所以，找到他十分关键。

这个碗为什么在第二天才被发现呢？

一些现勘人员认为，这么大的案子，第一天勘查的时候去了省、市、县三级侦查人员，不可能发现不了这副碗筷。因此，他们认为，之所以在第二天才发现，是因为有人在案发次日夜里“借”碗吃饭。因此，这上面的 DNA 根本就无法确定与犯罪嫌疑人有关。

现场的翻动面积很大，但是嫌疑人却没有留下一枚指纹。屋里屋外、床上地上，甚至被害人的身体上都留有嫌疑人的血足迹，共四十五枚，清晰的有十九枚。鞋是四十码的，穿用时间大约为两三个月。鞋底是由外省进货的，鞋面是本地加工的。

案发后，警方陆续采集了五千余枚安平县男性的足迹，却没有一枚比对上。

难道是流窜作案？这显然与案件呈现出的状态不符。

侦破安平的这个案子是场硬仗，凭着多年的办案经验，关鹤鸣有种直觉，这是一个十分厉害的对手。

二、满墙血迹

十多年来，永乐镇的变化不算太大。新星石灰厂附近还保持着原貌，门前是一条机耕路。在离石灰厂不远的地方，有一个中型水泥厂，能听到机器轰隆隆的响声。

石灰厂的院子里虽无人看守，但鲜有人来。据水泥厂的工人讲，这里冤魂不散，常常闹鬼，所以大家宁肯绕道，也不愿意从这个门前经过。

沿着机耕路走到石灰厂门口，就能看见一个鱼塘。鱼塘的水面上泛着一个个水圈儿，鱼儿们在自由地呼吸。

石灰厂里已是遍地荒草，最引人注目的石灰窑，一副破败的样子。窑的东南侧，是老板胡永发的住房。在窑的另一侧，是工人吴楠、冯慧莲一家及员工闫棋朋的住处和厨房。从窑的旁边顺着坡道上行，是一个平台。平台上面有一间平房，工人汪士军、齐士飞住在里面。

安平县公安局分管刑侦工作的副局长赵长征手里拿着现场勘查报告，一边引路，一边介绍当时勘验现场和调查走访的情形。

一号现场是胡永发夫妇的住房。房子坐北朝南，系三间平房。进大门是胡家堂屋，堂屋东西两侧各有一房，每间房又分为南北两间小房。其中东侧房南室为胡永发的儿子胡辉的卧室，北室为胡永发的居室；西侧房南室是陈雪华的卧室，北室是厨房。

屋子的门板没有了。赵长征说："这里原来是双扇铁门，其中西面一扇的锁芯下面有泥土，上面有清晰的蹬痕。门锁为保险锁，锁舌已弯曲变形。"

关鹤鸣问："蹬痕是哪只脚留下的？"

赵长征说："左脚。"

"门板还留着吗？"

"留着。"赵长征接着说，"胡永发的房门有个特点，就是东边的半扇门多出一条边，压在西边这扇门上。也就是说，踹西边的门容易打开，省力。"关鹤鸣点了点头。

关鹤鸣问朱会磊："案卷都看过吧？持刀是用左手还是右手？"

"右手。"朱会磊十分自信地答道。

罗牧青不得不佩服朱会磊的敬业和卓越的记忆力。到了安平后，他连夜分析了每一具尸体的成伤机制。

陈雪华的尸体仰卧在住房大门西侧的走廊。尸体头北脚南，双脚着袜无鞋，上身黑色皮夹克敞开，背心上只剩下最上边的那颗纽扣，头、背部下方的地面有大面积血泊。距尸体左肩膀七厘米处有一张对折的十元人民币，上面有血迹。

中间堂屋内有两具尸体。一具是八岁的吴小海，尸体呈俯卧状，头西脚东，靠近门口，头部下方地面有大面积血泊，双脚下压有门夹板碎片，死因是锐器砍击头部致严重颅脑损伤。需要注意的是，只有他是被锐器砍死的。另一具尸体是胡永发，靠近厨房门口。尸体呈仰卧状，头南脚北，双脚着鞋，鞋底无血迹。尸体的头、背部下方地面至西墙边有大面积血泊。

工人汪士军的尸体仰卧在西侧陈雪华的卧室门口。

东侧是胡永发的儿子胡辉的卧室，地面上有三具尸体：靠近房门口的一具尸体为闫棋朋，呈俯卧状，死因为严重颅脑损伤。中间的一具尸体为吴楠的妻子冯慧莲，呈仰卧状，头东脚西，上衣敞开，手上黏附有少量血迹。最东边的死者为齐士飞，尸体呈仰卧状，右胸部衣服上有大片血迹。三具尸体头部附近地面均有大面积血泊。

罗牧青看到，有好几面墙上都有密密麻麻的咖啡色小点。差不多每个小点都被画了一个小圈，旁边还标着数字。

她好奇地问邱实：“邱处，这是什么意思？”

邱实小声地告诉她：“这是喷射到墙上的血迹，积年累月就成了这种颜色。那些符号都是法医做的，每提取一处血迹就会标一个数字，相对应的检材上也就贴一个标签，以免混乱。”

“哦，这得有多少个标记啊？”罗牧青轻声问道。

“墙上一共是两千五百九十三个标记点。”邱实说。

“哇，您怎么知道？”

“朱会磊事先跟这边的法医沟通过，然后写了报告给我们，以便提前掌握情况。”

邱实说完，就快走几步，跟上了关鹤鸣。

正在这时，走过来一个穿红色运动衣的女人。她问罗牧青：“你是刚到刑侦局的吧？”

罗牧青尴尬地点了点头。

“难怪呢！我是省厅技术处的，我姓韩。姐跟你说，以后到这种现场，必须穿点儿红的，避邪气。这种地方……怨气太重啦。”她边说边咂嘴摇头。

罗牧青点点头，说：“记得了，谢谢您啊！”

“看你不像刚毕业的，从哪儿调到部局的？”她一脸艳羡的表情。

“临时借调。”罗牧青说完，怕她继续问下去，赶紧岔开话题：“韩姐，您以前来过这个现场吗？”

韩姐眉头紧蹙地说：“来过多少次了。案发头几年，差不多一年就来一回。公安部、省厅组织过好多次会商、会战，这几年来得少了。这案子，可把专家给难住了。”

然后，她又指着墙上那些数字说：“一开始也没提这么多个点。厅里有个叫王平海的技术人员，心里老放不下这个案子，这几年陆陆续续地提了这么多。”

“他觉得这墙上有犯罪嫌疑人的DNA？”

“是啊，他老说杀了这么多人，那人不可能一点儿伤没有，没准儿从哪个小血点里就能检出DNA来。”

“那他有什么新发现吗？”

韩姐夸张地摇着头，说：“一丁点儿都没有啊！全是混合血，用了多少种方法都分不开啊！他说，等手里的活儿忙完了，还要来提。我看他是走火入魔了。”

二号现场是吴楠一家三口及员工闫棋朋的住房和石灰厂的厨房。房屋坐北朝南，中间是堂屋。由于年久失修，这几间房子的房顶都出现了大洞。

堂屋大门是铁质单开的，门锁损坏了。中间摆放着一张方桌，桌上有两件连体雨衣。进门靠墙的桌子上有一个一次性塑料杯，杯内有少许茶叶。

堂屋西边一间是吴楠的卧室，室门为单扇木门，呈打开状。柜子上有一部银灰色手机，并且堆放有大量衣物。床架和床上的一条牛仔裤上有血迹，地面上有电饭煲、照明灯盒、方便面盒、衣服、减压器盒。电饭煲上有血手套印，方便面盒上有血迹。

堂屋东侧房间分为南北两室。北室内有洗衣机、水池，洗衣机的指示灯亮着，内有洗好后脱过水的衣服。南室是杂物间，被一把弹子锁锁着，锁完好。打开锁后，进入室内，各物品无异常。

堂屋北边是厨房及闫棋朋居住的小卧室，均无翻动痕迹。

三号现场是吴楠被害地点，位于进出石灰厂的机耕路旁的杉树林旁。吴楠仰卧在排水沟内，头部多处遭锐器刺砍，双手有抵抗伤，颈部被锐器切割，死因为吸入性窒息。他上衣敞开，左手放在头顶部位，尸体北边有一辆摩托车。他脚上没鞋，两只袜底湿润并有泥土。摩托车点火开关呈关闭状，大灯关闭，车上有多处血迹。将摩托车扶起后，发现油箱下面的地面上有圆形血迹。

将吴楠的尸体搬走后，发现头部接触地面处有一片血泊。离尸体不远处的水沟边，散落有一双棕色针织拖鞋，表面及鞋底无血迹。

距吴楠尸体八米远的杉树林里，有被砍断的树枝，树干上有血迹。警察发现了一部黑色摩托罗拉手机和一块手机电池。电池与手机分离，手机内有卡，距手机不远处有一块手机电池，手机与电池上均有接触状血迹。

石灰窑的平台上堆放着许多用于烧制石灰的石块。平台上有一间坐北朝南的房子，是工人汪士军、齐士飞的住处。屋门为双扇木门，门上有一挂锁。门锁完好，无撬压痕迹，锁上有多处接触状血迹。有一堆红砖，堆放在该屋墙西侧。红砖旁边有一截直径六厘米、长八十七厘米的杉木棒。杉木棒上未见明显的血迹，表面有炭化痕迹。较大一端截面可见新鲜断痕，断面不整齐。沿石灰窑平台西南角一条向下的小路，可到达胡永发及吴楠的住房。

赵长征的介绍非常详细。他的普通话一般，听得出来，一字一句说得有点儿费劲。

当年案发时，他是县刑侦大队副大队长。不光是他，队里没有人见过一次杀这么多人的现场，当时真是有点儿蒙，不知道从哪儿下手。快十年了，一批批的专家也来过不少，这案子还是没破，真有一种无路可走的感觉。

在厂里走完一圈，赵长征又带领大家往鱼塘和机耕路的方向走，同时介绍调查走访的情况。

12 月 27 日下午，胡永发的儿子胡辉与吴楠等人在现场附近的鱼塘边捞鱼。晚上 6 点左右，八名死者及胡辉在该厂吃晚饭。6 点 15 分左右，胡辉离开了现场。随后，吴楠骑摩托车带着儿子行驶了五分钟，到岳父家送鱼，6 点 50 分左右又骑摩托车带着其子返回了石灰厂。7 点 16 分，胡辉到达省城后，打家里座机向母亲陈雪华报了平安。

当日晚 6 点 30 分至 7 点 25 分，八名村民经过第二现场时，没有发现任何反常迹象。7 点 28 分，永乐镇摩托车行老板李永生在不远处看到，一辆摩托车由石灰厂前的机耕路向村村通公路方向行驶。7 点 31 分，驾车由北往南行驶的李新涛夫妇看到了第一现场西边水泥路上倒地的摩托车，车头向南。7 点 36 分左右，村民唐军、唐方两人经过三号现场（即吴楠遇害地点）时，发现有一辆摩托车倒地，车头向南。车的大灯是亮着的，车后的地面上有点状血迹，车旁散落着一双拖鞋。7 点 52 分，张小春路过现场，未看到摩托车，只看到了拖鞋。随后，有三名村民先后经过这一路段，却没有看到摩托车和拖鞋。由此推断，吴楠被害时间应在 27 日晚 7 点 30 分至 7 点 52 分之间。

当晚 8 点 30 分左右，永乐镇水泥厂工人李克继经过第一现场大门前的鱼塘时，听见石灰厂里有狗叫，但没有听见主人平时习惯的呵斥声。由此推断，里面的七人此时已经被害。8 点 40 分左右，永乐镇中学的两名学生下晚自习后回家路过现场时，看见石灰厂有蓝色灯光照过来。由此推断，犯罪嫌疑人此时还在现场，有可能正在室内翻动。

据胡辉反映，12 月 27 日下午曾看见母亲上衣口袋里有三千多元现金，但民警在现场勘查时并未发现这些钱。

不少民警认为，一人杀八人，而且其中多人为壮劳动力，那么犯罪嫌疑人极有可能受伤。于是，他们在安平县永乐镇及周边区域展开了深入调查。

可是，在五家卫生院、八家卫生所、十六家药店均未发现可疑人员治疗外伤和购买外伤包扎药品。

经分析，这起案件的性质是抢劫杀人案。犯罪嫌疑人作案后，在现场进行了大面积翻动，有选择性地对几名死者的衣服口袋进行了翻动。中心现场的抽屉锁被撬，抽屉内的物品被翻动，屋子的顶棚有用血木棒捅破的洞。冰箱门把手上有血手套印，说明犯罪嫌疑人打开冰箱翻找过。现场的部分财物被劫。

关鹤鸣问："撬锁的技术怎么样？"

"一共有三处撬压痕，显示臂力强。其中有两处带锁的，是被强行用蛮力把锁吊扣拽下来的，这不像是一般的盗窃。实际上，锁很好撬，说明这个人不善于撬锁。手套留下印痕，反映出的印痕是横向的，而一般混纱手套是纵向的。开关上有印痕，离开现场时关了灯。”

安平警方认为，这是熟人作案，熟悉现场。

其理由，一是对进出线路的选择，寻找木棒的地点准确；二是只进入石灰厂老板胡永发夫妇和吴楠夫妇的房间；三是目标准确，只有老板夫妇和吴楠夫妇被搜身；四是嫌疑人棒击致人死亡后，又持菜刀抹脖子，连八岁的吴小海也没放过，有杀人灭口的嫌疑。吴楠穿着拖鞋冒雨骑摩托车外出，疑为送犯罪嫌疑人。

犯罪嫌疑人应为身强力壮的中青年。根据现场的翻动痕迹和遗留足迹分析，其身高一米六八左右，脚穿四十码左右的鞋。犯罪嫌疑人具有一定的反侦查能力，主要表现为：全程戴手套作案，拆下被害人手机电池，摘下固定电话听筒，现场五部手机未拿走。

根据现场勘查和尸体检验情况，作案工具有第一现场遗留的菜刀，为割颈工具，系就地取材。菜刀是胡永发住处厨房里的。在室外现场杀死吴楠的是单刃刀具。另外，还有就地取材的杉木棒一根。有老虎钳子一把，是犯罪嫌疑人杀人后在第一现场撬锁所用。有手电筒一支，犯罪嫌疑人自带的可能性较大。犯罪嫌疑人自己带的工具都带走了，就地取材的东西都留下了。

领着大家把三个现场都走遍了之后，赵长征站在原地，对关鹤鸣说：

“这么多年，为了这个案子，来了不少专家。综合专家们的分析，我们推测作案过程是这样的：犯罪嫌疑人先潜入石灰厂，后随吴楠出门至机耕路上。追杀吴楠后，转移他的摩托车、拖鞋等，然后到石料厂平台的红砖房旁找到杉木棒，分为两段，拿着其中的一段进入第一现场，另一段随手丢弃。杀气腾腾的犯罪嫌疑人踹门入室，炉子被一脚踢翻。他先棒击在堂屋的陈雪华、胡永发两人。陈雪华向外跑，被犯罪嫌疑人追上，拉了回来。她拼命反抗，纽扣都被拽掉了。汪士军见状，想拦住犯罪嫌疑人，不料也被击伤。他受伤后，躲入了左侧的房间。犯罪嫌疑人打倒陈雪华后，进屋遇到胡永发拿着菜刀反抗，挥棒将其打死，随即踢开左侧房门将汪士军打死。然后，他踢开右侧房门，连续棒击闫棋朋、冯慧莲和齐士飞，并用菜刀砍死吴小海。唯恐七人不死，他放下木棒拿菜刀，依次切割颈部。最后切汪士军的颈部，把擦刀用的毛巾和菜刀放在汪士军的尸体旁，然后再去搜胡永发、陈雪华等人的口袋。纸币掉在地上的血泊中，说明血是切颈后才流出来的。搜完后，去翻动一号现场寻找财物，再到二号现场吴楠家进行了大量翻动，就连冰箱也进行过翻动，最后逃离现场。”

赵长征讲得十分详细，整个案发过程和场景仿佛都是真的。这么多年，他觉得没有比这个分析更加全面真实的了，所以对此深信不疑。

关鹤鸣独自一人往窑顶的平台上走去。原来，这里有一条路，案发后没人打理，到处都是荒草。

他走走停停，时而环顾四周，时而俯视下面，时而把目光放在近前，时而眺望远方。

光线渐渐变暗，关鹤鸣来到被害人吴楠等人住的房子前面，抬头看看破着大洞的房顶，感慨地说：“这房子恐怕经不了多少风雨了。”

罗牧青抬头向上望去，只见房顶出现了一个脸盆大的洞。

赵长征忙不迭地解释道：“这些年，我们每年都派人来看看。要不是维护着，可能早就塌了。”他停顿了一下，接着说：“我们把胡永发住的那间房的顶棚拆了一半，找到了不少票据，正在根据上面的信息排查关系人，看看还有没有以前没接触到的。”

这里，是与犯罪嫌疑人相遇的地方。只有读懂这里的一切，才能还原曾经发生过的一切。

三、否决DNA

嫌疑人极有可能是安平本地人。

案发后，结合侦查工作的实际和调查工作的进展情况，专案组采取逐人见面、村组干部座谈、关系人印证等方式，围绕胡永发、吴楠等八名死者的亲友关系、生意关系、通信关系、矛盾关系等进行了调查摸排。

胡永发夫妇生前欠外债十万余元，应收款项二十余万元，各类存款一万两千元，各类生意往来的经济账目较为清楚，未发现有投资和放贷行为。但是，吴楠、冯慧莲夫妇的各种单据、记账本和现金在现场勘查中均没有发现，经济账目尚未查明。为查清胡永发、吴楠两家的资金流向，民警对永乐镇从事金融、保险及民间放贷人员共二百多人进行了调查，均排除了作案嫌疑。

经过调查发现，现场足迹所对应的鞋底在安平县的一家百货店销售过，大约卖出了千余双，这种鞋在其他各县市较少。

现场的血手套印对应的手套样本，经过查找，确定系氨纶质料，横纹细纱，在安平县也有销售。

警方对周边五个重点乡镇年龄在二十至五十岁之间的两万多人进行了排查，对一千多名重点人员进行了深入调查。

然后，安平警方经过仔细调查，发现有一个叫马中波的人非常可疑。他平时悍勇好斗，曾经因为偷盗被判刑。案发时，马中波三十五岁，永乐镇人，身高一米七，体格强壮，穿四十码鞋（与现场足迹大小吻合）。

安平警方认为，马中波具备作案动机。就在案发前三天，马中波开农用车到新星石灰厂买石灰，因为石灰的质量问题与厂方发生了口角，之后扬言要将石灰厂铲平。

马中波有作案时间。经调查，案发时间段马中波使用的手机，于2005年12月27日下午四点多钟在永乐镇使用后关机。案发后的第二天清早，同村村民陈立军骑摩托车上班时碰到了马中波。马中波让他帮忙送一程，陈立军答应了。在车上，陈立军问马中波案发当晚住在哪里，马中波说借住在他哥哥家。但民警调查时，他哥哥和嫂子否认他在案发当晚来过，说明马中波在隐瞒案发当晚自己的去向。陈立军把他带到大桥南街，马中波谎称上街买菜，到河口搭车去了武威市，过了十几天才回到安平。当时，他家正在盖房子，他丢下事情不管，不符合常理。

他回来后，专案组通知他到派出所采集足迹。他牢骚满腹，不愿意去。在他哥哥的劝说下，他才勉强去了，情绪很反常。第二天，他又离开了安平县。

马中波的身体条件、心理条件和成长经历符合嫌疑人所应具备的特征。

他的父亲因杀人被判重刑，母亲改嫁了他人。他从小就生活在没有父爱、母爱的环境里，脾气暴躁，喜欢用武力解决问题。马中波出手狠，一个人跟三四个人打架也从不畏惧，同村人都怕他。

警方从各种角度推测，吴楠都是第一个被杀的，而且被杀的地点不是石灰厂，而是距石灰厂不远的路上。

这个人是冲着吴楠去的吗？他跟吴楠又是什么关系呢？

据说，就在案发前一个月，胡永发家发生了盗窃案，他说丢了八千块钱。那天胡永发过生日，中午请大家吃饭，可是吴楠没有参加，说要去姐夫家吃饭。吃饭时，胡永发想起没带药，就先回了家。正在开门的时候，他发现有人从后窗跳出，看背影像是吴楠。他没追，怕出事。他老婆回来后一查看，说衣服被翻动过了，床下边的柜子被撬了。他们立即报案，可民警去了之后，他跟老婆陈雪华商量了一会儿，对民警说："不报了，自认倒霉吧。"

吴楠跟马中波认识，于是有人怀疑这个案子是两个人一起作的，之后可能因分赃不均，马中波与吴楠发生了矛盾。2005 年 12 月 27 日案发当晚，马中波找吴楠要钱，发生了争执，才杀了吴楠。后来，为了灭口，他返回石灰厂制造了骇人听闻的惊天血案。

然而，就在大家认定马中波是犯罪嫌疑人的时候，一个消息让大家无所适从。

经鉴定，马中波的 DNA 跟水池里的饭碗上检出的九个位点的 DNA 不同一。

一边是马中波的嫌疑很大，一边是 DNA 没有比中。这让大家有种云里雾里、不知所措的感觉。而马中波的突然失踪，又使此案蒙上了更多的神秘色彩。与此同时，他的作案嫌疑再一次上升。

安平警方决心找到他。几个月后，终于有了他的消息。2006 年 4 月 10 日，马中波与同伙持刀抢劫，被武威市公安局水上分局立案侦查，同伙被现场抓获。马中波跳江逃跑，生死不明。案发后，省厅技术处对长江沿线武威段打捞上来的无名男尸全部进行了 DNA 检测，但无一比中。

这可真是屋漏偏逢连阴雨。

到了 2010 年，在参加 DNA 交流研讨会时，安平警方把这个 DNA 数据交给了一名女专家。她看了十几分钟，认为有七个位点是可靠的。这几年，陆续比对过四万多条数据，但都没有比中。

这个案件十分特殊。

凭直觉，关鹤鸣感到了它的复杂性：一个是现场没有提取到可以直接认定犯罪嫌疑人的证据；另一个是这个人的反侦查能力很强，震慑控制能力也很强，很有可能是一个在当地有一定威信的人。

在不大的会议室里，坐着二十几个专案民警。过去的几年里，他们已经向很多个专家组汇报过案情，所以这次更是轻车熟路，只是不再抱那么大的期望了。

看着案卷里那副碗筷的照片，关鹤鸣琢磨着如何破解九个位点的 DNA 设置的谜题。

不管能用还是不能用，都一定要有一个结论。否则，这将成为很多办案民警解不开的心结。

碗边的脱落细胞本来就微量，再加上反复擦拭，现在已经什么痕迹都没有了，不可能再有重新来做的机会。

关鹤鸣不由得把目光转向了朱会磊。

朱会磊仿佛读懂了关鹤鸣的眼神，说："微量 DNA 检材，属于疑难生物检材。之所以说它疑难，是因为它受到污染的可能性很大。2005 年的时候，微量 DNA 技术还不是很成熟，即使做出了数据，可靠性也不敢保证。所以，这个 DNA，我建议放一放，不作为当前本案研究的重点。"

绕过 DNA，这是好多人都不愿意的。

因为，掌握了 DNA，就无异于案件破了一半，剩下的一半就是去数据库找人了。数据会不断更新，这样大家心里还有个盼头。如果推翻 DNA，就等于一切归零。

此刻，安平民警都屏住呼吸，盯着关鹤鸣，等待他对 DNA 能否使用作出判断。

关鹤鸣没法儿说这样的话。他知道，即便是这样一个很不牢靠的 DNA 数据，也凝聚着很多人的辛勤付出。至于他们提出的那个重点嫌疑人马中波，他也觉得不太像。

但是，如果一下子就把这些“希望”全否了，又一时指不出明确的侦查方向，就会造成军心不稳，让本来就缺乏信心的队伍更加如一盘散沙。

他语气平缓地问邱实：“你怎么看这个案子？”

邱实仿佛早已做好了准备，一点儿都没迟疑地说：“我认为，还是要从案件本身入手。这个案子的核心人物是吴楠，他身上的伤多达三十多处。致伤工具比较特殊，刀不大，但很锋利，不像一般的刀具，像是工具刀。什么人会随身带有工具刀？另外，吴楠的被害过程还不是很清晰。到底是偶遇、追杀，还是两人在同行途中矛盾升级？尽快弄清这些问题，有助于刻画犯罪嫌疑人的特征，划定排查范围。”

关鹤鸣听得很仔细，但没有表态。

邱实又补充道：“这个案子的重点人员就是老板胡永发和工人吴楠，他们俩的关系圈必须要排查清楚。”

话音未落，站在旁边挂着三督警衔的武宏宁着急地说：“我是案发地辖区派出所的副所长武宏宁，负责排查吴楠的关系圈。当时这项工作做了三个多月，后来各级部门搞攻坚战，我又多次参与了排查。我敢保证，吴楠的这条线没有排漏。”

武宏宁高大帅气，说起话来很有底气。看来，他这些年确实做了不少工作，也投入了大量精力。

关鹤鸣和邱实都没说话，只有朱会磊冒出一句：“没破案，谁也不知道是不是排到穷尽了。”

武宏宁白了一眼朱会磊，说：“如果最后案子破了，我这条线出了问题，我愿意负全部责任。”

朱会磊动了动嘴唇，想说话，又生生把话咽了回去。他心想："话说得这么满，小心最后自食其果。"

关鹤鸣点了点头，说："工作做得很多很细。咱们这个案子，最大的难点就是缺少认定嫌疑人的依据。我听说国内最高层次的专家都研究过这个案子，下了很大功夫。现在我们来了，在你们前期大量工作的基础上，把现有的东西再梳理得清楚一些，争取把犯罪嫌疑人刻画得再详细一些。至于九个位点的DNA能不能用，我的观点是再请专家运用新的理论和技术来论证。如果可用，那就要放在第一位去研究使用。这次来，获得的信息量很大，还要再消化消化。下次我还要来看现场，这里是咱们跟犯罪嫌疑人交会的地方。空间给我们的信息是什么？犯罪嫌疑人又给我们留下了哪些信息？你们也再研究研究，咱们下回再碰。"

第七章　惊世“8・05”

一、“恶魔故事”

在去白金市的飞机上，邱实挨着罗牧青坐。

他问她：“听说过‘8・05’案件吗?”

“我在网上查了，每一起案件的时间、地点和现场情况都很详细。据说，这是当年为了发动群众举报才放到网上公布的。这个案犯简直就是中国的开膛手杰克。”

邱实点了点头，说：“是啊，这个案子的社会影响非常恶劣。十几年前，有一个从白金到广粤做生意的老板在网上看到了这起案子，拎着二十万元现金走进白金市公安局，说给警方作为破案经费，希望抓住案犯后，让他看看到底长什么样。”

“这起案件到现在都快三十年了，有 DNA，有指纹，查没查到犯罪嫌疑人的真实身份?”

邱实说：“因为有十起案件发生在白金本地，所以当时普遍认为犯罪嫌疑人是本地的，可是把白金城找遍了，也没有收获。情急之下，白金警方找到科研机构，对 DNA 进行分析。专家说，这人是江浙一带的。案发时，白金正处于上升发展期，天南海北来了很多人，所以说案犯是江浙一带的也不是没有可能。可是，白金这边派人带着数据跑到南方比了一大圈，还是没比中。到现在，这人到底是哪儿的，还是说不清。”

此前，罗牧青从来没听说过陇原省有个白金市。从名称看，是个物产丰富的地方。白金市位于陇原省中部，辖二区三县，市府驻在白金区。那里原为矿区，因产金属而得名，铜矿储量和开采量在全国地位显著。据说，在二十世纪八九十年代，白金市是一个富庶之城，具有很强的吸引力，全国的人都往这儿跑。因此，这并不是一座原生态的城市，外来人口众多。

从芸州国际机场到白金市的车程是一个多小时。公路两侧都是黄色的沙丘，对于久居京城的人们来说，倒是难得一见的景观。

罗牧青拍了张照片，发给了“乘风”。

“乘风”问她是哪儿，她说“保密”。

不知道怎么回事，无论碰到什么好看、好吃的，她都会不由自主地想到“乘风”有没有见过、吃过。

九案侦办组到达白金的那天下着小雨，气温很低。

白金市公安局副局长郭代先中等身高，略有些胖，正宗的西北人。据他介绍，这里雨水很少，常年干旱。

罗牧青里面穿了件衬衫，外面套了一件薄风衣，被冻得用两条胳膊使劲抱着身体。

朱会磊也穿得很少。他从背包里拿出几块俄罗斯水果糖，给了邱实一块，又用手碰了一下罗牧青的胳膊，冷冷地把两块糖塞到了她手里。

关鹤鸣不吃糖，所以朱会磊也没跟他客套，把最后一块剥开纸送进了嘴里。

陇原白金—漠北包头“8·05”系列杀人案，可以说是令全世界震惊的案件，在国际警界都很有名。但是，在这次的疑难命案积案攻坚行动中，让各省报案件的时候，陇原没有报这起案件。

邱实专门打电话给刑侦总队总队长付明华，请他把最难的、影响最大的案件报上来。

相对于付明华，邱实实在是太年轻了。从客观上说，全国各刑侦总队的总队长都比他要年长很多，经验阅历自然也比他丰富很多。在工作中，邱实虽然总是保持着谦虚谨慎的态度，但是在原则问题上，他从来不会妥协和让步。

“8·05”系列案件，对于白金人的生活和心理影响很大。案发后相当长的一段时间里，白金的大街上看不到穿红衣的、留长发的、踩高跟鞋的。案犯的杀人手段十分残忍，杀人狂魔一直就在人群中间，就隐藏在平静的生活当中。

作为一个地地道道的北京姑娘，罗牧青以前并没有关注过二十八年前的这一系列大案。到了白金市，她才发现这里的男女老少都知道这起案件，这起案件甚至成了家长吓唬孩子的“恶魔故事”。

几乎每名侦查员都能把白金“8·05”系列案件中的每一起案件的时间、地点、现勘细节默背出来。

犯罪嫌疑人从1988年至2002年，在长达十四年的时间里作案十起，在白金杀害了九名年轻女性、一名八岁女童。在这些案件中，犯罪嫌疑人表现得极其从容，对受害人有很强的制服和控制能力。除了杀人、强奸、切割人体组织以外，他还翻看相册，在水盆中洗手，喝茶……他作案的地点也十分耐人寻味，其中两起位于同一座居民楼内，两起位于白金区公安分局对面的宾馆里。

这些都是故意还是巧合呢？

曹海燕是唯一没有当场死亡的被害女性。同别人一样，她也是被尾随入室的。就在她用钥匙把门打开的一刹那，案犯突然从她身后蹿过来，用手捂住她的嘴，将她推进室内，随后关闭了房门。

案犯用刀向她的颈部、胸部猛刺。她学过医，懂得如何假死。

案犯施暴后离去，她立即打了两个电话：一个打给“110”，一个打给她丈夫。

当时接电话的警察，正是现在的白金市公安局副局长郭代先。郭代先一边引导她说出犯罪嫌疑人的体貌特征，一边指派民警出警。“长头发、大眼睛，跟在身后……”这是这一系列案件中唯一由被害人提供的信息。

但不幸的是，曹海燕由于失血过多而死亡。民警赶到的时候，她的尸体还是温的。

八岁女童姗姗，是案件中唯一被害的未成年人。在她家的茶几上放着一杯沏好的浓茶。这杯茶不是姗姗沏的，上面没有女童的指纹，只有犯罪嫌疑人的指纹。难道他坦然地给自己沏了一杯茶，然后悠然自得地享受着？真是胆大包天！

此外，在漠北包头市也发生了一起杀害女性的命案。这起案件犯罪嫌疑人的作案手段与白金的十起明显不同。在这起案件中，犯罪嫌疑人给被害女性盖上了被子，在她的嘴里插上了笤帚。

令人拍案惊奇的是，这起案件的DNA数据，竟与白金系列案件中提取的DNA比中了。

可是，包头案件当年只做出了八个位点，其中还有一位是手写的。到底是真比中还是假比中呢？

前几年，陇原省公安厅求助了生命科学研究院的专家。专家对现场采集的犯罪嫌疑人的精液进行了检验和比对，犯罪嫌疑人的DNA细分数据指向了江浙一带。

于是，陇原警方倾向于这个犯罪嫌疑人是外来的流窜作案人员，这样就能顺理成章地解释为什么在包头发生了同类案件，为什么两地警方在大规模的排查中都没有网住他。

二、痴狂的侦查员

九案侦办组成员到达白金市，已经是下午一点了。他们匆匆吃了一碗富有地方特色的拉面，就召集漠北和陇原两地的刑侦部门开会了。

待大家落座，邱实说：“漠北现行命案侦破率达百分之九十九以上，陇原现行命案侦破率为百分之九十八以上，白金连续三年命案全破。现案都能破得这么好，相信你们在破积案上一定也能成为全国的表率。”

邱实讲这番话，显然不是为了讨好谁。很明确，他是在给大家鼓劲儿。

可是，从在座各位的反应看，效果微乎其微。从公安局领导到侦查员，都是忧心忡忡的模样。

总队长付明华说：“我先检讨，‘8·05’案件二十八年未破……犯罪嫌疑人作案十一起，杀死十名年轻女性、一名女童，至今逍遥法外，责任主要在我。这个案子，我参与了二十八年，到现在仍无计可施。”

付明华一副失落的表情。

的确，白金才是一个多大点儿的城市啊！翻腾了好几遍，却怎么也找不出人来，这的确让人懊恼。能想的办法都想了，能用的方法都用了，有好多侦查员宁愿相信“这人死了”，也真的不想再干了。

对于“8·05”案件，邱实有着特别的感触。自从他到公安部刑侦局命案处工作以后，就一直挂念着这起案件。

听到付明华的“检讨”，邱实说：“十二年前，我来过白金，当时部局来研究过这起案件。那时候，我还在毕业实习期，协助做会务工作。我亲眼目睹白金警方做了大量工作。案子没破，不仅是你们身上的压力，也是局里、处里的压力。当前，我们的现案侦破率很高，但是当别人提起这个案子时，我们无言以对。这起案件的详细案情被公布到了互联网上，加拿大和美国学者向我要材料，他们一直在跟踪这起案子。如果成了外国课堂上的案例，那是对我们中国警察的不客气。为了中国警察的荣誉，一定要全力以赴攻坚克难，争取早日把它拿下来。”

听着邱实铿锵有力的声音，关鹤鸣的心里感到十分踏实。

像邱实这样的年轻人，将是中国刑侦界的新一批核心力量。

郭代先接过话茬儿，说：“为这个案子，我们付出了沉重的代价。有的人牺牲在办案途中；有的人突然发病，治疗不及时，瘫在了床上。”

顿了顿，他加重了语气：“有个老侦查员叫张建伟，被这个案子逼得精神失常了。他每天一睁眼，说的就是这个案子；晚上睡觉做梦，还是这个案子。他老婆也差点儿被气疯了。每天听他说的全是杀人的事、死人的事，正常人有几个能受得了！看他确实不能上班了，就批准他在家养病。这下好了，家里更热闹了。他把家里当成了办公室，不管谁来他家，都拉着人家分析案件。”

关鹤鸣点了点头，说：“搞案子搞到痴狂的地步，这是真的把案子装到心里去了。”

他突然站起身，说：“走，咱们这就去老张家看看！大家都去！”

老张家就在公安局马路对面的小区里。

瘦巴巴的老张一看来了这么多人，兴奋地问：“是不是有新线索了？你们把人抓住了吗？”

他额头上的皱纹很深，眼睛里泛着一条条的红血丝。

付明华连忙给老张介绍了关鹤鸣。

老张一听，更高兴了，说：“公安部来人了，说明这案子又有希望了！”说着，他从桌子上拿起了自己手绘的案发地点分布图、每名受害女性的关系圈等资料。他一边翻页，一边讲解，思路清晰得完全不像一个病人。

然后，他又用眼睛环顾了一下大家，低声对关鹤鸣说：“我这儿还有份资料。他们不让我给别人看，我拿给你看看。”

老张从身上的钥匙扣上取下钥匙，打开一个带锁的抽屉，从里面拿出了厚厚的一沓装订好的 A4 纸。

关鹤鸣打开看了一下目录，是六起案件的资料。

老张神采奕奕地说：“这六起案件，是我调取案卷整理出来的，作案手法都跟‘8 · 05’有相似之处。”

关鹤鸣一边翻阅，一边问道：“你还有复本吗？我想带走仔细看看。”

“这份就给你，我还有。”老张开心地笑着说。

罗牧青看到老张杂乱的花白头发、额头上深沟般的皱褶，还有他那发自内心的笑容，心里很不是滋味儿。

“为了侦破这起案件，陇原和白金警方付出了沉重的代价。你该好好宣传一下最基层的刑警。”邱实感慨地对罗牧青说。

“嗯，今天真的很感动。”罗牧青的眼睛湿润了。

朱会磊也是一副少有的凝重表情。

从老张家出来，付明华指着关鹤鸣手里拿着的老张整理的案卷说：“这些案子我们都仔细地核查过，跟‘8 · 05’不能并案。”

回到会议室，关鹤鸣的心情十分沉重。

大家依次默默地坐了下来。

关鹤鸣沉默了一会儿，端起杯子喝了口水，又放下杯子长叹了口气，说：

“我不知道你们见了老张心情如何。面对这么多无辜的被害人，面对那些为了案子离世和患病的战友，我们有什么理由不接着干下去？这个案子必须要破！拼命也要破！”

让一个丧失人性的案犯，最终逃脱法律的制裁，这才是对法律真正的亵渎。

看着眼前这些低着头不说话的民警，看着他们眼神里流露出的复杂的情感，关鹤鸣知道，只有重新点燃他们的斗志，才能再一次向案件发起新的更猛烈的冲击。

他缓缓地说道：“这个人到现在都没找到。从 1988 年首案算起，已经二十八年了。案犯的年龄也应该是五十开外了，留给我们的机会和时间不多了。我知道，这些年你们没有放弃，跑了很多地方，去比对，去查找，但没找到，我们就得回过头来找原因。”

听关鹤鸣说要找原因，大家的注意力集中到了他身上。

关鹤鸣突然提高了声音，十分从容地说：“只有一个原因，工作没到位！”

罗牧青心里一惊，这话恐怕会让好多人从情感上难以接受。

“你们的大量付出，有目共睹，但是工作中肯定有不到位的地方。南辕北辙的错误，不是没有发生过。一个人的疏忽，导致满盘皆输的教训，也不是没有过。现在，我们要正视面前的困境，找出到底是哪一步走偏了、走反了。”

在座的专案组成员表情各异，但毫无疑问的一点是，都支棱着耳朵认真地听着。

他们好奇这个行为、做派跟以往的京官都不同的领导，到底要如何圆自己的场。

关鹤鸣仿佛没有注意到他们的表情变化，自顾自地发表着观点：

“有的同志说快退休了，退休了也得干！这个案子没破就走，不留遗憾吗？我愿意跟你们一起打一场硬仗，看看这人到底是死是活！”

他的话掷地有声，但一时竟无人呼应。

他静静地用目光扫过每一个人，罗牧青的眼睛随着他的目光移动。

她的心突然就紧张起来。

通过前些天在各地的观察和体会，她发现，其实九案侦办组并不是那么受欢迎。虽说是去办案，但客观上还是有种揭伤疤、挑毛病的意味。

“我不服气，我申请加入新的专案组。”过了半晌，一个低哑的声音响了起来。

大家把目光投射过去，只见老刑警石海岩一边说，一边举起了左手。

然后，又有三五个人表示愿意参加新的专案组。

第一次案情分析会就这样结束了。

在罗牧青看来，九案侦办组的到来，仿佛并没有让大家看到希望，反而让他们感到了深深的刺痛。

三、消失的现场

白金案件的所有现场都已不复存在，城市化进程让曾经的一切都改变了。

然而，“8・05”案件的阴影却无法在人们的心中消散，依然笼罩在城市的上空。那些曾经鲜活的生命以及她们的亲人，在等待一个答案。

尽管现场已经荡然无存，但是关鹤鸣还是坚持到十起案件的案发地走一走、看一看。

大家都觉得这种走访已经没有什么现实意义了。

白金市公安局副局长郭代先对关鹤鸣说："原来的房子基本上都推平了。城市改造，咱们去也只能看看大致的位置。"

关鹤鸣说："我知道你忙。不用陪着，找一个人带路就行。"

郭代先忙摇头解释："不是那个意思，是怕领导太辛苦，去了也没什么收获。十个现场，虽然离得不远，但恐怕也要走上半天。"

"还是去看看吧，看完心里才踏实。"

在关鹤鸣的坚持下，第二天早上，郭代先、石海岩带领大家到十起案件的发案地去踏勘。

白金的风里夹着沙子，冷飕飕地打在脸上。罗牧青眯着眼睛，头发被风吹得乱舞起来，衣服像被打透了一样。

虽然案发的房子在城市改造中消失了，但是主要街道没有大的改变。

走上一条宽阔的马路，关鹤鸣问："这条路叫什么名字？是一条主干道吧！"

郭代先说："这是远大路，是白金公司连接外面的主干道。"

站在路边，关鹤鸣用手指了指，说："你们看啊，十起案件的案发地点都分布在主干道的两侧。这说明他对这里是有限熟悉，怕走丢，路不熟。"

郭代先和石海岩不由得同时转头看着关鹤鸣，等着他后面的话。

"路不熟，但是又在这里频频作案，这就涉及一个问题——他是怎么来的？"

邱实像恍然大悟一般，说："十起案件的作案时间都是周一至周四上午 8 点 30 分至 11 点 30 分、下午 1 点 50 分至 5 点 30 分这两个时间段。这附近有长途车站吗？"

郭代先说：“白金市通往外区县的车不多。就在路对面，往里走一点儿，有个大市场，市场旁边就是长途车站。那个时候，白金市经济比较好，都是外面的想往里面进，所以没开通太多车。这条线路是开往省城芸州的。”

石海岩忽然想起了什么，说：“被杀的那个护士曹海燕就住在长途车站旁边。还有一起是李爱梅案件，她送男朋友到长途车站，返回宾馆时被人尾随入室杀害。难道这个人是坐长途车来的？”

郭代先摇摇头说：“可能性不大。咱们这儿通勤车并不多，晚上很早就停运了。白天要是杀了人再坐车，那一身的血可怎么处理？案发地周边也从没发现过血衣。”

“有四起案件，犯罪嫌疑人在水盆或痰盂里洗过手。”邱实说。

“那衣服怎么办？衣服上肯定有血，血还不少哩。”郭代先还是觉得这个说法站不住脚。

这时候，关鹤鸣又提出了一个更加让人瞠目结舌的问题：“有没有可能，从周边县市骑自行车来白金？”

“这个不可能。太远了，得骑好几个钟头。”郭代先连连摇头，立即否定了这个推测。

关鹤鸣没有反驳，只是站在路边不住地张望着这里那里。

“这趟车都经过哪几个县市？发车时间表能不能找到？”

没等郭代先说话，石海岩就兴奋地抢着说：“能。一会儿你们先回，我马上找车站联系这个事儿。”

中午吃饭的时候，关鹤鸣说他要找个朋友商量点儿事情，就匆匆外出了。

朱会磊一副十分虚心的样子，说：“邱处，我有点儿不明白，想请教您。”

“嗯，你说。”邱实笑着说。

“作案时间很规律，周一至周四上午 8 点 30 分至 11 点 30 分、下午 1 点 50 分至 5 点 30 分。这恰好是上下午的工作时间，表明案犯对白金公司的上班时间很了解。这个时间，家里的男人都去上班了。这跟长途车没什么关系吧？”

“你别忽略关局的提示，案发地点都在大路两边。关局说过，不要孤立地去分析案件，要把每一个条件都有序地穿插起来。”邱实说，“这个人对白金公司是有限熟悉，那么很有可能在这里做过临时工，再加上他作案没有伪装，说明他不怕被人看到。从这一点推测，他不是本地人。那么，他是哪里人呢？最有可能的就是来自周边县市。”

“不是本地人，也有可能是来自外省的出差人员或者推销人员啊！特别是推销员这个身份，是一个非常好的掩护。”罗牧青想起来了，曾有科研人员说这个人带有江浙人的遗传基因。

邱实呵呵地笑了起来。

朱会磊用力瞪着他那细长的小眼睛说：“拜托啊，大姐，用心想想再发言！这一系列案件，是从 1988 年到 2002 年，持续了十四年啊！哪个推销员会待在这里十四年？即使真有这样一个来自江浙的推销员，也早就被挖出来了。自从有专家提出江浙人的说法，这些年在白金，但凡听说是江浙人，警察就会立即出现在他面前。”

罗牧青的脸有些发热，她替自己打圆场说：“你们都是专业人士，我是什么也不懂，不懂才想问。我要是不问清楚，以后写稿子的时候也会因为有各种疑问而影响内容的真实性。”

“要不是关局提示，我也根本想不到这一点。”邱实的态度仍然是平和的，言语中总是体现出很强的分寸感。

“关局确实非常敏锐，别人都觉得司空见惯的事物，在他眼里就能有机地结合起来，形成完整的因果链条。”罗牧青的这番话，完全源于她这些天真实的观察和感受，她可不是喜欢阿谀奉承的人。

邱实把筷子放在碗上，说：“那当然啦！关局的洞察力那是警界公认的。就上个月，有个男的端着双管猎枪，先把村干部给杀了，又把阻拦他逃跑的群众打死一个、打伤一个。这个人手里有枪，唯恐他再作案，从省到市的军警来了不少人，到处搜查都没有头绪，搞了五天。眼看着要开两会了，部里派关局紧急赶过去，当天就把人找着了。”

说到这儿，邱实拿起筷子，夹了点儿菜放在碗里。

罗牧青和朱会磊眼巴巴地看着他，等着他揭秘。

他慢条斯理地嚼了几口，终于咽了下去，又放下筷子，说：“关局一到地方，就先去了犯罪嫌疑人的家。他打开写字台的抽屉，里面有两瓶药。关局打开瓶盖，发现都是打开封口的，就说：‘往僻静的地方找吧，山沟里的可能性最大。不出意外，这人是寻死去了。’军警队伍立即进山下沟，当天傍晚就在山里找到了嫌疑人，那人已经自杀了。”

“看见药瓶怎么就说他自杀了？是服药自杀的吗？”罗牧青还是没弄明白到底是怎么回事。

“不是，那两瓶药都是治疗高血压的。血压高的人要天天服药，那个嫌疑人吃了两年。关局说，他杀人不是突发的，是有预谋的。如果准备逃跑，他是有条件把东西准备好的。他既没带钱，也没带药，而且得手后肆无忌惮，见人就杀，这说明他对什么都无所谓了，很有可能有了自杀的打算。”

“哦，之前别人都没看见那药？”罗牧青深陷在这起案子里，想象着当时的场景。

“抽屉肯定都搜查过，也看见药了，只是都没往自杀上面联系而已。”邱实说，“这就是发散思维啊！”

罗牧青服气地点了点头。

正在这时，邱实接到了个电话。放下电话，他打给关鹤鸣，说：“关局，包头刑侦支队的人想找您汇报工作。”

“我在老张这里，跟他聊聊案子。下午回不去，晚上可以。”

原来，关鹤鸣去了张建伟家。他太理解这个老刑警了，其实他们都是一类人。自从当了刑侦警察，自己的喜怒哀乐都跟案子有关。

老张整理的六起案件，关鹤鸣也仔细研究过了。他还想再跟老张探讨一下，既是为案子，也是为感情。虽然分局暂停了老张的工作，但他一直都在努力侦破“8・05”案件。关鹤鸣就是想要用行动告诉大家，老张永远是专案组的一员。

跟老张的交流是愉快的，尽管他有些执拗，但他对案件的熟悉程度毋庸置疑。

通过深入分析，关鹤鸣得出了结论，老张整理的六起案件仅在某些方面存在相似度，但从物证上看还无法并案。

晚上，关鹤鸣沏好了茶，等着包头刑警。

包头刑侦支队的支队长叫刘彪，个子不算高，挺壮实，一进门就迫不及待地说：“关局，这回您一定得把并案的事砸实了。这几年我们为这事，可是头疼死了。一会儿来个专家说能，一会儿来个小组说不能。到底能不能并，我们这心里不踏实啊！”

“你对这个案子有发言权，我想听听你的意见。”关鹤鸣把球抛了回去。

的确，刘彪对这个案子既想放手又放不下手。研究来，研究去，还是有很多说不清的地方。他说：“包头的这起案子，跟白金的作案手法明显不一样。死者身上盖了棉被，嘴里插了笤帚。相同的是，相册有被翻动的痕迹，但是没提取到指纹。也有性侵行为，留下了精液。”

关鹤鸣只听，不表态。

刘彪接着说：“八个位点是沈阳的刘占峰做出来的。他在俺们这片儿可是大拿，凡是疑难的都找他做。”

“刘占峰我知道，技术不错。”关鹤鸣说。

“可是这回的八个位点里面，有一个是手写的，有的专家不认可。”

“检材还有吗？”关鹤鸣问道。

“没了呀！那个年代技术落后，思想更落后，哪懂得要省着用呀！这个也做一遍，那个也做一遍，做完的结果都不理想，还把检材全做完了。”刘彪说话的声音很洪亮，语速也快，内心的焦急让人一目了然。

“也先别急，这回咱们就把这事校准了。到底能不能用，凭科学的依据定。你们把图谱拿过来，我让小朱找专家一起看。”

“好。”刘彪说。

朱会磊赶紧说：“要是方便，让人把图谱用手机拍个照片就行，今天晚上我就看。”

刘彪说：“我手机里就有。”他找出来发了过去。

关鹤鸣又详细向刘彪询问了这些年在案件侦办中遇到的困难和问题，听取了他对侦破工作的意见和建议。

四、无望之案

第二天一早，九案侦办组赶往辽阜省海阳市。

在路上，朱会磊告诉关鹤鸣，他晚上跟刘占峰沟通过，当时做DNA检验的机器有点儿问题，那个位点是刘占峰用圆珠笔写上去的。后来，经向物证鉴定中心的DNA专家刘会开及其他专家请教，最终大家一致认为漠北的八个位点可以用，跟白金的案件并案没有问题。

关鹤鸣点了点头，问道："这个案子确实比较特殊，案犯胆大心细，这在每一起案件里都有体现。现在定的是1988年女青年夏帆被杀案是首案，你怎么看？"

朱会磊说："从残忍程度上讲，夏帆被杀案不是案件之最。从致命环节看，死者颈部有切割或者刺创，用刀手法还没有达到熟练的程度。我认为，这起案件可以认定为首起，或者是犯罪升级后的首起。"

"邱博士，你说说？"关鹤鸣稍稍转了一下头，问邱实。

邱实只是稍微思考了一下，就马上答道："我认为，夏帆案件符合犯罪升级的特征。应该说，这起案件的起点很高，这更符合案犯的心理特点。在夏帆被杀这起案件中，案犯年纪轻，但是下手不软，说明他应该有持刀伤人的行为史。但是，向前追案底不太容易，年代较早，加上犯罪行为有可能是未遂，不一定有档案记录。"

到了海阳，九案侦办组即刻投入了工作。

这起案件发生于十三年前，从辽阜省厅到海阳市局下了很大功夫，依然没能走出困境。

2003年9月末，在海阳市的一个高档小区的单元房内，一家七口人全部遇害。尽管民警劝过家属最好保留现场一段时间，但这套单元房在案发后第二年，还是被亲属出售了。后来，民警还带领专家去看过几次。再后来，新的房主发怒了，再也不允许警察进入了。

因此，关鹤鸣他们仅是进入小区，在楼下向单元房的方向仰望了一阵儿，然后便遗憾地离开了小区。

一路上，辽阜省公安厅刑侦总队总队长王建奇把这些年工作的方方面面向关鹤鸣作了汇报，最后感慨地说："这案子简直怪了，四不像，既像谋人，又像谋财；既像新手，又像老手。十几年了，压在心里，难受啊！”

据当年勘查现场的民警说，现场被清洗得相当干净，警方仅从一张书桌下面提取到了半枚没被擦干净的前脚掌足迹；从被害人张一静的眼镜片上提取到了一枚带血的食指指纹；从椅子上提取到了一滴血，做出了一名男性的DNA数据。从尸检报告中可以看出，除三岁的小姑娘妍妍是被扼颈致死后用剪刀切割加固外，所有被害人均为切颈死亡。现场作案用的工具，包括捆绑用的绳子、切颈用的菜刀，均为就地取材，并全部被泡在水池中冲洗过。水池里还泡着银行存折和写有密码的纸条。

根据走访调查，下午两点，张一静和孩子回到了家中。随后，其表妹谢平进入，其余四人均为下班后陆续回家。门锁未被破坏，推测为和平进入。最后陆续进入房间的两名男性成员身上有抵抗伤，但打斗不算激烈，有可能犯罪嫌疑人手里有威慑力较强的东西，比如枪。所有人都被蒙住了眼睛，双手背后捆绑。

警方在走访时，没有任何人提供可疑人员进入小区的信息。现场勘查结果表明，这家人没有做晚饭。也就是说，傍晚时犯罪嫌疑人仍在房间内。根据法医尸检结果，所有人死亡时间都差不多，是犯罪嫌疑人决定杀人后同时被害的，时间大约在夜里12点前后。犯罪嫌疑人清洗作案工具和破坏现场后离开。

案发十三年了，这枚指纹和DNA数据始终没有比中。

这是一起离奇的案件。有邻居说，傍晚6点的时候，看到了谢平下楼的背影，她穿着黑色风衣。但是，有证据表明，她于下午3点就已经进入案发的单元房了。大约7点，来了个送牛奶的工人，敲门和打座机电话都没人应答。后来他回忆，没有听到室内有座机电话的响声。夜里11点左右，有隔壁邻居听到案发单元房里有男女争吵的声音，但声音不是特别大，听不清说话的内容。之后，邻居听到有人倒地的声音，觉得不太正常。过了半个多小时，这位女邻居用手机报警后，因为怕打扰，就把手机关了。警察赶到后，敲了半天门，没人开门，又没联系上报警人，站了一会儿就走了。

关鹤鸣询问当地专案组："你们认为这个案子，最想不通的是什么问题？"

没有人回答。

关鹤鸣又问道："为什么蒙眼睛？连三岁小孩都不例外。"

"蒙眼睛，一般认为是担心被认出来，是熟人。"海阳市公安局刑侦支队支队长杜金国用手轻轻地拍了脑门儿几下，"这个案子搞到现在，真是我遇到的最麻烦的案件。这家一共七个人，陆陆续续地回家，一个一个地被控制。六个大人的亲友圈、工作圈、交际圈全都查了一遍，就连这家老人年轻时的那些事都查了，始终没有什么线索。"

"如果是来这家一两回，三岁的孩子能不能认识？这个问题，我们还要再研究。你们对案件是怎么定性的？"关鹤鸣一步一步地将案件的分析引向深入。

杜金国说："一开始，我们觉得是仇杀灭门，可查着查着又感觉像劫杀，现场也确实有存折，还有写着密码的纸条。"

"血指纹有没有做 DNA 检验？"关鹤鸣问。

"没有。这也是个官司，搞 DNA 的想做，搞指纹的不让破坏，所以一直没做过。"杜金国的眉头皱成了一个旋涡。

"从椅子上提的那滴血，做过进一步的 DNA 细分检测吗？"

杜金国面露难色，说："前些年还没有这方面的技术。因为那时候反复做过，所以现在检材已经很少了。这次做还是不做，我们听您的指令。"

“依照目前掌握的情况，你们推测犯罪嫌疑人有几名?”

杜金国说：“现场擦洗过，很难根据痕迹判断。根据坐椅、拖鞋等的摆放，还有走访的情况，推测可能是两人或两人以上。”

关鹤鸣想了想，说：“根据你们先前的工作，我的初步印象是，别看又是擦地又是泡水，反侦查能力似乎很强，但还是露出了马脚，应为本地人。他们在事主家待了这么长时间，整体感觉犹犹豫豫，决断力差。假如是一伙人，可能有一个年龄稍大一些，或许有抢劫盗窃前科。他们是冲着钱去的，可能有人去过这家，但对这家人有限熟悉，没想到住了这么一大家子人。最后局面失控，抢劫的愿望泡汤，又怕事情败露，决定杀人灭口。”

这起案件有指纹，有DNA，照理说两大杀手锏都在手，应该胜券在握。

但是，为什么过了十三年还没破呢?

过去户政系统办理身份证，并未采集过指纹。案犯所持身份证还没到换领的时间，所以指纹未入库。至于DNA，如果这伙人不再作案，也就可能未入库。

如果能对血液进行重新检验，做出DNA细分数据，可以缩小排查范围，会使案件的侦破取得一定进展。然而，仅有的检材也将完结。

这是让大家纠结的问题，关鹤鸣不想轻易作出决定。

他依然保持着一个掌舵人应有的冷静，不急不躁地说道：

“海阳是特大型城市，必须要做到有的放矢。我们要更加准确地划定重点排查区域，更加准确地划定重点人群。户主及她的女婿、侄女的关系圈必须要重点排查，要重新审视当年的圈内人，也要回头看看当年是否有错漏。我下次来，要看到排查进展报告。”

离开海阳，九案侦办组乘飞机抵达深惠市的时候，是下午两点。

刚进4月，气温就达到了二十多度，比白金明显温暖了很多。

深惠市位于东南沿海地区，经济发达，警力充足，装备先进，理念前沿。为了攻克“ZJ”系列杀人案件，深惠警方多次调集精兵强将，但均铩羽而归。

案发于十八年前。三起案件，三条人命，十六个尸块包装物散落在十六个地点，而且每具尸体的面部表皮都被扒掉了，尸源至今不明。侦破案件时提取了十四枚除被害人之外的指纹和十八枚受害人指纹。十四枚指纹提取自尸块的包装物。尸块的包装物有超市购物袋，有行李箱，有床单。法医竭尽全力为三具尸体进行面部复原后，警方在全国发了通告，但还是没有找到尸源。连死者是谁都不知道，这案子可怎么破？

这起案件之所以被警界称为最悬疑的案件，是因为警方至今连被害人的身份都尚未查明。

而这个案子尽管提取到了十四枚指纹，但和没有指纹也没有什么两样。十四枚指纹完全不同一，也许有一枚是犯罪嫌疑人所留，也许一枚都不是。更令人感到蹊跷的是，十四枚指纹在指纹库里竟没有一枚比中。

关鹤鸣听了案情汇报后，对大家说：“深惠市外来人员多，人员流动快，这案子的尸源到现在都没找到，划定人员的活动范围很困难。时至今日，咱们只有一条路可走，就是从技术手段上求突破。你们尽快把指纹资料整理好，准备过些天去北京研究。”

他说这话的时候，语气十分平静，在座的人员也没有谁为之心动。

这个案子已经研究过很多次了，到如今还是没有被害人的信息，没有可靠的物证，没有一个嫌疑对象。因此，这么多年来，深惠警方一提及此案就无可奈何。

从出发到现在已经二十多天了，北京那边的工作，需要关鹤鸣尽快回去处理。

于是，九案侦办组匆匆离开深惠，来到吉宁省，研究跨吉宁、苏北、黑沙三省四地农村抢劫杀人案件。

这一系列案件造成十三人死亡，作案对象均为农村超市经营户。除了在中心现场采集到足迹以外，没有其他生物检材。在一个关联现场，民警发现在疑似犯罪嫌疑人守候停留过的地方，地上有烟头和尿痕。民警当即提取了尿沙，然而直到现在，技术人员也未从尿沙中做出 DNA 数据。

二十八天，九案侦办组走完了九个案件归属地。

九起案件都不同程度地面临着物证缺失、人证不足、时过境迁的困境。正像过往的很多警察和专家一样，九案侦办组也站到了断崖之上。

只有把那些缺失的东西复原，才能推着案子向前走。

截至目前，没有人做到。并且，现在很难让人相信谁能做到。

走了一圈儿，九案侦办组并没有取得实质性、突破性的进展。

在罗牧青看来，这次行动只是从美好的愿望开始，终将以徒劳无功结束。

正如关鹤鸣所说，他们是警察，破案是职责，是使命，但罗牧青是记者，她不可能浪费大量的时间和金钱在没有结果的事情上。

第八章　确定方向

一、牵手

罗牧青还在外地出差的时候，就和“乘风”约好了，等她回到北京，就在地坛公园见面。

她没想到，“乘风”也喜欢地坛公园。

她和爸爸最后一次去过的公园就是地坛。那天的场景和对话都历历在目，那一年她十六岁。爸爸去世后，只要有空儿，她就会去地坛，仿佛在那里可以与爸爸重逢。

地坛公园里有上百棵百年古树，历史与现实在这里汇聚与碰撞。古树见证了多少人间的悲欢离合，更懂得一切皆有尽头。若感欢喜，便应笑得爽朗；若感不快，便应哭得爽快。阳光与风雨皆为树的伙伴，同行一路，便一路相互感恩。

选在这里，即是默契。天气很好，罗牧青梳了马尾辫，穿着乳白色的收腰短风衣、浅蓝色牛仔裤、白色运动鞋，充满了活力。

三十岁了，到了有些尴尬的年龄。尽管长辈不断催婚，她却是一副调皮的样子，说：“你们一直教我不要争，不要抢，该有的自会有，该来的总会来。我学会了，你们怎么又变了说辞？”

哪怕到最后还是孤身一人，她也绝不将就敷衍。她要活成自己想要的模样。

“乘风”早早就等在了公园门口。远远看到她走过来，他觉得胸口很热，从没这么热过。前一晚，他没有睡好。他在回忆她的模样，和她纤细的手指。

在此之前，他以为自己今生都不会感受爱情，因为他和别人不一样，他曾只想与山川河流为伴，度过此生。

但是，他的真命天女猝不及防地出现了。他挣扎过，终于还是不想错过。

两个人并肩走进了地坛公园。

“乘风”是一个出色的导游，甚至可以把每一棵古树所经历的沧桑很生动地展现出来。不一会儿，身边就围了很多游客。大家跟随着他们的脚步，时停时走。

有位阿姨说：“小伙子，你讲得真好，比那些导游讲得还好。”

旁边有人附和道：“是啊，这小伙子人长得帅，心眼儿也好，声音还特别好听！”大家笑着鼓起掌来。

可是，这不是他想要的氛围。“乘风”尴尬地看着罗牧青，她咯咯地笑起来，觉得跟他在一起真是想不到的有趣。

“大家爱听，你就继续讲呗。”罗牧青的善解人意，又一次让他感到温暖舒适。

直到讲完钟楼，“乘风”才对一直听讲解的游客说：“就讲到这儿，谢谢大家。”

然后，他拉着罗牧青的手，快速地走出了人群。

他的手很凉，她的手很热；他的手很宽厚，她的手很纤细。她侧脸看着他，他也是。他的眼睛里充满了幸福，他眨眨眼，刚刚好。她也是幸福的，对着他开心地笑着。默契，就是这样的吧。

她的感情经历很简单，只在上高中时谈过一段简短而青涩的恋爱。

这是她第一次与异性牵手，正是她所向往的被牵引的感觉，就像爱情小说里的场景一样，风是轻的，光是透明的，气温是最适宜的。她想要跟随他的方向，跟随他的步伐，跟随他的心，到任何他想到达的地方。

她平时看起来很强，内心却如小女孩般单纯柔软，渴望被一个人牵引，闭着眼睛感受浪漫的旅程。

“乘风”更没有牵过异性的手。

自从十七岁从家里出来，十七年来，他独自漂泊，从没想过谈情说爱的事。直到遇到罗牧青，他才知道自己的心底，原来一直对爱情有着强烈的渴望。

他这头困兽的情感，在一瞬间就被唤醒和点燃了。

“乘风”拉着她，一刻也不想松开。他用手轻轻地扣住她的手，想带她走进自己的世界，走进自己的心里。

她说：“挺羡慕你的，去过那么多地方。”

他说：“当记者挺好，见多识广。”

她笑了笑，没说话。

她心想，也有好多不想见的，比如尸体、伤痕。

他问：“回北京后还失眠吗？”

她说：“还好吧。”

她想告诉他，失眠是因为恐惧，但她不能说太多，攻坚行动还处于保密阶段。回北京后，她的情况更糟，每天外出回家后，除了检查门后面、衣柜里面、厨房和卫生间外，还要反复几次检查窗户和门锁，似乎得了强迫症。

但没办法，几起案件的犯罪嫌疑人有的是从门进的，有的是从窗进的，有的是尾随进入的，有的是敲门进入的……

总之，她被吓到了，一向以为自己胆子不小，这回也要认栽了。

“以后睡不着就给我发信息，不管几点，都行。”“乘风”望着罗牧青清澈的大眼睛，认真地说。

她是那么优雅，那么圣洁。跟她在一起，要用一生保护她，用最虔诚的心去爱她，这将是他生命里最重要的事情。

“乘风”紧紧地拉着她，两个人走了很久，却一点儿不觉得疲乏。那是一段长长的路，仿佛每一步都在踩着幸福的节拍。

中午，他带她七拐八拐地进了东单红星胡同。他说：“这儿有个小馆子，开了好多年，味道特别好。听说要拆了，我想带你去尝尝，以后说不定就吃不到了。”

他有点儿犹豫地看了一眼罗牧青，略带顾虑地说：“就是有点儿小，装修也不算太好，但是卫生肯定没问题。你觉得行吗？”

“能吃到有特色的东西再好不过了，你说得我都要流口水了。”她发自内心地笑着，阳光照得她的脸光泽透亮。

“乘风”告诉她，这个“京粤菜馆”的老板是广粤人，老板娘是地道的北京人。他们两个把一些北京家常菜跟粤菜进行了融合，吃起来别有风味。

“乘风”是个会讲故事的人，似乎天文、地理、历史、艺术，无所不知。他能把很多事物的“前世今生”讲得生动有趣，能够让空气流动在轻松愉悦之中。

罗牧青突然觉得似乎一切都是天意，她的公交卡恰好在那天莫名其妙地坏了，恰好除了他谁也不帮忙，恰好那几天失眠了，恰好那夜在电话里居然睡着了……

她看着他，觉得哪里都好。刚好比自己高出多半头，刚好有健硕的身材，刚好有充满磁性的声音，刚好穿的是浅蓝色的连帽衫，是她喜欢的清清爽爽的模样……

二、放弃两条线索

在北京的几天，关鹤鸣每分每秒都紧张充实。

他要处理因出差在外而未能及时处理的文件，要对一些省份上报的现案侦办情况进行梳理、指导和向上汇报。

同时，他指令邱实从基层物色几名指纹专家，准备打响一场高级别的指纹会战。

“要找确实有实战经验、真正能干事的，不要纸上谈兵的人。”关鹤鸣嘱咐道。

“明白。”邱实的回答干脆利落。

在 DNA 还没有应用到刑事侦查领域时，指纹为王。然而，随着 DNA 的研究和应用逐渐深入和成熟，指纹的地位不保，甚至有退居二线的迹象。

很多看了十几二十年纹线的技术人员心里不服。他们那技术，虽然称不上是童子功，可也绝对是冬练三九、夏练三伏才得来的真功夫呀！

九起积案中，四起有指纹。有的案子只能依靠指纹破案，因此研究指纹对破案的意义很大。

指纹，在我们这些凡夫俗子眼里是大同小异，而在刑侦技术人员眼里却是大千世界。

据说一枚指纹上有一百多个特征点，那些勾、桥、眼、棒等，在指纹技术人员眼里都是传递信息的重要载体。

那么，一名指纹专家又跟普通的技术人员有什么区别呢？最根本的一点就是比中率。专家的比中率，自然要大幅高于普通的技术人员。特别是对于不完整、不清晰的这类条件不好的指纹，专家能够经过处理和重新标注特征点等方法让其起死回生，锁定犯罪嫌疑人。

除了向报社领导汇报采访情况，罗牧青将整理好的第一轮行动中九起案件的基本资料和初步分析笔记交给了邱实。

邱实简单翻看了几页，非常肯定地说："罗记者，您很厉害啊！记录得非常详细，还对每起案件进行了要点梳理，真是井井有条，让人一目了然。我一会儿交给关局。"

罗牧青被夸得有点儿不好意思。

在北京只停留了几天，就又出发了。虽然不情愿，但是罗牧青也不敢违背总编郑达的指令。

4 月 16 日下午，在去芳城的飞机上，罗牧青和邱实、朱会磊坐在同一排座位上。

恋爱中的人掩饰不住心里的喜悦，她的脸庞光彩照人，眼睛里写着幸福和甜蜜。

朱会磊忍不住问道："这几天遇到什么喜事了？"

"嗯？没有啊！"罗牧青一边说话，一边躲闪着朱会磊的眼神。

"那你一直笑什么啊？"朱会磊眼里不揉沙子，紧盯着罗牧青的脸看。

"我笑了吗？没笑啊！"罗牧青觉得朱会磊有时候像个没长大的男孩。

她的脾气超好，否则朱会磊一再挑衅，两个人肯定会闹僵。

"邱处，您是心理学博士，您看看，罗大记者是不是神采飞扬啊？"

邱实忍不住笑着说："我看你才有心理问题，没事儿老盯着人家看干吗？她不属于你研究的对象。"

被他这么一说，朱会磊倒有些脸上发热。

“你们俩什么时候变成一伙的了？”他像被人欺负了一样，故作委屈地说。

看着朱会磊的样子，邱实和罗牧青相视一笑。

关鹤鸣决定先去南阳市芳城区，原因主要有两个：一是他对这个案子有了比较全面的认识；二是朱会磊提供的DNA数据，使案件具备了更好的物证基础。

关鹤鸣暗自盘算，这起案件和祥县的案件都具有破案条件。根据多年的经验，这两起应该最早破掉。

他不打算在芳城区过多地停留，最多两天时间。

新的芳城“2·10”专案组成立了，由省、市、县三级刑侦民警组成。会上，大家的精气神儿虽然提升了，但是看得出来，还是比较茫然。

按照计划，朱会磊先向大家介绍物证的检验鉴定情况。

他穿了一套灰黑色的休闲西装，手里握着激光笔，面对着大家。画面随着他的讲解，一页页地切换。无论是他的神态还是语气，都显露出无比的自信。

罗牧青觉得，朱会磊身上有一种霸气。特别是在讨论案情时，他据理力争，就算是在关鹤鸣面前，也丝毫不会妥协。

而罗牧青呢，是一个外强中干的人。表面上她聪明、坚韧，但内心深处却是脆弱且不自信的。

有人说过，小时候的伤痕，要用一生去治愈。由于父母工作离家很远，罗牧青被寄养在姥姥家。姥姥同时负责看护罗牧青的表姐和表妹。夹在中间的罗牧青不爱说话，更不爱表现。要命的是，她还是个左撇子，思维和行动总是与表姐妹不符。因此，她从小就被视为笨小鸭，常常受到姥姥的责骂。直到长大，她内心里都没有真正自信和强大过。

所以，对于霸气外露的朱会磊，她只有钦佩和害怕。

“经过北湖市公安局物证鉴定中心检验，在‘12·28’案件被害人美静的牛仔裤裤腰处，检出一个男性DNA。经比对，与白纱手套和矿泉水瓶上提取的DNA一致。通过对被害人冯艳的手机每个部位仔细检查，最终我们从SIM卡的卡槽位置，提取到了一个DNA细分数据及混合型常染色体DNA。经过拆分，得到一名男性的DNA。经比对，这个DNA与被害人美静牛仔裤上提取到的男性DNA一致。此外，我们还将疑似勒颈用的写有‘创新改变世界’的红布条进行了检验，检出了被害人郭盛的DNA，但没有检出其他DNA。冯艳被杀案中提取的那块砖头，我没有带走，因为谢法医说她想自己再检一次。下面，请她介绍一下检验结果。”

谢菲的眼神有一点儿游离。她有点儿犹豫地按亮了话筒上的发言键。

“是这样的，我们把砖头划分成九十九个格子进行检验，最后分别在三个格子中提取到了同一个男性的DNA，与手套和矿泉水瓶上的DNA一致。这是我工作的疏忽，我在此检讨。”说完，谢菲悄悄用眼睛环顾了一圈。

不仅是她，几乎所有人都把目光瞥向了关鹤鸣。

但关鹤鸣的表情确实没有什么变化，似乎也并没有因为这种工作上的失误而生气。

南阳市局和芳城分局的领导们都摸不透关鹤鸣的想法。

关鹤鸣不表态，别人也不好说话。这就好像头顶上悬着一把剑，不知道会不会落下来、什么时候落下来。

朱会磊打破了僵局。他说：“总结一下，我们根据得到的这些DNA数据，可以判断，美静被杀案、冯艳被杀案，以及林泽被抢劫案的嫌疑人，和林子胜政委路遇的男子为同一个人，这一系列案件已正式具备技术串并条件。但遗憾的是，到目前为止，郭盛被杀案仍没有技术数据可以支撑并案侦查。以上就是DNA方面的进展。如果有不同意见，欢迎交流，谢谢。”

朱会磊从容不迫地汇报完了。他的每一句话都有理有据，给人一种无懈可击的感觉。

邱实接着发言：“郭盛被杀案虽然还没有找到证据支撑，但是从案发时间、地点、手段上看，我们同意之前专案组的研究结果，可以串案侦查。截至目前，DNA工作取得了很大进展。下一步，我们要围绕DNA找人。好几年了，你们已经做了大量的工作。根据你们的数据，芳城中心区域男性人口的排查覆盖率达到了百分之八十五，周边大学的男生查了三万多名。可是，为什么还是漏了？现在我们就‘怎么找人’进行讨论。”

关鹤鸣一边用手指轻轻地点着桌子，一边说道：“不要有任何顾虑，一定要跳出框框的束缚。”

大家还是沉默。

当地警方从未停止过行动，但越是追寻真相，疑问就越多，信心也在岁月的磨砺中逐渐减退。

南阳市公安局刑侦支队副支队长熊冬平说：“那我说说吧。这几年，我们也请了不少专家。他们对犯罪嫌疑人的刻画是二十岁至四十岁，体型中等，性格孤僻，对年轻女性有仇恨，酒后无德，白天有工作，生活档次不高，有抢劫强奸前科，很可能在暴力的家庭环境中长大，有性功能障碍。结合目击者林子胜和林泽的证言，我们专门请人给嫌疑人画了像：二十多岁，身高一米七左右，中等偏瘦，面目清秀，皮肤较白，冬天曾穿着深色连帽外衣。此人会讲普通话，熟悉芳城区的地理环境，曾在该区域活动，包含居住、租房、工作、务工、读书等。”

关鹤鸣从案卷里拿出那张画像，举起来给大家看了看，然后说道：

“如果画得准，有百分之八十至九十的相像度，也可以用。但是，能不能有这个把握？早先在广粤河源有个案件，一个十二岁的小孩对嫌疑人进行描述，连侧脸上的痦子都看见了，但这个画像我没让发下去。等抓到人后一比，真是南辕北辙。所以，画像的使用一定要慎重。”

林子胜听关鹤鸣这么一说，心里不太乐意。但是，他自己确实不敢说画像有百分之八十至九十的相像度。画像与他所见过的人有那么点儿差别，差在哪里呢？他说不清楚。他说那个人身上有种“阴气”，可负责画像的人改了又改，怎么也表现不出“阴气”来。

林子胜张了张嘴，又把话咽了回去。

罗牧青看着他尴尬的样子，心里有些不忍。

她看到那是一张人像素描，画像中年轻男子的两条眉毛向额角斜去，凤眼，鼻子很直，嘴唇微厚，戴着衣服上的连体帽。说实话，确实长得还挺帅气。

熊冬平看了一眼林子胜，见他也没坚持画像可以用，就转开话题，说：“动作这么大，案件还是没破，我们有两种考虑。其一，在芳城区的驻军，执行的是国家秘密任务。由于部队有严格的规定，警方没有接触过这个群体。其二，对学校的排查出现了遗漏，有可能不是学生，有可能是教职员工。我们后来也把学校的教职员工排查了一遍，还是没有任何有价值的线索。部队固若金汤，铁板一块，根本就不允许我们有任何行动。这一块不查清了，我们还是不放心。”

关鹤鸣思忖了一下。他知道，自己现在说的每句话都将起到导向的作用。

如果慎重起见，就不要作任何结论性的判断，但是他做不到。于是，他语气坚定但并不生硬地说：

“首先，画像暂不采用。为什么这么说呢？虽然有三个人都近距离接触到了犯罪嫌疑人，但是光线不好，再加上没有心理准备，误判的可能性比较大。再说驻军，驻军点管理严格，出入不易，何况作好几起案子，身上肯定沾血，是否随身带着更换的衣服，现场也没有体现，暂时不考虑了。还有，你们说的那个华生，不要再搞了，他不是。除了他跟他姐姐的 QQ 聊天有点儿可疑，其他全都对不上。”

关鹤鸣就这么把“画像”和“驻军”这两条线索都给否了。

果然，“效果”很明显，一缕诧异和失望浮过很多人的眼睛后，剩下的就是茫然。

这时候，尤其要坚定方向，才能让大家心向一处。

关鹤鸣说：“嫌疑人至少在芳城区住了三个月以上，每次作案都事先踩点。从现场向外扩五公里，应该就是他的活动范围。要是不熟悉地形，他在遇上林子胜的时候，不会跑得那么快。都是山路，不熟悉地形就掉沟里了。他应该是白天踩点。沿途的监控视频有没有找全？”

技侦支队民警苏永明说：“有一些，但不全，有的画面不清楚。”

关鹤鸣先是没说什么，顺手拿起笔，在手里转动了几下，然后又轻轻地放下了。

然后，他说：“接下来，我们要抓住一个主攻方向，就是 DNA。DNA 已经发到全国去比对了。当地专案组要做的工作，就是清查当年的人口信息。把芳城区切成块，画格子装人，每块确定人员负责，穷尽案发期间在芳城区住过的人。外来人员的信息必须要发到全国查清楚。”

看着充满怀疑的眼神，关鹤鸣从容淡定。

他的语气平和，语速缓慢，像一位老师在给学生们释疑："宁愿慢一点儿，也一定要准。我们如果不能破案，那么留给后来者的，一定是绝对可靠的东西。把案发期间的户籍资料、外来人员登记资料全找齐，一间房子一间房子地装人。到最后，你至少知道到底查漏了谁。"

显然，熊冬平对这个新的工作方向存有疑虑。他忍不住问道："除了驻军，我们觉得学生的可能性很大，这一块还搞不搞？"

关鹤鸣端起茶杯，轻轻地吹开了浮在上面的茶叶。

邱实明白，这时候该自己说话。

他直视着熊冬平，说道："案发在大学城附近，加上三名目击者与犯罪嫌疑人打过照面，认为比较年轻，因此大家判断是学生的可能性较大。但有一些细节，提醒大家注意。冯艳被害的时间是正月十五，那天阴天，没有月亮，爱情坡上没有安装照明灯，坡上废弃的小屋里更是漆黑一片。如果不是事先精心踩点，一般人不敢往爱情坡上走。我晚上去过，山路很黑。而且，每起案件之后都是雨天，地面破坏很严重，我们连一个像样的足迹都没有提取到。这是否也应该引起我们的注意？这是一个经过深思熟虑、杀人决心很大、下手很重、手段恶劣的犯罪嫌疑人。大学生作这种案子的可能性有多大？"

关鹤鸣把茶杯放下，看了看手表，说道：

"学生这块，过去一直都当作重点，工作力度很大。我总结嫌疑人有这么几个特点：有山区生活经验，奔跑能力强，力气大，下手狠，杀人欲望强烈；从现场看，多余动作多，有仇恨女性的倾向；独身，案发前踩点；售卖手机的地点离大学城较远，在一条小街道内，较为偏僻；所戴手套和饮用矿泉水，均较便宜，经济拮据，但向往舒适安逸的生活。从这些条件看，不能推测是大学生。下一步，主要精力先放在以房找人上。最简捷的方法就是先查一圈租房的单身人员信息，拿到了这个，案子就进展了一大半。”

部署完下一步的工作，会议结束了。

回宾馆的路上，罗牧青小声对邱实说：“刚才说画像不能用的时候，林子胜的脸色挺难看的。”

邱实笑着说：“您是觉得我们说话不讲情面，怕伤着基层的同志吧？关局说过，如果大家都讲面子，你说的对，他说的也对，那还搞什么案子？搞案子，就是在迷茫中摸索，把错的及时排除掉，这个没有什么可犹豫的。”

三、就是当地人

从芳城走后，九案侦办组直奔祥县。

这个案子的破案条件最好，有足迹，有指纹，有 DNA，而且与六年前发案时相比，城乡改造变化不大。

上一次来，朱会磊回北湖去做芳城的检材了。所以，这次关鹤鸣说：“小朱，上次我们去过现场，你没在。咱们明天一早出发，再去看看。”

他的记忆力好，方向感强，下了车就走在前头，大步流星。

朱会磊紧紧地跟在他身后，从坡上下沟，深一脚浅一脚地踩着松软的黄土和垃圾，黑色的皮面运动鞋上马上就覆盖了一层土。

走过小河沟，关鹤鸣说：“孩子们就是从这儿被带走的。有两个孩子的袜子，案发第二天被发现在沟里漂着，一个孩子的袜子装在兜里。三个孩子为什么光着脚穿鞋走路呢？”

朱会磊想也没想，就说：“三个孩子怕把袜子弄湿，就脱在岸边了。遇到突发情况，他们来不及穿袜子就走了。第二天，袜子被吹到了河沟里。所以，应该是胁迫上坡。”

“这个人可能手里有个什么厉害的东西，孩子们很害怕，慌慌张张地就跟着上坡了。”关鹤鸣说着，忽然看到罗牧青眼睛里写着“不信”两个字，这是“老刑侦”一眼就能看破的。

“小罗，你认为呢？”他问道。

罗牧青被点名，脸一红。她知道，自己如果说出不同的想法，一是会惹怒领导，二是会被人嘲笑。但她又觉得，既然被看穿了，不说才是矫情，于是便故作镇静地说了出来：“我记得案发的窑洞里有一瓶大蝌蚪，据说这条河沟里不可能有这么大的。有可能是案犯从别处捉完蝌蚪，走到这条河沟边，正巧碰上三个女孩，告诉她们翻过土坡有条河可以捉到大蝌蚪。于是，三个孩子就争先恐后地跟他走。”

“哟，你这想象力还真够丰富的！”朱会磊故意走到她身边，小声地说。

“一开始，我也这么想过。有可能是案犯偶遇三个女孩，引诱她们上山。但是仔细分析，我觉得这不太可能，大蝌蚪只是一个偶然的存在。”关鹤鸣接着说。

“为什么不可能？”罗牧青追问道。

“离这里最近的河沟也要走上半小时。三个孩子都是土生土长，最大的十一岁，说翻过土坡就有河沟，她们不一定信。另外，从当天的足迹照片看，虽然足印重叠，但始终成一行排列，一点儿不乱，说明三个孩子是排着队的。如果是争先恐后，足迹肯定会乱。”关鹤鸣解释道。

这一番话让罗牧青真切地感受到，关鹤鸣是经过深思熟虑才得出这样严密的推理结果的。

通往土坡的路竟变成了工地。祥县公安局局长魏可光说："这儿要建一个绿林公园，上次你们走后就开工了。"

这个工地并没有扰乱关鹤鸣的方向感，他的脚步丝毫没有减慢，顺利地从工地穿出去，来到了土坡近前。沿着犯罪嫌疑人带着孩子们走过的路径，他很快就看到了山坡上的几座废弃的窑洞。

关鹤鸣指着不远处的窑洞对朱会磊说："在小河沟那边能隐约看见一片土坡，但看不见窑洞，可案犯却带着三个小女孩直奔这边来了。"

朱会磊说："这说明犯罪嫌疑人对这里比较熟悉，知道这里的土坡上会有废弃的窑洞。"

关鹤鸣笑而不语。进了案发的窑洞，他一边往里走，一边自言自语："东西两个窑洞，中间有个过道厅，紧里边还有个小窑。"

小窑矮，面积也小，大概就五六平方米。关鹤鸣先进去，邱实打开手电筒紧随其后。朱会磊个儿高，背不由得驼了起来。

罗牧青站在小窑门口，眼睛一直盯着窑壁看。一只只大黑盖子虫还在窑顶上趴着，灯光一照，纷纷爬动起来。她后背发凉，头皮发麻，起了一身鸡皮疙瘩。

"难道他们都没看见吗？"她暗想。

"尸体全都移到这儿了，门口还挡了枣刺。"关鹤鸣说。

"枣刺是什么？"朱会磊问。

"就是当地的一种植物，每根枝上都带好多刺，当地人叫'枣刺'。"邱实解释道，朱会磊点了点头。

从小窑出来，往外边走，经过中窑过道，关鹤鸣说："从这儿提取到了两个烟头，'黄山'牌的，当时大概五块钱一包。"

出了窑洞，太阳正在一点点地升上高空。他们一起往坡上走。罗牧青的鞋里灌了不少土，走到坡顶，她知道其实每个人的鞋里都是如此。但是，好像没有人介意。自然，她根本来不及脱下鞋把土倒干净，关鹤鸣不会给她这个时间。

他们急匆匆地回到住处，回房间洗手、换衣服和鞋，一刻钟后一起吃饭。

关鹤鸣看着身穿运动服、运动鞋，还随身带着笔记本的罗牧青，心里暗自发笑：这个记者适应得挺快，这回全是运动装，随时准备出发一样。

他脸上没有什么特别的表情，看着她说：“小罗，你辛苦啦！跟着我们吃不好，休息也不好。”

“没有没有，都挺好的。我还是第一次跟着你们一起破案。以前都是案子破了，我才去采访，没有悬念。”她急忙答话。

“悬念，就是没破的时候，你觉得他是高智商的。云里来，雾里走，就像练过盖世神功，说他有特异功能也有人信。等破了案，这个人看起来太普通了，你又怀疑是不是抓错了。”关鹤鸣喝了一口汤，接着说，“不过，有一点倒是真的，你看不见他，他可是一直盯着你。有的逃了十几二十年的，说自己快忘了这事儿了，可你抓他那天，眼神一对，他什么都想起来了。”

罗牧青笑了起来，说：“关局，我先跟您请示一下，不管哪起案件抓到了人，能不能让我采访他？”

关鹤鸣稍微思索了一下，说：“等抓了人，让你问。”

大家全笑了。

罗牧青觉得他反应真快，也没驳了她的面子，还像开玩笑一样，这事儿就过去了。

刚吃完饭，大约两点钟，云成市公安局刑技处的技术人员吴一明来了。朱会磊猛喝了几口水，就跟着他走了。

“邱处，他去干什么？”罗牧青好奇地问。

“小朱跟着吴一刀去实验室。”

“那人叫吴一刀?”

“叫吴一明，外号吴一刀，是云成市局的法医。”

关鹤鸣和邱实带着当地的专案组继续研究案情。

关鹤鸣问了很多问题，但一直都不表态，只是静静地听。从他的表情上也看不出有任何波动，不知道他倾向于谁的答案。

晚上，罗牧青把这一天的行程记录下来，把用手机拍的照片分好类存到了电脑里。

10点多的时候，“乘风”发微信问她困不困。她回答：“精神着呢。”俩人几乎在同一时间发了“大笑”的表情。

“乘风”说：“你是我认识的第一个老北京人，不过你的北京话好像不太地道。”

“我平时说的都是普通话，个别字没注意，有点儿北京腔。”罗牧青解释道，“单位里北京人不多，北京话吞字，好多人听不真切，所以平时都说普通话。除非跟北京人在一起，才能沟通无障碍。”

“那你以后教我说北京话，好不好?”

“那我就好为人师了。”罗牧青的心情好极了，“你是哪里人?”

过了足足有两三分钟，“乘风”的信息才发过来：“我也是北方人。”

“哦，好像也没什么口音。”

“我也一样，都说普通话，习惯了。”

“乘风”没有告诉她具体是哪里人，她有点儿疑惑，也有点儿失望，感觉他不够坦诚。

北京女孩大概是全中国最直率和没心机的吧。一旦她充分信任你，就会口无遮拦，想到什么说什么，哪怕是别人认为很俗气的愿望，也会直接告诉你。她不会藏着掖着，甚至大大咧咧。她爱什么、厌什么都在脸上写着，都在话里话外。或许，这个说法仅限于未经世事的女孩，不是女人。

罗牧青恰好介于女孩和女人之间。她让自己把不满暂时咽了下去。

“乘风”感觉到了她的欲言又止，为遇到善良宽容的她感到幸运。

“等你回来，你问我答。”“乘风”的这句话让她宽慰了不少。

有“乘风”的陪伴，她睡得很好。

不过，罗牧青还是被楼道里的脚步声吵醒了，然后听到了开门关门的声音。她睡觉轻，有动静就醒。

她从枕头下面把手机掏出来，三点半，是隔壁的开门声，朱会磊回来了。

“早上 8 点开会，他也睡不了多久。”她想，“这个人傲是傲了点儿，但也确实敬业、严谨。”

在耳濡目染中，罗牧青对九案侦办组三个人的看法也在悄然改变。她不再像过去那样抵触了，反而对案件告破燃起了希望。

第二天早上，朱会磊果然没有去吃早饭。

罗牧青跟服务员要了一个食品袋，装了一个鸡蛋、一个小花卷，回到了房间。要是从前，她会把门打开，便于听到朱会磊房间的动静，但现在她知道白金“8·05”杀害妇女案件的细节之后，莫说打开房门了，就是出去进来都会倍加小心。

她竖起耳朵使劲地听，七点半的时候，朱会磊起床了。

过了十分钟，她去敲朱会磊的门。

她以为里面会问一句“谁啊”，没想到倏地一下门开了，他穿着背心短裤出现在她面前。

罗牧青的眼睛慌乱地躲闪着，低着头把装着早点的袋子递给他，羞羞地说："帮你拿了点儿吃的。"

朱会磊真不是个省油的灯："为什么突然这么好心？"

他这问题气得罗牧青抬头看着他的脸说"我没事闲的，吃饱了撑的"，说完转身就走。

朱会磊还第一回见罗牧青生气，急忙说："吃的，放下呀！干什么来了啊?!"

罗牧青回头瞪着他，转身把袋子塞到他手里，也不管他接住没接住。

朱会磊是一边往嘴里塞着花卷一边往会场走的，一进门就瞅了一眼罗牧青，她也在看他。

俩人目光相对，罗牧青狠狠地翻了个白眼，嘟着嘴。朱会磊却笑了，露出一嘴嚼烂的花卷。他的座位一直都是挨着罗牧青的。

会议开始了，首先就是朱会磊向大家报告 DNA 检验结果。

他把花卷硬咽下去，顺手把罗牧青放在桌上右手边的保温杯拿起来，拧开盖子喝了一大口，又很自然地放回了原处。

然后，他打开了话筒，说："各位领导，我们连夜对被害女童贾明明背心上的精斑进行了重新检验，发现有精子，只是量很小。虽然并不能完全断定犯罪嫌疑人存在性功能障碍，但是，可以证实他年龄并不一定很大，我们高度怀疑他患有性功能方面的疾病。一般医院都会对患者进行隐私保护，患者也可以不使用真实姓名。虽然难度很大，但如果有条件，我建议进行排查。我的发言完毕。"话音刚落，他又抄起罗牧青的保温杯喝了两口，眼睛根本没看她是什么表情。

此时，关鹤鸣要宣布一个方向性的决定。这个决定原本想让邱实来说，但考虑到会涉及责任承担的问题，他决定由自己来说。

"经过两次踏勘，结合法医的检验结论，以及专案组积累的大量案件资料，我们对本案有了比较深入的了解。”关鹤鸣停顿了一下，决断地说道，“视频录像里的四十岁左右男子，目前条件下不予考虑。”

这句话让专案组成员十分意外。

这些年，他们围绕视频录像里的这名男子做了大量的工作，目前还在进行。

难道是因为找不到这个人就把他排掉了吗？

“根据我的分析，这个人不是案犯。”关鹤鸣这种态度明确的语言表述，让大家更想知道其中的缘由了。

“从作案手法上看，真正的案犯显现出了年龄不大、并不成熟老练的特点。法医的检验结果也显示，案犯并不一定年龄较大。而视频中的男子与三名女孩有相遇的可能，但如果与她们相遇，就必定会与下沟作业的两父子相遇。事实上，这两父子没有看到他。而我们没有其他视频能够查到他离开西沟的时间，因此，这条线不再关注。”

往往办案时间越长，就越怀疑侦查方向是否正确，而有些事越查不清，就越纠结于其中。关鹤鸣果断地把这条线切断，把侦查思路引到了正确的路线上。

说完，他向邱实示意了一下。

“根据现场，我们认为犯罪嫌疑人与三名被害女童为偶遇。他采用威胁的方式将三名女孩带至案发窑洞，这说明他对周边大环境熟悉。之后，他对三名女孩进行了猥亵。可以看出，他性需求迫切，具有一定的性变态行为，之后逐一将她们杀死，以灭口。从现场捆绑的绳子可以看出，他并没有充分准备。地上的两枚烟头，推测是犯罪嫌疑人杀人后抽的烟，用来稳定情绪和思想后路。最后，他用枣刺遮掩洞口，这是典型的当地人做法。现场留下了很多生物信息，说明他的反侦查意识不足。根据足迹，我们推算案发时，他的年龄在二十岁至三十五岁之间。”邱实说，“九案侦办组的建议是，三晋专案组全面展开家系排查，范围是以发案现场为中心，向外辐射五公里。”

“这个人不远，可能就在我们眼皮底下。”关鹤鸣说，“你们不用怀疑自己最开始的主攻方向，单是用枣刺遮挡这一个动作，就能断定他就是当地人。我都问过了，当地人就有这个习惯，拿枣刺挡个门，盖个东西。”

信心是攻破一切难题的必备条件。面对一支迷茫的队伍，要把其拉回到新的起跑线上，是一件不太容易的事情。

“你们拿着 DNA 到全国去比，到处找墓碑，还研究大清律，这些工作绝对不白做，体现了破案的决心。往往案子久侦不破，就会怀疑方向错了、范围错了，什么都错了。怎么才能知道自己到底对不对？把现场吃透了！当你能对现场的每件物品、每个细节都合理解释的时候，就是吃透了！使用枣刺遮盖门和尸体，这是下意识的行为，只有当地有农村生活经验的人才会这么做。这就是关键！抓住这一点，哪儿也不要去，就在当地找人。”关鹤鸣态度坚决，字字铿锵。

“怎么找人？我们这几年在祥县做了大概两万人的 DNA，也没比中。”云成市公安局副局长葛志飞说。

“是，数量够多了，可为什么没网住人？漏了！”关鹤鸣用手指点着桌子，说道，“祥县这些年变化不大。河南现在使用家系排查的方法破了不少案，积累了一套经验。朱会磊在这方面也有一些研究，前些天又让他专门跟郑州的专家进行了交流，让他给大家讲讲怎么绘制家系图，怎么利用家系缩小侦查范围。”

朱会磊从资料袋里拿出几张纸，举在半空说：“这几张是郑州民警绘制的家系图。家系图可以大幅提高效率，使用图谱管理，实现快速查询、检索、比对。需要注意的是，本地人员要绘制，整体搬迁的也要绘制出原居住地。这样我们就能很快把底数清干净，避免漏户漏人。”

邱实说：“一定不能有畏难情绪。明天河南郑州的两名技术民警会到咱们祥县来帮助工作，带领大家绘制家系图。客观地说，这起案件的条件，是九起疑难案件中最好的。犯罪嫌疑人基本上可以确定就在祥县，比较好找。只要把家系排查做好了，这起案件很有可能是九案中最先取得突破的，请大家坚定信心。”

云成市公安局副局长葛志飞说：“好，明天专家来了，我们学会了家系图，马上就落实。另外，对于西沟当天的做工人员，我们还想再回访一次，当年有十几个人一直落不了地。”

关鹤鸣略微沉默了一下，说：“要是不放心，就再做一遍。一条线索落地，为以后节约了大量的人力财力。过去总不落地，每次重启侦查，这条线都要再从头来查，可查到一半，又因为这样那样的原因搁置了下来。这一次，这方面的问题要彻底解决。”

关鹤鸣知道，他们这些年确实花费了很大力气，把本地翻了个底朝天，找不见人，又跑到全国去找。现在让他们转回头来就在本地查，他们有点儿接受不了。转变观念需要一个过程，需要给他们一点儿时间。

部署完工作，关鹤鸣用目光扫了一下全场，说：

“关于前期工作，我还要多说几句。我听到有人反映，因为当时很快就拿到了 DNA，所以对其他工作有些忽视，工作没有到位，比如对动机、过程分析不透，走访取证不细。十年前视频就比较普遍了，不可能只有这一个视频资料。去年我办的一起案子，一开始也说没有视频。我到案发地周边查看了一下，看到有视频。局长说是新安装的，实际上四年前就装好了。这一次，我们一定要把工作做细。我听说县局有一百三十多名民警，辖区人口有二十多万，显然警力有限。咱们的家系排查要紧紧依靠群众，把村干部、治保积极分子发动起来。”

四、拉开三条战线

踏上开往白金的高铁，罗牧青发现邱实的脸色很难看。

她试着问了一句：“邱处，您脸色有点儿差，是不是身体不舒服？”

邱实摇摇头，叹气道：“政策放开了，我们想要个老二，结果早上接到我爱人的电话，说她夜里起床没站好，摔了一跤，孩子没了，两个多月了。”

“现在嫂子身体怎么样？有人照顾吗？您是不是得回去看看啊？”

“不用，家里有老人照顾。”

“关局知道这事吗？”

“说了，他没表态。”邱实说。

罗牧青不好再多说什么。这就是关鹤鸣。他是铁人，所以跟他一起工作的人，早晚也会成为铁人。在他心里，似乎没有什么是比案子更重要的事。也正因为如此，他一年将近三百天都在外办案，忙得连儿子的婚礼都没有参加。这些年，他对家里亏欠了很多，但只能在心里欠着。

他们赶到了白金市公安局，同时到达的还有漠北通辽市公安局的足迹专家谢志中。谢老已经七十岁了，是刑侦技术领域里泰斗级的人物。

关鹤鸣听了白金和漠北包头两地专案组的汇报，觉得工作进展不太理想。不过，白金专案组把上次他关注的交通问题查清楚了。

关鹤鸣问："周边哪个县市的人来这儿最方便？"

老民警石海岩说："离白金最近的，是芸州的榆东县和榆西县，其余的地方都得四个多小时。进出白金的公交车不算太多，芸州和白金公司来回对开，始发车是早上 6 点 30 分，末班车是下午 6 点。每间隔一个小时左右一趟车。芸州市到白金市的距离是九十七公里，要两个多小时才能到。榆东县离得最近，六十公里，一个多小时就能到。"

白金分局刑侦大队大队长赵传红说："我感觉跟车站没有联系。犯罪嫌疑人像个走南闯北的推销员。再说，咱们得相信科学吧。现在 DNA 技术已经发展到相当高的水平了，生命科学研究院的专家根据 DNA 判断，嫌疑人是江浙一带的人，又在包头作过案，这符合推销员的特征。"

朱会磊眨了几下他的小眼睛，说："赵大队，咱们就从科学说起。科学的结论通过数据体现，数据通过试验得到，而试验样本的数量决定结论的可靠性。据我所知，目前的科研机构样本数据很少，他们的结论可靠性还有待评估。"

不得不佩服朱会磊，他三言两语就把看似复杂和牢不可破的科学问题解释清楚了。

"然后，再说说推销员的特点。在案卷上写着，目击者看到犯罪嫌疑人穿着一双半高跟的鞋。我想问一下，现场的鞋样找到了吗？"

赵传红说："首案时，受害人的邻居出门倒水，看见一名男子背对着被害人的家门。头发长，没戴帽子，白塑料底黑面半高跟布鞋，蓝色大裆裤，黄上衣……"

朱会磊见赵传红没有正面回答，继续追问："我想象不出男人穿的半高跟鞋是什么样。半高跟到底是多高？有鞋样吗？"

石海岩说："没有。就是那种当时很多人都穿的半高跟的鞋，与当地人的穿着打扮很像。"

赵传红说："那个年代很流行穿这种鞋，大概两三厘米高吧。"

"这么普遍，为什么没有找到鞋样？"朱会磊追问。

没有人回答。

过了半晌，白金分局局长郭杨说："我们派人去全国的各大鞋厂都找过，浙江、福建都去过，确实没找到。"

"外地来的推销员，为了推销东西，常会用语言或衣着吸引别人的注意。这样高调的做法，与犯罪嫌疑人的心理是否吻合？此外，犯罪嫌疑人的穿着打扮与本地人十分相像，而且在作案的十四年中，除了在包头作案一起外，其余都在白金。说他是外来的推销员，恐怕难以说通。"

面对朱会磊的反驳意见，白金专案组的人显得有些力不从心。

邱实平和地说："我们专门邀请了谢志中谢老一起研究。"

谢志中搞了一辈子足迹，不善言辞。他一开口就是案子："咱们当地有没有开办年头儿比较长的鞋厂？"

"有，有两家，案发的时候就开着。"郭杨说。

"中午吃完饭，你们带我去看看。"谢志中说。

找到鞋样，对于足迹研究来说，无疑是非常重要的，更能准确地判定犯罪嫌疑人的体型特点、行走姿态，等等。

中午吃过饭，朱会磊对罗牧青说："一会儿我跟谢老一起去鞋厂，你去不去？"

"去啊，反正中午也没事儿。马上走吗？"罗牧青爽快地答应了。

“一点半，宾馆门口见。”

谢志中满头银发，看上去身体状况整体不错。这一代人对待工作是狂热的，退休的时候特别茫然。还好，谢老退休不退岗，一直战斗在侦查破案的一线，一身的本事仍然发挥着巨大作用。

白金区的两个鞋厂经营状况都很一般，厂里的人倒都很积极配合。

先去的鞋厂厂区改造过多次。谢老很有经验，先是在厂里转了一圈，然后询问他们八九十年代生产的鞋还有没有样品存库。他们说，厂房改造的时候都处理掉了。

后去的白金鞋厂厂区不大，一看就是老国有企业。负责人介绍说：“倒是有不少仓库，存了些鞋，已经好多年没人打理了，也不知道都有什么。”

谢老一听，两眼发亮，马上兴奋地往仓库走。

库房大概有一两百平方米，一进去味道复杂浓重，应该是很多年都没开过门窗了。房顶的灯不是太亮，开不开似乎作用不大。里面堆着一个个装着积压鞋的大纸箱。有的箱子里只装着一种鞋，有的却是乱七八糟什么鞋都有。有的有鞋盒，有的没有。

谢老没有吩咐别人干什么，自己弯下腰仔细地查找起来。

朱会磊见状，让同去的两名白金刑警也行动起来。

罗牧青也分包了一小片区域。

“只要见到黑面的鞋，就连鞋盒一起单独放好。从哪个大箱子里找到的，就看看有没有标签什么的，用手机拍下来。”朱会磊叮嘱大家。

在这个空气很糟糕的库房里低头时间太久，会让人头晕眼花。大概过了一个多小时，两个白金的民警受不了了，表示要到门口换口气。

朱会磊看了看罗牧青。她低着头，躬着身，额前的头发凌乱地遮住了脸。他好像话到嘴边就飞了出去："罗牧青，要不你也去外边透透气？"

罗牧青头也没抬地应声答道："不用了，我这一片儿快找完了。"

她的头发乌黑发亮，面部轮廓清秀柔和。

朱会磊突然定定地看着她，过了一会儿才回过神儿来，说："你跟谢老都歇会儿吧。这里面空气不好，万一谁再晕倒在这儿……"

他转头去劝谢老休息。谁知，这是个倔老头儿，根本不听劝。无奈，他只得继续干自己的活儿。

这种寻找，显然是希望渺茫的。连鞋厂的人都说不清楚，有没有生产过那种黑面、白色塑料底的半高跟男鞋。

天道酬勤。就在天擦黑的时候，就在大家的耐心遭受挑战的时候，谢志中一只手举着一只鞋说："嘿嘿，可让我找到你了！"

这个话很少很少、有时还会腼腆地红着脸的倔老头儿，笑得像拾到宝的孩子，开心得手舞足蹈。

谢老在此之前就做过功课，案发现场的足迹他烂熟于心。他找鞋不看鞋面，光看鞋底。

这双鞋跟案发现场的一模一样。

他急着拿给厂里的人看。

厂里的人说："这鞋还真有些年头儿了。我入厂十几年，从没见过这样的鞋。"

回到宾馆，谢老得意地对关鹤鸣说："这回我能确定了。这个家伙有点儿意思，十几年里都穿着同一双鞋作案。"

"您讲详细点儿。"关鹤鸣饶有兴致地问。

"就是说啊，他每回作完案，就把这鞋收起来，等下回作案再穿上——鞋底花纹的磨损完全对得上。"谢老有点儿神秘，又颇为得意地说，“要么是怕留下太多痕迹，要么就是经济上不太宽裕。这鞋在八九十年代挺流行，厂里退休的老人说，当时销量挺大，还卖到芸州的榆东县、榆西县去了。但后来不流行了，卖不动，积压了一部分。”

“又是榆东！”关鹤鸣一下子抓住了这个关键词，像是在自言自语。

“这个人走路很有特点，身体微微向前向上蹿动。”谢志中一边说，一边用手比画着。

“怎么蹿动？您模仿一下！”关鹤鸣笑着说道。

谢老站起身，说：“小朱，烦劳你给录个像，也让专案组的同志们看看。”他边说边走，“你们看，他前脚掌有碾动，身体向前向上蹿。”先是慢动作，然后是正常走路的频率。

关鹤鸣打电话给白金和包头两地的专案组负责人，然后又通知邱实：“马上到我房间开会。”

罗牧青不由得看了看表，这时已是晚上 8 点多了。

人到得很快。

关鹤鸣拿起谢老找到的鞋样，在空中晃了晃，什么都没说。

专案组的人眼皮垂着，屋里的气氛十分凝重。他们找了近三十年的鞋样，谢老用一个下午就找到了。

关鹤鸣用犀利的眼神环顾了一下大家，说：“你们说这种鞋当年在本地很流行，没错，谢老今天在本地鞋厂找到了。这种鞋，本地鞋厂就生产过，还销售到了周边几个县市。如果是外来的推销员，那么他每回来白金出差，身上都带着这双鞋吗？这显然不符合常理，解释不通。如果是出差来的人，巴不得赶紧把这带血的鞋扔了，随身带着危险大不大？”

“这人反复作案，每回都穿这双鞋？”老民警石海岩惊得瞪大了眼睛，诧异地问。

谢老解释道：“1988 年到 2000 年，他作案时穿的鞋号码完全一致，鞋都很新。塑料底的鞋，穿的时间很短就会有磨损，每一次的磨损痕迹都吻合。因此，可以判断，这双鞋他平时不穿，只有在作案的时候才穿出来。”

“白金的十起案件，案发地离大道最远的不超过五百米，距离市中轴线都很近。这充分说明他对道路不那么熟悉，害怕走丢了。”关鹤鸣接着说道。

“不熟悉，为什么还要在这里作案呢？”赵传红质疑地问。

“这个问题很好。他节假日不作案，夜里不作案，而且十起案件屡屡得手，其中有两起还是在同一个宿舍楼，这说明什么？”关鹤鸣停顿了一下，环顾左右，“他对白金公司的作息时间十分熟悉，对他需要了解的白金公司厂区和宿舍区的情况掌握得十分清楚。”

“您一会儿说他不熟悉道路，一会儿又说他熟悉白金公司，我更糊涂了。”赵传红皱着眉头，两手一摊，耸着肩膀说。

对于赵传红的质疑，关鹤鸣并没有表现出责怪或不悦，语气仍然十分平和。他说：“根据经验判断，大概率不是白金本地人。从穿着打扮、行为习惯和作案细节上看，可能离得不远，对白金市有限熟悉，可能在白金公司打过短工。下一步，我们要把侦查重点放在白金市的周边县市。”

“我们以前也在周边排查过，就是没查得太深入。”郭代先说。

“这回要把周边县市拉进来，一起查。但是，白金市还是要查。这个人连续在这里作案十起，跨度十四年，说明他跟白金存在一定的联系，有可能有亲属在这里。”关鹤鸣语气坚定地说。

“过去白金只有十七万人，现在已经一百七十万了，查起来难度有点儿大。”郭代先说。

关鹤鸣望着郭代先，说道："我们要查的就是过去的十七万人，这当中男性有多少？符合年龄段的有多少？咱们要用现在的技术和手段去查，人口底子要清楚。"继而，他又望向陇原省公安厅刑侦总队总队长付明华，说："付总，你把情况跟周边县市说一下，做好清底的准备。"

付明华很痛快地答道："好。"

关鹤鸣继续说："现在给出摸排条件：嫌疑人现在的年龄为四十八岁至五十五岁；身高一米七六，上下浮动两厘米；体态中等偏胖；在白金打过工；外表忠厚老实；可能无前科。摸排范围：白金市及周边县市。"

经他这样一分析，犯罪嫌疑人的形象跃然纸上。

郭代先问："之前的画像还能不能用？"

关鹤鸣说："现在明确一下，画像不能使用。我看过案卷，当时的目击证人并不确定看到的就是犯罪嫌疑人，而且过去了这么长时间，嫌疑人的样貌会发生改变。"

说完，他静静地观察着大家的表情。

见没有人再发问，他又转向郭代先，说："刚才说的是人员清查，现在说技术工作。你们抽调两个技术人员，明天就出发，去郑州刑科所培训学习利用家系排查法破案，邱实负责联系。"

关鹤鸣一板一眼地把白金这边的工作布置完，笑着对包头专案组的刘彪说："你们也得动起来。包头这边不查人，去查矿。白金有矿，包头也有矿，查清楚白金的矿厂跟包头有没有联系。"

刘彪连连点头说："这个得查，以前还真没查过。"

这时候，赵传红突然眼睛发亮，兴奋地说："您这一提醒，还真可能有。白金当年也是狠狠地风光过，帮着周边省市的矿区建过厂。具体都去过哪儿，我得再去查查。"

“包头专案组也去调查一下，有没有从白金来的工程队。”

清查白金及周边县市人口底数、加紧学习家系排查法、调查包头关联企业，关鹤鸣一口气把这三条战线拉开了。他正在一步一步地接近真凶。

4月的白金，依然寒凉。在关鹤鸣心里，春天就该有春天的样子。他要把希望的种子播在这片土地上，让这支压抑了很久的队伍焕发出应有的活力与激情。

可到目前为止，罗牧青还是感觉不到案件的侦破有什么实质性的突破。

关鹤鸣的压力应该很大，但她却感觉不到。他神态自若，像是一切尽在掌握。

五、无从下手之后

按照计划，九案侦办组应该回京了，但关鹤鸣见北京方面没什么太紧急的事，临时决定去一趟安平县。

然而，他们抵达安平没多久，一个电话打乱了计划。

安平专案组把遇害的石灰窑老板胡永发卧室的顶棚捅开后，从里面找到了很多业务往来的单据，正在一一查对，寻找与胡永发一家有来往的可疑人员。

对于安平专案组来说，这个案子侦办起来也的确费劲。没有DNA，没有指纹，没有目击者，只有带血的脚印。他们费了那么大的力气，好不容易排查出了一个与胡永发存在矛盾纠纷的马中波，打心眼儿里希望他就是，可他还跳入江中，活不见人，死不见尸。

关系圈的排查似乎已经穷尽，他们理出了与每名受害人相关的亲属、同学、朋友、仇人，长长的名单上每个名字都查了不止一遍。

除了这些人，实在是再也找不出其他人了。

案件推进会上，永乐镇派出所副所长邢立州一脸无奈地说：“这个案子我搞了六年，实在是感觉搞到头了。当年围绕吴楠和胡永发活动区域周边的农村设了三个圈子，几千个重点人都排了。我主要围绕胡永发，查得很仔细，搞了两年。为什么符合条件的一个都没有？当时范围错了，还是漏了？是不是没有落实到位？”

一切都在关鹤鸣的意料之中。这个案子让安平刑警非常头疼，无从下手也是情有可原。他们一时还转不过弯来，而要让一批“老刑侦”转弯是非常困难的。

“案子很难，但必须承认，直到现在我们还是不知道，石灰厂老板胡永发到底为什么要急着出售石灰窑，而他们遇害的这一天，又恰好是竞价的最后一天。”关鹤鸣说完，向邱实递了个眼神。

邱实心领神会，紧接着说道：“据我们分析，犯罪嫌疑人与吴楠在机耕路上偶遇的可能性不大。他如果与吴楠有矛盾，杀了吴楠就算了结，没有必要冒着很大的风险去杀另外七个人。在胡永发房间的客厅里，有一个空的饮料罐，从罐口提取到了吴楠的 DNA，而老板胡永发的儿子及其亲属都证实，按照惯例，胡永发是不可能给吴楠拿饮料喝的。有可能是来了一个客人，给客人喝并打开了拉环，客人没喝，才让吴楠喝掉了。客人可能与胡永发发生了争吵，吴楠拉架，劝客人离开。客人被拉到屋外，吴楠穿着家居的布拖鞋骑摩托车送他。这说明客人的住所与石灰厂之间的距离并不远，摩托车很快就可以到达。而在路上，脾气十分火爆的犯罪嫌疑人越想越不甘心，想要折返再次理论，而吴楠却没有停车。这时候，犯罪嫌疑人掏出自己随身携带的锐器，从后面刺向吴楠。法医尸检报告显示，吴楠身上的伤多达三十二处，但是致命伤不多，有不少刀是从后面刺入。吴楠停车后，与犯罪嫌疑人正面搏斗，但敌不过犯罪嫌疑人，在颈部开放性伤口血液喷涌而出的情况下，从树林往石灰厂跑了三十四米，最终因失血过多而休克，倒地死亡。犯罪嫌疑人把他拖到排水沟里，又把他的摩托车拖进竹林隐藏之后，气冲冲地来到石灰窑，先到窑顶平台上看了一下小屋里是否有人。小屋的门锁上留下了他的带血手套印。他从窑顶平台上找到一根杉木棒，徒手断为两截。说到这里，要提醒大家注意的是，杉木棒的直径为六厘米左右，被犯罪嫌疑人徒手掰断，并且三十五岁的壮劳力吴楠敌不过他。这些都可以说明此人非常强壮，臂力很大。”

邱实的推理展现了杀害吴楠的过程，用词精确，讲述流畅。

“他冲下平台，到了窑厂，将左脚踹到西边那扇门上。据知情者说，踹这边比踹另一边容易成功。这说明他十分熟悉这里的情况，而不是有限熟悉。他是怎么将七个人全部控制住的呢？靠的是语言还是自身的威慑力？我们还要注意一下，所有被害人中，只有齐士飞的头部盖了一件衣服。是犯罪嫌疑人故意为之吗？这是什么心理？”

所有人的目光都集中到了邱实身上。他的思路异常清晰。

“他在一个下雨天赶到了石灰厂，而这一天又恰好是石灰厂竞价出售的截止日。石灰厂的竞标价是十五万元，没有卖出去。而犯罪嫌疑人在这一天的傍晚来到了石灰厂，他是奔谁来的？到底是吴楠还是胡永发？如果那副碗筷在案发前就有，那么这个人很有可能就是第九个吃饭的人。他在吴楠家的厨房吃了饭，在胡永发家停留的时候，胡永发给他拿了饮料喝。从待客方式看，他是一个熟人，也是一个具有一定身份的人，既认识吴楠，也认识胡永发。他戴粗纱手套，随身携带工具刀，是一个有工作但生活档次不算太高的人。作案后，这个人可能性情大变，原本特别火爆的脾气，变得平和了。请大家在以案发地为中心、直径十公里的范围内再仔细排查一下，看有没有符合这些特征的人。”

听了邱实的推理，安平县公安局副局长赵长征说：“我们是不是要先找到马中波，感觉这些性格特征还是跟他蛮符合的。”

关鹤鸣摆着手说：“不要再追马中波了，他不是。下一步，你们要继续研究犯罪嫌疑人的作案动机，到底是冲着吴楠去的，还是冲着石灰厂老板一家去的。大家看看还有没有研究的余地。目前看来，侵财目的明显。从吴楠被杀的过程看，不是报复，因为时间不对。什么人群符合、奔谁来的？吴楠家平时来人送不送，有没有送人的习惯？穿拖鞋骑摩托车送，能送多远？这些需要你们再去调查。”

赵长征眨巴了几下眼睛，想要说什么，张张嘴又闭上，闭上嘴又实在忍不住，说道：“侵财也不应该啊！这时间也不对啊！这个时段正是他们聚在一起看电视的时候。而且，一个人杀了这么多人，就带了这么一把小刀去，是不是这里面也有讲不通的地方？”

赵长征是个“老刑侦”，面对案子的是与非，他无论如何都要表达一下自己的观点。

关鹤鸣听得十分认真，待赵长征讲完，马上说道：“长征说得很好。这是一起重点攻坚案件，有它的特殊性，不能对它简单地定性。综合全过程来看，双方存在矛盾，但归根结底是为财而来。犯罪嫌疑人具备人熟、路熟、内部结构熟的条件。年底了，他可能急需用钱，没钱过不去。他本身就是带着气来的，更符合前来借钱或要钱的情形，但是有可能钱没借到，反而因此发生了争执。反正没钱也过不去了。不是什么深仇大恨，后边的目的就是钱。虽然钱不多，但对犯罪嫌疑人来说很重要。”

听他这么一说，赵长征信服地点点头，连声说道：“是的，是的，不像是简单的仇杀，也不像是单纯的侵财。”

关鹤鸣用手点了几下桌子。据罗牧青观察，这是他在发表观点或部署工作之前的习惯动作。

果然，他说道："下一步，在技术上，一是要把现场遗留的东西，用现代理念重新检验，肯定有痕迹。二是研究 DNA，复核一遍。这个工作，小朱，你去联系公安部物证鉴定中心的专家。三是足迹的应用。找出几个完整的血足迹，怎么也能研究出来。实在没有突破，下一次就带几位足迹专家来。破案就是要用最有用的办法。

"侦查上，需要穿成串儿。既不要盲目推翻原来的侦查结论，也不要忽视解释不清的问题。这个人是做什么的？他带的这把小刀到底是什么工具刀？要结合刀伤，重建现场。把现场研究透了，是侦查人员必须做好的事情。吴楠骑摩托车出门的那一段是关键。他到底为什么穿着拖鞋骑摩托车出门？

"这个案件范围很窄。杀了吴楠后，犯罪嫌疑人重回了石灰厂。他跟石灰厂里的人很熟，但这次他不敲门，而是一脚踹开了门。把那一幕幕还原，仔细研究每一个动作反映出的是什么心态，再去想什么人能有这样的心态。"

安排完工作，他倏地站起身，说："今天就到这儿。呼河的案子有线索了，我们得回去一趟。"

原来，刚到安平县，邱实就接到龙江省公安厅刑侦总队政委徐佳良打来的电话，说初步查清了吴庆生和吴超勇的身份。

当年排查时，这两个人都有民警进行过面对面的询问。询问笔记显示，吴超勇确实没有作案时间。案发时，他在单位值班，有多名证人证实。

但吴庆生的情况不同，案发时他自称与养父母在家。每起案件发生时，均没有其他证人证实他不在场。吴庆生曾经和被害人赫爱成在一个部队当过兵，所以作为赫爱成的关系人被调查过。他们俩的入伍时间前后相差四年，没有任何证据表明他们认识，年龄也不符。邮局的领导反映他平时工作认真，为人厚道，因此吴庆生被排除了。

吴庆生的养父母，实际上是他的大伯和大伯母。由于他们一直没有生育子女，吴庆生的父亲就把他过继给了大哥。养父母待吴庆生非常好，视如己出。

1998 年冬天，他的养父母过世了，前后相差一天。吴庆生的行为十分怪异，没有急着通知亲戚办丧事，而是独自一人陪着两具尸体过了三天三夜。民警在走访中了解到，有亲戚闻讯赶到的时候，看到两位过世的老人躺在土炕上，也没换寿衣。老两口中间摆着一个枕头，亲戚不知道怎么回事。吴庆生说："我晚上就睡他们中间，陪着他们。"

前几年，吴庆生从邮局退休了，先是找了个旅馆烧锅炉，干了一年，就没再干了。据他的同事说，他平时话不多，年轻的时候长得还挺帅，浓眉大眼。由于当过兵，纪律性很强，他在工作上也规规矩矩，对小街小巷特别熟，送信送报从没出过差错。

现在，吴庆生在北京，在离后海不远的明镜胡同租了一间小平房，住半个月了。他们已经派人去盯了。他一早就出去，直到晚上才回来，通常是烧壶开水，喝一会儿茶，然后关灯睡觉。

关鹤鸣决定去会会他。

在机场，罗牧青给"乘风"发微信说："我回来了。"

"乘风"秒回："我等你吃晚饭。"

一股暖流迅速从罗牧青的眼睛传导到大脑，扩散到了全身的每个细胞。

"要不要到机场接你？""乘风"的第二条微信马上飞到。

"不用了。很多人同行，不太好。"回微信的罗牧青不由得嘴角上扬。

“好，等你微信，随时待命。”新生的感觉，这是“乘风”从未感受过的希望之光。他用手机自拍了一张照片，得意地自言自语道：“你真的重生了。”他感觉到自己的身体有了温度。

抵达首都机场的时候，天已经黑了。

关鹤鸣要带着邱实一起直奔明镜胡同。他对朱会磊说：“小朱，你送送小罗。”

罗牧青连连摆手：“不用不用，我家不远，坐地铁很方便。”

关鹤鸣看了她一眼，转身跟邱实大步流星地走了。

“真不用？”朱会磊低头看着身边比自己矮一大截的罗牧青。

“不用，谢谢，再见。”罗牧青很礼貌地回绝了他。她拉着箱子转身就走，头也没回。

朱会磊有种被冷落的感觉。他犹豫了一下，但最终还是三步并作两步地追上去说：“喂！我也坐地铁！”

罗牧青诧异地回头问他：“你坐几号线？”

“机场线转 2 号线，回崇文门。你呢？”

“我也转 2 号线，不过方向不同，我坐外环。”

两个人同行，竟没话说。

“谢谢你那天给我的早点。”朱会磊想了半天，就这句似乎合适一点儿。

罗牧青看了他一眼，没说话，心里怪他用自己的杯子喝水：好好的杯子，只能扔掉了。嘴里却说：“没关系，你们工作了一夜，早上不吃饭，身体受不了。”

朱会磊说：“经常的事儿，习惯了。”

走到电梯口，很拥挤，朱会磊想帮罗牧青提箱子，她硬是不让：“我常一个人出差，都是自己提来提去的。”

“现在不是你一个人啊！”朱会磊有点儿较劲似的用左手把罗牧青的箱子提起来，右手提起他自己的箱子，倒是十分平衡。

罗牧青跟在他后面，看着他负重的样子，心里荡起一种说不出来的滋味。

两个人一起上了机场线。朱会磊努力想了些影视歌方面的话题，罗牧青全程心不在焉。两个人显然没在一个频道上。

在2号线的站台上，他们互道了“再见”。外环列车先到，罗牧青迫不及待地上了车。

“乘风”发微信给罗牧青，说自己已经进了西直门站，在站台上等她。罗牧青对着手机欣喜地笑着。

西直门站到了，车门打开，“乘风”正站在对面。这就是传说中的心灵感应吧！两个人都愣了一下，会心地笑了。

这么多车门，连他自己也不知道为什么会选择站在那一个前面。他兴奋地一只手接过箱子，另一只手轻柔地牵着她的手。

站在长长的电梯上，他温柔地和她对视着。那一刻，仿佛世界为他们而闪亮，一切都要为爱让路。

第九章　接近真相

一、眼睛充满杀气

关鹤鸣的儿子大学刚毕业，又高又瘦，戴一副银边眼镜，斯斯文文。儿子开车来接，关鹤鸣跟他没什么对话，直截了当地说："你把我们放在中仓街附近。"

到了地方，天都黑透了。这是一片平房，街巷的格局就像一根鱼骨两边长出很多根刺一样。东西向的中仓街就是那根鱼骨，向里面走不了多远就是一条条并列的南北向胡同。明镜胡同的位置在中仓街的中部右侧，有两三米宽。

关鹤鸣和邱实一前一后往里走。左首第四个院子，院门虽然开着，但有个影壁墙，里面的情况看不清。二人只能看到并不太明亮的灯光，还能听到高高低低的说话声。

关鹤鸣站在门外，邱实走到影壁墙旁边往里看。右首里侧的那间小厢房，就是吴庆生住的房子。

房子里开着灯，看不见人影。

这个时间不适合进院，于是他退出来，对着关鹤鸣点了一下头，表示人在屋里。

他们俩悄无声息地走出明镜胡同，又在附近转了转，发现这一片的小胡同里住的人还真不少，小卖店、早点铺、理发馆等一应俱全，生活气息十分浓郁。

两个人边走边聊，关鹤鸣低声说："回来这几天，抓紧把专家请来，尽快打响'指纹会战'，争取把这几个案子的指纹全研究透了。"

"好。"

他们走到车旁，上了车。关鹤鸣说："明天早上咱们六点半到这边，你在胡同南口，我在北口。我打算至少跟他几天，有条件就跟半个月，看情况吧。"

邱实打开手机，端详着龙江省厅发来的吴庆生的照片——只照到了侧后脸，不是太清楚。

"能认出来吗?"关鹤鸣问。

"差不多吧，这人身上带着那么一股劲儿。"邱实说。

"今天早点儿休息，这几天还有不少事儿。"

古希腊哲学家赫拉克利特说过，太阳每天都是新的。邱实是一个心向光明的人，可他却每天研究的是犯罪心理。光明与黑暗是相对的，就像相对而出的两座山，阳面的对面是阴面。人的心理是微妙的世界，在犯罪者的世界里，他们在黑暗中渴求新生；而执法者，却要在光明中寻找黑暗，与黑暗对决。

第二天早上，邱实骑着一辆共享单车，停在明镜胡同南口路边，一只脚点着地，一会儿看手机，一会儿接电话。

关鹤鸣走进明镜胡同北口旁边的早点铺，面对着门口坐了下来。

差几分钟 7 点，邱实发来微信，说目标出门向北口方向走去。

关鹤鸣左手拿着油条，右手端着碗，有滋有味地喝着豆浆。

一个魁梧的高个儿男子不声不响地走进早点铺，站在门口稍微停了一下，飞快地往里扫了几眼，然后走到系着围裙的女孩身边说：

“一碗小米粥，一屉包子。”浓重的东北口音，声音低沉。

他坐在门外头的一张空桌旁。

关鹤鸣飞快地打量了他一眼，十分干净利落的一个人：短寸头，看起来也就是五十多岁的样子，有一些灰白的头发夹杂在黑发当中；身体挺好，眼睛有神，胸脯、腰板挺得很直，看上去经常锻炼；衣服十分平整，上身穿深灰色系扣外套，戴着一副白色薄手套，下身穿黑色直筒裤，脚上是一双黑色系带运动鞋。关鹤鸣想，这个人长得确实比实际年龄年轻很多。作案时只露出眼睛的他，很有可能被目击者认为是个年轻人。

关鹤鸣让邱实到中仓街上找个“好站”的地方，见机行事。

吃早点的时候，吴庆生仍然戴着手套。他用筷子夹包子，用勺子喝粥。末了，他把勺子在剩下的粥里搅了搅，然后站起身，从裤兜里掏出准备好的零钱，准备付账。

关鹤鸣给邱实发微信：“准备离开早点铺。”

吴庆生从早点铺出来，上了中仓街。

邱实站在一棵树下，跟晨练的驼背老人闲聊。

过了一小会儿，关鹤鸣才从早点铺慢慢悠悠地出来。

吴庆生很快就走出了八九米。就在关鹤鸣远远地看他时，他突然站住脚，猛地回头，速度很快。

关鹤鸣在他站停的瞬间低头看手机，手指按键，像是在回信息，脚步自然而然地慢了下来。

吴庆生慢慢地转过身继续向前走，很快就走到了中仓街口。

邱实骑车追了上去，拐弯出了中仓街，上了大路，看见不远处的吴庆生向公交车站的方向走去。

邱实停下车，给关鹤鸣发微信：“出口向右转。”

快到车站的时候，吴庆生再一次突然站住、转身，眼睛死死地盯着身后。

这时候，关鹤鸣刚刚走到中仓街口，像其他赶着上班的人一样，眼睛自然地向前方望着。他知道遇到了对手。

几秒钟后，吴庆生转过身，走到车站，停了下来。车站上有七八个人在等车，一个年轻的妈妈带着四五岁大的儿子，一个五六十岁、戴着眼镜的男人，两个小伙子一边抽烟一边聊天，还有几个人，都是普普通通的上班族。

过了一会儿，关鹤鸣从车站经过。邱实骑车过来，把单车锁在了停车区。

53路车到站后，吴庆生的脚挪动了几下，邱实没动。车进站，又开走，他们俩都没上车。25路进站后，吴庆生没动，邱实也没动。102路电车进站后，邱实抢先贴了过去，车门一开，他就上去了。那两个小伙子也上了车。吴庆生快速走过来，最后一个上了车，而他的头迅速地扭向后边，用警觉的目光把身后的人扫了一遍。上车后，他掏出两枚一元硬币放进投币箱，看来事先就准备好了。

这一切，被站在离车站不远处的关鹤鸣尽收眼底。这是一个不寻常的人。他的眼神里充满了挑衅和不屑。

关鹤鸣的车很快就到了。他上了车，让司机按照102路电车的路线开，跟上那辆电车后才放慢了速度。

车上人不算太多。吴庆生上车后，就站在后门附近，做出随时可能下车的姿态。他仍是突然就将头摆向某个方向，扫视车上的乘客。

邱实倚靠着一根立柱，戴着耳机，眼睛看着手机。

后海到了，吴庆生第一个下了车。

邱实立即把编好的信息发了出去：“后海，下车。”

下车后，吴庆生在车站上停了几分钟，才慢慢走开。

他向前走的时候，关鹤鸣迅速下了车，远远地盯死了深灰色夹克衫。

他走进了一条叫“宽扁担”的胡同，走一会儿就会突然停住转身。这条胡同很长，来来往往的人不算太多，如果一直盯下去，很容易被发现。

关鹤鸣抬头看了看，发现胡同口有个摄像头。再往前看，还有一个。他马上给前边的吴庆生拍照，让邱实联系视频小组进行远程追踪监控。

吴庆生依然是走一段路就突然回头。可以看出，他十分缺乏安全感。这么多年来，他一直活在自己营造的世界里，仿佛每时每刻都身处险境，而现在，他似乎在等待一场决斗的开始。

走到两条胡同的交叉路口，吴庆生停住了。他坐在一个被风雨腐蚀得坑坑洼洼的石礅上，眼睛还警觉地向周边张望。没错，他是在等待命中注定的事情发生。他不知道是在什么时间，但他知道，该来的一定会来。

关鹤鸣从他的身边走过，直行。

吴庆生看着他的背影，本能地感到一种紧张的氛围。

猫和老鼠有心灵感应，互相懂得对方。

通过这一早上的较量，关鹤鸣凭一个“老刑侦”的直觉，认为这就是要找的人。他的眼睛里充满了杀气。

吴庆生的行走是漫无目的的，是为了行走而行走。他中午吃了碗面条，然后继续行走，直到晚上。晚上，他在小饭馆吃完饭，就直接回了明镜胡同。一连三天都是如此。

关鹤鸣决定让龙江省加大力度调查吴庆生的经历和关系圈。

就在此时，一个大型超市出现了给散装速冻饺子投毒的事件。这是关乎民生的大事，关鹤鸣受指派前去指挥破案。

走之前，关鹤鸣嘱咐了邱实两件事：一是到吴庆生的租住房里看一看；二是把九案涉及的 DNA 再发一次协查令到全国，让技术人员在工作中注意比对。

第二天早上，邱实一到公安部刑侦局，就向各省发布了对九案 DNA 进行重点比对的协查令。

然后，他联系社区民警，说有个重要的犯罪嫌疑人要查，请他配合一下。

社区民警先去看了一下，证实吴庆生外出了。社区民警进入房东刘大妈屋里，告诉她北京要开重要的国际会议，一定要做好防火措施。房东是个七十岁上下的老北京人，人挺热情。

邱实赶到后，看似随意地转了一圈，在吴庆生的屋前多停了一会儿。他看见门锁处夹着一根不长的黑线，这是故意做的记号。

办好了秘密搜查申请手续，邱实又一次来到明镜胡同，安排派出所民警稳住房东刘大妈。社区民警很会聊天，跟刘大妈家长里短聊得火热。

邱实进入吴庆生的小屋，迅速用手机拍照。屋子里收拾得特别整洁，邱实发现茶杯上十分干净，提取不到指纹。地上有一双系着带的鞋，床头放着一件带扣的蓝色翻领外套。

邱实想，即便他不是呼河血案的犯罪嫌疑人，也是一个有着非比寻常经历的人。

他把照片发给了关鹤鸣。

晚上，关鹤鸣告诉他，衣服扣子有一颗是掉了以后重新缝上去的，钉扣走线的方法与呼河血案现场遗留的衣服完全一样。运动鞋的系带方法，明显与部队行军鞋的系带方法一致，他有很大的嫌疑。等毒饺子案搞完，就重点开展对吴庆生的调查。

三天后，龙江刑警查出一条重要线索：吴庆生在 1985 年底被人举报偷看女厕所，曾被公安机关处理。

那个年代，这种事情很严重，搞不好要按流氓罪论处。派出所民警把他带到所里，但他死不承认。关于此事的卷宗还在，但是没有找到拘留证，闹不清楚当年到底拘没拘留。他在卷宗上看到了被害人童辉的名字，当年这个案子是他办的。

在重新走访被害人赫爱成的同事时，他说似乎有这么一回事。

就在案发当年的春节前，大家工作特别忙，门卫说门口有人找赫爱成。赫爱成出去了，过了一会儿才回来，怒气冲冲地说："自己干了见不得人的事儿，还让我跟着丢人去。"

问他怎么回事儿，赫爱成说："有个战友前些天让人拘了，放出来了，让我找人帮他喊冤。哪有工夫管这事儿！"

关于吴庆生被拘留的事，专案组民警重新走访了吴庆生的领导和同事，了解到邮局里当时有人议论过此事，后来渐渐没人说了。

据说当时吴庆生很生气，发誓自己没做过，一定要讨回公道。后来，吴庆生好像到司法所和法院去告过状，要求还自己清白，但司法所和法院都没有相关的文字记录。

另外，吴庆生在邮局工作时，配发过一辆绿色摩托车。根据试验，在晚上灯光昏暗的情况下，也有可能看成紫红色。

吴庆生的嫌疑在不断上升。但是，警方手里仍然没有一点儿证据，根本没法儿采取控制措施。

由于毒饺子案相当复杂，关鹤鸣带着人干了两个多星期，才把案件成功侦破。

这时已经是5月底了。不知道什么原因，吴庆生突然消失了。

房东说，这人在家和不在家一个样，悄无声息，也不知道什么时候走的。吴庆生说住半年，先交了三个月的房租，反正没说退租。

邱实赶紧查询吴庆生的去向，很快就得知他买了去广州的火车票。

关鹤鸣听到汇报后，一个不祥的念头闪过，觉得自己可能错过了一个特别好的机会。

他立即指派邱实联系广粤刑警，查找吴庆生的去处，不能让他失控。

邱实说："已经安排了，但目前还没有找到他。"

二、从指纹突破

就在关鹤鸣觉得心焦的时候，三晋省祥县传来了一个好消息，说在家系排查时，有一户姓栗的人家，DNA 细分数据与案件现场提取的检材一致，并且与嫌疑人有一个共同的特征，就是第 627 位存在缺陷。

这种高度吻合，让大家精神振奋。目前，正在对这一家族成员进行重点筛查。栗姓家族成员较多，大多在外省务工，因此找人需要一些时间。

关鹤鸣担心祥县警方孤注一掷，把警力全扑在栗姓家庭的排查上，立即进行了新的部署："派一组人去找栗家的人，其余的人继续按部就班地开展家系排查。"

他经过对家系排查法的研究，发现有一些人为的因素会让科学技术产生盲区。因此，还是要扎实地做好基础工作。

通过前两轮的实地踏勘研究，关鹤鸣召集邱实、朱会磊和罗牧青开了个会，提出九起案件应分为三个层次进行侦办。

他说："祥县、开里、白金、安平的案件，要去当地组织大家一起研究。这几起案件都有破案条件，难点在找人上面，而找人的范围就在当地。因此，要通过案件分析，精准刻画犯罪嫌疑人的特征，缩小范围。

“芳城、深惠两起案件，犯罪嫌疑人本身极有可能都不是本地人，并且作案后已经逃离。偏重于对DNA和指纹进行深入研究，拓展使用，发动全国刑侦技术部门运用技术比对的方法找人，再去当地研究，意义不大。

“其余的三起，比较特殊，各有各的情况。

“海阳市‘9·30’案件，现勘人员只提取到一枚指纹、一滴血、半枚足迹。指纹要到指纹会战时，让专家再次研判。血液做出了DNA，但由于多次检验，检材所剩无几，在目前的技术条件下不能再进行更深程度的检验。至于到底有几个人参与作案，由于现场被擦洗干净了，不得而知。

“‘小超市’系列抢劫杀人案件，1988年至1998年，犯罪嫌疑人流窜至三省四地作案。当年现场提取的物品较多，还需要送到公安部物证鉴定中心进一步进行检验。检验结果出来后，再做下一步规划。

“呼河血案，一直没有确定重点嫌疑人。这么多年来，民警的调查走访进行得都很不顺利。吴庆生的出现，可能是绝处逢生，也有可能最终一无所获。但从种种迹象上看，这条线还是应该追下去。调查吴庆生的经历和关系圈的工作，交给龙江省继续进行。”

6月初，将北京的工作安顿好后，关鹤鸣带领九案侦办组赶赴黔贵省东南州开里市。经过对案情的深入分析，他认为有必要到现场去与犯罪嫌疑人“会面”了，是时候对封存十八年的案件现场进行重新勘查了。

关鹤鸣希望能再找到一枚和四连指指纹吻合的指纹，这是最好的结果。如果能够提取到DNA，那就是天赐良机。目前仅有孤证，他还不敢轻易使用。

为了确保命案现场的重新勘查取得成效，他邀请了公安部物证鉴定中心的DNA专家、痕迹专家、枪弹专家，还特别请来了八十三岁的公安部特邀刑侦专家金业简，他善于根据残缺的指纹破案。金老很瘦，但精神矍铄。他是把年龄抛在身后的人，无惧时光，保持着充沛的体力。他会用各种大众和指纹专业电脑软件，对生活始终怀有激情，是一个真诚并保持着趣味的人。

在去现场的路上，关鹤鸣和罗牧青同乘一辆车。

罗牧青笑着问道："关局，您跟金老算不算是搭档？"

关鹤鸣说："金老是我的老师，教会了我不少东西。他有很多经典案例对我影响很大。"

"指纹的纹线都是固定的，为什么每个人还能看出不一样的东西来呢？"罗牧青认真地问道。

关鹤鸣呵呵地笑了起来，说："这就是关键啊！看上去都一样，可就是有人能看出不一样。金老为什么厉害？因为他从来不是坐在办公室里办案。每次遇到案件，只要是允许进入的现场，他都要去，所以他能把侦查和技术完美地结合起来。"

接着，关鹤鸣兴趣盎然地讲起了一桩旧案。

2004年，他还在龙江省公安厅刑侦总队，去玉河市办一起案件时，当地刑侦部门请他帮助分析一起疑难命案。案情是这样的：一名四十岁的妇女和她十二岁的儿子被杀死在居所中。当时确定了一名犯罪嫌疑人，就是被害妇女的前夫钱有年。直到2007年，这个人被抓了放、放了又抓，被害人的母亲到处上访。

玉河警方从现场提取到半枚血指纹，省厅的人说纹线少，没有鉴定价值。现场有件男式衣服，从上面提取的血样与嫌疑人的血型对不上，钱有年穿着也不太合适。

关鹤鸣听了关于案情的详细介绍后，觉得这个人不太像。于是，他便对金老说了。金老让他把指纹通过电脑传过去，左手拇指内侧，是从死者家中的报纸上提取的。

金老看了一夜，确定指纹不是被害人前夫钱有年的。

于是，关鹤鸣找侦查员询问，侦查员说被害人作风正派、为人和气，很少与人发生矛盾纠纷。

后来，经过进一步调查，发现被害妇女非常喜欢跳舞。于是，他们又采了四十二名曾经跟她跳过舞的男性的指纹。其中有个叫万军的，指纹很像。于是，玉河这边马上给金老打电话，金老二话没说就去了。到下午一点半，金老说十一个位点全对上了。审了一夜，万军全交代了。万军和被害女性是情人关系，因为经济问题产生了纠纷。矛盾激化后，万军就将她杀死了。这时，她儿子听到动静，起来查看，他就把孩子也给杀了。

关鹤鸣讲完这个案例，十分感慨地说："咱们得向金老学习，别轻易就说不可以、不可能。只要有东西，就有可能。哪怕没东西，也不是没可能。"

开里银行行长被杀案现场，是九案里唯一一个保护完好的现场。一大早，警车驶进小区，居民们便往这个方向指指点点。

走进单元门的时候，有一个大妈追上来问罗牧青："姑娘，还是那个案子吧？都这么多年了，这回能破吗？"

这种问题是没法儿回答的，谁又能知道答案呢？

保护现场的人叫王波，是开里市公安局刑侦大队的一名民警。去年他的警龄已满三十年，可以退休了，但经过短暂的纠结后，他最终还是决定继续干。

他一边掏钥匙开门，一边说："天天都盼着这案子快点儿破，都快二十年了，天天睡不踏实。"

"这锁还是原来的吗？"邱实问。

“不是。怕原来的锁别人有钥匙，局里开会决定把它换了。原来的锁也还留着，没被破坏，说明不是撬锁进来的。”

两道沉重的防盗门打开后，一股带着血腥味的潮湿气流扑鼻而来。屋里的地面上铺着一次性白色泡沫纸地垫，还架着一些长条形木板，这些都是为了防止破坏地面的痕迹而铺设的。

大家在门外套好了鞋套，戴上了帽子、口罩和手套，依次走了进去。门在他们身后关上了。

一个现场被完好地保护十八年，这是警察的高度负责态度，也浸透着被害人家属等待十八年的期盼之苦。据说，家属非常坚定地表示要一直保留这个现场，直到破案。

因此，大家走起路来小心翼翼。

客厅里最引人注目的就是煤气罐和电饭锅。煤气罐的管子被刀切断了，旁边是一个插着电的电饭锅，锅里的菜饭都已经烧干了。犯罪嫌疑人把煤气罐和电饭锅从厨房移到了客厅，企图毁灭现场。所幸的是，煤气罐里的气所剩不多，电饭锅调的是保温档，银行行长何健康的女儿何淑娴房间的窗户敞开着，因此没有引发起火爆炸。

客厅里还倒着几个空的茅台酒瓶，地面上画着四具尸体所在的位置图。靠墙有一个黑色的三人皮沙发，何健康就倒在沙发旁边的地面上，沙发的一条腿下边还有血痕。

茶几上放着一个带着紫色塑料托的一次性纸杯和一串钥匙——这串钥匙是何淑娴的，还有一个“阿诗玛”烟盒。警方就是从这个烟盒上提取到了一枚未知男性的食指指纹。

墙上挂着的油画，因为少了一颗钉子而倾斜地吊挂着，无声地诉说着一个家庭的败落。酒柜里还放着十来瓶没有打开的茅台酒，据说如今已经价值不菲了。

走进主卧室，床上的双人被子铺开着，柜子里的衣物被翻得乱七八糟。大衣柜的前面，原本有一个被折断的衣帽架，因为上半截有四连指指纹，所以被公安局作为重要物证放进物证室保管。除此以外，此案没有提取到任何指纹。

在何健康的书房，有一方小桌，桌子上摆着围棋棋盘，是一盘没有下完的棋。烟灰缸里原有十一枚烟头，技术人员提取走后，经过DNA鉴定，其中七枚为何健康吸的，其余分属于四名男子。何健康特别喜欢下围棋，能进他家下棋的一定非亲即友。果然，这四名男子均已找到，经过警方的讯问，均已排除嫌疑。

何健康女儿的房间翻动很小，基本上保持着原样，只是窗帘已被取走了。因为有人反映，穿红衣的犯罪嫌疑人曾拉动过窗帘，所以警方认为或许可以找到指纹或DNA。但是，为了做检验，窗帘被剪得千疮百孔，仍然没有得到DNA数据。

简单地查看了一圈之后，各位专家开始按专业分头行动，一寸一寸，仔仔细细地勘查起来。

罗牧青刚才跟在他们后面没有看清楚，想再看一遍，刚抬腿走了几步，就听见朱会磊冲着她喊："你，最好站在原地别动！这屋子保留下来不容易，最怕的就是污染。"他的语气里分明充满了怨气。

罗牧青总是对他不冷不热，外表霸气高傲的他，在骨子里散发着清高气息的她面前，似乎没有打过胜仗。一向受女生欢迎的朱会磊还从没受过这般冷遇。

"哦。"罗牧青诚惶诚恐地应允着，抬起来的一条腿，慢慢地落了下来，有种蜡像的感觉，不知道该把自己安放到哪里合适。

她想，总要做些什么吧。于是，她拿起手机，站在原地拍照，记录下了每位专家工作时的样子。

关鹤鸣一会儿站在这里，一会儿又站在那里。他的眼睛就像一架照相机，把每个房间里每件物品的位置、形态都拍摄下来，每一样东西都有它存在的道理和意义。要让这些东西讲述这里到底发生过什么，这需要很强的逻辑推理能力。

罗牧青看着关鹤鸣的侧脸，试图顺着他眼神的方向望过去。

正在这时，她听见朱会磊在身后说："罗牧青，帮个忙，把梯子搬到客厅的灯下边。"

屋子里有个梯子，是以前的侦查人员留下的。虽然感觉朱会磊的态度有点儿问题，但罗牧青觉得自己确实不能闲着。

她蹑手蹑脚地走到梯子旁，用力搬起梯子，挪动脚步，向灯底下走去。

"拿住了啊，千万不能松手，梯子腿不能拖地啊！"朱会磊一边趴在地上，拿着手电筒往沙发下边照来照去，一边叮嘱罗牧青。

好不容易把梯子搬到了位。"放好了！"罗牧青一边活动手指，一边清脆地说。

她抬头看着灯罩，想不出这上面有什么可疑。再怎么打也不可能碰上这么高的灯啊！

朱会磊说："刘老师，梯子好了，您可以上去了。"

公安部物证鉴定中心痕迹检验师刘维把放大镜收在专用袋子里，又把袋子装进裤兜里，然后三下两下就站到了梯子的中上部。

"刘老师，您小心点儿。"罗牧青看着刘维站在上面，总觉得挺悬的。她双手扶住梯子，问："您在上面找什么呢？"

"弹壳。一共成功击发了三发子弹，可是现场只有两枚弹壳，第三枚去哪儿了？"刘维一边说，一边从裤兜里掏出细长的银色手电筒，把脸凑近灯罩边缘往里看。然后，他又伸手到里面摸了个遍。之后，他把手电筒照到房顶上，察看是否有子弹划过的痕迹。

邱实做事专注，一声不响。

他先勘查了主卧。主卧是翻动最大的房间，但却只留下了一处四连指指纹。可是，据开里的专案民警说，这指纹已经和指纹库里的上亿枚指纹比对过了，均未比中。一方面，有可能是犯罪嫌疑人的指纹确实没在库里。另一方面，极有可能是指纹有问题，或者是在采集的时候出现了问题；或者是这指纹本身就模糊不清，扭曲变形严重。既然现场留下了指纹，就说明犯罪嫌疑人没有全程戴手套。如果能再发现一两枚指纹，破案的几率就会成倍地提升。

金业简丝毫没有把自己当成老人，他跟邱实分工，从房间的另一边开始勘查。

罗牧青在旁边给每个人拍照。当镜头对着朱会磊时，他头也不抬地说："把我拍得帅一点儿。案子破了，我就上头条了吧？"

"咦，你怎么知道我在拍你？"她心里想着，嘴上没说。

"上头条也没人认得出你。"邱实直起腰，稍事休息，不紧不慢地说，"必须在照片旁边写上名字才行，要不然你光露两只眼睛，谁认得出来？"这种对话，就算是帮大家放松一下紧绷的神经了。

为了尽快熟悉和了解刑侦业务，以便在撰写内参或公开报道时不出差错，罗牧青常会问一些问题。邱实和朱会磊有时回答，有时默不作答。

她自知虽然在侦办组待了几个月，但仍然是个外行。她倒不怕被笑话，只是担心问题太多会给别人增添麻烦。

"这个现场犯罪嫌疑人来过，现在我们来了，这也是一种相遇。只有把所有物品的位置、状态是怎么形成的都想明白，我们才能推测案件的全过程，才能准确描述犯罪嫌疑人什么样、在哪里。"关鹤鸣小声地对罗牧青说，"现场有两处留下了指纹，一枚在客厅的烟盒上，四连指指纹在落地衣帽架上。假如这两处都是犯罪嫌疑人所留，为什么全屋只有这两处留下了指纹？"

“他们摘过手套？”罗牧青不太确定地说。

“他们的反侦查能力很强，作案时非常小心。在杀警察的时候，一枚指纹都没有留下。到了行长家里，有多处都有明显的手套印儿，但最终还是留下了指纹。怎么解释？想清楚了这个问题，这个案子就明白了一半。”关鹤鸣说。

直到天黑，连续工作了十个小时的专家虽然从现场提取了一些检材，但并没有发现新的指纹。

公安部物证鉴定中心的 DNA 专家刘会开、陈晶提取了六十九份检材，准备连夜做出结果来。

罗牧青满心期待他们能发现新的物证，也不枉饿着肚子干一天的辛苦。她也很累，溜溜地站了一天。

关鹤鸣和各位专家离开后，邱实他们三个人把手套、鞋套、帽子、口罩摘掉，不约而同地回头往房子里又看了一眼。

邱实从罗牧青的眼里看到了失望的神情，用力呼吸了一下，说：“饿了吧？”

朱会磊说：“快饿扁了啊！罗记者累了吧？”没有别人的时候，他还是会阴阳怪气地叫她“罗记者”，故意拉远距离。

“嗯，又累又饿，还有点儿遗憾。”罗牧青的声音，在寂静的楼道里显得格外清晰。

邱实说：“正常。关局说过，没有发现也是收获，说明之前的勘查已经做得很细了。我们下一步要做的，就是在已经提取的物证基础上再研究。”

“想吃什么？我请客。”朱会磊说。

邱实连忙说：“我请，咱们一人一碗酸汤面。听说这儿的酸汤特别好。刚才这屋里十多年不见阳光，太阴冷，吃碗热汤面出出汗。”

三个人顺着路往回走，进了一个小饭店，找了个靠门的位置坐下。

“罗记者，以前进过命案现场吗？”朱会磊问。

“没有，这是第一回。”罗牧青的语气里带着一点儿倔强。她做好了接受冷嘲热讽的准备。

“什么感觉？”朱会磊问。

罗牧青想了想，说：“呃……有点儿紧张。”

“紧张什么啊？”话音未落，朱会磊微皱着眉，这句话便脱口而出。

她有点儿歉意地说：“说不清楚。”

“就是害怕呗！你们记者真会用词，还紧张。”

听了这话，罗牧青尴尬地笑了一下。她的确害怕，而且是越来越害怕。

朱会磊一脸的不屑。他自己也不知道是怎么回事，对她总是有些挑剔和不客气。

看着她不卑不亢但又不失礼貌的态度，朱会磊心里那股不服输的劲儿被激发了。

“我告诉你，这没什么可怕的。这种居民房出事，一点儿不用害怕，因为你又不会住在这里。可是有些宾馆，也是出过事的，结案以后服务员收拾一下，客人照样入住。一般来说，衣柜里、床垫下边的床屉里，都有可能放过尸体。”朱会磊一边吃面，一边滔滔不绝地给罗牧青讲着他经历过的各种离奇和血腥的案件。

邱实偷偷地笑着。朱会磊一遇到罗牧青就会秒变话痨。

人为什么会恐惧？因为未知。

一个案件没破的时候，会有成百上千种犯罪嫌疑人的样貌，会有几十种关于作案过程的猜测。但是，当案件侦破了，仿佛一切只要三言两语就说清楚了，毫无悬念。

当天晚上，DNA专家刘会开和陈晶熬了一夜，但还是没有做出有价值的 DNA 数据。两天后，刘会开和陈晶再次进入了这个现场。他们坚持认为，这么大的场面，一定会留下犯罪嫌疑人的痕迹。他们又对窗帘、衣柜、烟灰缸、擦手布等进行了细致的勘查，提取了大量检材。但是，最终的结果并不令人满意。虽然做出了多人的 DNA，但没有一个是重复性的，并不能直接指向犯罪嫌疑人。

经过对新旧物证的检验鉴定，技术专家一致倾向于两人作案。两个人的年龄均在三十岁左右，身高一米六八左右。

经过对现场的重新勘查，四连指指纹到底是否为犯罪嫌疑人所留、是否具有比对认定价值，成了技术专家与“开里两案”专案组民警争论的焦点。

关鹤鸣说：“命案积案时过境迁，留下的东西不多。这个四连指指纹，四根手指都是‘斗形纹’，仅在现场出现过一次，且有变形。这种纹形很少见，是一人所留还是一人多次或多人所留？一定要用现代的科学思维方式对其进行甄别，充分利用。”

经过激烈的讨论，大多数人认为这个四连指指纹应该是犯罪嫌疑人在用力移开挡在卧室柜前面的衣帽架时留下的，属于一人所留的变形指纹，具有一定的认定价值。

金业简也给出了肯定的答案：这就是案犯所留的四连指指纹。

“有什么，用什么，怎么用”，这是九案侦办组侦破疑难命案积案的基本思路。“统一思想，统一认识，集中力量，统一行动”，这是九案侦办组确定的基本原则。

这个案子必须从指纹突破，必须坚持本地采集的方法。关鹤鸣尽量说服大家：“这个案件反映出来的，就是本地人作案。在马一昆被杀案中，我认为犯罪嫌疑人认识马一昆，并对他进行过观察。之前有人提到，买一支枪比杀警抢枪的风险要小得多，这恰恰说明案犯敢于对一名警察下手，必定有相当大的把握。马一昆一天的活动很多，可以说行踪不定，所以很难跟踪，应该是守候。他的住处结构很复杂，所以他们事先踩过点。他们事先把楼道的灯绳拉断了，然后从录像放映厅入口进入楼道守候，离开的时候没想到进入的门锁上了，所以血足迹有折返现象。马一昆的死亡原因是钝器打击头部，合并锐器刺破心脏。照明条件差，两个人处于移动位置，非常高效，体现出有非常默契的配合：望风、掩护、撤退，更加印证了这是一起精心预谋的案件。”

说到这里，关鹤鸣停下来看了看大家的反应。见没人质疑，他又继续说：

“何健康一家被杀案中，我同意入室方式为守候开门。杀人后，二人先翻找，然后对被害人加固，最后破坏现场，经由房门离开。何健康和女儿均已吃饭。他的外衣、袜子脱了，其女儿穿好外衣和鞋准备上学，他们没有任何接待客人的迹象。桌子上的一次性水杯只有一个，也不符合接待两位客人的礼节。因此，不符合敲门进入，从侧面反映出他们与何健康并不是亲朋关系，但对他家的成员情况、作息时间等都很了解。两案直线距离五百米，能够看出来案犯对大环境相当熟悉。综上所述，应该是本地人。”

关鹤鸣陈述完自己的观点，接着说：“心里放不下什么环节，现在就说。咱们下一步怎么干，今天就要定下来。定下来就要朝这个方向干，谁也不能再犹犹豫豫。”

“我有个问题，想请教一下专家。像这种四根手指都是斗形的人在全国多不多，有没有统计数字或比例？”开里市公安局年轻的刑侦民警孙旭阳问。

“这个……目前还没有这方面的数据。”公安部物证鉴定中心的刘维摇了摇头。

“我听说，咱们当地有的少数民族，就有不少人是四连指斗形纹。”关鹤鸣的话让在场的不少人感到吃惊，这一点好多当地人都不清楚。

关鹤鸣接着说道：“不要把案件想得太复杂，那样反而迷惑了自己。有一点十分明确，就是这伙人是冲着钱去的。种种迹象表明，他们被生活所迫，急需用钱，所以铤而走险。他们人熟、地熟，拿了枪还在本地作案，你还不相信他是本地人？”

东南州公安局局长王智贤沉思了半晌，表态说：“我同意关局长的方案。下一步我们就启动指纹采集工作，中心区域就是开里市区及各郊区县。我们申请政府的支持，组织社区工作者，一定做到保时、保效。”

“上次我们来，让你们摸清底数……”关鹤鸣说。

话音未落，王智贤马上说：“我们落实了，总共九十二万人。”

“如果我们不走运，三个月干完；如果我们走运，有可能干到一半就水落石出。什么是运气，运气就是正气。我们干的是正义的事，运气的天平一定会向我们倾斜。我相信你们一定可以，预祝你们早日破案！”关鹤鸣慷慨激昂地说道，“坚定方向，坚定信心，相信最终的胜利是你们的！”

通常，人们总想找到最快捷的办法，认为这样可以提高效率，但是在案件的侦办过程中，必须要一板一眼，常常是最笨的办法最有效。

三、再陷科学迷雾

一波三折。就在云成市祥县专案组群情激昂，以为案件马上就要告破的时候，曾经发生过的一幕又上演了。

栗姓家族的人全都找到了，但是却没有一个人的 DNA 与案件现场提取的 DNA 比中。

这简直是致命的一击。

祥县专案组再一次陷入了科学的迷雾。

DNA 细分数据都是一样的，照理说，人就应该在这个家族里呀！可又跟当年的程姓家族一样，就是找不到与犯罪嫌疑人 DNA 常染色体分型完全一致的那个人。

这究竟是怎么回事呢？

案件攻坚到了关键时刻，关鹤鸣决定带领九案侦办组奔赴祥县，跟祥县专案组民警一起进一步分析问题，也给他们鼓鼓劲儿。

祥县公安局从局长到民警都急得冒火。

祥县公安局局长魏可光见了关鹤鸣他们，就忙不迭地诉苦："真是见了鬼！这科学到了咱祥县怎么就成伪科学了？"他明显瘦了一圈儿，下巴都变尖了，额头上的几道横纹变得更深更长了。

"怎么看待科学？怎么看待历史？怎么看待文化？怎么看待人情？"关鹤鸣举重若轻，和颜悦色地说，"遇到困难是正常的，说明我们还有一些没有解决的问题。不能一遇到阻碍，就回过头怀疑方向是否正确。我们的分析，是一步一步推来的，要坚信它的客观性。出现新问题，这也是好事。在解决它的同时，我们就离胜利更近了一步。"

此时的朱会磊格外冷静。他的小眼睛眯了起来，说："不要着急。既然在咱们预定的侦查范围内找到了这个家族，就很有希望找到真正的目标。一定要再对这个家族的变迁历史进行深入调查，看看这个家族里有没有发生过继、领养等类似的情况。"

兵分两路。

关鹤鸣和邱实对专案组近期的工作进行分析，寻找突破口。朱会磊、罗牧青跟着祥县公安局刑侦大队大队长杨智一起去走访调查。

栗姓家族住在水磨村。在与村里的长者聊天时，他们得知，栗姓家族上三代有一个儿子在打仗时当了逃兵，后来就再也没有出现在栗家过。这条线索十分重要，但再向其他村民求证时，并没有人记得此事。

朱会磊、罗牧青跟着杨智找到了栗家六十多岁的长子，向他了解祖辈的事。他说，好多年前修家谱的时候，听老辈人说，有个男孩送给邻近的东井村一户姓籍的人家了，后来就再也没有听说过。至于当逃兵的事，也从没听说过。

大家来到东井村，找到几位老人求证。一位八十多岁的老人说，他小时候曾经看到过一个坟头，父亲说那是籍六娃的坟。据说，籍六娃是个逃兵，他家人造了座假坟，说他在打仗的时候死了。但是，后来这位老人再没见过那座坟，也没再听人说起过。另外的几位老人则说，这个村从来没有姓籍的人家，到现在也没有。

三个人去查县志。整整一下午，他们从县志上也看不到籍姓家族存在过的记载。

这个消息到底确不确实？走出档案室，朱会磊一屁股坐在大树下，身心俱疲。

他问杨智："派出所那边，户籍底册都查清了吗？"

"刚才回话了，说能查到的底册都查了，没有姓籍的。"

大家一时无语，愁眉不展。

"我有个想法，不知道合适不合适。"罗牧青一边看着朱会磊，一边怯怯地说。

"要说就快说。"朱会磊看着她吞吞吐吐的样子，着急地说。

"刚才那位老人家说，见过籍六娃的坟。专案组以前在追查程家的时候，查过祖坟的墓碑。要不咱们分头行动，也去村里的祖坟地找找？"

朱会磊瞪了她一眼，不耐烦地说："馊主意。没听人家说，后来再没见过。这是农村，每个家族都有自己家族的坟地，不允许外姓人埋进来。"

"这倒也是。还有，我见过有的地方捐建庙宇塔院，都有一个记载捐建者姓名的功德碑。东井村有没有比较老一些的庙或塔之类的？如果有碑的话，我们去看看，万一……"

朱会磊一听，眯着细长的眼睛笑了起来，手指在空中画了一圈儿，说："嗯，这倒是个主意。"

他转头问杨智："有没有这样的地方？"

杨智说："我对这个村也不太熟，得找村支书问问。"

于是，几个人找到了村支书。支书姓冯，挺热情，主动带着他们去了广济寺。寺院不大，是一个长方形的院落。院内有天王殿、大雄殿等，香火旺盛。

大雄殿前面有一个捐建碑，上面密密麻麻地刻着很多名字。粗略地算了一下，碑上总共有三四百个人名。

冯支书说："这个庙也有百年历史了，正殿被烧了之后，又重新捐建，这碑就是那时候立的。当时可不是光本村人捐钱，你们看，好几百人呢。"

"对，县志上记载了这件事，但是没有具体的名单。"罗牧青说。

"嗯，记性不错。"朱会磊伸出了大拇指，"开始干吧！"

上、中、下，三个人一人一段，开始寻找。

天很快就黑了下来，三个人心急如焚，勉强保持着耐心，好不容易看完了一遍，没有找到。他们怕看错看漏，就找寺里的人借了手电筒，又互换分工看了两遍，确实没有籍姓捐献者。

三个人垂头丧气地离开了。

往回走的路上，朱会磊问冯支书还有没有别的捐建碑。

冯支书说："我印象中，也就这个寺院有捐建碑。"

回到住处，朱会磊难掩失望。吃饭的时候，他咬了自己的腮帮子，"哎哟"了一声。

罗牧青看了他一眼。他放下筷子，捂着脸说："不想吃了。"

科学的结论没有错误，DNA 细分数据存在基因突变，但它万变不离其宗。从程姓家族到栗姓家族，按照 DNA 细分数据的指引，他们一路追查，一路跌跌撞撞。如果找不到籍姓家族，就意味着这条线断了。

邱实一边嚼着馒头，一边安慰朱会磊："不用着急，犯罪嫌疑人应该就在既定的圈子里，找到他，只是时间问题。今天就安排人员到东井村排查案发后外出的人员。这个范围很小，只要走访到位，就能把他捞上来。"

罗牧青一脸不解地说："有两个人都说到籍姓了，可是在村子里却找不到一点儿踪迹，也真是奇了怪。"

关鹤鸣听着他们的议论，默不作声。

吃完饭，他把筷子放下，胸有成竹地说："这个案子不要急，咱们已经站在跑道上了，千万不要乱，一步一步往前跑就行。不出意外，很快就能突破。"

朱会磊一夜没睡，总觉得心里不踏实，在手机里打开 DNA 数据比了又比。好不容易挨到了天亮，他收到了罗牧青的微信："我和杨智大队长去东井村，你去不去？"

他一下子坐起来，跳下床，套上衣服，抓起手机就去敲隔壁的门。

罗牧青问了一句："谁啊？"

"我，开门。"朱会磊闷声答道。

罗牧青马上说："稍等一分钟。"速速收拾停当，打开门，她背着包就往外走，随手把门带上了。

"也不早说！你等五分钟，我刷个牙，洗把脸。"朱会磊说完，转身回房间去了。

"哦，那我回房间等。"她正说着话，突然一拍脑门，"晕，看我这脑子，房卡忘拿了。"

朱会磊边往牙刷上抹牙膏边说："不介意就进我屋里等。"

罗牧青连忙说："算了算了，你动作快点儿，我门口等。"

"也是，别让人误会了。"朱会磊诡异地坏笑着，罗牧青的脸微热起来。

朱会磊在屋里忙，罗牧青站在门口解释说："昨天晚上杨智给我发微信，说他想起来了，好像县志上写过捐建水井的事。这么多年来，村里的房啊、地啊、路啊都有变化，现在也不知道这井在哪儿。我就说，今天早上到村里再转转，反正村子也不算太大。时间太晚了，就没打扰你。今天早上想想，还是告诉你一声吧。"

他也不说话，几分钟就梳洗完毕了。

两个人上了杨智的车，一路飞驰，到了东井村。村里的清晨没有多少人和车，一路上想找个人问问都难。

杨智说："我以前到这个村里来过，咱们把这个村全转一遍也用不了多少时间。"

杨智把车停在村口，三个人下车向村里走去。

他们决定进行一场地毯式的搜索，见院就进，踏遍农田。偶尔被村民看到，难免引起一些想法，好在杨智穿着警服，没有引起太大的误会。

一个小时后，他们终于发现，在一口废弃的水井旁边，有一块黑色的石碑露出地面一个边角。

他们借来铁锨，朱会磊和杨智费了好大的力气才把石碑给挖了出来。

罗牧青到附近的农户家提了半桶水，把石碑上的泥土冲掉，露出密密麻麻的小字，一个个人名映入眼帘。

希望燃起，三个人互相看了一眼，心领神会。

名字很多，大概有一百多个。可见，当年这口水井关系到很多人家，所以可能每家每户都出了钱。

罗牧青手指着每个名字，大声念了出来。

念着念着，就在这个碑的中间偏上一点儿的位置，赫然出现了“籍士明”的名字。

三个人有点儿小激动，不约而同地兴奋起来。

“快、快，拍下来！”朱会磊冲着罗牧青说。

“接着念，看看后边还有没有姓籍的。”杨智说。

罗牧青拍完照，接着念。

到最后可以确认，名单里只有一个籍姓人。这是最有力的证据，东井村确实至少有过一户姓籍的人。

后来为什么没有籍姓人了呢？

“如果那个当逃兵的籍六娃就是栗姓人家送来的孩子，整个事件就能解释清楚了。栗家的孩子送给籍家后，取名籍六娃。养父母年纪都很大。籍六娃因为在清代当了逃兵，会连累其养父母及其他有关的人，于是大家共同编了一个故事，就说籍六娃在打仗的时候被打死了，然后建了座假坟。之后，籍六娃的养父母很可能搬离了这个村。因此，东井村再也没有姓籍的人家了。”罗牧青说。

“要说你这想象力，还真够丰富的！”朱会磊伸出大拇指，举到了罗牧青面前，“照你这么说，那个栗姓家族送给籍姓家族的孩子再也没回来过，那咱们查的这条线不就断了？”

“也许籍六娃有孩子。”罗牧青说。

话音未落，朱会磊“扑哧”一声笑了：“我说，你能不能考虑一下我们普通人的智商！他的养父母搬走了，难道把孙子放在村里不管？”

罗牧青“嗯、嗯”地结巴了几声，红着脸说：“私生子呢？也许就姓了别的姓。”她小声说。

朱会磊一听，更是一副哭笑不得的表情：“你这人，看上去挺傻、挺单纯，脑子里怎么这么不干净？”

经他这么一说，罗牧青一脸羞涩。

“不管怎么说，东井村确实有过籍姓人，栗家有人被送给籍家的这件事的真实性增加了。至于籍姓人后来怎么消失了，咱们慢慢查。”杨智说。

“说的没错，东井村是个重点，要集中力量加快对这个村的家系排查。”朱会磊赞成地说。

三个人回到祥县县城的时候，已是艳阳高照。

朱会磊的心情大好，调侃地说：“罗牧青，等咱们这个案子破了，要是跟你说的一样，我就摆个拜师宴，奉您为师……”说完，他不住声地大笑起来。

在罗牧青的认知里，理科生出身的技术人员，都是严肃得有点儿木讷的形象，可朱会磊却是话痨加毒舌，总是让罗牧青感到浑身不自在。

生气归生气，罗牧青是绝不会急赤白脸的。现在实在气不过，她便抓住机会怼上一句：“可别折我的寿了，我可收不了你这样的明白人儿。”

“明白人儿？你们北京人儿，要是说话不带儿话音，是不是就张不开嘴儿了？”朱会磊故意把儿话音说得很重，毫不忌惮地狂笑着。

罗牧青白了他一眼，没再说话。

见了关鹤鸣，朱会磊迫不及待地说："关局，快让罗牧青同志把早上的事绘声绘色地给您讲一遍吧！"说完，他坏笑了起来，"她这想象力……必须佩服。"

罗牧青三言两语、言简意赅地汇报完，关鹤鸣满意地点了点头。

他立即打电话给魏可光，说："东井村的排查，必须加快速度，不能漏掉一户一人。"

朱会磊想留在祥县这边工作，关鹤鸣说："不用，让他们自己干。以他们现在的心气儿，没问题。下午，咱们还是按计划去白金，那边还需要再加一把劲儿。"

四、划定侦查范围

白金的情况十分复杂，不容乐观。

经历了这么多年的攻坚与失利，队伍内部对于再次攻坚此案的认识并不统一。

让关鹤鸣怎么也想不到的是，白金市并没有按照上一次的工作部署进行，他们没有派技术人员到河南郑州去跟班学习。他们的解释是，局里技术人员少，一时走不开。

面对这样的情况，关鹤鸣却没有表现出多少不满，仍是心平气和地说："学习一门新技术，不仅是为了破这一起案件，也有利于整体刑侦工作的提升。我希望你们还是派人去学习一下，时间可以缩短一些。原来我说两周，如果技术功底好，一周大致也行。"

白金市公安局副局长郭代先没有说话。

"上次咱们说，查找白金有没有施工队去包头，这个工作做了吗？”

白金分局刑侦大队大队长赵传红说：“这个是我去查的。白金公司的人查了九十年代的档案，确实帮助包头的一个矿区建过厂。”

包头市公安局刑侦支队支队长刘彪焦急地问：“包头的哪个矿区？”

“东部的会通有色金属矿区。”赵传红说。

“哦，这个矿区离案发地二十几公里，不算近。”刘彪道。

“这条线索非常重要。包头这边负责查这条线，要排查出施工队人员的工作、生活情况，要尽快把花名册拿到。”关鹤鸣说。

赵传红说：“当时从白金一共去了七个工程队，总共有近千人。白金公司是把工资按人头一笔打给包工头，由包工头发放，所以具体的名单都在各个包工头手里。我联系上三个包工头，他们都是层层转包的，按照各项工程把钱又分发给项目工头，这些工头再把钱分给工人，所以当年的花名册很难找齐。”

关鹤鸣想了一下，说：“既然案子在两个地方都有，那咱们也要两条腿走路。两个地方，不分主次，都是主战场。”

案子经过这么多年都没破，要让大家相信能破，是件非常困难的事。二十多年了，一批批民警做过的工作是大量的，并且都认为山穷水尽了，实在不可能再有什么新发现了。

“有什么就用什么。这起案子有DNA，有指纹，有足迹。咱们把指纹打过九万份，可是都找不到人，为什么？今天咱们就研究这个问题。到哪儿去找人？怎么找？你们对这个案子都熟得不能再熟了，先听听你们的意见。”关鹤鸣耐心地说。

大家沉默了一会儿，老民警石海岩说：“白金的十起案子，有两起我出过现场。这两起都是在供电厂宿舍发的案，要说供电厂的门卫管理得还是挺严格的。这个人能两次进到宿舍区杀人，我当时觉得他是供电厂职工的可能性很大。但最近这段时间跟着关局一起走访，我觉得坐长途车来白金作案的可能性也很大。作案的时间全是白天，九、十点钟的案子最多。他下了车就开始物色目标，作案后再坐车回去。但是，有一点我想不通，每个现场血都很多，他身上肯定有血，是怎么逃过别人眼睛的呢？”

民警周于民也先后几次参加专案组搞这个案子，所以说话很有底气：“十四年的时间，在方圆五公里的范围内作案十起，我们没理由说他不是白金人。”

技术人员张建新说：“随着DNA技术的发展，据说国外已经能检验出被检验人的肤色、民族了。根据专家的结论，应该是江浙人。我们做了很多工作，就是没有把嫌疑人圈进来。希望公安部再发起一次全国指纹和DNA协查，要求各地逐级上报情况，有些地方没把所有数据并入全国数据库。”

民警陈同宁说：“还有个专家说，可能是广西人。广西玉龙县有个铝厂，它给白金提供技术支持。能不能把广西的数据库拿来比一下？”

气氛越来越热烈，大家你一言我一语，把心里堆积很久的疑问全倾倒了出来。

在罗牧青这个外人看来，仿佛每个人的话都有一定的道理。有的人说，犯罪嫌疑人就是白金人。这个人在大白天就闯入白金厂区内部及附近的民房，每一次都能从容离开。从这个角度看，这个人十分熟悉白金厂区的情况，知道哪个时间哪里人少，也知道怎么进出才能掩人耳目。有的人说，犯罪嫌疑人是外地人，有可能是来白金做生意的，或者是跑业务的，有基因专家的研究成果作为支撑。

“小朱，现在DNA可以辨别是哪里人吗？准确度怎么样？”邱实问。

“最近几年，我国的DNA研究水平提升得比较快，一些大学和研究机构都加大了研究的力度，也取得了一些成果。但是，由于科研机构的研究样本数量受限，可能有些成果还没有达到可以普遍应用的程度。这也就是我们常说的，科学研究和实际办案，纯属两回事。”朱会磊十分严肃，现出一张“学术脸”。

“目前，我们还是要基于案件本身呈现出的特点，把它研究透。”邱实说，“关于广西人的说法，我是这么想的：这么多年来，这个铝厂派到白金来的技术员恐怕屈指可数，而且都会有相关的档案。这个比较容易查清楚。以前查没查过？”

赵传红答道：“铝厂的情况查过，没发现可疑人员。”

邱实轻微地点了一下头，说：“好，我们回到案件本身。从作案时段上看，作案时间相对固定，在周一至周四上午8点30分至11点30分、下午1点50分至5点30分这两个时间段。为什么周末不作案？其一是，休息日侵害目标家里一般都有人，他不方便下手。其二是，他本人并不自由，可能不是单身，有妻有子。我们发现，在两起有幼童在场的案件中，并没有实施性行为，没有伤害小孩。这也可以从一个角度反映出，这个人内心对孩子有所顾忌。四起案件有切割部分人体组织的行为，从犯罪心理学的角度讲，这是一种‘签名行为’。但这个系列案件，我不认为是‘签名行为’。他的行为与犯罪目的、动机没有关系，是一种强烈的心理冲动。其他案件也有足够的时间和条件，但为何没有肢解？肢解与性相关，是为满足特殊的心理所为。联系到偷看相册、抽取照片等行为，符合一个心理变态者的特征。但是，在生活中，这个人的表现可能恰恰与作案时完全不同，是别人眼中的老实厚道人。因此，我们排查时，一定不能紧盯有案底的人，要把符合条件的所有人都纳入视线，认真排查。”

白金市公安局副局长郭代先说：“这个面，还是有点儿大，能不能明确一下具体排查范围？”

邱实说：“至于侦查范围，我们认为，此人与白金的关联度很高，但不一定就是白金人，应该不会太远。因此，要以白金为中心，向周边区县辐射，以长途车到达的榆东县、榆西县为重点，进行排查。”

关鹤鸣说：“郭局，你们把手里所有的技术资料整理清楚，很快会组织专家对指纹进行研究。”

散会了。郭代先沉着脸，十分严厉地喊了一句：“白金的都留下！”

气氛陡地紧张起来。

罗牧青随着关鹤鸣他们一同离开时，走到楼下，听到楼上传来训斥的声音，听不太清楚具体说了些什么。

四个人围坐在一起吃饭。

朱会磊说：“看样子，白金这边还是信心不足，认识不到位。”

关鹤鸣端起碗，一边夹菜一边说：“别急，不要紧，给他们一点儿时间，这是个必要的过程。只有思想认识统一了，后面的工作才能顺利开展。”

他把菜夹到碗里，愣了一会儿神儿，又说：“像这样的案子，这么多无辜的女性被杀，不玩儿命去干，能跟老百姓交代吗？”

对于现状，邱实有些担忧：“快三十年了，来过不少专家，到现在还是没有头绪，连嫌疑人都确定不了，畏难情绪还是挺明显。”

“我们常说，要穷尽一切手段。什么叫穷尽？作为警察，就不能轻易说穷尽。每代人都会有每代人的局限，有认识上的，有水平上的，有技术上的，但是随着时代的发展，我们要有什么就用什么。有了新技术，就要用新思维去重新认识案件。”关鹤鸣铿锵有力地说，“还是那句话，只有下不到的功夫，没有破不了的案件。”

这顿饭吃得很揪心。

罗牧青看着他们，想到他们为了破案长途奔袭、抛家舍业的辛酸，心里很不是滋味儿。

“吃完饭，咱们去走走？”罗牧青说，“如果不是这个案子，我可能一辈子也来不了这儿。”

白金的夜色，来得有点儿早。四个人出了宾馆，沿着路一直走下去，走到了一个正在建造中的人工湖公园。

“你们看着点儿，看有没有谢老说的那种走路蹿动的人。”关鹤鸣说。

罗牧青转头看他，一时分不清他到底是开玩笑，还是真有要从大街上找人的意思。

这时候，关鹤鸣给大家讲了一个山东的足迹专家蒋澎湃的趣事。

他说，蒋澎湃是名牌大学研究导弹的高才生，为爱情放弃了专业，进了山东省公安厅，一下子就跟刑事技术结了缘。他自从迷上了足迹勘验以后，就对心心念念、时刻追随的妻子邓洁稍显冷落。有好几回吵架，都是因为他放不下足迹研究。

有一次，蒋澎湃跟邓洁去逛街，看到有个人走路特点十分突出，就跟在他身后走出很远，气得邓洁咬牙跺脚，自己跑回家去了。还有一次，蒋澎湃站在马路边，观察过往女同志的走路姿势，被人举报，差点儿被抓进派出所。

“搞技术的人，就是得有这么一股子执着的劲儿，要不然没法儿当刑侦专家。不过，他们总是站在幕后，得有甘坐冷板凳的决心。”

罗牧青看了朱会磊一眼。

他说：“看我干吗？我一直坐着冷板凳呢！”

她心想：“你还真敢说！你这么高调，走到哪儿分析个案子，能把分析会开成演说会，哪像个搞研究的理工男？”

“我们新时代的理工男，跟过去不一样。我们是文理兼修，有坐冷板凳的定力，也有让冷板凳热起来的本事。”朱会磊一副很骄傲的样子。

罗牧青冲着他直眨眼，意思是当着关局怎么能这么说话，这不是跟领导抬杠吗？

可朱会磊却毫不理会，得意扬扬的样子。

关鹤鸣说：“你们赶上了好时代，人尽其才，只要有真本事，就不怕没有用武之地。”

在他看来，朱会磊是个纯净的人。他愿意培养这样的人，没有那么多私心杂念，只想做好自己手里的事。

这时候，关鹤鸣的手机铃声响了起来。他把手伸进裤子口袋，结果没拿好，手机掉在了地上。他弯腰捡起来，看见屏幕摔碎了，哑然一笑。

罗牧青离关鹤鸣很近，看到那是个浅浅的笑。

“破了，破了！”邱实开玩笑地说。

大家也都跟着笑了。

罗牧青第一次意识到，要想攻破这些积案，不仅要和犯罪嫌疑人斗智斗勇，而且还要承受来自队伍内部的质疑。

在会场上，关鹤鸣从沉默寡言变得话多起来。他用强大的内心包容，用执着的精神鼓励。谁也无法断言案件能很快侦破，但他希望通过这次行动，能让基层的刑侦队伍对积案侦办有一个新的认识。

五、有人作伪证

不到天亮，你永远不知道自己备受煎熬、快要挺不下去的时候，距离太阳升起还有多久。

九起案件的侦破工作虽然在向前推进，但谁也望不到路的尽头。

可能有的案子破与不破，只隔着一层窗户纸，可是在捅破它之前，却倍感乏力。

6 月 15 日，距攻坚行动开始的那天，已经整整三个月了。九案侦办组到达吉宁，研究跨吉宁、苏北、黑沙三省四市的“小超市”抢劫杀人系列案件。

这一系列案件的作案动机十分明确——劫财。从 1988 年至 1998 年，犯罪嫌疑人作案四起，杀害十三人。被害人均在农村经营超市生意，家庭较为富裕。首案提取到三枚烟头，有两枚做出了 DNA。在四起案件的现场分别提取到了足迹。有两人参与了四起案件，另外一人只参与了一起案件。自然，串并案靠的是足迹。

但这靠得住吗？不少人心里还画着个问号。

足迹技术太有历史了，随着新技术的开发应用，人们对传统技术越来越不重视了。尤其是年轻人，对这门技术的科学性了解甚少。

这一系列案件，是九案中作案手段最残忍的。四个家庭的所有成员被杀，无一幸存。

犯罪嫌疑人先是踩点，然后十分有耐心地等到夜间人们熟睡以后，从窗户进入室内。动手杀人的犯罪嫌疑人为两名，分工明确，分别持刀和铁棒，直奔要害，谋财意识明显，杀人坚决果断，不留活口。

根据警方的深入调查走访及现场勘查检验情况，时间追溯到了 1988 年。有两个人凑在一起，商量着怎么样又快又多地搞到钱。两个人身高一米七左右，年龄在二十岁至三十岁之间，一胖一瘦。他们心黑手辣，具有充足的犯罪心理准备和经验，正当壮年，至少一人有抢劫、盗窃犯罪前科。他们很可能是狱友，可能是叔侄，可能在此之前就已经结伴作过类似案件……他们在对战多名正值壮年的受害人时，表现出了非常强大的控制能力，而且从伤人的力度上可以看出，他们下手果断，毫不迟疑。他们选择的工具是非常得心应手的铁棒，对农村生活非常熟悉。

张自勇家有五间大房，却没有院子，门窗也没有采取安装防护栏之类的防盗措施。超市开在前院，后院是自家居住用房。有钱且无防护，这两个信息无疑被犯罪嫌疑人捕获了。

1988年10月15日下午6时许，两名犯罪嫌疑人开车携带工具来到了营房村的机井房。机井房处留有车轮印和从车上下来的两个人的足迹。他们徒步走到村口，在这儿有人接应。接应的人给他们指点了张自勇家的位置，他们先期进村观察过，然后根据经验，选了一个非常好的瞭望地点——距张自勇家一百米远的芝麻地。来来回回的成趟足迹，说明他们长时间在此窥视，期待着天黑，期待着横财。在等待的过程中，三个人各抽了一支烟，把烟蒂扔在地上，有个人还在干燥的土地上撒了一泡尿。

夜幕终于降临了。他们望向小小的村庄，一次又一次。直到次日1时许，张自勇家的灯终于熄灭了。他们嗅着金钱的味道，决定起身，带着对金钱的欲望去杀人越货。三个人悄悄来到张自勇家的客厅门口，门关得死死的。听到鼾声已起，他们互相对了一下眼神，黑暗中闪过充满邪恶的光。于是，他们溜到客厅北侧的西窗下，撬开窗户，钻窗而入，窗台下的地面与窗台上都留下了足尖向内的鞋印，窗台上还留下了普通粗棉线手套印。其中两个人一前一后，尽量轻地从窗台上跳进了客厅。而接应的人没有进入室内，大概是在望风把门。

外间卧室里有两张单人床，两名身体健硕的店员睡得很沉，地面上扔了不少烟头。借着月光，听着鼾声，两名犯罪嫌疑人蹑手蹑脚地分别站在两名店员的床边。两人举起铁棒，再次对了一下眼神，几乎就在同一时刻，分别狠狠地砸向了床上沉睡的壮汉。鲜血飞溅，他们丝毫没有手软，连续多次击打头部。两条壮汉当场气绝身亡。

二人得手后，来到里间卧室的窗下，准备钻窗而入。但是，此时张自勇听到了动静，起身下地。于是，二人迅速回到卧室门口，其中一人飞起一脚，将卧室门踹开了。两个人一胖一瘦，如狼似虎地冲进屋内，一人手持铁棒奔张自勇而去，另一人直奔张自勇的妻子而去。很快，夫妻二人的头部、身体多次被击打，倒于血泊之中。两名犯罪嫌疑人以为他们已死，便分头查找财物。他们在里间卧室内发现了保险柜，用事先准备好的螺丝刀进行撬盗，然后又到其他房间翻找财物。倒在卧室里的张自勇从昏迷中醒来，勉强站起身向门外跑。在门口守候的引路人发现了张自勇，将他拖回了房内。另外两名犯罪嫌疑人手持铁棒出来，一阵乱打过后，张自勇毙命。

三名犯罪嫌疑人拿着钱财，按照原计划的路线离开张自勇家，逃之夭夭。

这是四起串并案中的首案，发生在吉宁省白沟县。之后的三起案件，作案手法类似。

在这起案件的调查中，警方发现了关联现场，在那里发现了三组不同花纹的足迹和三枚烟头。2012 年，将三枚烟头做了 DNA 检验，其中两枚得到了数据，但是全都没有比对上。

这是一小片芝麻地，主人是徐德光，当时四十三岁。

邱实说："案卷上写着，徐德光在侦查员走访的当天说，他在清理芝麻地时，看到地上有三枚烟头。但是，第二天再次找他走访时，他说地里有一个烟盒，里面有烟，他抽了，把烟头扔在了地上。他的话明显前后矛盾，当时有没有进一步调查？"

案发地白沟县公安局的副局长何山说："我后来接手搞过这起案件，也找当年的侦查员问过。他们说，后来去找过徐德光几回，他再没改过口。徐德光有三个儿子，他说儿子从来都不去芝麻地，芝麻地都是由他一个人打理的。”

何山个子不高，微微有些中年发福，两鬓有些白发。眼睛不大，但很有神，眼周的皱纹不少，一看就是从业多年的老干探。

关鹤鸣问：“近期有没有回访徐德光?”

何山说：“还没去。想向各位领导汇报后，再进行下一步行动。”

“这个关联现场，离案发现场有多远?”关鹤鸣问。

何山把烟叼在嘴里，把手腾出来，从文件袋里拿出一个U盘，插到电脑上，然后指着屏幕上的手绘图说：“这个是当时出现场的民警自己画的。这上面清楚地体现出，关联现场有三组成行的足迹，还有坐痕，另外就是三个烟头的位置。在关联现场，可以看到不远处案发现场的房子，之间的距离大约有一百米。”

关鹤鸣满意地点了点头，说：“难度很大的案件怎么办，怎么开展下一步工作?首先，要做好梳理工作，彻底理清我们手里有什么，分析怎么用，组织全国的专家进行会诊。其次，梳理类似案件，找到源头案件。全是钝器，没有锐器，起点很高，犯罪嫌疑人作案经验和心理准备充足，这起案件应该不是真正的首案。动手的两个人多半都有案底，从作小案发展到了作大案。我们得尝试从历史上去找，从源头上去找。”

话音刚落，朱会磊说道：“不好意思，我插一句。这么多年，有没有提取过徐德光的生物检材，进行DNA检验?”

“没有。”何山说，“从来没有。”

朱会磊说：“引路人为什么要把另两名犯罪嫌疑人带到芝麻地休息守候?因为对芝麻地相对熟悉，或者说，很熟悉主人的作息时间，知道他不会再到离家并不远的芝麻地里了，所以他们才在这里放心地守候了六七个小时。我建议，立刻派人去提取徐德光及其亲属中男性成员的生物检材，毛发、唾液都可以。”

关鹤鸣紧接着说：“我同意小朱的判断。”

朱会磊对何山说：“不管多晚，麻烦您第一时间把结果告诉我。”

接下来的事情，令所有人都大吃一惊。

徐德光现在跟大儿子一起生活。他身体很好，自己下地种田。当天下午两点多，两名侦查员接到指令后来到他家，递给他一支烟，请他讲讲 1988 年的事。

已经七十多岁的徐德光一听就急了，说：“事情过去这么多年了，你让我一个老头子说什么？”

“烟是什么牌子的？”侦查员小白问。

“这哪儿还能记着！”徐德光的情绪十分激动。

小白赶紧转换话题，说上边要求回访证人，只是走个形式。又聊了会儿天，小白表示要走，徐德光把他送出了门。

小白突然想起手机忘在屋里，便转身回去拿。小赵站在门口，跟徐德光又聊起天来。

小白回屋后，把徐德光刚抽完的烟头捡了起来。

凡事皆有因果。

晚上 10 点，徐德光吸过的烟头检验完毕，做出了 DNA 数据。

何山给朱会磊打电话，告诉他：“朱法医，徐德光的 DNA 跟关联现场提取的两枚烟头均不同一。这就进一步证实，徐德光说现场的烟都是他抽的，显然在说谎。”

朱会磊说：“何局长，关联现场提取的烟头现在在哪儿？”

“前些天送到公安部物证鉴定中心了。”何山说。

“第三枚烟头还是没做出来？”朱会磊问。

“是啊，时间太久了，降解得太厉害了。”

“那两枚烟头的 DNA 图谱有吗？”朱会磊问。

“有，在我手机里存着呢。走到哪儿带到哪儿，随时做好比对的准备。”

朱会磊听完，笑着说：“徐德光的图谱也有吧？”

“他们那边刚做完，我就马上给你打电话了。我让他们把图谱传过来。”

“辛苦你们了！”

朱会磊拿着图谱，仔细看了起来。工作中的他，安静、专注，虽不动声色，却也彰显着一身霸气。十几分钟后，何山把徐德光的DNA 图谱传了过来。

朱会磊先是看了一小会儿，然后拿起笔在一张纸上写写算算，最后又打开电脑进行操作。

他站起身，急匆匆地来到邱实的房门口，重重地敲了两下：“邱处，我是会磊。”

房门打开之后，邱实问：“DNA 有情况？”

朱会磊一听，笑着竖起大拇指，说：“这张图谱……跟徐德光是单亲关系。”

“说具体点儿！”邱实眼睛一亮，赶紧让他进来说。

刚关上门，朱会磊就急着说：“经过目测、手工计算和电脑软件核查三道比对，徐德光跟关联现场提取的甲号烟头的主人很可能是父子关系。”

邱实用拳头撞了一下朱会磊的大臂，说：“快把何局长叫来！”

何山接到电话，三步并作两步地赶了过来。一看见邱实他们，他立即说道：“就等着你们的电话呢！”

邱实示意何山坐下，把手里的电话接通，说：“关局，徐德光的 DNA 结果出来了。小朱刚才比对过了，跟关联现场的甲号烟头是单亲关系。”

听了邱实的汇报，关鹤鸣说："这个情况跟何局长说了吗？"

"现在何局长和小朱都在我这儿。"

"好，我这就过去。"

邱实刚要放下电话，只听关鹤鸣补充说："把小罗也叫过来。"

挂断电话，关鹤鸣大步走向邱实的房间。

邱实一边给罗牧青打电话，一边打开门迎了出去。

很快，关鹤鸣和罗牧青都到了。

何山两只眼睛里盛着满满的渴望，一见到关鹤鸣就迫不及待地问："关局，要不要先把徐德光的三个儿子控制起来，提取他们的生物检材？"他激动得话都有点儿说不利落了。

"别急，沉住气，咱们再把案子捋捋。"关鹤鸣笑着说。

待几个人坐下，他让邱实先说说想法。

邱实说："情况来得比较突然，我谈一点儿不成熟的想法。徐德光的证词前后矛盾，可以确定事出有因。根据单亲比中结果和足迹推测的年龄，很可能是徐德光的大儿子。可这个烟头，毕竟是从关联现场提取的，即便确定是他抽的，也不能指认他有作案嫌疑。再说，作案人一共三个，如果马上控制他，可能会打草惊蛇。"

关鹤鸣又让朱会磊谈谈想法。

"邱处说的很有道理。仅凭关联现场的烟头，这个证据太弱，被他推翻的可能性很大。现场有足迹，如果能比中，咱们的底气就会更足一些。"

关鹤鸣说："足迹也仅仅是出现在院子里。另外还有两个人，所以咱们要动他，就一定要有必胜的把握。你说呢，何局长？"

何山听了，连忙把上身往前欠了一下，说："那生物检材先提取一下，验证了以后，才好研判下一步工作。"

"可以。"关鹤鸣十分肯定地说。

第二天早上，白沟刑警秘密提取了徐德光三个儿子的生物检材和足迹。中午，结果出来了，徐德光的长子徐大生的 DNA 与关联现场的甲号烟头 DNA 比对成功。又经过足迹比对，徐大生与案发当天在村口接应犯罪嫌疑人的引路人十分相似。但是，由于提取的是皮鞋足迹，现场是运动休闲鞋，又过了这么多年，所以不能给出认定结论。

徐大生的嫌疑陡然上升。

这个结果，完全符合前一天晚上九案侦办组的分析。

罗牧青好奇地问朱会磊："什么叫单亲比中？DNA 的数据，怎么就看出来是不是比中了？"

朱会磊立马得意起来，卖着关子说："天机不可泄露也！"

罗牧青有点儿失望，低头不语。

朱会磊见她不高兴了，心头突然一紧，立即说："不过嘛，可以给你稍稍透露一点点。"

她假装不感兴趣，嘴上说"我哪敢听天机"，眼睛却盯着朱会磊。

"比中，就是数据线全部长得都一样。单亲，就是一半长得一样。排除，就是多个长得不一样。听懂了吗？"

罗牧青摇了摇头。

"说了你也听不懂，浪费时间，浪费感情。"朱会磊撇了一下嘴，皱着眉头，眼睛里却含着笑意。

"挺佩服你的，总算给案子找到了突破口。"罗牧青的话很诚恳。

"话可别这么说！这案子，不好搞。"朱会磊的头夸张地摇晃着，"就看物证鉴定中心能不能从送的那一大堆东西里做出数据来了。"

“你为什么会选择当法医？”

“嗯，这个问题嘛，说来话长。不过，最简单的一个原因，是学法医专业很划算。一般的医科专业，学四十几门课，我们比他们多学十几门。学费都一样，学制也一样，赚大了。是吧？”说完，他呵呵地笑起来，开心得有点儿不像话，洒脱得像个还没出校门的学生。

六、杀手现形

回到北京已是6月下旬。

邱实把涉及九起案件的DNA数据再次打包发送给全国公安机关，请他们在工作中注意比对，然后着手召集全国的指纹高手开展会战。

这期间，陕西发生了一起小学老师侵害女学生的案件，引起了很大的社会反响。关鹤鸣受指派去陕西开展工作。

朱会磊到公安部物证鉴定中心协助对跨三省四市的“小超市”系列抢劫杀人案件的检材进行检验，争取能做出嫌疑人的DNA数据。

罗牧青回报社汇报工作，也算休整一下。

邱实说：“指纹会战7月初开始，为期两周，到时候通知你。”

北京的夏天就这样轰轰烈烈地来了，罗牧青的爱情也在逐级升温。

“乘风”每天一睁开眼睛，就向她问“早安，昨天睡得好不好”；每天睡觉前，会对她说“晚安，希望梦里也能见到你”。

可能，在一个人的生命里，总是会有这样的一个人，跋山涉水，不远万里，在某个路口与你不期而遇。

越是爱恋，就越想了解他，越想知道他的过往。然而，让罗牧青诧异的是，直到现在，她依然只知道他的微信名叫“乘风”，依然不知道他从何处来，他有过怎样的曾经。

她试探着问过，“乘风”有些犹豫地说：“我就叫程风，前程的程。”

罗牧青怀疑程风对自己有所隐瞒，所以才躲躲闪闪。

聪明的程风一眼识破，看着她的眼睛，十分认真、十分深情地说：“你要记住，我这一生只有你，只对你一个人说，我爱你。”

罗牧青是个记者，有一种爱刨根问底的职业习惯，可是那一刻，她不想破坏这么美好的一切。

“或许每个人都有一些不愿提及的事情，这并不妨碍我们相爱。”她这样想。也许她这样想就对了。

程风从未邀请罗牧青去他的住处，也从来都只是送她到楼下。他爱她，却不能敞开心扉，因为她的内心太纯净、太柔软，又太敏感。他想拥有她，但又对未来有所恐惧，还不能做到无所顾忌。

朱会磊从手机上看到搞笑的段子，就会第一时间想要转给罗牧青看，可每次又都停在最后一秒：“算了！”他不知道自己怎么变得这么犹犹豫豫。

照镜子的时候，他发觉自己有点儿变化。“莫非变娘了？”他自我嘲讽着。

当年，他是学霸，还是学校爱乐乐团的首席小提琴手，校内外追求他的女生如雪片般扑来。他也是来者不拒，可是每一任女朋友都超不过三个月，就被他气得哭着离开了。他从没后悔过，也没怎么伤心过。他以为爱情不过如此。

罗牧青的出现，让他的心理发生了很微妙的变化。她跟他见过的所有女性都不一样，撞到了他心上最敏感的地方。她坚强又不失温柔，聪明又不失纯真，做事认真但不任性，有原则又懂得宽容和礼让。

朱会磊看着手里的浅紫色水杯，那是罗牧青的，他用过了，她不要了。她应该最喜欢这种颜色吧？这颜色给人的感觉和她给人的感觉一样，优雅出众。

好几天没有见到她，他会在某个时刻突然就想起她。只有心动了，才算真的爱了。

一切计划都赶不上变化。

本来打算7月初进行指纹攻坚会战，结果江北省发生了一起村干部持猎枪杀人的案件，关鹤鸣和邱实便急匆匆地赶过去研究搜捕方案了。7月12日，嫌疑人抓到了，案件破了。

关鹤鸣和邱实忙完那边的工作，马不停蹄地回到了北京。7月15日，指纹攻坚会战正式打响。

由于各地工作安排的问题，邱实最终只请来了七名参战人员。除了老专家金业简，其余六个人都是没有“高大上”头衔的实战达人。

按照关鹤鸣的要求，这既是实战，也是练兵，要培养一支技术水平最高、责任心最强的指纹技术研判精英队伍，解决传统侦查技术弱化和退化的问题。

大家聚在一起，关鹤鸣说：

“在座的各位都是专家、精英，代表的不仅是个人水平，还是公安队伍的水平、国家的水平。九起疑难积案中，有四起有指纹，对破案意义很大。大家要研究每枚指纹与犯罪嫌疑人的关系，为案件侦查工作服务。预祝大家取得好成绩，向党和人民交出一份满意的答卷，无愧于中国刑警的职责。”

经过梳理，“8·05”系列强奸杀人案、“开里两案”、深惠市ZJ

案件、海阳市“9·30”案件，均提取到了指纹。除了白金案件犯罪嫌疑人的指纹质量比较好以外，其余几起案件提取的指纹都是变形的。

如何把变形的指纹校正过来，还没有一本教科书能讲得清，全凭技术人员的经验而定。

7月17日傍晚六点多，正在公安部办公大楼里紧张工作的邱实接到来自公安部物证鉴定中心的电话，说广州市公安局DNA工作室报告，比中了南阳芳城系列杀人案件嫌疑人的DNA。经过复核，没有问题。

这真是一个天大的好消息，邱实立即向关鹤鸣作了汇报。

“立即组织抓捕！”关鹤鸣一声令下，南阳市公安局立即组织精干警力成立了抓捕组，由刑侦支队副支队长熊冬平带队，连夜乘最后一班飞机赶赴广州。

关鹤鸣和邱实在办公室里等待着前方抓捕组的消息。

2016年3月底，犯罪嫌疑人李成名到达广州市。4月中旬，他到一家模具厂打工，仅干了二十天就辞职了，之后一直无业。5月15日，他在广州市天河区的手机一条街出售二手手机。店主发现他出售的手机没卡，没购买发票，且不知道密码。按照当地公安机关的规定，这种情况要立即通报当地治安员。治安员赶到后，向李成名询问，手机是不是他本人的。李成名支支吾吾，慌慌张张地想要离开。治安员立即报了警。属地派出所民警何霖赶到，把李成名带回派出所审查。李成名说，手机是他在公交车上拾到的，因为贪心才来卖的。何霖问他是在哪条线路的公交车上拾到的、在什么时间，以及他是从哪一站上车又在哪一站下车，李成名都对答如流。何霖核对了他的身份信息，并没有前科，于是对他进行了批评教育，又按照规定给他拍照，采集了他的指纹和指血。随后，他的生物信息被送到相关技术部门进行检验，并分别录入数据库。6月底，邱实再一次向全国刑侦部门下发协查通报，要求把九起积案的DNA数据设置成优先比对级别。这才有了7月中旬比对成功的好消息。

夜里11点多，抓捕民警赶到广州，跟广州市公安局刑侦支队民警会合后，立即投入工作。

由于刑侦支队离李成名家较远，大家决定直接把指挥部设在辖区派出所。熊冬平先把案情简要介绍了一遍，然后跟广州警方一起研究制订抓捕方案。

林子胜仔细看了看李成名的照片，觉得跟他那晚偶遇的年轻人有些相像，但还是有一些差别。

这张照片是李成名卖手机被抓时派出所民警照的，脸上的肉明显多了，看上去有点儿木木的，没有那晚的年轻人机警。看来，这是一个擅长伪装的人。

林子胜心里有种小小的失落。他惦记了这么多年、一直在他脑子里浮现的那个人，怎么是长这样呢？

多年来，作为一名老警察，他有种自责和不甘心。明明遇到了，却没有抓住他。这一次，他要在第一时间抓住他，要看清他的脸，然后……在脑海里删除这张脸。

抓捕行动从18日的早上开始。李成名住在一栋总高七层的老旧公寓楼的顶层，没有电梯，每个房间都只有十几平方米。一批抓捕队员秘密来到李成名居所附近侦查，一直没有发现李成名的身影。因为情况不明，他们不敢贸然敲门。直到下午六点多，李成名才从楼里出来。熊冬平也想过在路上抓捕，但是正值下班高峰时段，人多、车多、楼多，没有十足的把握，于是决定等待机会。

广州市公安局年轻的刑警孙林声负责跟踪。李成名钻进一家网吧，一直到晚上11点才出来。

他走出不远就回头张望，孙林声怕出意外，只好远远地跟着。

走到公寓楼门口的时候，李成名跟南阳刑警苏永明打了个照面。李成名犹豫了一下，然后快速地上了楼。

很快，楼下的民警发现 701 房间的灯亮了。大约两三分钟后，灯灭了。

“他被惊到了！”他的警惕性很高，这是熊冬平这个老刑警的第一反应。事不宜迟，必须果断行动！

熊冬平下令抓捕，队员们当即行动。他们正要敲门，门猛地开了，李成名就像一头怒狮，冲了出来，直奔通往天台的楼梯跑去。

林子胜冲上去，从后面扑倒了他。

李成名一边回头，一边用力蹬林子胜的胸，企图迅速摆脱。

林子胜跟他打在一起，其他抓捕民警一拥而上，把李成名死死摁住，戴上了手铐。

林子胜从地上爬起来的时候，发现膝盖磕伤了，可他已经顾不上了。他要看清他，此时没有任何事比这个更重要！

“叫什么名字？”林子胜大声问道，声音里充满了愤怒。

“李成名。”他的声音很轻、很冷静。

“年龄？”

“二十八。”

他身高一米七左右，体态适中。他的皮肤不黑，但也算不上太白。那天夜里看到的白皮肤多半是手电筒照射的原因。但是，他眼睛里的阴森诡异没有变，他冷漠的表情没有变。

这时，林子胜敢确定就是他！

从这一天起，一定要忘了他。他是一块污垢，是林子胜刑警生涯里不愿回忆的片段。

他从小在广西偏僻的山村长大，翻山越岭的能力很强。这是林子胜当时没有追上他的原因之一。

在他的住处，发现了一副长卷假发、一把匕首、六百美金。李成名没有案底，但他身上背的血案很多。

抓住他以后，他看上去并不像一个很老练的案犯，显得既不凶狠也不狡猾。他交代了去天河区售卖的二手手机是从一名三十多岁的女人手里抢劫得来的。刑警迅速查找到那名女性，经过辨认，确定是他。他只承认这起案件，说拿刀捅了那女的三下，那女的咬了他胳膊一口。

听了这些情况汇报，关鹤鸣在电话里说："一定要快速突破，这个人不好搞。"

同时，他要求芳城专案组开展倒查，查一下当年的排查环节哪些是正确的，哪些存在漏洞。

果然，2012 年，在开展现场手机碰撞排查时，曾列出一个八十人的重点名单，李成名的名字位列其中。

但是后来被排掉了，工作人员没有进行进一步核查，也没有跟专案组沟通过这一信息。

又经过调查，被排掉的原因是，李成名的手机信号没有出现在郭盛和冯艳的案件中，所以被忽视了。

事实上，在杀害郭盛时，李成名的手机因未交费而处于停机状态，信号未被机站捕捉到。在杀害冯艳时，他的手机已经多日没有开过了。

李成名被押解回南阳芳城，非常安静地坐在审讯椅上。

一连三天，除了承认广州这一起抢劫伤害案以外，他什么也不说。

第十章　曙光初现

一、嫌犯被捕

你可能常看到“天道酬勤”这四个字，却没有感觉到。那是因为你还没有足够勤奋。当你足够努力时，运势就会反转，好事就会接踵而至。

这个 7 月，发生了很多事，有喜有忧，罗牧青一时缓不过神儿来。

有些事情在一瞬间就发生了改变。

自从在功德碑上找到籍姓后人的名字后，祥县公安局就把力量集中到了东井村。因为连日暴雨，人们都居家休息，这反而有利于民警开展家系排查。

7 月 19 日，一场罕见的暴风雨袭击了祥县。

祥县公安局的杨智把从东井村采集到的血样，小心地装在检材箱里，用塑胶雨衣包裹好，冲到雨里，打开汽车后备厢，放了进去。一路上，雷声阵阵，暴雨如注，高速路上能见度只有几米。

到了云成市公安局门口，杨智下车把检材箱从后备厢里抱出来，跑进办公楼，上了二楼，来到 DNA 检验室门口，用力拍着防盗门大喊：“吴一刀，开门!”

“来了来了，别拍了！”吴一刀大声应着，开门看是杨智，问道：“下这么大雨，你咋来啦？”

“送样儿。你快点儿做啊！”说完，杨智小跑着离开了。

吴一刀看着他衣服上的雨点，苦笑了一下，接过检材箱，冲着杨智道：“跟我一样，都是急性子。”

这么多检材，他必须要加班做。

“完了，孩子今天又得吃方便面了。”他自言自语着，走进了检验室。

中午，他吃了一盒泡面，然后又钻进检验室继续工作。为了这个案子，他不知道加了多少班，熬了多少夜。犯罪嫌疑人的 DNA 图谱，清晰地印在了他的脑子里。

晚上 7 点，雨停了。他来到办公室，又泡了一碗面，打开窗户，呼吸着暴雨清洗过后的新鲜空气，给自己解压。夜里 12 点多，他才从检验室回家。

20 日一早，他又一头扎进了检验室。

晚上 9 点，奇迹发生了。

吴一刀拿到新一批检材的图谱，发现 DNA 细分数据与犯罪嫌疑人的比中了。比中者姓祝，是东井村村民。也就是说，犯罪嫌疑人很有可能就在这个祝姓家族里。

由于有前几次的波折，这一次他兴奋不起来。

他拨通云成市公安局副局长葛志飞的电话，向他汇报比中了祝姓家族。

葛志飞拿着电话，愣了半天才说：“绕来绕去，也应该绕到头了吧？”他放下电话，打电话向局长郭黎明汇报。

“马上把祥县的人叫来，让他们带着家系图和户籍册。”郭黎明急切地说。

祥县公安局局长魏可光一听有情况，也不敢多问，拿上四万多份家系图，带着户籍民警和杨智，开上车就往云成市跑。

警报响得让人心焦。魏可光沉住气，猜想是“4·19”有了新线索。

拿着家系图和户籍册一分析，东井村的祝姓家族共有十七名男性成员，其中三名未成年，两名年逾古稀，还有五人早就去天津、广粤居住了，从没回来过。其余七人均在专案组推测的年龄段之内。

七人均在东井村居住，分别住在三处。经过与村干部核实，五人均在家里，没有外出打工。另外两人，平时很少接触，他们的家人也从不参加村民大会或村里的红白喜事等活动，所以不了解他们的情况。

21日早上9点，三路人马同时行动。住在村西头的祝新华父子俩被顺利带到了派出所，而另两家一直叫门都没有人开。

下午一点多的时候，祝光华一家从外面回来了。原来，他们一早起来，去邻村赶集了。

杨智带着派出所民警小刘去了好几趟祝建华家，一直没人答应。直到下午5点，才听到院子里面有动静。

杨智拍着门喊：“有人在吗？开一下门！”

他的手拍在门上啪啪响。

过了一会儿，院子里面才有人走到大门旁，打开门往外看。是一个六十来岁的女人。

“怎么一直不开门？”杨智问。

“一开始没听见，后来以为叫错门了。我们家在村里也没有几个认识的，平常也没什么人来。”女人说。

“你们家男人呢？”

“找我家男人干啥？”

“核查户口，到派出所去一趟。”

她叫沈秋平，走进屋里，跟老伴儿嘀咕了一会儿。老伴儿从屋里走了出来，一看就是个在外经商多年的人，眉眼间透着一股油滑劲儿。

“同志，我是祝建华。你们这是查什么？”他十分客气和讨好地问。

“按户口登记，掌握一下哪些人是在外边打工的，在什么地方打工。”小刘说。

“你们家就你一个男人？你不是还有个儿子吗？”杨智问道。

“他啊，没在。”

杨智看他说话的时候，眼珠斜向右上方，判断他在说谎。

“里院都谁住着呢？”

“我儿子和儿媳妇。”

“他们人呢？”

“媳妇在家。”

“我去里院看看。”杨智说着，就往里院走。

“警察同志，我儿子真没在家。”祝建华的音量提升了八度，“真没在家。”

杨智停住了脚步，慢慢转过身，看着祝建华。

“我儿媳妇在家。这大热天的，穿的都少，您这硬往里走，不太方便。”祝建华竭力解释，显得有些不高兴。

杨智说着“也是，也是”，退了回来。

“那你跟我们去一趟派出所吧。”

“行，行，我进屋换条裤子。您看，穿这大裤衩出门不好看。”

杨智点点头，示意派出所民警在屋外等着。

他走到院门口，迅速给局长魏可光打电话，告诉他这家人言谈举止十分可疑，要求增派两名民警过来。

祝建华换完裤子，从屋里出来，急匆匆地就往外走，嘴里还说着：“走吧，走吧。”

杨智却说：“不着急，我们等等。”

“等谁啊？”祝建华问道。

“等你儿子啊！等他回来一块儿走，省得我们再跑一趟。”杨智客气地递给祝建华一支烟，自己也叼上一支，拿打火机点着了。

“他可不是个玩意儿，谁知道跑到哪儿去了。”祝建华狠狠地骂着。

“你儿子是干什么的？”杨智问。

“厨子，在县城的饭馆给人打工。”

“会技术啊，不错！一个月能挣多少钱？”

“五六千块吧。”

“结婚多长时间了？”

“刚结，就年前的事儿。”

“现在都讲究大办，花了不少钱吧？”杨智很随意地问。

“我家没钱，自己把房子拾掇了一下，没摆大席。”

“那也少花不了。老哥是干哪行的？”

“我在外边包点儿小工程，泥瓦匠。”

正聊着天，两名增援民警赶到了。

祝建华的汗一刻不停地顺着脑门儿往下淌。

“你儿子叫什么来着？”

“祝震。”

杨智带着民警往里院走，祝建华拦了一下，看拦不住，干脆站在一边哭丧着脸。

“祝震！”杨智大喊了一声。

起初，屋里没人答应。过了一会儿，出来个年轻女人。她打量着杨智他们，又看了看祝建华，没有说话。

“祝震在吧？”杨智问道。

“嗯。”那女人有点儿疑惑地看着杨智，点头答应。

杨智抬腿正要往屋里进，就听屋里喊：“谁呀，谁呀？”

祝震比杨智还要高一些，大概有一米七六至一米七七的样子，细皮嫩肉，四方脸，浓眉大眼，板寸头发，一说话还有点儿怯怯的，眼珠子乱转。

“你是祝震吗？”杨智用眼睛死死地盯着他问道。

“是，是。”他声音发虚，眼睛望向不远处站着的祝建华。

杨智说：“跟我们去派出所一趟。”

“去派出所？干啥？”

“核查人口信息，很快就回来。”杨智笑着说。

“在家不能核？”

“所里有设备。”

“哦，哦，那等会儿，我换件衣服。”

“不用换了，这身儿就行，一会儿就回来了。”

“还是换一件吧。”祝震说着，转身就钻回了屋里。

“行，那你快点儿。”

过了六七分钟，祝震还没出来。

杨智喊：“换好了吗？快点儿啊，一会儿我们下班了！”

又过了几分钟，杨智大声喊：“换好了吗？”说着就要往屋里进。

祝震犹豫着从屋里出来，穿了件白色的衬衫，卷着袖子，下身穿了条黑色的休闲裤，脚下一双棕色交叉带皮凉鞋。

祝震从里院走出来的时候，跟他爸碰了个眼神。

他爸一脸的不愿意，扯着嗓子骂："回来也不打个招呼，你个没用的东西！"

父子俩被分别带上了两辆警车。到了派出所，七名成员到齐，法医给他们取了血。

"这是干啥？"祝建华问。

"做 DNA 检验。"

祝建华的火气越来越大，一直在数落祝震，骂骂咧咧。祝震像个犯错怕挨打的小孩儿一样，涨红着脸，低着头，缩着脖儿坐着，不敢言语。

把血样送到云成，开车要一个半小时。云成的检验设备比较陈旧，检测完样本得要五六个小时。

晚上六点半，派出所民警把祝震带到一间办公室，递给他一盒饭。

祝震吃完饭，杨智走进来跟他聊天。

"小兄弟，一盒饭够吗？"

"够了，够了。"

"听说你是厨师，这菜味儿怎么样？"

"盒饭肯定没有小炒味道好啦。"

"多大了？"

"二十八。"

"去过西沟吗？"

"没有。我以前在外地打工，结婚以后才回来。"

"屋里热吗？空调温度再调低点儿？"杨智看着祝震的汗大滴大滴地顺着脸庞滑下来。

"我爱出汗。"他用袖子抹了一下顺着脸颊流下来的汗珠，尴尬地笑着。

祝震一会儿搓手，一会儿揉眼睛，一副坐立不安的样子。

“哥，啥时候让回家啊？我都困了。”祝震问。

“再等会儿吧。耽误明天上班，我们给发误工费，你踏踏实实等着就行。”杨智说。

“那让睡觉不？”

“让。要是晚了，就睡我们这儿休息室。”

云成市公安局 DNA 室里，吴一刀也在焦急地等待着结果。

吴一刀每过十分钟都会接到一通领导的电话，询问数据出来没有。在他的职业生涯中，这个案件是做 DNA 做得最多的，做到想吐。一次次失望，一次次振作，这个案子已经成了他生活的一部分。

祥县公安局办公大楼里灯火通明，各部门进入了紧急备勤状态。不管是不是刑警，都知道西沟三个女童被害案，大家最想破的就是这起案件。这是局里的大事，也是每个警察的心事。

夜里十二点半，七个人的结果都出来了。吴一刀的心提到了嗓子眼儿，紧张地怦怦跳着。他拿起数据，一条一条地仔细核对。不是，不是……

当比到祝震的时候，他只看了一眼，就知道那就是他在梦里都不会看错的图谱。

手机又急促地响了起来。

他不去理会，闭上眼睛，用力吸上一口气，然后慢慢地睁开了眼睛。他捏一下自己的大腿，使劲，使大劲，很疼。这不是梦，这次是真的比中了！

他迫不及待地冲到桌子旁，拿起手机，兴奋地叫着，哭着：“是祝震，是祝震！”

电话那头无声了。

副局长葛志飞的眼泪围着眼眶打转，他用手捂住了脸。

“是祝震。”过了好半天，葛志飞才说出这三个字。

派出所里，杨智得知祝震被比中后，恨不得挥拳把他痛打一顿。

“西沟的三个孩子是怎么回事？”杨智怒目圆睁，咬牙切齿地问祝震。

祝震像是打了个冷战，身体晃了一下，说：“我有病，我头疼，我要吃药。”

法医摸了摸他的脉搏，告诉杨智，他没问题，可能是由于过度紧张造成的心慌。

法医给他倒了一杯温水，让他静坐一会儿。

过了十分钟，杨智再次问他：“西沟是怎么回事？”

祝震低着头说：“是我杀的。”

“你杀谁了？”杨智追问。

“三个女娃。”祝震低声答道。

“有一瓶饮料，你动过没有？那是怎么回事？”

“是我喝的。杀完他们，我喝的，还抽了烟。”

“你家里人都谁知道这个事？”杨智问。

“我爸、我妈和我姐。”

“你媳妇知道吗？”

“她今年春节才进门，什么都不知道。”

7 月 21 日凌晨 3 点，祝震被关进了拘留所，他的家人也因涉嫌包庇被带到了刑侦大队。

3 点 40 分，祥县公安局民警闻讯不约而同地赶到局里，相互拥抱着，哭泣着。

有人在局门口放起了鞭炮。

破案的消息不胫而走，三名遇害女孩的母亲打电话给魏可光确认，天亮之后又跑到公安局门口，一定要当面感谢所有参战民警。

二、指认现场

7月21日凌晨4点，正在熟睡的罗牧青被手机铃声叫醒了。她迷迷糊糊地接通电话，是朱会磊打来的。

“牧青，是不是还迷糊着呢？我跟你说一句话，保准你清醒。”

以往，朱会磊在没有外人的时候就叫她“罗记者”，有外人的时候，就连名带姓地叫她，而“牧青”这么亲切的称呼，还是头一回。

“朱法医，什么事？”

“祥县的案子破、破、破了！”朱会磊故意说得像电影里的音响特效一样，还带有回音效果。

“真的?!”罗牧青一下子坐起来，“那我能去采访吗？能见嫌疑人吗？”

“现在去，还是天亮去啊？”朱会磊又开始耍嘴皮子了。

“天亮。我先斩后奏，现在就订车票，等天亮再跟社里汇报。”罗牧青没等朱会磊说话，就挂了电话，开始查找信息购买高铁票。

过了几分钟，朱会磊又打来电话：“你这人平时看着挺面，其实是个急脾气。你不得跟邱处长和关局汇报一下采访计划啊？这可是重案的犯罪嫌疑人，万一让你把他采访崩溃了怎么办？”

“说的对，我先制订一个采访方案，把问题都列出来，然后请邱实处长、关局审定。”

这回朱会磊先挂了电话。他很想跟她一起去，但是不能。

罗牧青买了早上8点25分开往祥县的高铁票，把采访方案做好，7点钟就分别发给了邱实和报社总编郑达。

郑达的微信几乎是秒回：“支持！注意安全。”

他的激动不亚于罗牧青，他期待罗牧青放出一颗“超级卫星”。

邱实发微信说稍晚一些回复，要请示一下关局。

关鹤鸣同意罗牧青去采访，一个是把整个破案过程记录完整；一个是给祥县民警鼓劲，让他们把后续工作做好；再一个就是给其他几个专案组增加一点儿信心。

上了高铁，坐定后，罗牧青给程风发了一条微信：“起床了吗？今天我去祥县采访，那边的案子破了。”

程风知道罗牧青在《公安时报》任职，也知道她近期常出差采访，其他都不了解。她碍于保密纪律，此前也没有对他说太多。

程风回微信：“亲爱的，照顾好自己。”

她的心头涌上一股暖流。

这时，朱会磊的微信到了：“上车了吗？别把自己弄丢了。”

罗牧青礼貌地回了一句：“谢谢。”

这是两种风格的关心。

7 月 21 日下午两点，罗牧青到达云成站，杨智来接她，两个人一同赶往祥县。

杨智的脸有点儿发黑，一晚上没睡，又是兴奋，又是劳累。但是，他笑得发自内心，脸上的皱纹一道一道地堆了起来。

车开进祥县，不时传来鞭炮声。

罗牧青说：“真热闹啊！”

“是啊，跟过年似的，老百姓也高兴。”杨智一边开车，一边说，“这案子破得太曲折了，里面还有你的一份功劳呢。”

罗牧青腼腆地说：“哪儿啊，那天去找碑刻，也是您提议的，我只是跟着凑热闹。”

说着话，就到了祥县公安局。

局长魏可光跟三名被害女孩的妈妈在会议室说话。三个可怜的女人同病相怜，原本关系并不亲密的她们结成了同盟。

赵芳遇害的时候，还有个弟弟，当时已经五岁了。赵芳的妈妈带着儿子再婚了。这家人的经济条件比较好，她可以不用工作。她又生了一个男孩，现在一岁大。她把两个孩子看得很紧，每天抱着小儿子接送大儿子上下学。她家里有一本赵芳的相册，每到赵芳遇害的日子，她就把两个儿子安置好，带着相册去赵芳的坟前坐上半天，一边翻看相册，一边回忆孩子从小到大的成长过程。

杨晓春的妈妈相对年轻，留着披肩长发。她也重新组合了家庭，生了一个男孩，现在两岁。可是，命运似乎与她为敌，就在前不久，第二任丈夫出了交通事故，匆匆离世。案子终于破了，她哭得像个泪人一般，一句话都说不出来，只是跪在地上磕头，被拉起来又跪下去。

贾明明的妈妈在孩子被害后，整个人都失去了生活的动力。唯一让她活下来的理由，就是等待公安局破案。

眼泪，是女人情绪最重要的表达形式之一。它可以是愤怒，可以是感激，可以是惭愧，也可以是兴奋。

罗牧青的眼泪，也被无休止地牵连而下。女人最懂女人，虽然罗牧青没有结婚，但她一样感同身受。毕竟，她参与到了案件最艰难的攻坚过程中。她知道等待与失落，是怎样的一种煎熬。

送走了三位妈妈，罗牧青开始翻阅讯问笔录，思考案情。

2010 年 4 月 18 日早 8 点，祝震下到西沟沟底闲逛。

12 点 44 分，三个女孩手拿着三个空饮料瓶和一瓶饮料下到沟底抓蝌蚪。

下午两点左右，正在睡觉的祝震被吵醒，冲到光着脚嬉戏的孩子们面前，掏出一把黑色玩具手枪，威逼孩子们上到西面半坡进入窑洞。之后，他把三个孩子的手捆绑在一起，让她们蹲下。观察窑内无人后，他想对三个女孩实施强奸猥亵。杨晓春是三个女孩中反抗最强烈的。在打斗中，他把一个瓶盖强行塞进了她的嘴里，导致她呼吸不畅，反抗无力。然后，他掐住杨晓春的脖子，致其窒息。在此之后，他掐死赵芳，最后猥亵贾明明。贾明明为了讨好他，告诉他赵芳的口袋里有五元钱。他拿了钱后，还是把她掐死了。

3 点左右，祝震抱了一堆枣刺枝堵住窑洞口。

4 点 30 分，祝震抽了两支烟，害怕孩子家属来找，从西坡仓皇逃跑。路上，他跑累了，坐在沟上休息，碰上一个老汉。老汉问他是哪儿的人，他说“说了你也不知道”，然后继续沿着路跑。

祝震沿着大路走到易城县，从易城县乘出租车回家。

一进门，他先让母亲沈秋平到外面付了出租车钱给司机，然后告诉她“杀人了”。

当时，祝震的姐姐祝鹃带着孩子在他家住。沈秋平马上把这事告诉了祝鹃。祝鹃跑过来一看，弟弟的衣服上有血，便生气地说：“你去自首，不要连累全家人。”

祝鹃把这事告诉了前夫杜海洋，让他帮忙到河南把父亲祝建华接回来。祝建华回来后，埋怨沈秋平把这事说给那么多人听，就打发女儿一家回房间去。

经过一夜的思考，祝建华态度强硬，给了祝震八百元钱，让他逃到外地去，告诉他“能活一天算一天”。

当时二十二岁的祝震，没有到外地生活的经历，内心充满了恐惧。一早上，祝建华骑摩托车把儿子送出了村，然后给他联系了在山东的亲戚，让他投奔到那里躲避风声。

大街小巷都贴了悬赏公告，提供有效线索可以奖励六万元。祝震的前姐夫看到了，没有举报，决定再也不与这家人来往。

祝震在外地藏匿两年后，认为风头已过，悄悄潜回了祥县。之后，他在祥县县城打工。2015 年，祝震和家人放松了警惕，托人帮忙介绍对象，打算过正常人的生活。

罗牧青赶到祝震家，看到祝家大门紧闭。

听村民说，唯一不知情的媳妇已被娘家人接走了。

7 月 21 日晚上，专案组决定第二天带祝震去西沟指认现场。云成市公安局指令祥县公安局做好预案，以防现场混乱。

杨智对祝震说："明天带你去指认现场，你要好好配合。既然已经犯了错，就要有一个悔改的态度。会给你戴上面罩，不用有过多的心理负担。"

"哥，我知道。"祝震说。

第二天早上 9 点，警车从祥县公安局开出，直奔西沟。

车停在沟上，不少村民联想到案件，很快就聚拢过来。带着祝震往沟下走的时候，有的人扔东西，有的人大喊："打死他！"还有的人说："快去把那三个女孩的家人叫来，非打他一顿出出气不可。"

幸亏预案充分，民警将祝震押回车内，拉好隔离带，用喇叭向大家喊话，让大家支持公安工作，不要情绪化。增援民警很快抵达，站成了人墙。

祝震下车，围观人群一片骚动。

正在这时，响起了女人的哭喊声："你还我闺女的命！倒要看看你是哪家养的畜生！"

原来，三个受害女孩的妈妈和其他亲属闻讯赶来了。他们拼命想冲破警察用身体筑起的人墙，撕掉祝震的面罩。

祝震被成功带到了沟下。

罗牧青看不到他的脸，但是能看清他的眼睛。他眼睛里有一丝恐惧，但似乎还有一丝新奇。

三个小孩捉蝌蚪的小溪和遇害的窑洞之间新修了一个公园，地形的变化让祝震有点儿辨不清方向。杨智让他仔细观察、仔细回忆，最后终于找到了案发窑洞。

他站在窑洞里，一开始有点儿发愣，后来很快回忆起来，就像是在介绍电影场景一样，看着民警频频点头，似乎还有种成就感。

这是罗牧青第一次近距离接触杀人凶手。她原以为，他面对那么多人的围攻和未知的刑罚会害怕，会颤抖，但他好像很快就适应了这场面，然后像个焦点人物一样，享受着这种感觉。

从窑洞里出来，他东张西望。四名民警前后左右警戒，生怕出现意外。

回到看守所，他吃得挺香。看守所为了确保安全，专门指派经验丰富的老民警夏辉负责看管他。

夏辉问他："今天有没有哪里不舒服？"

他边吃边答："没什么不舒服。"

祝震是个没有教养的自私的人，对父母的现状一点儿都不担忧，而且对他的父亲有很大的意见。他也从没有说过悔恨的话，基本上一谈到受害人就说："做都做了，后悔也没用。"

三、追踪罪恶源头

7 月 23 日早上，罗牧青做了充分的准备，到看守所采访祝震，深入了解他的成长经历以及在杀人、藏匿、被刑拘三个阶段的行动轨迹和心态变化。

祝震，1988 年出生，高中肄业。当过厨师，从高中一年级起沉迷于网络。

如果说被杀者是悲剧人物，那么制造悲剧者，大多也难逃悲剧的命运。

祝震的童年充满了自卑感与屈辱感。

罗牧青问："在你的成长过程中，印象最深的是什么事？"

祝震答："我的爸爸被家里人认为很能干，但我却从小很笨。奶奶和爸爸一直都看不起我，他们经常叫我'傻子'、'呆子'。每当想起他们的表情，我都感到特别气愤。"

"上学的时候，有比较要好的同学或朋友吗？"

"没有。我觉得他们都看不起我。上学的时候，我成绩不如人家，家庭条件更不如人家。我从初中开始就住校，家里给拿了几件衣服，都很不像样儿，只有一条裤子凑合着能穿。初中三年里，我差不多穿的都是这条裤子。"

"据我了解，你上学的时候成绩还是不错的，初中毕业后考上了重点高中。"

说起此事，他颇为得意："上初三的时候，还写过作文《我的理想》。那时候，我觉得自己能考上大学，想当一名农业技术科研人员。但是，上高一时，我迷上了上网，白天逃学，一直在网吧里不出来。为了省下钱去网吧上网，我经常一天都不吃饭，只买一瓶水喝。"

"你去网吧，主要是登录哪些网站呢？"

"打游戏，上黄色网站。我整天泡在网吧里，添了好多坏毛病。后来，我跟家里说，我不想念书了。我奶奶和我妈就到学校里骂我，当着好多老师和同学的面。我再也不能在学校待下去了，下定决心回家。"

"你对辍学以后的生活满意吗？"

他十分失望地说："不满意，我对整个人生都不满意。我爸爸很强势，老是贬低、打击我。不管跟他说什么，他都说我的想法不对。刚回家的时候，我想找个学校继续念书，他不同意；他同意的时候，我又不想念了。后来我就去外地打工，不管干什么都干不长久。我的心很高，但又什么事都干不成，对自己也很失望。后来，就出事了。我当时没想杀人，但还是把她们全杀了。这可能跟当时的心情有关吧。因为我当时有自杀的想法，所以……人越到低谷的时候，就越会做错事吧。"

罗牧青问："在藏匿的六年里，你的生活发生了哪些变化？"

祝震想了想，说："我一开始的想法，是能活一天算一天。但是，外逃的生活确实非常痛苦。我去外地躲藏、打工，不敢暴露自己的身份，处处忍气吞声。我不敢再上网，偶尔壮着胆子上网，也只是查一下案子的进展。我害怕暴露行踪，不敢交朋友，也不敢谈恋爱。事实上，还是谈了一次真正的恋爱。当然，我用的是假身份。我的心里特别纠结，因为最后肯定不能结婚。谈了四五个月吧，还是决定离开她，因为我不想害她。后来回家了，在饭店当厨师。"

"你认为自己能逃脱法网吗？"

祝震保持着微笑，说："有时候吧。有一次，饭店的几个同事谈起西沟的案子，我默不作声。其中一个人突然问我：'当时警察怎么没有找你调查，人是不是你杀的？'我赶紧故作镇静地解释，当时我在外地打工。我心里虽然很紧张，但又不能表现出来，这些年也练出来了。后来听人说，这个案子太难了，警察不查了。我当时有种侥幸的心理，感觉很开心。所以，我才决定结婚了。这是我人生当中最成功的事。不过，我心里从来没有真正放松过戒备。"

"时隔六年，当年的场景还能记清吗？"

祝震低着头说："夜深人静的时候，常常会想起当时的场景，有时候做梦也会梦见她们。我很后悔，常常自责。"

祝震望着罗牧青的眼神，有一种疑惑，有一种渴望。他像是在和一个朋友聊天，聊的是别人的事。

罗牧青问："在看守所里，想的最多的是什么？"

祝震懒懒地活动了一下脖子，说："现在的心情很矛盾。终于被抓住了，心也不像以前那么紧张了。终于平静了，不用再装了，也没有未来了。想的最多的，是这辈子算彻底完了。我现在特别羡慕那些有稳定工作的人，他们上班下班、结婚生子，生活特别有规律。比如我姐夫，虽然他跟我姐离婚了，但我还是习惯叫他姐夫。他很努力，有自己的事业。我的以后不敢想象，也许会死吧。"

他说"也许"，可见他对生的渴望是如此强烈，轻易地原谅了自己的恶。

"你为什么要对三个小女孩做出这样的事？"

"因为我有病。在男科医院看过，很长时间都不管用。看到她们的时候，我有种冲动，所以就不顾后果，头脑发热。"

经过调查，祝震确实去过男科医院，而且用的实名。罗牧青记得，朱会磊曾建议调查男科医院。

罗牧青问："你想过做的这些事情对家人有什么影响吗？"

祝震的眼睛像定在了某个地方，说："影响很大。我姐姐离婚，百分之七十是因为我吧。有一次，我跟姐姐吵架，姐姐说：'我离婚都是你害的。'我不仅连累了她，也连累了别的家人。我爸爸是个特别努力的人，我把他的努力全毁了。我爸妈以后在村里没脸做人了。还有我的外甥，在学校里一定会有人对他指指点点，会被别人看不起，他也一定没法儿好好念书了。我对不起他们。"

"现在，你最想念的家人是谁？"

"我的外甥。希望他好好念书，要学习法律，无论什么时候都不要做错事。男人要坚强，不要害怕承担责任。"

罗牧青感觉祝震很健谈，有问必答，似乎还很坦白。

她问："你认为自己做错事的根源是什么？"

祝震说："我走到今天这一步，主要有两个原因。一个是我的极度自私。我喜欢跟人攀比，又好吃懒做，还对什么都不满意，认为谁都应该为我所用，为我付出。另一个原因是去网吧。网吧老板为了赚钱，什么证件也不要，随时打开大门让我进入，才让我看了不该看的东西，对社会十分不负责任。另外，父母管教我时，总是贬低我，可能也起到了负面作用。"

罗牧青问："你想对三个女孩的父母说些什么吗？"

祝震沉思了一会儿，说："我很抱歉，不知道怎么去弥补。如果有来世，我愿意做一条狗，看一辈子门。如果我被判了死刑，我希望把自己的器官捐献出去，对社会做一些补偿。"

巧合的是，祝震和南阳芳城案件的犯罪嫌疑人李成名都是二十八岁。

直到 7 月 23 日，李成名依然什么都不说。他说自己头很晕，全身无力，回忆不起任何东西，直接枪毙算了。由于对李成名的审讯遇阻，所以案件只能叫突破，不能叫告破。

而祥县的案件，不仅抓到了犯罪嫌疑人，指认了作案地点，还交代了详细的作案过程，所以被宣布为九起疑难积案的首起告破案件。

邱实发微信给罗牧青，鼓励她好好写一篇报道，要给全国的刑警提提气，让他们相信自己有能力破积案、破难案。

罗牧青写了长篇通讯，分别刊登在报纸和网站上，立刻产生了很大的社会反响。

她的身份也因此而不再是秘密了。其实，早就不是秘密了，在刑警堆儿里，她是藏不住的。

回到北京的罗牧青，拿着手机给程风看："这就是我的工作，以前不能报道，现在案子破了，可以见光了。"她伸直了胳膊，两手交叉，然后翻腕向前推，用力呼了一口气，“可算看到希望了。”

程风故作轻松地说：“一共九起，另外八起都是什么案?”

“全是杀人的。到时候破了，我再剧透。”她得意地对着程风笑。

人这一生，如果可以尽情地爱你所爱，怨你所怨，让一切都可以用公式来计算得失，可能会少了很多尘世的悔恨。

罗牧青看出程风的情绪有点儿低落，问他原因，他笑着说：“没事儿，这几天有点儿着凉，你又不在，觉得浑身没劲儿。你回来就好了，会好的。”

他多想一生拥有眼前这个女子啊！他想对她说：“此生为你而来。”

罗牧青恋爱了，在甜蜜中无法自拔。

她的好朋友伊玲又一次失恋了，在微信里告诉她：“世界太大，好男人太少，真爱几乎找不到。”

“什么是好男人？什么是真爱?”罗牧青问。

伊玲说：“我所以为的爱，是那种我眼里只有你，别人谁也进不了我心里了。我做任何事都会优先考虑你的感受，考虑你开心不开心，会不会难过。”

罗牧青心里暗喜，她觉得程风就是这样。他会在第一时间感受她的感受，体会她的体会。只要是她想到的，他就不会让期望落空。

第十一章　芝麻开花

一、不再是零口供

直到 7 月 25 日，南阳芳城案件的犯罪嫌疑人李成名仍然没有开口，一副满不在乎的样子。

正如关鹤鸣所说，如果三天内拿不下来，后边会越来越难。

南阳芳城专案组又急又躁，可就是找不到突破口。

26 日，林子胜又一次坐在了李成名的对面。

“大哥，你今天的样子看起来好疲惫，要注意身体。”李成名关心地说，林子胜听了总觉得很别扭。

林子胜说：“你的心情怎么样？”

“还那样儿，不好不坏。”他的声音懒懒的。

“什么样儿叫不好不坏？”

“一直都是这样啊！从早到晚，没什么好事，没什么坏事。”

李成名的话变多了，他的内心还是产生了变化。

林子胜隐隐地觉察到，或许这是取得突破的机会。

他递给李成名一支烟，点燃，说：“人生不都是这样嘛，有好有坏，有喜有悲。关键是活一个心安，得到你该得的，放弃不属于你的。”

李成名默默地吸着烟，身体颓废地靠在审讯椅上："你们别费劲了，干脆把我毙了得了。"

"跟你讲好多遍了，我们是法治国家，要讲事实、凭证据，要让你心服口服，认识到自己所犯的错误。"

李成名诡黠地一笑，不说话。

"当然，别以为你一句话不说，我们就拿你没办法，零口供也可以起诉你。"林子胜越说越生气，"你才二十八岁，怎么内心这么冷酷，从你身上就看不出年轻人的朝气。"

李成名冷笑了一声，说："我命不好，自己也不用功，学习不好，没什么出息。"

"你的命不好？让你祸害的那几个女孩子命才不好！"林子胜情绪有些激动。

"大哥，你别生气。我也知道自己这么做不对，也想过找一份工作。打工辛辛苦苦，也挣不到钱，可那些老板却坐在屋子里喝着茶数钱。"

"老板天生就是老板吗？他的奋斗、他的付出、他的压力，你知道吗？"

李成名闭口不答，过了半晌才说："大哥，喝点儿水吧，降降火，对身体好。"

林子胜用纸杯给他倒了些水，放在椅子上。每当他问起与案件相关的信息，李成名都微闭着眼睛，笑而不答。问急了的时候，他就说："你说的话都对。你写好后，我签上名字就好了。"

眼看着到了中午，林子胜喝了几口水，平静了下来。

面前的这个年轻人，是一个怎样的存在？他的心里住着一个恶魔。

"你这个广西人，吃黔贵饭应该习惯吧？"林子胜问。

"还可以。好想吃牛肉粉。"李成名斜着眼看他。

林子胜瞪了他一眼。李成名却一脸的茫然，仿佛不知道林子胜为什么瞪他。

林子胜心一软，还是给他叫了外卖，很快让他吃上了牛肉粉。

李成名狼吞虎咽地吃完了，连汤都没剩，然后心满意足地说："大哥，谢谢你。我都吃了，没给你留。"

林子胜一肚子气。

李成名问："你吃饭了吗？"

"你说呢？"

"你得按时吃饭，不然对身体不好。"

林子胜真想狠狠地把这个矛盾综合体胖揍一顿。

李成名被带回去关押，走到拐角处时，回头看了一眼林子胜，说："我跟你有缘。"声音很小，林子胜不可能听到。

李成名像往常一样，睡了个非常踏实的午觉。睡醒后，他要求见林子胜。

看押民警立即电话通知了林子胜。

林子胜立即赶到看押地点，后背的汗把衣服都浸湿了一大片。

李成名说："大哥，你没打过我，还给我买粉吃，你很善良。"

"我是警察，正直善良是警察的天性。"

"你问吧。"他淡然地说。

"2011 年 12 月 19 日晚上 8 点左右，你去过芳城大道吗？"

"记不清了。"

"你见过一块写着'创新改变世界'的红色宣传布条吗？"

"见过，我用它勒死了那个女的。"他平静地说。

"详细说一下作案过程。"

"那几天，我没钱了，就想找个人抢点儿钱花。我逼她往树林里面走，走到一堵墙边，走不动了。”李成名说到这里，停住了。

“继续说。”

“说完了，我就把她杀了。”

“是用什么方法杀的？”

“先用砖头把她砸倒了，然后拿你说的那条布带子勒死的。”

“用刀了吗？”

“你们检验有刀伤吗？”

“为什么带刀不用刀？”

“我想练练胆量，不用刀也一样能做成。”李成名说得轻描淡写，仿佛杀人只是一件很平常的事情。

林子胜的怒火已经顶到了嗓子眼儿。他真想破口大骂一声“畜生”，但他不能。

“被害人长什么样？描述一下外貌体态特征。”

“记不清了，也没看清。”

“动没动她的物品？”

“现金没多少，手机拿走卖了。”

“在哪儿卖的？”

李成名心不在焉地答道：“忘了。瞎走，走到合适的地方就卖了。”

“其他物品怎么处置了？”

“东一件、西一件地乱丢。”

“为什么这么做？”

“不想让人找到这些东西，这是在清理现场时的想法。”

“还作过别的案子吗？”

“你说有吗？”李成名斜眼看着林子胜，坏笑着说。

关于为什么有脱衣的动作，却最终没有实施性侵，李成名说，是怕留下证据，日后造成麻烦，所以忍住没有做。但在之后的讯问中，他又说，自己对性的要求不是太强烈。

林子胜记得朱会磊在案情分析会上说过，从犯罪嫌疑人的行为上看，很有可能存在性功能方面的问题，但触碰这个问题要慎之又慎。

林子胜耐心地讯问，但是李成名的回答有太多的“不记得”。

他的交代并不理想，但也算有了不小的进展。

7 月 28 日，经过上级同意，林子胜决定带李成名去指认现场。他希望这能唤起他的记忆和偏离许久的人性。

天很热，李成名一出门，就被耀眼的阳光照得眯起了眼睛。到达芳城大道后，他说头很晕，什么也记不起来了。

林子胜和他坐在树林里休息。

“哥，有水吗？”李成名问。

“没带。渴了？”

“嗯，天太热了。”

“忍忍吧，我也没水喝。”林子胜望着树林外边，“我记得咱们俩第一回遇见的地方，就在离这儿不远的巷道里。”

李成名没有回应。

“你再仔细回忆回忆，那天是怎么把受害人带进树林的，过程中说了什么，受害人有什么动作。到了墙边，又发生了什么，她有没有反抗？”

执迷不悟的李成名低下头，沉默不语，仿佛置身世外，不再与这个世界有任何交集。

二、指纹会战

接连两起案件，都是凭借 DNA 的运用告破的，这无形中给正在参与指纹会战的专家和精英们施加了不小的压力。他们中年纪最轻的，也已经搞了十年的指纹研究。

指纹鉴定对检验人员的技术要求很高。它并非是简单的比对，高低层次之分就在于，谁能让扭曲与残缺的指纹发挥出最大的能量。根据每个人的理解让指纹发声，高级别的技术人员不会拘泥于眼前呈现的纹线，甚至可以达到无中生有的境界。

现在指纹可以借助电脑软件进行一定的校正，但是归根结底，还是要依靠检验人员对案件的整体认识、对指纹的敏感度。

在指纹鉴定技术中，经验非常重要。指纹的重合率很低，技术人员只有看过大量指纹，才能从中获得深层次的感知和灵感。

基于实战经验，每个人的标记方法都不一样。在大框架下发挥个人特点，对每枚指纹的特征点进行重新标记，再放入电脑系统中进行相似度比对。有的专家取前五十名进行人工比对，有的取前一百名，有的取前二百名。这些都没有什么教科书式的规定，只是根据个人的判断而定。

白金—包头系列杀人案件中，除了首案“88·5·26”提取的指纹是以照片的形式留存下来的，其余都是通过仪器扫描后存于电脑，然后又打印出来的。

首案中的指纹指尖朝下，拍照的时候血迹未干。如果干了以后再拍照，更容易识别。而且，这张指纹图片上，没有标清比例尺，给鉴定工作造成了困扰。

来自公安部物证鉴定中心的指纹专家胡锋说：“这是系列案件中唯一一枚血指纹，可靠性最高。‘98·7·30’面积比较小，‘98·7·27’最好，其余都有缺陷。”

“在用于并案的嫌疑人留下的十四枚指纹中，有一枚的点线，跟别的有点儿差异。很可能这枚指纹并不是犯罪嫌疑人留下的。”老专家金业简用激光笔指着投影仪上放大的两枚指纹说。

来自浙江的技术人员陈清操着浓重的南方口音道：“我也注意到了，确实有些问题。”

七个人中，有五个人认为这枚指纹有问题，大家决定对这枚可疑指纹进行深入“确诊”。

经过询问，这枚指纹提取于被害女童家的门锁上。当时，整扇门被拆了下来，门锁连同周边的木门部分被锯了下来，作为物证收存。白金警方的技术人员带来了实物。经过进一步检验、鉴定和比对，这枚指纹并不是犯罪嫌疑人所留，而是被害女童的母亲所留。

小中见大。发现了这个严重问题后，七名技术人员对案发后白金市提取入库的十几万枚指纹进行了抽检，发现至少有三分之一的录入指纹不合格。也就是说，近三十年来，指纹比对不中，也存在指纹样本有缺陷的问题。

深惠 ZJ 案件中，提取的十四枚犯罪嫌疑人的指纹和十八枚死者的指纹，全部为 502 熏显，是从包裹尸块用的外包装物上提取到的。这十四枚指纹没有重复，每一个都是独立存在的。犯罪嫌疑人的指纹清晰度不是太高，并且有移动变形，比对难度大。

来自深惠市公安局的技术人员迟宇感慨地说：“快二十年了，我们一直没有放弃。早期指纹自动识别系统不普及、不兼容，都是技术人员带着走。恳求各位专家，把这些指纹重新修复、标记，让我们看看花了这么多年追踪的人，到底长什么样儿。”

开里两案，从被害人家的主卧室衣架上提取到了四连指指纹，提取方法为 502 熏显，变形严重，需要进行较高精度的修复。从放在客厅茶几上的“阿诗玛”烟盒上提取到了一枚移动指纹，提取方式为磁性粉显现。高手们首先要解决的问题，就是修复变形。

有人提出，可以利用电脑把指纹重新切成段拼接。有人提出，可以想象指纹实际的样子，然后进行描画。为了提高比中率，有人建议，把指纹切成段后，进行标记后入库比对。还有人认为，可以降低比中条件，然后进行人工肉眼识别。

海阳市“9 · 30”案件中，从案发现场提取到的指纹很特殊，很有可能为犯罪嫌疑人所留。然而，这枚指纹纹线略有些细，有别于一般成年男人的指纹。要么是未成年人，要么是女人。会是女人吗？或者只是个例外？

如果真的是个女人，那么她在这起血腥杀戮的案件里是个怎样的角色呢？这个案件涉及的被害人和犯罪嫌疑人很多，必须要首先对案件的性质、过程进行准确分析，才能认定这枚指纹的价值和意义，才能科学准确地使用它找到真凶。

七名技术高手，把所有指纹进行了个性化的重新标注，对扭曲变形的指纹进行了修复。

7 月 26 日，他们把技术成果提交给了邱实。

邱实立即把重新标注特征点的“指纹”，以协查通报的形式发往各公安厅（局），要求立即下发到地、市、县，重点比对。

在北京的工作，对于罗牧青来说比较轻松，最重要的是她可以每天见到程风。几乎每天晚上，程风都会给她讲“睡前故事”。对于他的见多识广、博古通今，她佩服得五体投地。

星期六早上，罗牧青想约程风一起去美术馆看画展，但他说看不懂，不想去。虽然有点儿失望，倒很佩服他的坦诚。

他认真地说：“我的大部分时间，都在跟自然打交道。那些不经过人类大脑雕琢的风景才是世界上最美的画。”

“好吧。那我们今天的主题是什么？”

他有点儿不好意思地小声说：“我想陪你去逛街。据说这是情侣必做的十件事之一。”

“据说？十件事？”罗牧青咯咯地笑个不停。望着眼前这个有点儿孩子气的男人，她的心里充满了愉悦。

“另外九件是什么？”她故作认真地问道。

他神秘地冲她眨眨眼睛，脸上写满了得意，说道：“现在不告诉你。我要和你一起，一件一件地去完成。”

恋爱的最初，就像在白纸上作画，每一笔都堪称绚丽，值得期待。

他们牵着手，两颗心贴得很近。

她问：“你最喜欢什么颜色？”

“白色。”

“可我见你多数时候，都穿黑色、蓝色的衣服。”

“白色太圣洁，我配不起，但你可以。”他笑吟吟地说。

他拿起一条白色的连衣裙，裙摆的地方配了一层薄纱。纱裙的部分用丝绒线刺绣着球形的蒲公英。

“这裙子太仙了吧！我这年纪行吗？”罗牧青觉得已经过了梦幻的年龄，衣着上也要尽量端庄成熟。

她试穿了一下，略带娇羞地站在程风面前。

“特别美。”他趴在她耳边轻声说。两个人头挨头自拍了第一张合影，笑得那么灿烂，那么满足。

这是他送给她的第一份礼物。

中午，他们选择了日式料理，因为她爱吃生鱼片。她就像个公主，被宠爱包围着。罗牧青觉得自己以前所有的孤独与寂寞，都只是迎接这一刻的序幕。

正吃着饭，电话响了，是邱实打来的。

“罗大记者，ZJ 案件有新线索了。我们要马上赶到青岛，下午两点的动车，你赶紧准备一下。”听得出，邱实的语气里有一点点小小的激动。

“指纹比对上了？”

“嗯呐！”他得意地说。

“啊！这也太厉害了吧！参加指纹会战的人比对上的？”

“不是他们直接比中的。但是，因为他们重新标注了特征点，所以提高了比中几率。”邱实说。

放下电话，罗牧青兴奋地对程风说：“你知道吗？扭曲变形的指纹，居然真的可以校正，这简直太神了！”

程风敷衍地笑了一下：“听不懂你在说什么。”他低下头，喝了一口汤。

“我们得加快点儿速度，一会儿我回家拿行李。”

“嗯，你注意身体。忙完工作，记得给我发微信。”程风嘱咐道。

目送罗牧青上了出租车，程风眼中的世界逐渐变得暗淡起来。幸福来得这么突然，他有点儿害怕，从未这样害怕过。他曾以为自己早就看淡了生死。自从遇到了罗牧青，他想要快乐地生活下去。

罗牧青刚到家里，就又接到邱实的电话，改去沈阳。沈阳的车比青岛的晚半小时发出，这样她可以更从容一些。

到了车站，候车的时候，邱实简单给她介绍了情况。

原来是广粤省梅县公安局一名叫李思清的技术人员比中了犯罪嫌疑人的指纹。

7 月 26 日，李思清收到了省公安厅转发的四起疑难案件的指纹。他当即开始比对，但是当天比对的人员很多，网络比较卡，于是他决定第二天到单位加班。

他做技术工作已经十九年了，工作踏实，按部就班。但是，正如关鹤鸣说过的那样，在基层工作的技术人员要想晋升提拔十分困难，因为幕后工作再辛苦，也比不上冲锋陷阵的光芒四射。鉴定和比对指纹的过程，是一个不断挑战与征服的过程。技术人员面对的不仅是神秘的指纹，还有自己的内心。只有持之以恒，抱着必胜的信念，加上大量不为人知的付出，才能有最后的突破与成功。

李思清就是这样一个坐着冷板凳的技术人员。跟他同时期进入警队的，大多职级比他要高。他现在只是股级干部，连古代的九品都还够不上。

可他十分满足。他觉得自己只会干这个，干不了在一线冲锋陷阵的工作。一个人如果能从一份工作中自得其乐，也是人生的一种福缘。

这天是星期六，坐了一上午的李思清准备吃午饭。起身之后，他又坐了下来，想再比对一次。

于是，他调整了软件比中条件，数据开始滚动。

他选择了排在前二十位的指纹进行人工比对。排在第六位的一枚指纹，经过肉眼识别，满足了所有条件，他顿时精神抖擞。

他立即查看资料，显示这枚指纹对应的是一名叫王晖的沈阳人，是沈阳一家房地产公司的销售经理。

几分钟后，他再一次进行人工比对。这回，他坚信自己没有搞错。于是，他向技术科科长进行了汇报。

然后，逐级上报。公安部刑侦局收到报告，立即责成辽阜省公安厅刑侦局、沈阳市公安局调查王晖。

经大数据查找，这时的王晖正在山东青岛。王晖的户籍地和工作地都是沈阳，警方分析可能是和家人去青岛旅游了。

辽阜省公安厅刑侦局副局长王冲听说广粤那边比中了沈阳人后，立即让技术人员开展倒查，查找辽阜没有比中的原因。

没有比中，除了技术因素，也有其他因素。目前，我国使用的指纹软件系统，主要有五大流派。不同系统对于同一枚指纹的识别度不尽相同，各地数据库中的备检数据也不完全相同。

辽阜的技术人员在库里倒查，经过电脑和人工识别，出现了令人惊掉下巴的结果。

这枚指纹的主人，在辽阜的数据库里，不是王晖，而是一个叫许勇的人。

一枚指纹，对应了两个名字。这是怎么回事？

两个人的指纹完全一样，这是只有出现奇迹才能发生的事。

这个情况，马上报给了九案侦办组。

比中的这枚指纹，是十四枚犯罪嫌疑人指纹中的一枚，提取位置是装尸块用的黑色塑料袋提手上。

就在这时，情况又有了变化。

侦控部门发现王晖的手机关机。经过查询，发现他购买了从青岛到沈阳的飞机票，飞机马上起飞。

幸好还没上车，九案侦办组迅速改乘去沈阳的高铁。

邱实和情报组组长张继风启动抓捕研判机制，遥控指挥辽阜、广粤、山东三地协同作战，及时跟踪掌握王晖的动态，确定许勇的真实身份。

与此同时，正在外地休假的广粤省公安厅刑侦局副局长梁平接到通知，立即通知广粤省公安厅刑侦局和深惠市公安局刑侦支队的侦查人员向沈阳集结。

同一枚指纹，分别进了辽阜和广粤两个数据库。

广粤库里的叫王晖，有案底。因为 1998 年在深惠殴打失足女被抓获，民警当即提取了他的指纹。但现在查不到更详细的资料，当时失足女留的信息已经失去价值，根本联系不到人。

辽阜库里的叫许勇，沈阳市人，是全国著名的锁具生产企业东北片区销售经理。

辽阜刑警快速行动，很快查明，许勇和王晖是大学同学，关系很好。许勇曾是学生会主席，毕业时由于品学兼优被一家知名企业录用。然而，工作了半年后，许勇就携公司的十几万元货款潜逃，沈阳市公安局曾对他进行过网上追逃。后来，许勇被公安机关抓获，服刑三年后出狱。警方高度怀疑许勇和王晖之间存在冒用身份的行为。

王晖一下飞机即被辽阜刑警扣留。经过讯问，他承认上大学的时候与许勇关系很好，并且在许勇潜逃时，把身份证借给他使用。也就是说，许勇才是ZJ案件的真正犯罪嫌疑人。

辽阜省公安厅刑侦局和沈阳市公安局组成抓捕组，由沈阳市公安局刑侦支队副支队长孙成虎带人到许勇家附近查看。

下午四点多时，孙成虎根据许勇的照片，认出了从远处走来的许勇。他高大健壮，约有一米八多，身边是他的妻子和三四岁大的女儿。

“是否动手？”孙成虎向指挥部请示。

关鹤鸣认为，如果条件很好，万无一失，可以行动，但一定不要伤及孩子和无辜。

孙成虎待许勇走远，才带人跟在他后面。

许勇带着妻女先上了电梯，孙成虎他们等了下一趟。

几个人悄无声息地走到许勇家门口，站好位置，孙成虎开始敲门。

许勇问：“谁？”

孙成虎说：“物业的。”

过了一小会儿，许勇打开门，只穿着短裤，跟孙成虎眼神相对的刹那，先是惊了一下，然后不停地眨眼。

孙成虎说：“你出来一下，跟你说点儿事儿。”

许勇看了看孙成虎身边的几个生龙活虎的年轻人，说："我套个背心。"

孙成虎点了点头，用身体挡住了门。许勇进屋后，又回头看了一眼他。

许勇快速穿上T恤衫出来，临出门对着屋里喊："老婆，我出去一趟！把门锁好，把孩子看好！"

孙成虎亮出工作证，说："跟我们走吧，有事儿问你。"

许勇看到几个陌生人围了上来，点了一下头说："你们别嚷，我跟你们走。"

一路上，他低头不语。

到了沈阳市公安局，技术人员给他采了指纹、掌纹。技术人员又一次比对，证明无误。

因为证据方面比较单薄，辽阜刑警的压力很大。他们没有对许勇进行审讯，采完生物检材后，就没再跟他讲话。

晚上8点多，高铁到达沈阳，关鹤鸣一行直奔沈阳市公安局办公大楼。

介绍完许勇的基本情况后，孙成虎说："实施抓捕时，许勇表现得非常镇静。在取他的指纹时，也表现得非常配合。"

这种异乎寻常的冷静，无形中给了民警一种压力。毕竟，单凭一枚包装袋上的指纹，很难判定他就是杀人凶手。

手里没有确凿的东西，心里就没底。辽阜警方怕审不开，就眼巴巴地等着关鹤鸣发话。

经过研判，关鹤鸣决定不等广粤警方了，把突审工作交给沈阳警方，不能再出现一个审不下来的"李成名"。

关鹤鸣作出这个决定，基于三点：一是辽阜刑警的战斗力很强，二是许勇是辽阜人，三是争取时间。

这种潜逃多年的犯罪嫌疑人，跟现案嫌疑人在心态上完全不同。犯罪时正值青壮年，经过十几二十年生活经验的积累，他们已经建立起一套心理防御体系，面对家人、熟人、本地警察、外地警察等不同对象采取什么样的态度、说什么样的话、用什么样的身份，都有一整套“剧本”。他们自己设计过无数个问题、无数个场景，来面对被抓、面对审讯。

深思熟虑后，主审员由孙成虎担任。

与此同时，关鹤鸣也在考虑，万一今晚拿不下来怎么办？

现在手里的证据十分薄弱，许勇是个非常精明的生意人，深谙察言观色的门道，稍有不慎，就会让他捕捉到证据的薄弱点。他要赶紧设计一套方案，争取在短时间内击垮他的防御墙。三十年来，他在博弈中练就了强大的内心，也在博弈中体尝了成功与失败的滋味。

为了让审讯民警坚定信心，他决定先会一会这个强悍的嫌疑人。

“小罗，你跟我去。”罗牧青本来正犹豫这时候提出去见嫌疑人合不合适，关鹤鸣这么一招呼，简直让她有点儿小兴奋。

在孙成虎的带领下，关鹤鸣和罗牧青一前一后走进了讯问室。

许勇听到开门声，抬头向门口看去，目光落在了关鹤鸣脸上。可是，当他看到后面进来的罗牧青，眼睛竟直勾勾地盯着她看起来。

她始料不及，后背不禁一阵发凉。

他一边看，一边想：“她到底是谁？”

原来，关鹤鸣故意带上罗牧青，就是为了让许勇摸不着头脑，打乱他的思维。这时候为什么会出现一个女人？他只会往对自己不利的方向想，在心理上不由自主地处于劣势。

孙成虎一声大吼：“看什么，看什么呢！知道这是谁吗？”他指着关鹤鸣说，“这是北京来的领导。你自己好好想想，没有十成的把握，北京的领导能不能连夜赶过来，就为了见见你。”

关鹤鸣不慌不忙地坐在椅子上，不怒自威。他犀利的眼神扫过许勇，如一道闪电劈过。

许勇愣了一下，假装明白地说：“领导，我知道，我知道。”

“为什么隔了十八年，我们能把你抓回来？你现在唯一能为自己做的，就是争取个好态度。党和国家下这么大的力气，就是为了要给那些被害人和他们的家属一个公道。我看你是个精明人，该怎么办自己选。”关鹤鸣中气十足，铿锵有力地说完这番话，旋即站了起来，带着一脸的藐视向门口走去。

就在他走到门口，正要推门的时候，许勇在后面喊：“领导，领导！”

关鹤鸣没有停住脚步，更没有回应他，挺胸昂头地走了。

接下来是孙成虎的时间。

关鹤鸣坐在会议室里静静地等待结果。

邱实说：“关局，已经十二点多了，您最好回去休息。我们坐在这儿等，他们压力也很大。”

关鹤鸣用右手攥成拳头撑在腰上，站起身，说：“审讯要有耐心，要严格遵守纪律，要取得法律的胜利。预祝成功，明天听你们的好消息！”

这一夜，谁都没有睡着。

朱会磊和张继风聚在邱实的房间里。三个人平时都不抽烟，但这时候都想抽一支，于是邱实出钱，派朱会磊外出买烟。

朱会磊刚出宾馆的门，就看见了罗牧青瘦削的背影。

“这个女同胞可真奇怪，大半夜的还敢一个人在外边。”朱会磊这么想着，一个恶作剧的念头油然升起。

他放慢脚步，踮着脚尖追上去，用左手轻轻拍了一下她的左肩，然后迅速地闪到她右边。

罗牧青停下脚步，头先扭向左后方，然后又快速往右后方看。这时，朱会磊把手扮成老虎爪的样子，冲着她大吼了一声。

她看清是朱会磊后，松了一口气，说："这么晚了，你怎么在这儿？"

"喂，别恶人先告状啊，这话应该我问你。"

"7 月中旬到 8 月下旬的这段时间，英仙座流星雨都处于活跃期。在凌晨 1 点到 4 点之间，观测条件最好，每小时可以观测到十几颗到几十颗不等的流星。我想试试能不能看到。"

"大半夜的，你这胆子还真大！"

"其实也害怕，反正也睡不着。"罗牧青无奈地说。

"我陪你。"这句话差一丁点儿就脱口而出了，可朱会磊还是在最后关头把它咽了回去。是怕拒绝吗？是还没想好吗？或是她还不足以吸引他、征服他吗？

朱会磊说："邱处他们还等着我买烟回去呢，不陪了啊！"

"好。"她没有留他。

朱会磊站在原地没有动，有些怅然若失。

夜色无边，给人温暖的包围，也给人无限遐想的空间。看远方，仿佛能见到生命的过往和更远的未来；看眼前，仿佛身边的这个人既是过往，也是未来。

在这安静的夜里，罗牧青听到了自己的心跳，高大的朱会磊体贴地守护在她身边。

罗牧青想找个话题打破尴尬，刚要张嘴就被朱会磊拦住了："别说话，就这样多好。"

他们仰望星空，目光所到之处，都是遥不可及的美好。

过了好半天，朱会磊温柔地看着罗牧青，说："回去吧，你一个人不安全，进了房间发个信息给我。”语气里有一点儿命令的成分。

“好的。”罗牧青冲他摆摆手，转身走了。

朱会磊望着她的背影，苦笑了一下。

三、突破心理屏障

讯问室里，孙成虎和许勇展开了博弈。

孙成虎说：“你是明白人，从咱俩一见面，你心里就清楚是怎么回事。”

“哥，您看是不是有误会？我做生意这么多年，难免有个不是太规矩的时候……这年头儿要是太守规矩就挣不着钱。哥，您是不用操我们小老百姓操的心，这么说您能理解不？”许勇的确是一个非常优秀的销售人员，他的表情、他的语言都让人觉得他是个很诚恳的人。

孙成虎板着脸站起来，指着他问道：“你相信科学不？指纹是怎么回事？指纹是唯一的，终身不变。你也是大学毕业，要相信科学。别的我不多说，你自己想。”

许勇沉默了一会儿，猛地抬起头说：“为啥十八年后才说是我？”

“天网恢恢，疏而不漏。这句话不用我解释吧？只要你做了，就跑不了！”孙成虎使劲瞪着两只眼睛说，“这么多年，你心里也不踏实吧？科学在进步，你不见得比我知道的少。手里要是没有东西，肯定不动你，北京的领导也不能来。”

“哥，我错了，当时年轻。我想见北京来的领导。”

“见领导？”

“想跟我弟弟见一面，家里有好多事要安排。再跟我媳妇见一面，跟她道个歉，让她带着孩子好好过。还有就是不能对外公布这件事。公司的销路刚打开，咱是打工的，老板对我挺好，不能坏了人家的买卖。再有就是我手机里的东西要删一下，有一些不太好的事。”许勇的思路十分清晰，语言表达能力极强。

孙成虎边听边看，眼前的这个四十多岁的杀人嫌疑人，曾经是品学兼优的学生会干部，曾是携公款潜逃的罪犯，如今是逃亡期间招嫖杀人的嫌疑人。

“不用找领导，我现在就可以答复你，你没有资格跟我讲条件。但是，只要你如实地交代问题，不一错再错，我们会考虑你的实际情况。”

孙成虎毫不相让，彻底打消了许勇的侥幸心理。许勇所谓的条件，其实也是一种试探。

许勇见他态度坚决，低下头说：“我找了个小姐，她中途加价，还骂我，污辱我。后来我们发生了争执，她动手抓我的脸。气愤之下，我顺手把空调电线拉过来缠在她脖子上。大概过了两三分钟，她就不动了，我没想要把她勒死。”

“勒死以后呢？”

“我吓蒙了，在一边儿坐了多半宿。当时很害怕，脑子很乱。”许勇要了一杯水，然后又要了一支烟，低着头抽起来。

“我再说一遍，彻底放下幻想，老老实实全说清楚，这才是一个负责任男人的表现。”

“哥，这么多年了，有些事不愿意想，也就记不清了。”

凡是潜逃多年的犯罪嫌疑人，都会在夜深人静或被特定场景触动的时候，在脑海里上演案发的全过程。为了给自己找借口、找理由逃避打击，他们会编出一些不存在的事情来。时间久了，自己也不十分清楚哪些是真的，哪些是编的。时间再久一些，可能编的反而会比真的还记得清楚。

孙成虎追问道："把她勒死以后，你干了什么？尸体是怎么处理的？"

许勇的眼珠从左移到右，"如何处理尸体"是触动他内心深处的问题。他不像开始那样语言流利、吐字清楚了，而是声音有点儿抖地说："哥，我必须得跟我弟弟见一面，家里的事只能跟他说。"

"尸体是怎么处理的？"孙成虎气势逼人。

"我当时太害怕了，把她弄到浴室里，用刀切成了几块，然后装在袋子里扔了。"

"用什么样的袋子？装了几袋？"

"哥，求你了，你们都知道了，就别问了，真想不起来了！"

"用什么样的袋子？"孙成虎加重语气重复道。

"黑的，超市买东西给的袋子，大概五六袋吧。"身材魁梧的许勇颓在了椅子里。

"分尸的过程，说详细！"

许勇双手捂着脸，说："先切的两条腿，然后是头，中间切了几块。"

"还对尸体做过什么？"

"装袋子里扔掉了。"

"都扔哪儿了？"

"我大概上午八九点钟开始往外运尸体。每次都拎着一个塑料袋下楼，然后搭出租车，也没有什么目的性。一般是走出十公里左右，我下车把尸块扔到一个僻静的树林或垃圾箱里，然后再搭出租车回到出租房。具体的地址我说不清，只记得在华侨城附近的树林里扔过一袋。"

"被害人的物品扔到哪儿了？"

“她的衣服、包、手机、口红等，我都分别扔到楼下不同的垃圾箱里了，手机卡扔到马桶里冲走了。她的包里有一百多块钱，我留下花了。”

“分尸用的工具是怎么处理的？”

“我做饭用的菜刀，扔到楼下的垃圾箱里了。”

现在的许勇既害怕又紧张，眼睛里泛起了血丝。

“你除了分尸，还做过什么？”

“没有了。就是分了一夜，天快亮的时候出的门。”

“她多大年纪，长什么样？”

“二十七八岁，说自己叫‘小茹’，身高一米六左右，头发不太长，长得一般，有点儿胖，随身背了个白色小挎包。”

“你动没动她的脸？”

许勇崩溃了，反复说：“没有，没有，哥，真没有……”

这激烈的较量，让两个人的心跳和血压都在急剧升高，就像拳击手一样，一个想要一拳将对方打倒，另一个明知会输但还是硬撑着。

“我给你最后一次机会，你对她的脸干了什么？”孙成虎厉声嚷道。

许勇片刻迟疑后，也大声地嚷起来：“划了几刀，怕别人认出她来。”他用力地想要站起来，力气很大，发出了身体与椅子的撞击声。

孙成虎停止了审讯，冷冷地说：“你都需要什么，一会儿通知你的家人送来。”

许勇闭上眼睛，微张开嘴，深吸了一口气，说：“让我弟弟回我家把眼镜拿来，再带几件衣服和洗漱用品。”

“你的事情我们都掌握，给你机会，你要懂得珍惜。”

“谢谢哥，我懂，我争取宽大处理。”平静下来的许勇很快恢复了侃侃而谈的样子。

虽然只交代了一起案件，而且细节没有交代清楚，但总算是承认了杀人。

出了讯问室，孙成虎的汗把全身都浸透了。

天亮了，罗牧青看到关鹤鸣像以前一样从容，以为他们知道了结果。

她想问又不敢问。

邱实和朱会磊也默默地吃着早饭。

“都把心放回肚子里，好好吃饭。广粤那边的人已经到了，今天咱们把这个案子研究透，下一步固定证据的任务还很重。”关鹤鸣看出了他们的心思，说，“肯定拿下了。”

“您怎么知道拿下了？”罗牧青脱口而出。

“要是没拿下来，电话一早上就得打过来。”关鹤鸣气定神闲地说，“拿下了，才这么平静。”

早上八点半，孙成虎急急忙忙地跑进了会场。他身上的衬衫皱巴巴的，眼睛通红。

一看见坐在正中的关鹤鸣，他就敬了个礼，咧嘴笑着说：“报告领导，已经拿下！”

邱实略显兴奋地说：“挑精彩的地方讲讲呗！”

“有录像，看录像。”孙成虎腼腆地笑了起来。

看罢，广粤省公安厅刑侦局副局长梁平费劲地说着普通话：“首先要向九案侦办组表示感谢。真心佩服你们的胆量，能把全国最难的案件拿起来。没想到这次攻坚行动，刚开始四个多月，就破获了三起。ZJ案件，困扰了我们十八年。回去后，我们要总结经验教训，开展省内的疑难命案攻坚行动。其次，感谢辽阜和沈阳的同仁，帮我们固定了证据，拿到了一份分量很重的口供。日后，我们要向辽阜警察多学习，进一步提升广粤刑警的战斗力。”

三起案件中，难度最大的是深惠 ZJ 案件。这起案件被称为二十世纪警界公认的最悬疑案。消息传出，整个警界为之轰动。

孙成虎说：“俺们东北，比不上你们发达地区的装备和技术。一共关联案件是三起，他现在只承认了一起，就是咱们比上指纹的这起。后边的任务还很重，祝你们圆满成功！”

关鹤鸣露出舒心的笑容，说道：“新的时代，就要有新的思维、新的方法，就要会灵活运用新的手段、新的技术去破案。事实上，这起案件的指纹早就在库里，但是由于变形，一直没能比中，让犯罪嫌疑人逍遥法外。我们本着对党忠诚、对人民负责的态度重新开展工作，有了指纹特征点的重新标注，有了广粤加班比对，有了辽阜重新查比，有了各位的高度重视，齐心协力，才使这个案子有了现在的结果。”

会场上响起了热烈的掌声。

关鹤鸣接着说：“下一步，就看广粤的了。最难啃的骨头在你们这边。希望你们一鼓作气，把这个案件完美收官。”

说完，他给在北京参加指纹会战的技术人员陈清打了个电话：“请你把手机变为声音外放模式，让所有专家都听到。”

“好的。”陈清调整完毕。

关鹤鸣说：“各位专家，祝贺你们！这是指纹会战取得的第一项重大成果。感谢你们不舍昼夜地辛勤工作，感谢你们为刑侦事业作出的巨大贡献。你们对四起案件进行了重新标注，我预感到，很快还会有案件利用指纹比中侦破。今天，是你们在北京工作的最后一天。没能亲自给你们送行，很遗憾。祝你们一路顺风，平安抵家！”

电话内外，响起了一片掌声。

关鹤鸣笑了，对未来充满了期待。

四、第四次到白金

下午，大家辞别了辽阜和广粤刑警，乘高铁去了白金。

关鹤鸣一直牵挂着这起案件，只要有机会，他就想去白金推动案件的侦办工作。

这次，他让邱实通知芸州市公安局刑侦支队派人参加案件分析会，榆东县和榆西县刑侦大队也要派人过来。

候车的时候，罗牧青小心翼翼地问关鹤鸣："关局，您设想过能破几起案件吗？"

关鹤鸣似乎没有听到。

罗牧青的心沉了一下。

他突然说："我们不是讲迷信，但破案这件事实际上确实需要一些运气。运气从哪儿来？只要功夫下到家了，工作做得细致，并且做到穷尽，运气的天平自然会向我们这方倾斜。"

"您破过这么多大要案，印象最深的是哪起？"罗牧青试探着问。

听了这话，关鹤鸣竟笑了，说："对我来说，最重要的案子，是牛铁林的案子。那年冬天，我刚毕业没多长时间，在派出所，天天想着破大案、立大功。"

说到这儿，他自嘲地笑出声来。

"有一天，所里发了一个协查通报，有一个漠北的小子杀死女朋友外逃了。我盯着照片看了半天，心想要是让我碰上多好啊！过了几天，下班的时候，我经过车站，看见有个人，穿着土灰色的棉袄、黑棉鞋，大高个儿，挺魁梧。我走近一点儿看他长什么样儿，居然就是协查通报上那个人。这可真是让我喜出望外。眼看着公交车进站了，我买了块烤地瓜，跟着他上了车。那人比我高出多半头。当时我年轻，身体挺单薄。”关鹤鸣一边比画着，一边说。

罗牧青看着他放光的眼睛，仿佛和他一起回到了那一天。

“车上人挺多，我举着热气腾腾的地瓜往他身边凑，嘴里还说着‘小心别烫着，让一下’，好多乘客都厌烦地看我。走到那个大个儿身后，我使劲挤了他一下，他猛地一回头。就在这一刹那，我把地瓜拍在了他脸上。地瓜烫啊……”

他开怀地笑着：“我一说是警察，有几个乘客也上手帮忙，那个人一下子就颓了。”

“真立功了？”罗牧青笑着问。

“立了个三等功。当时我把功看得很重，认为只有立功才能体现存在的价值。后来经历的事多了，把功也看淡了。”

这次经历，在关鹤鸣三十年的警察生涯中，实在算不上惊心动魄，但却留在了他的记忆深处。在正义与邪恶的交锋中，胜利的砝码永远偏向正义的一方，因为正义能赋予你勇气、智慧和力量。

众所周知，他的工作很忙。有人以为，九案侦办组只是走个过场，到案发地来两回，发现难度太大，也就不会自讨没趣了。

而关鹤鸣抓住“8・05”案不放的程度，是很多人没想到的。

这次到白金，从专案组领导到成员的精神状态都有了明显的变化。

邱实说：“又和大家见面了，这是第四次到白金。命案积案攻坚行动开展四个月以来，九起目标案件，已经有三起取得了重大突破。我们坚信，‘8・05’案件在大家的努力下，一定能取得突破。大家要有这个自信，要有这个准备。”

陇原省公安厅刑侦总队总队长付明华说：“首先，我们要向九案侦办组表示敬意！三起积压多年的案件告破，真凶被绳之以法，告慰了家属，也提振了士气，对我们的触动很大。下一步，我们将全力以赴侦破此案。”说到这里，他看了看关鹤鸣，“经向公安厅领导请示，我们确定了新的专案组成员。”

付明华把名单递给了关鹤鸣。

关鹤鸣打开第一页，第一行赫然写着“总指挥：关鹤鸣”。

他明白了，原来关键点在这里。这个总指挥的头衔，是带着责任和压力来的。其实，这些对他来说根本不算什么事儿。自从提出要办全国最难的积案的那天起，他就已经背上了责任和压力。

关鹤鸣大致翻阅了一下，把名单递给了邱实。

“按照九案侦办组的安排，我们派出两名技术人员去河南郑州，学习了家系排查的经验做法，请郭局长汇报一下。”付明华说。

白金市公安局副局长郭代先说：“技术人员在郑州跟班学习后，基本掌握了家系排查图表的制作、样本的采集和比对方法。但是，据他们讲，这种方法主要用于农村地区，未进行大规模拆迁改造的地方。我们白金市这几年改造力度比较大，这种方法是不是适用，还请领导们考虑。”

邱实接过话茬儿说：“案发期间的户籍底册，清理出来了吗？以房找人，房不在了，人搬到哪儿去了，户籍档案上都能看到，这个一查就能知道。”

“有的人没有办理户籍迁移手续。”郭代先说。

“那就先查这些没办理手续的年龄段的男性。”邱实说。

郭代先没说话，看表情挺不乐意。

他没想到邱实会这样顶他。前几次来，邱实还是说话和气、温文尔雅的样子。

气氛有点儿紧张。邱实认为需要有点儿紧张。

“包头和芸州的同志们都来了，周边县的同志们也来了，很好。

下一步，我们要围绕三个战场开展工作。三个战场同等重要，必须按照掌握的线索，形成排查链条。就在刚才，我的手机收到信息，白金本地媒体发布了‘8·05’案件重启侦查的消息。”

听到邱实说到这件事，会场上的人们面面相觑，默不作声。

“时不我待，只争朝夕。我们在关注这起案件，犯罪嫌疑人一样在关注我们。这一系列案件，是九起积案中曝光最多、最完整的，至今在网上都能查到案件的细节。也正因为如此，这起案件最受群众关注。犯罪嫌疑人为什么十四年没再作案？看到重启侦查的消息，会采取什么样的行动？希望大家能够意识到时间的紧迫。”邱实的话入木三分，“家系排查的方法，是否适用于‘8·05’案件，这是我们重点讨论的问题。先请芸州的同志介绍一下榆东县和榆西县与白金之间的来往情况。”

芸州市公安局刑侦支队副支队长赵兰国介绍道：“接到公安部刑侦局的指令后，我们立即核查了1988年后的入室强奸杀害女性案件。截至目前，我们未发现同类手段的案件。榆东县和榆西县经济相对落后，由于与白金相邻，所以与白金的经济往来比较多，到白金打工的人也不少。需要我们参与工作，一定全力配合。”

“不是配合，你们那儿也是主战场，人很有可能就是你们那儿的。”关鹤鸣说，“接下来要统一行动，回去先清理一下户籍底册，然后进行家系排查。排查过程中，注意按年龄段筛查重点人员，进行生物信息比对。”

由于芸州的人没有参加过以前的案件分析会，所以对关鹤鸣的这个说法感到有些意外。

邱实看出来了，解释说：“在过去的研究中，‘8·05’案件的侦查，主要围绕白金市开展，或者认为犯罪嫌疑人是来自外省的人员。但这次经过分析，我们认为，有可能是周边县的人员。依据是，这一系列残害女性的案件，作案时间在周一至周四上午 8 点 30 分至 11 点 30 分、下午 1 点 50 分至 5 点 30 分这两个时间段。芸州市榆东县、榆西县和白金公司有长途车来回对开，始发时间是 6 点 30 分，末班车时间是晚上 6 点。长途车站位于主干道的一侧，而案发地均在主干道附近。由此我们推测，犯罪嫌疑人对白金市仅是有限熟悉，在这里打过工，但户籍和实际居住地在周边县市。因此，我们将榆东县和榆西县纳入了重点排查范围。"

赵兰国副支队长"哦"了一声，表情里还是写着半信半疑。

邱实说："虽然我们认为犯罪嫌疑人有可能来自周边县市，但是白金市不能放松工作，因为白金与周边县市的来往比较密切，有可能有犯罪嫌疑人的亲属在白金工作。要尽快建立家系，运用新的技术手段侦破此案。无论犯罪嫌疑人是生是死、身在何处，我们一定要将他绳之以法。"

"十四年没作案，除了伤病死以外，也有在监狱服刑的可能。能不能请监狱系统协助采集生物信息？"赵兰国说。

"7 月初，我们已经和监狱方面、全国公安监管系统协商好了，从白金回北京后，马上联合监狱系统召开全国视频会议，统一采集标准和上传流程。"邱实说。

白金市公安局副局长郭代先说："家系排查这块的工作量很大，恐怕需要相当一段时间。"

"先把以前采集的血样，跟犯罪现场提取的血样进行家系比对。"邱实说，"当年白金警察才一百多人。案发后，要求在短时间内采集完所有年龄段男性的指纹，任务量太大，显然不现实，造成了指纹库里存有大量不合格样本。后面的工作，一定要杜绝忙中出错。每采集一个人的信息，都要准确核对户籍档案。要对数据负责，对历史负责。"

会上，包头专案组汇报了他们的工作进展。已经确定有两个矿区曾经和白金公司有过合建项目，施工队的具体人员信息正在核查。

但是，有一个信息十分重要：有两支施工队的临时住宿地，与案发地点相距仅三公里。犯罪嫌疑人很有可能就在这两支施工队里。这两支施工队共有一百多人，花名册还在查找当中。

“三箭齐发，期待很快收到包头这边的突破消息。”邱实说。

会后，朱会磊和去郑州学习家系排查技术人员张建新又聊了一会儿，了解到他已经基本掌握了试验和比对的技术要点，嘱咐他一旦有问题，就马上通电话。

张建新说，他们的样本库里有一些过去采集的血样，他准备先从近期的血样开始做。血液越新鲜，数据出得就越好。对于新手来说，从易做的样本做起，是提高熟练度非常好的方法。

五、刑警的遗憾

下午五点多，邱实接到广粤省公安厅刑侦局副局长梁平的电话，说他们押解许勇到达了广粤深惠。

一下飞机，特警已持枪在地面等候。就在走下舷梯的时候，许勇企图挣脱民警，直接冲着特警的枪口方向跑，并大喊：“开枪，开枪！”

“他不想活了。你们后面的看押工作很重，一定要确保安全。”邱实说，“他在沈阳都见谁了？”

“这一走，确实回来的可能性很小，所以让他见了他弟弟和爱人。”梁平说。

“说什么特别的话了吗？”

“听不出来。只是嘱咐他弟弟，帮他处理一些财务方面的事情，跟他爱人更没说什么。”

邱实嘱咐梁平，一定要注意安全，看押期间千万不要出什么问题。

7 月 31 日，也就是回到北京的第二天，公安部刑侦局与监狱系统联合召开了全国视频会议，把未破案件的指纹原样和专家重新标注过的指纹样本全部下发给监狱系统和公安监所，统一了采集标准和上传入库流程，同时公布了倒查机制，将对漏采、错采和不及时上传入库等行为进行处罚。

8 月初，按照九案侦办组的决策，黔贵警方以专家重新标注特征点的指纹为突破口，查找犯罪嫌疑人。指纹采集的工作，在东南州开里市大张旗鼓地开展起来。

黔贵省副省长、公安厅厅长郭维民亲自部署，亲自督战。

东南州公安局一方面组织八名精干民警对卷宗进行阅读，另一方面组织原专案组民警座谈。大家各抒己见，把自己掌握的信息作了交流，对指纹采集工作进行了会商。

摆在东南州党委、政府和公安机关面前的最紧要工作是，必须在 12 月 10 日前完成大规模指纹采集任务，难度非常大。况且，东南州这一年龄段的男性人口，有很多在外地打工。在州委、州政府的领导下，各级、各部门紧锣密鼓地动员起来。州领导带头接受指纹采集，广大民警、辅警、村干部、治保积极分子奔波在城市乡村，付出了巨大的辛苦。

为了争取群众的积极配合，各县的县委书记、县长率先垂范，按要求打指纹卡。群众感受到党委、政府为民做事的决心，纷纷积极配合，使采集进度大大加快。

与此同时，白金市和周边县的家系排查工作也步入了正轨，大家增强了破案信心。技术人员加班加点地在已有的样本库中进行家系比对。在包头，专案组民警查找施工人员花名册的工作，也在稳步开展。

就在一切都按照预定设想推进的时候，一个不好的消息传来了。

大家都感到十分遗憾，但回天无力。

广粤警方终于查找到，吴庆生使用假身份住进了位于平山的一家私立临终关怀医院。原来，他在3月份被确诊为肝癌晚期。

刑警找到他的时候，他已极度消瘦。据医生说，他已经不能自主进食了，全靠输入营养液维持生命。

见到警察，他双眼放光，用尽力气狡黠地笑着，断断续续地说："你们……终于……来了！"

然后，无论问他什么，他都不说。

关鹤鸣想第二天去一趟广粤，哪怕有一线希望，他都不想放弃。

然而，第二天早上，他接到电话，吴庆生因病死亡。

吴庆生的遗物不多，只有一部老式按键手机。医生说，他做好了死在这里的准备。入院后，他换上了医院的病号服和拖鞋。当时穿来的衣服和鞋，都装在一个提包里扔掉了。

龙江省刑警搜查了吴庆生的家。他住在火车站附近，家里的摆设十分陈旧，但收拾得非常整齐，衣服、被子等都叠得板板正正。除了他养父母的遗照，他家里再找不到其他照片。门口有两双系带帆布球鞋，鞋码大小与案发现场的足迹相符。经过鉴别，衣服钉扣的方法和鞋带打结的方式与案发现场提取的物品一致。

好不容易发现的重点嫌疑人死了，名噪一时的"呼河大侠"案，竟只能以这种方式告一段落。想象着吴庆生最后的狞笑和话语，关鹤鸣心有不甘。

这或许是他刑警生涯中最遗憾的一起案件。

如果当时不是发生了速冻饺子投毒案件，关鹤鸣或许能抓住最后的机会。

然而，现实是残酷的，这种逃脱多年的犯罪嫌疑人已经有了充分的心理准备。吴庆生其实一直生活在压抑和不安之中，只有死亡才能让他解脱。

龙江警方在吴庆生家里发现了一串钥匙，立即确定了每把钥匙对应的是什么锁。然后，龙江省公安厅刑侦总队政委徐佳良给关鹤鸣打来电话：“关局，那钥匙，有一把是摩托车钥匙。邮局的人看了，是他私配的，应该是邮局淘汰的老式摩托车的。还有一把钥匙，应该是门锁的，但没有找到对应的房子。我们找到吴庆生的弟弟，他说吴庆生的养父母有一间小房子，在农村老家，早就倒了，但具体什么位置，他也不知道。”

关鹤鸣说：“只要能找着地儿，就去那儿挖一下，看看有没有枪或者别的东西。”

他还是不放弃，始终觉得作这起案件的嫌疑人两次抢枪，杀死多人，说明对枪十分熟悉，也对枪十分偏好，可能不会轻易把枪扔掉。

第十二章　墨菲定律

一、心事重重的人

回北京后，罗牧青兴奋地告诉程风，她所参加的命案积案攻坚行动取得了很大的突破，犯罪嫌疑人逃脱了十八年，还是被绳之以法了。

程风说："现在的科技发展太快了，可能所有的积案都能破掉吧。"

罗牧青说："我看，就算不能都破掉，至少也能破掉一大批。这几起疑案的侦破，对全国刑侦系统影响很大，已经有好几个省都效仿公安部，组织人员开展积案攻坚了。"

程风没有说话，脸色阴沉。

罗牧青看出他有点儿不高兴，问道："你怎么了？"

"以后不谈你的工作，以前不是说要保密吗？"

也对，两个人在一起，为什么要扯那些沉重的话题呢？

罗牧青说："等忙完这阵儿，我就休年假，跟你一起去旅行。"

程风立即喜出望外："一言为定，不准变卦，我记在手机备忘录里了。"

两个人开心地笑了起来。

8月7日，芳城案件传来消息，犯罪嫌疑人李成名交代了三起杀人案件、一起未遂案件的作案过程。

罗牧青申请去采访李成名，关鹤鸣同意了，派朱会磊跟她一起去。

她兴奋地把此事告诉了程风，他并没有表现出有多么开心。吃完晚饭，两个人来到了后海。

在夏日的夜风中，程风深情地拥着她。他高大俊朗，她修长轻盈。他们的手紧紧地拉着，偶尔相望一眼，柔情似水。

“真不想让你走，就这样多好。”程风说。

“最多三天就回来。”罗牧青依偎着他。

“可能我也要出趟差，时间会比较长。”程风的声音略带伤感。

“知道了。”她轻轻地叹了口气，“大概多久？”

“不确定。”他轻轻地把她额头上的几丝秀发理到一旁，看着她的眼睛小心地问：“你会想我吗？”

“嗯，会的。还可以每天发微信吗？”她习惯了。过去她喜欢一个人的自由，现在她习惯于无论走到哪里，身边都有程风的陪伴。她不再是一个人，彻底告别了单身。

“可以。每天我睁开眼睛，眼前都是你的样子。我工作的时候，想象你工作时的样子；我吃饭的时候，想象你就坐在我对面；我休息的时候，想象你就坐在身边。牧青，如果我们早一点儿遇见，该有多好。”

“也许老天爷的意思是，晚一点儿遇见，才会更懂得珍惜。”罗牧青眯起眼睛，满足地笑着。

“你相信缘分吗？”

看着程风认真的样了，罗牧青觉得心里有种特别的感触。但她就是这样一个害怕别人太认真的人：“信。要不然贾宝玉第一次见到林黛玉时，怎么会说‘这个妹妹我曾见过’呢？”

程风低下头，第一次吻她，眼睛、鼻子、嘴巴……

罗牧青隐隐地感觉到他的眼睛湿了，泪水掉在她的脸上。

“谢谢你，给了我人生中最美好的时光。”程风低声说。

她伸出纤细的手指，悬在半空，有点儿惊慌，不知是否应该替他擦拭珠帘般成串的泪水。

这是她第一次看到男人哭得这么委屈。此刻的他，像个大男孩，她不知道该怎么安慰他。

“你怎么了？我又没欺负你！”她尽己所能缓和紧张的气氛。然而，北京女孩大概就是这样不解风情，在这样的时候还开什么玩笑！

程风的内心是细腻的，他觉得她还不够懂他。但不怪她，她本来就不是那种心机很重的女人。

“书上说，有一种人可以不喝孟婆汤。”程风说。

“啊？”罗牧青简直晕了，怎么突然又把孟婆请出来了？

“只需跳进忘川河里浸泡千年，就可以记住前世爱过的人。”

“哪儿那么容易，还传说要受千年冷风吹、千年鞭子打呢！”罗牧青咯咯地笑着说，“你这是瞎想什么哪！咱们先把这辈子过好吧，真能瞎操心！”

夜深了，程风送罗牧青到了楼下。他多想拥着她度过漫漫长夜啊！但是，他既然不能给她未来，又怎能毁她清誉？

罗牧青走进了单元门。

“牧青！”

听到身后程风的声音，她忙回头道：“啊？有事儿？”

“没事儿。出差路上要小心！别的都是小事，把自己照顾好是最重要的事，记住了吗？”

他像是在送一个要远行的人，罗牧青觉得正式得有点儿滑稽。

"回来见啊!"她轻轻松松地摆了摆手，转身走进了楼里。

程风看着厚重的单元门缓缓地关上，心里最后的火熄灭了。他该走回去，回到最初一个人的路上。生活像是跟他开了一个巨大的玩笑，让他遇到最好的人，然后告诉她，他没资格拥有。

第二天早上 7 点，罗牧青起床时，程风的微信到了："早安，亲爱的。"

这么亲切的问候，她的心暖了、亮了。

候机的时候，程风的微信不断。

朱会磊看在眼里，心里荡起了醋意。

下午 3 点，他们到达芳城分局，跟林子胜见了面。

林子胜把这一个月来李成名的情况向他们作了简要的介绍，并把讯问笔录拿给了他们，让他们尽可能多地了解李成名，以便做好充分准备。否则，会被李成名轻易地打发掉。

二、墨菲定律之问

李成名的家，在广西的一个十分偏僻的山村里。村里通往外界的路只有一条，很多年轻人都到外面去打工。他的父母健在，父亲、哥哥和姐姐都在广粤打工，只有母亲一人在老家务农。

当警察找到李成名的妈妈询问时，她对儿子的事知之甚少，说已经一年多没跟他联系过了。

的确，李成名的手机通话量很小，他已经有一年多没跟家人通过话了。

尽管李成名不老实，但林子胜依然十分耐心，觉得自己把他弄丢过一次，是老天眷顾才让他又 次找到了他。这一次，一定要从心理上打败他。

林子胜像唐僧一样，每天喋喋不休。

李成名有时候被他说得想睡觉，可瞌睡虫又总是被吓跑。

他总是对李成名说："你真可怜，这么年轻就走入了迷途。"

他偶尔会花钱给李成名买些好吃的东西。李成名狂妄自大，林子胜一直弄不明白这种莫明其妙的自信从何而来。

8 月 9 日上午，林子胜带李成名去指认现场，罗牧青和朱会磊也一起去了。

天很热，因为要爬山，大家都轻装前进。林子胜特意给李成名带了一瓶水。

芳城的天气多变，刚才还晴空烈日，转眼就乌云密布了。他们进山没多久，竟下起雨来。

除了罗牧青，其他人都没带伞。她把伞递给林子胜，让他跟李成名一起遮雨。

李成名的眼神落在罗牧青身上，也猜不出她是什么人物。

这一次他很配合，指认了自己杀人、抛撒衣物的地点、路线，并说明了自己对三名受害人所带财物的处置方式。三个人的手机都已经变卖了，其他物品都沿途抛掉了。他还承认，自己故意制造报复杀人的现场，故意在被害人身上划了很多刀。在山顶平台上，他指着现场说，自己还把树枝插到了被害人的眼睛里。

问他为什么这样做，他说："她一直瞪着我，我很害怕。我怕我的样子映到她眼珠上，你们会看到。"

在实施犯罪之前，李成名从报刊、电视和网络上看到过一些反侦查的手段，比如戴手套、不留 DNA、丢掉手机卡，等等。他每天都关注天气预报，如果夜里有雨，他就会作案，这样雨水就会冲掉很多痕迹。

下午两点半，罗牧青和朱会磊跟随林子胜走进了提审室。

李成名作首案的时候才二十三岁。他很随意地歪坐在审讯椅上，一副满不在乎的样子，眼睛里充满了倦怠。

罗牧青问道："你对南阳熟悉吗？去过几次？到南阳是打工、旅游，还是别的原因？"

李成名的目光落在罗牧青的脸上、身上，慵懒地说："你是干什么的？"

罗牧青严肃地说："我是专案组成员。"

李成名的嘴微微噘起，又向两边咧了一下，以表达不屑。

林子胜说："上午的时候，人家还把伞给你打，你这是什么态度？"

李成名把眼珠上下左右转动了几下，慢慢悠悠地说："记不清了。以前听人家说，南阳这地方还不错，就想来打工，顺便到处玩一下。但没有找到工作，身上带的钱不多，就杀人了。"

他的普通话说得不好，并且声音含含糊糊，也难怪当年林子胜和被抢的女老师林泽对于他到底说的是不是普通话分辨不清。

李成名的确是个不好对付的人。不知道是思维习惯，还是故意闪躲，总之他常常所答非所问。

"在南阳的时候，你住在哪里？"

"不固定啊，哪儿都住啊！"李成名很滑头。

朱会磊看不过去，生气地说："都住过哪儿？"

李成名像是刚刚发现他一样，眯缝着眼睛问："你又是谁？"

朱会磊是搞技术出身，很少直接接触犯罪嫌疑人。李成名这么嚣张，简直把他气得不轻。

罗牧青稍稍皱了一下眉头，对李成名说："你是个很有意思的人。你的好奇心这么重，有没有问问那几个无辜的女孩子叫什么名字？她们都是多大年纪？"

李成名被这个问题击中，挪动了几下身体，搓着手指。

罗牧青想起了以前邱实的嘱咐，不要提杀伤力太大的问题。

她说道："说说你在广州的生活吧。"

李成名很快就放松下来，回答："广州是个挺不错的城市。"

"比在南阳生活好吗？"

"我最渴望的是自由，想做什么就做什么，想去哪里就去哪里。按照自己想要的生活方式生活，我很满意。"他绕开了南阳，避而不答。

罗牧青说："你绕不开南阳。任何人都无法隐身。你去过哪里，哪里就会有你的痕迹。"她的话有一点点文艺，但似乎这样聊天更符合李成名的方式。

李成名点了两下头，说："南阳也很好，人多，经济好，有热闹的商业街，有芳城公园、九里长滩……却是我最悲剧的日子。"

罗牧青问："这里有座大学城，你跟大学生们有过接触吗？"

李成名想了想，说："我不讨厌大学生。"

"有没有觉得这些大学生比你过得好？"

李成名平静地说："也不嫉妒，也不羡慕。事实上，有比我过得好的，也有不如我的。"

罗牧青问："你生活困难的时候，有没有想过向家人求助？"

"不需要。"李成名懒洋洋地回答。

"为什么说不需要？"

"有钱就租房子，吃好的。没钱就住烂尾楼，吃差一点儿。怎么样都能过。成年人了，不靠家里。"

"你为什么选定了那三个女孩子？"

"我没选，是她们自己走过来的。"他说着说着，还笑了起来。

"有一个被你杀死在山上的女孩，跟你走了很远的山路，她有没有反抗？”罗牧青问道。

“快到山顶她才知道害怕。”

“为什么这么说？”

“她蠢，还以为我能跟她交朋友，一路上还跟我聊天。”他得意的样子让人不爽。

“你为什么把人带到山上平台才动手？”

“为了安全。我去过别的地方，都没有那里安全。那天我威胁她，走了很远，她一直讨好我。我告诉她，只要听话，就不会伤害她。后来她不听话，力气很大，我只好动刀了，就把她扎伤了，她又跟着我走。”

“如果她听话，主动拿钱给你，你会放过她吗？”

“当然不会啦。”李成名一副理所当然的样子。

“你不是说，是为了钱吗？为什么要命？”

“那时候没想太多，一切都是凭感觉。”他说得很轻松。

“作案后碰到过警察吗？”

“碰到过，那时候芳城出动了很多警察。你肯定要问我害不害怕。碰上后害怕，绕开他走，回到宿舍就不害怕了。后来还碰上过我对面的这位大哥。那天我挺怕的，拼命地跑。后来有一天，我碰上一个警察。他要查我的身份证，我说没有。他问我住址，我说住烂尾楼，没工作，他就把我送到了收容站。”

“然后呢？”

“跑出来了，第二天就离开南阳了。”

“在外漂泊这么多年，你认为什么地方最安全？为什么作完第三起案件后，又再次去那个地方蹲守？”

“没有其他合适的地方。回到住的地方就安全了。”

“哪怕是烂尾楼？”

“那也是家。”

罗牧青问：“你想过会被发现吗？”

“没想过这个问题。墨菲定律说，如果你不去想这件事，这件事就不会发生。所以，我从来没想过会被抓。”

李成名提到了“墨菲定律”，这不仅让她感到意外，林子胜和朱会磊也小惊了一把。

“你读过相关的书籍？”

“没有，听朋友说的，记住了。”

“我记得这句话不是这么说的，而是如果你担心某种情况发生，那么它就更有可能发生。墨菲定律的根本内容是‘凡是可能出错的事，有很大几率会出错’，意思是任何一个事件，只要具有大于零的几率，就不能够假设它不会发生。这也解释了你为什么不去想，但最后还是被抓了。”

他轻蔑地笑了笑：“我没你读的书多。”

“你确实应该多读几本书，就会正确理解墨菲定律。”

“我家里没钱，也不爱上学，硬着头皮读书，只是浪费家里的钱。”

罗牧青突然看到了他的自卑。

她觉得自己错了，虽然眼前的这个人可恨之极，但她还是不应该触碰他的痛点。人不能选择自己的出身，但是人可以选择自己的道路。毕竟寒门子弟要想成功，或者说走出困境，需要付出更多的努力。

既然说到了家庭，罗牧青决定顺着这条线问下去。

“你和父母的关系怎么样？”

“爸爸妈妈对我很好。我妈是踏实、老实、肯干的农民，她很爱我。但是，她很无知。我爸勤劳、肯干，人也很好。哥哥、姐姐也好，也想过他们，但不愿意想。”他说每个人都好，但语气里，又像是在说别人家的事。

罗牧青问：“你多久给家里打一次电话？”

李成名轻松地说：“很久吧，又没什么事。”他想了想，又补充说：“以前也打过，我希望独立。”

“他们给你打电话吗？”

他犹豫了一下，摇摇头。

“听说你哥结婚你都没回去。”

“结婚又不是很重要，没什么值得回去的。”李成名轻描淡写地说。

“说说你跟家人之间，特别值得回忆的事吧。”

他思考了一会儿，说：“很小的时候，我妈会跟我在一张床上睡，有安全感。特别不好的事没有，只是感觉没有那么受重视。你别问我他们最疼谁。都疼，没什么差别。”

“想见你妈妈吗？”

“不想。”他把头扭向一旁，“太丢脸了。”

“你们都走了，家里只有她一个人。她过得很不好，房子破洞了也没人修。”

听到这里，李成名的眼睛里掠过一丝震惊。

“你给她寄过钱吗？”

李成名沉默不语。

他是个缺乏爱、渴望安全感的人。在他的记忆中，最深刻、最受宠的画面，竟是很小的时候跟妈妈睡在一张床上。

屋里的冷气开得很足，罗牧青感觉很冷。

家庭，永远是一个人心里最柔软的地方。无论这个家给过你多少爱，也无论你对这个家有怎样的怨怒，它终归是爱开始的地方，所以家的分量很重很重。

需要再转移一次话题。

“你的朋友多吗？平时联系多吗？”罗牧青问。

“有三个在老家一起长大的朋友，还有一个同事，偶尔聊天。对，就是随便聊聊，理想、感情、生活，用QQ聊。他们有留言的话，我也会回复。有时候，还会跟一帮朋友喝酒，庆祝生日，也会给朋友发短信拜年。也就这样吧，我们都是不好不坏地活着。”实际上，在李成名的手机里，找不到任何他和朋友之间的交往记录。

“你最多的时候身上有多少钱？”

“三万块吧。”

“想过结婚成家吗？”

“不太想被一个女人拴住。”

“作过这么多案子，后悔过吗？”

“根本不值得，又抢不到钱，没有前途。”

“还记得那几个被你害的女孩长什么样儿吗？”

“不记得，我不想记住。”

“你为什么在元宵节作案？”

李成名不屑一顾：“平时没有什么时间的概念，不知道是什么节。”

“你认为生活中最重要的是什么？”

“钱。”他在说这个字的时候，一点儿都没有感到羞涩。

随后，他像突然意识到了什么一样，补充说：“亲情也很重要。”

“你对自己怎么看？”

“自私、懒惰、聪明，善于总结。没有钱，没有长久的工作，也没有法的概念。其实，也很无知。”说完，他苦笑了一下。

“你有没有为自己的行为忏悔过？”

“希望受到伤害的人原谅我。我愿意鞠个躬，或者她们想打就来打，我绝对不反抗。”所有人都想不到他的答案。

林子胜强压了很久的怒火被点燃了。他腾地站起来，激动地说：“有一个被你害死的女孩的父亲见到我，当时就跪下了。你知道当时我是什么心情？”

李成名一脸茫然地说：“不知道。”

“我恨自己不能早一点儿抓住你。你害了这么多人，她们都跟你一样年轻！你害了她们，也害了她们的亲人！”

听到这些，李成名似乎不为所动。

如果不是亲眼所见，没有人会理解这样的人，和这样的人生态度。但这个人确实来过这个世界，他的存在意味着毁灭。

三、不祥的预感

罗牧青和朱会磊从芳城回到北京后，就没再碰面。

朱会磊继续到物证鉴定中心做农村“小超市”系列抢劫杀人案的检材。

罗牧青整理资料，以内参的形式向公安部领导汇报行动进展，给报社领导写工作汇报材料，还有一些新闻稿件要快写快发。

罗牧青发微信告诉程风：“已经回京。”

程风回复：“在国外出差，要过一段时间才回来。好好休息，不要太累。”

她总感觉哪里不对劲，可又怎么也想不出来。以前程风出差，都会提前告诉她要去哪里。这次没有，也许他只是忘了说。她手头的工作紧急，也顾不得想太多。

两天后，她采写的《ZJ 案件侦破始末》独家报道刊发，经过新媒体转载刊发，引起了很大轰动。

她问程风，有没有看到。

程风说“网上有”，再没说别的。

她发微信：“工作顺利吗？身体好吗？”

程风回复：“都很好，别担心。”

程风好像很忙，不再每天向她问好，微信回得也没有以前快了，而且很简短。

现代人沟通靠微信，纵然相隔千山万水，只要心有彼此，无论多忙，都会在第一时间回复；即使有事，也会知会一声“在忙”。这是关爱，更是尊重。

罗牧青心中隐隐有种不祥的预感。

但每每这样去想，她就会及时让自己打住。她突然想起了和李成名在对话中提到过的墨菲定律。

“任何事都没有表面看起来那么简单；所有的事都会比你预计的时间长；会出错的事总会出错；如果你担心某种情况发生，那么它就更有可能发生。”想到这些，罗牧青有些害怕。

事实上，她出差的这几天，程风陷入了悲伤之中。

从他们相遇的第一站——西直门地铁站售票处开始，他把所有走过的路、说过的话都重温了一遍。他第一次感受到心痛的滋味儿。

就在罗牧青回北京的那天，他收拾好东西，拎着箱子出门了。

离开家十几年了，他从来没有回去过。踏上火车的那一瞬间，他在心里跟北京告别。

因为有她，他对这座城市依依不舍。

关鹤鸣和邱实忙得不可开交，等把公安部刑侦局里的工作处理完，计划再次去安平、白金、开里等地督战。

白金和开里的工作已经步入轨道，下面的重中之重，就是保证质量，不错不漏。

关鹤鸣相信，嫌疑人就在案发地附近，只要排查工作严密开展，就应该能把他们网住。

而安平的案件，还是没有什么大的进展。

8月中旬，一个好消息传来。包头专案组拿到了白金公司在包头承建的两个矿厂基建项目的部分花名册，其中包括距案发地仅隔两条马路的两个工程队的工人花名册。包头刑警正在加紧排查。

关鹤鸣闻讯后，立即打电话，嘱咐包头专案组要稳扎稳打，一定要把每一个人查明落地。有疑问的放在一组，安排专门人员去调查。

第十三章　高歌猛进

一、郑氏家谱

由于陇原省公安厅刑事技术部门的机器设备比较先进，敏感度更高，白金专案组决定，让技术人员张建新到公安厅刑事技术处做试验。

8 月下旬，张建新在利用 DNA 进行排查比对时，发现犯罪嫌疑人数据库里有一个血样，与“8・05”案件现场提取的血样 DNA 细分数据比中，说明两者为同宗关系。

他连忙把比中结果报告给陇原省公安厅刑侦总队总队长付明华。

付明华让张建新先不要声张，一定要仔仔细细再比对一遍，以确保万无一失。

最终，张建新确定，这两个数据是比中关系。

这名犯罪嫌疑人姓郑，祖籍是芸州市榆东县海兰镇。

付明华让老刑警石海岩立即带人到海兰镇。

经过走访，石海岩了解到，郑姓在海兰镇是个大姓，家族人丁兴旺，并设有祠堂。

石海岩了解到这一情况后，来到郑家祠堂，和正在打扫的郑老爷子聊了起来。

郑老爷子很健谈，告诉他，郑家出过五品官，还有好几个举人，并指着桌案下面的一摞书说："那是我们郑家的家谱。现在有家谱的人家可不多。我们郑氏家族一直讲究礼义，所以福德深厚、源远流长啊！"

石海岩说："是啊，是啊！您这家谱，我能看看吗？"

说着，他走过去拿起一本翻看起来。

"你有姓郑的亲戚朋友吗？要是有的话，可以买一本回去给他们看看。"

"有啊！"

于是，石海岩花了一百块钱，买了一本郑氏家谱。按照家谱，很快理出了与犯罪嫌疑人同一年龄段的男子十二人，其中四人在榆东老家，两人在白金市打工，其余在外省务工。

8 月 28 日，专案组统一行动，白金和榆东警方兵分两路，查找白金和榆东的六名男子。

石海岩负责排查在白金市打工的郑少勇。

郑少勇五十一岁，2014 年从榆东县搬到白金市，和妻子承包了一所职业学校的小卖部。他的两个孩子都已大学毕业，各自有着一份不错的工作。大儿子结婚后定居在成都，曾打电话让他们两口子搬去成都一起住。郑少勇的爱人舍不得小卖店的生意，迟迟没有动身。

郑少勇身高一米七六，身强体壮，上半身微微有些前探，走路时一颠一颠的，正如足迹专家谢老分析的那样。他头发微卷，夹杂些白发，长方脸，浓眉大眼，看上去一副憨厚的样子。

他妻子性格开朗，声音洪亮，一见到石海岩走进小卖店，就立即热情地招呼起来。

石海岩一眼就看见了坐在收银台后边的郑少勇，走过去给他看了证件。

“你是郑少勇吗？”

起初他没吭声，后来“嗯”了一声。

“有点儿事需要你配合一下。先摁个指纹，然后跟我们去一趟公安局。”石海岩边说边掏出模具，让郑少勇摁了指纹。

接着，他拿出九案侦办组统一下发使用的指纹样本进行了人工比对。凭着多年的经验，他意识到指纹比中了。

他开始冒汗，但强装镇定，对郑少勇说：“行了，跟我们走吧。”

接着，他冲着站在门口的民警赵顺聪喊：“小赵，进来！”

两个人对了一下眼神，心领神会。

郑少勇说要进屋换件衣服，拿上了烟和打火机。石海岩立即跟在他身后进了屋。

屋子大概有十平方米，里面既住人又做饭。菜板上赫然放着一把锋利的菜刀。

郑少勇的眼睛不时地瞟向菜刀，磨蹭了一会儿，才换了件蓝色条纹的 T 恤衫，跟着石海岩他们出门上了警车。

来买东西的学生问出了什么事，郑少勇的妻子说：“没事没事，就是让他去配合配合。”

到了白金市公安局，采集了指纹、足迹和 DNA 后，郑少勇被带进了讯问室。

指纹比对的结果最先出来，经过复核，认定郑少勇的指纹与案发现场提取的指纹同一。

坐在审讯椅上，郑少勇突然用头撞向金属环，企图自杀。

石海岩立即带人送他去医院缝合包扎。

之后，郑少勇提出不允许媒体采访，不希望被报道。他说，两个儿子能有今天的生活不容易，希望不要影响他们的前途。

他的记忆力很好，并且看过媒体上刊登的“8·05”案件介绍，所以按照每起案件的代号，把时间、地点、细节、被害人的体貌特征等说得十分详细。

郑少勇说，他从手机上看到公安部重启侦查的消息后，心里感觉很不好。他曾多次劝老婆和他一起到成都投奔儿子，离开这里。这么多年，白金曾发动过几次大规模的排查行动，主要是采集指纹，但他都因为不是白金的常住人口而成功躲过了。他后来去漠北、青海等地打过工，有的案子是在打工期间回家休假时作的。

他确实有一双鞋，只有作案的时候才会穿，穿完后拿回家洗干净了收起来。

他出去作案，有时乘坐长途车，有时骑自行车。有时他坐到一半就下车，然后走路。他说，这样做的目的，是防止警犬追踪。他看过《福尔摩斯探案全集》，里面写的警犬非常厉害。他每次作案都会穿黑色或蓝色的衣服，这样身上有血也不是太明显。至于他拿的受害人的相册和切割的人体器官，都被扔到了回家途中的河里。他说当时也没有想什么，就是想这么做，但是这些东西不能带回家，所以就找个没人的地方“欣赏”后扔掉了。

据他交代，基本上都是下了长途车后，在附近的市场里物色人选。被他选中的人，从身材到相貌都是比较出众的。他先是尾随她们，等她们掏钥匙开门的瞬间，就直接推进屋里，然后用刀控制住她们。她们一般都不怎么反抗，因为他说他是来“借钱”的。但他是一头外表憨厚的狼，她们以为他拿了钱就会走，所以比较配合。

郑少勇全交代了，总队长付明华兴奋地给关鹤鸣打了个电话。

关鹤鸣嘱咐他，一定要做好后续的审讯和看押工作，不能出现任何闪失。

随后，铺天盖地的新闻席卷而来。“据接近警方的内部人士透露”成了高频句子，很多人都为这起惊天案件的破获津津乐道。

受到纪律的约束，罗牧青只在第一时间发布了破案的消息。然后，她接到通知，由于案情重大，需待案件进入诉讼程序，才可以进行深入报道。

人们想要知道真相，想要知道为什么这么多年才破案、为什么这么多年还能破案。

一些媒体记者为了博人眼球，获取点击量，将犯罪嫌疑人妻儿的名字、履历和照片全都暴露在众目睽睽之下。甚至有的人认为郑少勇罪大恶极，光处罚他一个人实在不解恨。面对媒体的声讨，他的两个儿子相继被迫辞职，把母亲从白金接走，离开了陇原省。

朱会磊愤怒地发微信给她：“这就是现在的记者招人烦的原因。”

罗牧青感到委屈，却无法辩解。

她给程风发微信，问他在哪儿。

过了一会儿，程风回复说还在国外。

她问他，看到关于郑少勇的报道没有，程风没有回复。

这是第一次，他没有回复她。

她很沮丧。他应该能够感受到她此刻的心情吧，可是连一句安慰或劝解的话都没有。

她不知道在没有见面的这段时间里到底发生了什么事。尽管程风每天还会在早上和晚上问安，但不像以前那样随时随地分享见识了。

接连两天，罗牧青都没有接到程风的微信。她问他：“发生了什么事吗？”

依然没有回复。

她拨打语音电话，没有人接听。

一定发生了什么事，是程风不愿告诉她的。可她对程风的家人、朋友一概不知。程风是个自由创作人，没有固定的工作单位。

罗牧青无计可施，感到很恐慌。

9 月 1 日，邱实通知罗牧青第二天出发去安平。

晚上，罗牧青看着手机上程风的头像，最终还是决定再发一条信息试试。

她告诉程风，自己要出差。

这回，她居然收到了回复："不能在你身边，要照顾好自己。"

她问他："到底发生了什么？"

他回复："有点儿事情，以后告诉你。"

她又问："有空儿吗？能不能语音聊一会儿？"

他回复："好的。"

他仍是温柔地对她，她放心了。他问她最想去世界的哪个地方，最爱的是哪个地方。她说："最想去地球的两极，最爱的是你最爱的地方。"

程风默默地哭了，挂断了语音通话，给她发了微信："早点儿睡吧，明天还要赶路。"

如果有如果，他会安静地顺从一切，等她到来。

二、圈定安平嫌犯

再一次到安平的案发现场，整个石灰厂更加破败不堪。

不知道是谁在胡永发的住房面向机耕路的那面墙上，用红油漆写了四个大字——欠债还钱。

被害人吴楠所住的房屋屋顶上的破洞，越发大了，整个房子都给人一种摇摇欲坠的感觉。房子里用砖头砌成的水池倒塌了，简直是衰败至极。

关鹤鸣对大家说："一般破积案，靠的是新情况的出现，或者是指纹、DNA、足迹库里有了比中。但是，咱们这个案子比较特殊。现在什么都没有，怎么办？这时候才最考验能力、水平，才需要意志力、耐力。"

到了石灰厂，他和安平县公安局副局长赵长征走在前面。

关鹤鸣一边走，一边说："小朱回北京这段时间，拿着碗边上的DNA，向公安部物证鉴定中心的专家请教了，意见有分歧。小朱，你说说情况。"

朱会磊说："现场提取的三千余份生物检材和五千三百余份重点人员的生物检材，结果是可靠的。所有检材都没有指向稳定的个体。碗上的DNA，是一个微量的、不完整的、没有重复的DNA分型，是一个受限制的可使用结果，在有其他证据支持的情况下可以使用。"

赵长征皱着眉头说："实际上就是说，这个数据不能用？"

朱会磊点了点头说："既不能用来认定，也不能用来排除。"

关鹤鸣说："现场物证保全非常好，非常不容易。DNA检验什么时候能做完？"

江南省公安厅刑事技术侦查处DNA室主任朱宏伟说："得要个把月时间。"

关鹤鸣说："要留一部分检材。如果我们这代人再努力干也不行，就留一些给后来者，他们会比我们更强。足迹这块还要研究，这么长的时间，什么都说明白了也不合理。"

朱会磊对所有被害人的成伤机制和现场提取的生物检材进行了分析，并把报告交给了关鹤鸣。

根据他的分析，吴楠是第一个被害人确定无疑，死因是头面部锐器损伤，大面积失血，合并颈部切开后造成的吸入性窒息。身上的伤，大多是砍切形成的，没有刺创，集中在头部、颈部。犯罪嫌疑人拿着匕首，在他头上来回划。如果是一般的刀，一定能留下刺痕，但这里没有。在吴楠的衣服上有削、挑状痕迹，这是在挥动过程中形成的。骨头上有很多损伤，但颅骨未受伤。作案工具倾向于是三十厘米长的薄片刀，刃口较长，一个角是尖的，很轻，可能是某种工具刀。

关鹤鸣在石灰厂里走来走去。

他的脑子里，在回放着一件件物品的原始位置，并结合案卷、法医分析报告和现场，尝试着复原案发当天的场景和每个人的状态。

案发当天的午饭后，胡辉和吴楠两个人穿上连体雨衣到河塘里捞鱼，之后两个人脱下连体雨衣，挂在吴楠居住的房内。傍晚 6 时许，八名死者及胡辉一起吃晚饭。6 点 15 分左右，胡辉离开石灰厂到省城去了。随后，吴楠骑摩托车带着他的儿子到岳父家送鱼。大约 6 点 50 分，他又骑摩托车带着其子返回了石灰厂。7 点 16 分，胡辉到达省城后，打家里的座机向母亲陈雪华报了平安。

犯罪嫌疑人在吴楠回来之前到达，胡永发拿了一听果啤给他喝。他没喝，之后吴楠回来了。吴楠去胡永发房里跟他打招呼，他把果啤给吴楠喝。由于他戴着手套，所以没有留下指纹。吴楠喝了果啤，罐口处留下了吴楠的 DNA。犯罪嫌疑人跟胡永发谈着谈着发生了口角，吴楠把他拉到自己屋里劝他。得知他还没吃饭，吴楠就盛了剩饭给他吃。他吃的时候越来越生气，又回到胡永发的房里理论。吴楠跟着过去，结果可能发生了争执，还可能动起手来。吴楠要把他劝走，并表示要骑摩托车送他。当时下着雨，气温很低，吴楠穿着拖鞋，没来得及换鞋就骑摩托车带着他走了，可见当时情况紧急。两个人在机耕路上骑行了二十多米。在上坡路段，7 点 28 分，有人看到了吴楠的摩托车，但发现他的车没有在预定的时间到达应到的地点。这说明犯罪嫌疑人和吴楠在上坡路段发生了拉扯，吴楠紧急刹车，两个人打了起来。从吴楠头部和颈部的划伤看，刀口是由后向前的，说明犯罪嫌疑人有可能坐在车后座上时就掏出刀攻击吴楠了。随后，两个人厮打起来，在路边的杉树林里搏斗，犯罪嫌疑人身上也可能有伤。吴楠被追杀，一路滴血，想要沿小路跑回石灰厂。但是，他不敌对手，在丧失反抗能力的情况下，被犯罪嫌疑人切颈致死。犯罪嫌疑人返回机耕路上，把摩托车推走了。他把吴楠的手机卡、电池和手机分离，扔在了杉树林里。

犯罪嫌疑人怒气冲冲，发现手里的刀用于杀人并不称手，于是便来到石灰窑的平台上，这里住着齐士飞和汪士军两名工人。他摸到了门锁，锁上留下了血手套印。他在平台上，从一堆杉木棒中找到一根约两米长的棒子，用手把它折断，取下约六十厘米长的一段，用刀削掉了棒子上面的分杈。然后，他从平台下到了胡永发的房子。此时，所有人都按照日常习惯在胡永发房里看电视。因为之前的矛盾基础，敲门是进不去了，所以他抬起左腿用力踹门。为什么在犯罪嫌疑人杀胡永发的时候，其他人全没跑？因为他们跟犯罪嫌疑人是熟人关系，觉得“他们有矛盾跟我们没有关系”。

犯罪嫌疑人胆大心细，把所有人杀死后，一一补刀加固。这个地方要注意，孩子吴小海不是棒击致死，而是用菜刀砍死的。然后，他开始大面积翻找，表现出急需用钱的特征，连冰箱都看了，细到不能再细。有可能翻了一些以前的票据，翻口袋、翻屋子都是翻的有钱人的，那几个没钱的人根本没碰，可见他对石灰厂的人员知根知底。

关鹤鸣愈发确定，这个人就在安平。并且，这个人与汪家、吴楠及其他人相当熟悉，应该是石灰厂的常客。还可以断定，他与石灰厂有经济往来。围绕这层关系进行排查，这个人浮出水面应该并不难。

关鹤鸣对赵长征说：

“通过看民警的走访笔记，可以认定石灰厂是挣钱的，每天有三千元至五千元的流水。因某种关系，犯罪嫌疑人与被害人家里有经济往来。按照足迹推断，这个人身高一米六八，作案时年龄在三十岁至四十岁之间。我知道你们前期排过，这次再排，就围绕年龄、身高和与石灰厂的经济关系排，一定不能漏。安平就这么大，人就这么多，一定排仔细。特别是对案发后搬走的人员，要重点排查走访。必须打破原来的框框，重新研究。”

赵长征说：“我们再排一遍。从房子顶棚里找到的单据，还有一部分没核完，希望有新的发现。”

关鹤鸣道：“再给你们一个月的时间，看看能不能检出 DNA。实在不行，只能有什么就用什么了。春平，足迹这方面，研究得怎么样？”

孟春平是江南省公安厅刑侦总队的痕迹检验专家。他说：“现场提取到四十五枚血足迹，其中较清晰的有十九枚，可以反映出个体特征，身高在一米六五至一米七一之间，年龄三十至四十岁。当时我们划定的圈内人涉及四个乡镇，共分为七大串，一共是两万多人。重点人五千多名，都采集了足迹，但无一比中。”

关鹤鸣说：“现场照片上五次出现椭圆形印痕，这到底是什么？你组织足迹专家研究一下。你们把库里的足迹重新比对一次。如果 DNA 这边没有收获，下一步就只能用足迹了。”

安平这起案件，是公安部挂牌督办案件，全国刑侦专家已经研究过几回了，但是由于现场证据太单薄，都无功而返。

经过研判，关鹤鸣认为这起案件还是有希望破获的。

在他看来，侦破这个案件的主要问题是错过了最佳排查时间。

犯罪嫌疑人的生活范围，就在案发地周边十公里以内的区域内。只要把胡永发和吴楠的关系人排查清楚，就一定能把真凶挖出来。

三、艰难抉择

从安平出发，九案侦办组抓紧时间赶到海阳市，开始对“9·30”案件进行深入研究。这起案件错综复杂、情节离奇，有很多地方不能合理解释。

在与当地专案组开展研判时，邱实说：

“在前期工作中，由于现场分析意见不统一，没有形成合力，走了一段弯路。近一段时间，经过从省厅到市局对案件的疏理，围绕现场逐渐把工作做深、做透、做细，民警坚持不懈，打基础，利用新技术、新理念，取得了突破。先请朱会磊代表物证组介绍一下案件检材方面的情况。”

朱会磊开始汇报生物检材的鉴定情况：

“经过近期工作，物证方面有所丰富。到目前为止，我们从现场提取到九枚指纹，位于五个位置。但是，关联度最高的是镜片上的血指纹，甄别价值最高。其余的关联度较低，暂不研究。现场足迹现有四枚，皮鞋印，不完整，价值低。现场血迹交叉多，椅子上有外来人的血，已做出一个男性 DNA。现场提取到四十八根毛发，其中四十三根与被害人不同，做出了线粒体分型，但是这个不能用于排查。从男式棉拖鞋上检出一个男性 DNA 分型，与椅子上的血液 DNA 不同一。矿泉水瓶的瓶身上检出了混合 DNA，瓶口检出了男女混合 DNA 样本。对菜刀、剪刀上的血迹和刀柄擦拭物进行了检验，但由于泡在水池里的时间较长，没有提取到有价值的数据。”

邱实说：“请大家根据近期的调查走访情况，谈谈对案件的新认识。”

海阳市公安局刑侦支队支队长杜金国说：“这个案子，我们一开始按报复杀人搞过一段，但排了半天，也没有什么头绪。并且，从作案工具上看，有准备不足的迹象，只带了一根十几米长的细白线绳，菜刀、剪刀等都是就地取材，而且杀人都在深夜，像是迫不得已才杀人灭口。现场的水池内泡着剪碎的银行卡和密码纸。起初我们认为，如果是劫财的话，不应该在现场停留十二个小时以上，也不应该杀这么多人，付出这么大的代价。你们来了以后，帮我们重新梳理了思路。我们现在认定，是侵财性犯罪。现场足迹可信，犯罪嫌疑人年龄不大，与被害七人中有的人有限熟悉。我们围绕七名被害者的关系人共七千多人再次进行了摸排，目前工作还没有进行完。”

海阳市公安局分管刑侦的副局长杨文贵说：“案发的时候，是我带人出的现场。现场很惨，对人的感官刺激很大。当时投入了精兵强将，对案件性质的认定存在分歧。当时认为是重大因果关系，在现场周围进行了摸排走访。但因为快过节了，找人调查很困难。最先排查的都是有前科的人。如果说当时排查工作做得不细，问题应该就出现在这里。那时候金融业不发达，不联网，犯罪嫌疑人长时间逗留，可能是取钱环节出现了问题。”

在此次攻坚行动之前，海阳市公安局多次组织攻坚，花了很大力气，一直没有取得明显进展。目前，案件的侦破进入了胶着状态，民警的情绪难免急躁。

关鹤鸣说：“沉住气，越是疑案难案，就越不能心浮气躁，乱了阵脚。种种迹象表明，牵头人年纪大些，其余较年轻。从作案过程看，多余动作较多，有作案经验或准备，但准备不充分，决断能力差，可能是由小孩死亡引发的犯罪升级。入室方式为和平进入，有可能与这家的某人存在某种关联，但有限熟悉。可能有一人年纪略大些，其余案犯较年轻。由于这起案件发生时案犯较年轻，生活变化空间大，所以我们不要急于破案，还是要做好基础工作。这个案子，拿起来就不能放下。指纹和 DNA 不管什么时候都要比对着，久久为功，这是我们这一代警察的责任。”

如果确实如推测的那样，这群犯罪嫌疑人中有多名未成年的话，那么他们基本上应该都没有案底。如果不再犯案，也未到身份证更换时限，那么他们的 DNA、指纹信息就很难被采集到。

眼见九起目标案件中的多起已经成功告破，海阳专案组民警摩拳擦掌，求胜心切。

支队长杜金国说：“椅子上血量很小，这么多年也是反复做检验。我有个想法，能不能请专家来，把这个血再检一次，做出 DNA 细分数据，这个能大幅度提高比中率。”

关鹤鸣想了一下，说：“小朱，说说你的意见。”

朱会磊显得有点儿犹豫，略想了一下，说：“检材是留在扶手椅上的一滴血，本身量不大。现在检材剩余量很小，没有百分之百的把握做出 DNA 细分数据。从我个人的意愿来说，我是很希望做的，或者可以拿到公安部物证鉴定中心去做。”

邱实和朱会磊热切地注视着关鹤鸣。

关鹤鸣表情严肃，没有表态。

做还是不做？

如果有了 DNA 细分数据，使用家系排查法，无疑将推动案件的侦破工作向前发展一大步。即便暂时不破，这个案子也算取得了新证据，对参战民警来说，也是一种慰藉。

如果不做，在排查上需要下更大的功夫，只有更加严谨地判断推理，才能逐渐缩小范围。

空气凝固了。大家的眼睛都盯着关鹤鸣，等待他作出最后的决断。

终于，关鹤鸣经过慎重考量之后，作出了决定：

“现在检材剩余量很少，如果我们做出了DNA细分数据，会提高比中几率。但如果失败了，我们将没法儿对逝去的人及他们的家属交代。我们必须对人民负责，对历史负责。相信未来的科技，我们还有可能获得新的证据，能够解决我们现在解决不了的问题。”

作出这个决定，对关鹤鸣来说无疑是异常艰难。

为了这个案件，海阳公安付出了巨大努力。这些人都是身经百战，看透了人生，名利对他们来说并不重要，但是成功破案，对身为警察的他们来说是最高的荣耀。然而，他此刻的决定让他们失望了。

当然，关鹤鸣不会放弃。时间，最终会给出答案。

工作告一段落，罗牧青坐在回北京的高铁上，茫然地望着窗外。

程风再一次跟她失去了联系。

她觉得程风一定是遇到了什么麻烦。尽管她竭力掩饰，但是情绪变化还是相当明显，就像一只被吹得鼓鼓的笑脸气球，突然亏了气，变成了哭脸，整个人一副无精打采的样子。

回北京后，朱会磊的心情也不太好。

有句话说，拼命干活儿是治愈苦恼的良药。他每天泡在实验室里，拿着现场提取的物品左看右看，琢磨到底哪些地方最有可能被犯罪嫌疑人接触过。

跨三省四地的农村“小超市”系列抢劫杀人案从首案以来，近三十年来在物证上没有明显进展。所幸的是，这四起案件的物品都保存完好，并且没被污染，也可见民警攻克此案的良苦用心。衣物很多，总共有一百多件，包括衣服、鞋和包。

朱会磊拿起一个男式的长方形咖啡色皮革背包，想象着犯罪嫌疑人拿起来时会接触哪些部位。无疑，皮包表面、拉链的可能性最大。一个多月的时间，所有衣服都检完了，没有任何发现。

这是他当天检验的第二个背包。这个背包里面的夹层里，有一条拉链，大概是犯罪嫌疑人戴着手套不太好伸手进去，于是摘掉了手套。

在这个暗兜的拉链头和拉链齿上，朱会磊提取到了稳定的男性DNA数据。

这个DNA，与关联现场两枚烟头上的DNA并不同一。这极有可能就是第三个人的DNA。

他马上把这个消息告诉了邱实。这一系列案件的破案可能性，将被数十倍地提高。

他忽然有种马上告诉罗牧青的冲动，但最终克制住了。

他已经无数遍地告诉自己，人家名花有主，和自己一毛钱关系都没有。

四、侦办组的谈话

9月底，罗牧青到白金采访了犯罪嫌疑人郑少勇。

听专案组民警石海岩说，郑少勇在被抓的当天晚上就交代了，思路清晰，表达准确，一直口若悬河，像讲故事一样交代到第二天凌晨。

全都说完之后，他长长地舒了一口气，伸展了一下身体，仿佛郁积在心里的疙瘩全都化解开了。

他交代的时候，还不时地问做笔录的民警有没有记录下来，语气里还颇有一些小得意。

他说："这么多年，你们又是贴通告，又是悬赏。每次你们让摁指纹，我都知道，我躲到外地去了。"

他明显比刚被抓时胖了很多，可以用肥头大耳来形容。

看管他的老民警袁志新说，他已经有二百斤重了。

一开始，郑少勇入狱后情绪不稳定，担心自己的事情会影响到两个儿子的前途。没过几天，他就好像想开了，吃得饱、睡得香，一心求死。

他常常问袁志新，怎么还不判，到底什么时候能执行。他从来没有问过妻儿的情况。

有一次，袁志新问他要不要让家里人送什么东西。他说不用，一个快死的人什么都不缺，临死就别给别人找麻烦了。问他有什么话要说给家里人，他也说没有。

罗牧青坐在郑少勇对面。

他只看了她一眼，就把脸歪向一侧，眼睛盯着墙面。

他大概猜到罗牧青是记者了吧。他最害怕被报道出去，给儿子们带来不好的影响，但他没说。

罗牧青说："我是代表九案侦办组来跟你谈话的。"

她的确是受九案侦办组的委派，要问的所有问题都是大家共同研究拟定的。这些问题，主要是围绕郑少勇疯狂作案和突然停止作案的原因。

罗牧青说："我在网上曾经看过一篇文章，推测'8·05'案件的真凶是什么人。那篇文章说，这个人身高一米八，长得还不差，有一些文化，读过不少书，没事的时候还喜欢写点儿东西。我感觉和你实际上有一些接近，不知道你看过没有。"

郑少勇摇摇头，说："在手机上看过一些关于这个案子的消息。"

罗牧青总感觉这篇文章的作者就是郑少勇，里面对人物的刻画和对作案过程的描写都与现实很像，但是他既不承认，也不否认。

罗牧青问他最近都想了些什么。

他说："待了这么久，想了很多事情。不过，想说的都已经说了。"

郑少勇反复说，作这么多案子，是因为经济状况不好，想抢些钱贴补家用。

罗牧青说："那时候，家家都差不多。我觉得你作案不仅仅是因为这个。"

郑少勇斜着眼睛看着她，说："那我不知道。要不你帮我分析吧，你比我有文化。"

罗牧青说："那你要把真实的心理原原本本地说出来，我请老师帮你分析。"

郑少勇笑了起来："我最近说的都是实话，你不相信？"

罗牧青说："我们都看不透你。"

"看不透就别看了。我也没办法，有些事情实在是想不起来了，细节也记不清了。我也常常想，不清楚自己为什么这么做，总之是命太苦了。"

郑少勇始终强调，自己所做的一切都是因为经济困难，他不敢面对自己丑恶的内心世界。

罗牧青说："你认为命运很不公平，有没有跟朋友交流过、倾诉过？"

"我不善于交流，没有朋友。"

罗牧青说："我听说，你上学时，因为跟老师发生了矛盾，就把他养的鸡弄死了。有这事吗？"

郑少勇立即十分认真地反驳说："没有，绝对没有。"

“你有什么爱好吗？”

郑少勇说：“写字。我打工的时候，只要有空儿就会练字。”

他的字写得比较规整，对此他颇有自信。他对生活有一定的要求，心气儿也高。所以，现实与理想的巨大反差，也是让他心理扭曲的原因之一。

罗牧青说：“喜欢看书吗？”

“有一段时间常看《福尔摩斯探案全集》，也看言情和武侠小说。”

“你爱读书，为什么高考成绩不好？”

郑少勇说：“英语成绩上不去，该背的东西记不住，吃了记忆力太差的亏。”

“可我觉得你记忆力很好，那么多案子都记得清清楚楚。”

郑少勇说：“有些东西想记，记不住；有些东西想忘，忘不了。”

“杀害那个八岁小女孩的经过，还记得吗？”

一听到这个，郑少勇立刻垂下头，沉默不语。

这是他最不愿面对的问题。

过了好一会儿，他才支支吾吾地说：“作了那个案子后，我也想了好几天，问自己为什么这样做。我也想控制自己，可我的心理出了问题，有时候很善良，有时候很疯狂。”

“你后来为什么停止了作案？”

“害怕天眼。我心里有这些事，所以对公安局的事特别关心。我看新闻里老是说安装了多少多少天眼……天罗地网之类的。”

郑少勇说，他杀人的时候，每当见到血就会产生快感。一般来讲，像郑少勇这种变态到了一定程度的人，是很难再控制住自己的。

“这段时间，你是怎么控制住自己的？”

“我的两个儿子从小学习都很努力，如果我再作案，很可能被抓，会给他们带来不好的影响。我小时候学习不好，没出息，盼着他们靠读书过上好日子，别像我。”

罗牧青问：“你以为自己不作案，就不可能被抓到了？”

郑少勇说：“迟早的事。我一直关注着新闻报道。听说公安部来人查，我感觉快出事了。我想到外地去，可是还没走，你们就来了。”

“1997 年为什么疯狂作案？”

“那年我没有工作，天天在家。老婆总数叨我，心里很烦，就想到外面找找刺激。”

“你的婚姻生活幸福吗？”

“说不上幸福不幸福。”

“为什么这么说？”

“我上学的时候，有个女朋友。她无可挑剔，长得好，学习也好，对我也好。只是后来她考上了中专，我配不上她。后来，认识了我老婆。她和我性格不合，是个直性子，但是心好。我一开始不同意结婚，但是父亲借钱帮我操办了婚事，最后还是结了。”

郑少勇对婚姻生活非常不满意。他的妻子是个外貌普通、没有读过多少书的农村妇女。他理想中的妻子应该是如他初恋情人般地灵巧、美丽。因此，在生活中，他尤其注意那些身材好、相貌好、有一些文化气息的女子。他杀害的十名成年女子，外形都不错。可能在他的潜意识中，只有这样的女子才配得上他。

“你常年在外打工，都干过什么工作？”

“主要是搬运和装卸。我喜欢干这些，干多少活儿就挣多少钱，不会吃亏。”他说他是个不爱算计的人，吃亏了也闷在心里。但是，他不喜欢吃亏，遇到不好的老板，干一段时间就会另找工作。

“你为什么多次作案穿同一双鞋？上面的血迹是怎么处理的？”

“一个是穷。另一方面，我感觉这双鞋穿着舒服，走路快，能给我带来运气。每回穿完，回家后，我就在院里的水池子把鞋刷干净，晾干后收起来。”

“听说，有一次跟人打架，对方把刀扎进你的大腿，你就站在那里不动，任凭血往外冒，结果那帮人自己跑了。”

“好多年前的事了，我不想动手。当时我老婆吓得够呛。”

“你最近想不想家里人？”

“不想。就希望快点儿让这个事情结束，让他们的生活不受影响。”

郑少勇并没有敞开心扉。他是一个城府很深的人。他善于伪装，不愿意承认事实，用十分勉强的理由为自己开脱和遮羞。他的妻子口快心直，时常当着别人的面骂他，他每次都不吱声。但当没有外人的时候，他动手打过她几次。在他心里，他们俩“不般配”。

此时的郑少勇，看上去非常踏实，坦然地接受着一切。他把生活中的一切不如意都归咎于命运的不公，并用极端的方式报复到别人的身上。

五、“乘风”究竟是谁

回到北京，罗牧青仍然联系不上程风。他的消失，让她重新审视这个人，重新审视这一段感情。

过了国庆假期，她收到了一个快递。小箱子里装着一个十分精美的蓝色星月礼品盒，还系着橙红色的丝带。

打开盒子，里面是一个用月白色丝绸包裹的 U 盘。U 盘里有两个文件，一个是文档，一个是视频。

她打开文档，是一封信。信不长，她迅速把视线移到末尾，署名“乘风”。

她惊讶极了，第一感觉是他出事了。

牧青：

你看到这封信的时候，我的灵魂已经飘荡在天空。

认识你是我一生中最幸运的事，可是对你来说可能是极大的不幸。你纯洁、真诚、善良，富有正义感和同情心。与你同行的日子里，我越发感到自己的卑微。因为深深地爱上你，我无法面对自己的过去。听完我的讲述，无论在你眼里我是什么样的人，都别怀疑我爱你，并且用尽了所有的力气。

十七岁时，我失手杀了人。我妈帮我逃跑后，制造了畏罪自杀的假象。两个人因我而死，可我又活了十七年。我以为在这痛苦的十七年之后可以彻底告别过去，特别是当我遇到你的时候，以为上苍为我开了一扇窗。结果是给了我一束光，就是你，让我照见自己的猥琐。

牧青，请原谅我的自私，现在才告诉你真相。我说过，要带你去所有我去过的地方和你想去的地方。此生失约了，十分抱歉，万分遗憾。我愿为你受尽忘川千年苦，不饮孟婆一碗汤。

愿你此生，在我看不到的时光里安然无恙！

愿我来生，在你不经意的回眸中与你重逢！

乘风

2016年10月6日

罗牧青急切地打开视频，是他为她制作的环游世界的动画片。

程风画了她和一个看不清脸，但身材修长的男人，音乐是她最喜欢听的《有你无畏》。

她泪雨滂沱，给他的手机发微信："你到底在哪儿？快点儿回答我！"她焦急地盯着手机，等待着他的回复。

中午，罗牧青的手机被一条浙江湖州警方寻找尸源的信息刷屏了。照片上的脸竟然是程风。

她用力擦拭眼泪，心如刀割。

她给朱会磊打了个电话："我要去一趟湖州。如果关局他们找我，帮我说一下。"

"报社派你去的？"

"不是，私事。"罗牧青止不住眼泪，哽咽起来。

朱会磊着急地问："怎么了，你在哪儿？"

罗牧青给朱会磊发了一个定位。

朱会磊在第一时间飞奔而来，敲开门的时候，看到罗牧青从未如此憔悴和慌乱。

她指着新闻上的照片说："这是我男朋友，他叫程风。"

"你现在去湖州？"

她流着泪用力地点头。

"我陪你去。你向报社请假，我向邱处请假。"朱会磊把一切准备工作做完，带着罗牧青直奔高铁站。

在车上，朱会磊瞒着她给湖州刑警打了个电话，了解到死者是服用安眠药自杀，地点在湖州小南庄花园的紫藤花下。死者身上，除了一枚钻戒以外，什么都没有，连手机都没有。指环上刻着"LMQ"三个字母。

湖州那处宅院的主人，原是清代的一名官员，家财丰厚。程风认为这里是他所见过的最小型、最有文化韵味、最有层次美感的家宅。他非常喜欢这里的紫藤花，曾想过要在这里向罗牧青求婚。他精心挑选了钻戒，刻上了“罗牧青”名字的拼音首字母，但并不打算送给她，只想带着钻戒到紫藤花下想象向她求婚的场景。他把恋爱中必做的八件事都做过了，牵手、对视、逛街、看电影、望星空、雨中漫步、听同一首歌、喝同一杯水。还有两件事没有做，一件是旅游，一件是求婚。

五个半小时的车程是那么地漫长，朱会磊望着她一言不发，时不时把矿泉水拧开瓶盖递到她手里。

她满脸都写着焦急，想知道到底发生了什么。

到了湖州，在警方的带领下到停尸房确认身份后，她被要求马上离开。

程风的表情很平静，仿佛没有经受过痛苦。

罗牧青仅仅知道程风的名字，其他一概说不清楚。警方利用大数据查了所有叫“程风”的适龄男子，很快就得出结论，“程风”是一个假的名字。

他的指纹和 DNA 在数据库里都没有比中，所以只能从其他相关信息中查找。

通过视频一路追踪，警方找到了程风租住的宾馆。他是用一张姓名为“孟渊”的身份证登记的。随后，警方调查“孟渊”的行踪，找到了他在北京的租住地——海淀区凭澜小区 3 栋 1501 室。他的所有护照、手机和银行卡等都使用的是“孟渊”的身份。

罗牧青看到，身份证的照片上就是程风。

警方迅速根据证件信息进行查找，发现“孟渊”是陕西省平凉县一户农家患有小儿麻痹疾病的三十五岁男子。据孟渊的母亲说，大概十年前的春天，有个年轻人在地头上看到他们母子，就闲聊了起来。得知她家的情况后，那人问她，孟渊有没有办过身份证。她说办那个有啥用，成天在家待着，用不着。于是，那人说可以给她五百块钱，让她把户口本拿出来用一下。她问干什么用，那人说："假装孟渊是我公司的员工，这样可以减一点儿税。"

警方立即联系派出所，证实"孟渊"在2006年4月办理、领取了身份证，这个人就是程风。

罗牧青不是程风的亲属，所以无权处置尸体，也不能领走那枚戒指。

第二天，她和朱会磊跟着湖州民警坐同一趟高铁返回了北京。湖州民警直接去了北京市公安局海淀分局寻求支持。

朱会磊一肚子气，看上去精明能干的罗牧青居然找了个假身份的男朋友，这简直让他十分不爽。

"你是被甜言蜜语迷住了眼睛还是脑子？居然连人家是谁都不知道。"

"他可能不是故意要骗我。"罗牧青哭着为程风辩解。

她没把程风信上的内容告诉任何人。她不敢相信，那个温柔似水、温暖善良的程风一直都在骗她。

两天一夜的奔波，让朱会磊也像散了架一样，但他仍然决定留下来照顾罗牧青。

这世间仿佛什么都能用科学的原理解释清楚，唯独感情除外。

第十四章　走出迷雾

一、指纹锁定嫌犯

黔贵省东南州按照“以开里为中心，全州覆盖，先易后难，先重点后一般”的原则，进一步明确各级党委、政府、公安机关的职责任务，全面实行“州局党委成员承包到县市，县市公安局党委成员承包到乡镇（街道）；各乡镇（街道）政法委书记，分管公安工作的副乡镇长、派出所所长负责本辖区”的指纹信息采集承包责任制，明确规定凡是责任不落实的，一律倒查追责。

此项工作得到了州、县（市）两级党委、政府的高度重视和州直部门的积极参与，州县四大班子领导主动参与采集信息。州公安局通报每日进度，每十五天集中点评，对落后的一律进行约谈督促，确保有力、有序、有效推进。

根据九案侦办组对开里案件比对总攻的部署要求，州局组织对刑侦部门的专业技术人员进行比对检视工作业务培训，先后从十六个县市抽调专业技术人员到支队开展比对检视工作。

正是这种严格的纪律，保证了指纹采集工作做到不漏采、不错采。

11 月下旬，东南州已采集到四十多万份指纹样本。刑事技术人员加班加点录入系统，不断在系统里比对。

九十二万份的工作量，四十多万份已经采集完，但还是没有找到嫌疑人。这种很笨、很耗费时间和人力的做法，到底能不能见效？

关鹤鸣说："当你没有更好的办法时，笨办法就是最好的办法。不要怕下功夫，世上没有任何事是不下功夫就能成功的。"

功夫不负有心人。11 月 23 日，东南州公安局副局长姚元平等人买好机票，准备次日到北京汇报工作进展情况。就在这时，收到了振奋人心的好消息：贵阳市公安局南明分局刑侦大队比中了犯罪嫌疑人四连指指纹的中环指纹！

在欣喜之余，为了防止冒名顶替、张冠李戴等情况，东南州指挥部安排副局长姚元平连夜奔赴台江县，核查指纹采集录入相关信息。

被比中的犯罪嫌疑人叫黄伟文，此前因涉嫌职务犯罪被羁押在台江县看守所。为确保无误，专案组再次提取了黄伟文的指纹。经部、省两级专家再次比对，黄伟文的指纹与案件现场遗留的指纹同一。

此时的黄伟文已是开里市城乡改造管理局的副局长。黄伟文在台江县看守所羁押期间，看守所按照指纹采集会战"逢进必采"和"所队捆绑考核"的要求，采集了他的指纹，并提交革一派出所录入系统。11 月 8 日，台江县公安局革一派出所民警往数据库里录入了男子黄伟文的指纹。

11 月 24 日，紧急处理完手边工作的关鹤鸣，带领九案侦办组赶赴开里，到达工作地点时已是夜里 11 点了。

案情重大，他们连夜开会部署了下一步工作。

中心现场足迹显示，是两人作案。由于还有一支枪和若干子弹不知去向，尽快掌握另一名犯罪嫌疑人的身份至关重要。

而如果准备不足，贸然审讯黄伟文的话，一旦被他捕捉到同案人员没有落网的信息，就会功亏一篑。因此，要考虑到一千种意外的发生，制订严密的审讯方案。

根据调查，黄伟文于 1965 年出生。中学毕业后，进开里运输公司工作，于 1985 年停薪留职。1994 年至 1996 年开录像厅，之后转给他人开保龄球馆，何健康参与入股。

1997 年，黄伟文接手了一家歌舞厅。10 月，装修好后，开业没多久就发生了火灾。民警马一昆分管这个片区，他们之间可能有过交往。歌舞厅和杀害马一昆的地点相距一百多米。

马一昆和黄伟文的父亲都是开里运输公司的职工，两家离得很近。两人同在开里运输公司子弟学校上学，是同一年级不同班。二十世纪八十年代末，两人还在黄果树瀑布下照过一张合影。

黄伟文的大哥曾与被害的银行行长何健康一起在水泥厂工作过，因此他也有可能通过其大哥认识何健康，对其家中的情况有一定了解。

2008 年，黄伟文去城建局给领导开车。之后，他逐渐受到了领导的提拔重用。2015 年，他被任命为开里市城乡改造管理局副局长。

了解了黄伟文的基本情况后，关鹤鸣说："要审，就要一气呵成。"

"黄伟文十分健谈，一定要直捣黄龙，不给他留喘息的机会。"东南州公安局局长王智贤也坚决地说。

东南州公安局副局长姚元平建议，对现场进行有针对性的复勘，把各种痕迹物证与黄伟文建立关联性，确定目前锁定的嫌疑人在两起案件中是持锐器、钝器还是枪，这对下一步审讯极有帮助。

根据现场足迹，两名犯罪嫌疑人身高均在一米六八左右，年龄相仿。要准确判断黄伟文持什么工具，需要经验非常丰富的法医、足迹专家联手进行误差最小的判断。

责任重大。

关鹤鸣当场把任务安排给了朱会磊，组织专家进行远程会商。同时，要求专案组迅速围绕黄伟文秘密开展外围调查，通过黄伟文的手机找1998年与其密切联系的人，开展数据比对，对卷宗再次梳理，按照部办案标准，完成程序和手续。

11月25日，各方人员紧锣密鼓地展开了工作。

晚上，在情况汇总会上，朱会磊公布了专家组的研判结果："经过反复切磋，根据黄伟文的足迹，及现场足迹与被害人的位置关系、脚尖朝向与用力关系、致伤部位与方向之间的关系等严密的科学分析，大家一致认为，在第一起案件中使用钝器的人是黄伟文，在第二起案件中使用枪支的人是黄伟文。"

这一结论给审讯人员吃了一颗定心丸，手里的砝码大大加重。

外围调查组反映，进展不畅。数据信息组反馈，由于1998年手机未实行实名制，导致查找密切联系人的工作进展缓慢。目前，仅找到一名与黄伟文密切联系的人员，叫鲁越，身高一米七二，与推测的现场犯罪嫌疑人一米六八的身高不符。

为了掌握更多的证据，专案组决定对黄伟文的居所以涉嫌职务犯罪的名义进行搜查。

11月26日，专案组在黄伟文的三处居所查到了1998年以前的纪念币十九枚。

眼看着两天过去了，指纹比中的消息逐渐扩散。

为防止走漏风声，隐匿潜逃的犯罪嫌疑人狗急跳墙，流失在外的枪再次打响，关鹤鸣同意采取突审的方式直面黄伟文。

经过充分的准备，12月1日下午两点，专案组开始突审黄伟文。

主审员是东南州公安局副局长姚元平。他中等身材，古铜色的皮肤，炯炯有神的大眼睛、挺直的鼻梁。虽然有着二十多年的公安工作经验，但他不敢掉以轻心，因为此案面对的是一名潜逃多年、深藏不露、工于心计的老狐狸。

为了“迎接”黄伟文，姚元平把审讯室重新布置了一番，增添了几条横幅。

黄伟文坐在审讯椅上，不管往哪面墙上看，都能看到“坦白从宽　抗拒从严”八个大字。

“黄伟文，我们是东南州公安局刑警。”姚元平威严地坐在黄伟文对面，眼睛直视黄伟文，捕捉着哪怕极为细微的表情变化。

听到“刑警”两个字，黄伟文猛地抬起头，看着姚元平。

“1998 年 10 月至 12 月，你都干过什么？”姚元平用加重的语气强调了时间。

黄伟文的心理素质确实很好，很快就从惊慌中摆脱出来，恢复了冷静。他没有说话，不理不睬的样子。

“希望你放下幻想，如实回答问题。”

“你能记得你都干过什么吗？”他一脸不屑地回答，“我的问题都已经向纪委讲清楚了。”

“你现在是我们公安机关的犯罪嫌疑人，明天就会带你换个地方住。”

黄伟文仍然没有说话。

第一个回合的较量，姚元平没占上风。对此，姚元平早有心理准备。

“打枪是在哪儿学的，谁教的？”姚元平这句话一出口，黄伟文的眼睛立即瞪大了一圈，愣在了那里。

“见过枪，没打过。”黄伟文佯装镇定地说。

“如果你的事情我们没掌握清楚，这么多年的案子，是不会找你的，希望你珍惜机会。如果一直让我们提醒，你会非常麻烦。”

此时，黄伟文的脸色大变。他想了想，突然提出要见东南州公安局局长。

局长王智贤与黄伟文曾经一起开过会。黄伟文为什么突然提出这个请求呢？答应还是不答应，姚元平必须快速作出回应。

他点了一支烟，说：“不是你说要见谁就见谁。你先说说你要见局长的理由。”

“我有很重要的事，不能跟你们说。”

“黄伟文，我再提醒你一次，你现在是公安机关的犯罪嫌疑人，没有资格提条件。但是，如果你确实有重要情况，我们也可以向领导汇报，请你想清楚。”

黄伟文想了想，说：“我要交代。”

正在外地开会的局长王智贤接到姚元平的电话后，立即以最快的速度赶到了开里。

下午3点，王智贤走进了审讯室。他泰然自若地坐下，说：“我是东南州公安局局长。”说完，他平静地看着黄伟文。

黄伟文的头低得不能再低了，说：“两案是我作的。如果知道后边能发展得这么好，说什么也不干那么蠢的事。”

王智贤一点儿也没显露出什么特别的表情，只是冷冷地问：“你一个人能作成这案子？”

黄伟文犹豫了一会儿，说：“还有……”

他抬起头，目光一下子就落到了“坦白从宽”那几个大字上：“还有……潘运英。”他像是费了很大的力气才说出这个名字。

王智贤也不问他有关潘运英的情况，只是会意地点点头，仿佛早已掌握了这个信息。

专案组立即组织相关人员查找潘运英。

潘运英是运管所的司机，属于聘用人员。民警兵分两路，一路迅速赶到他的单位，一路迅速赶到他家。

潘运英打开家门，看到门口站着警察，低下了头。抓捕工作顺利完成。

根据黄伟文和潘运英的交代，结合现场物证，“开里两案”终于走出迷雾，示天下以真相。

二、走出迷雾

黄伟文和潘运英同在子弟学校读书，两人关系很好。

1988 年，潘运英因持刀抢劫被判刑，1995 年刑满释放。潘运英出狱时，是黄伟文去接的他。后来，他一直跟着黄伟文干。歌舞厅着火了，损失惨重，他又跟黄伟文一起包库房搞冷饮批发。两个人实在赔得不行就散伙了。1997 年，潘运英去浙江打工。

关于这一段经历，在黄伟文的记忆中十分苦涩。

他说：“那些年，简直是走了霉运，开个歌舞厅着了火，开个冷饮店还赶上那年气温创历年最低。自己的钱赔光了，借来的钱又还不上……”

黄伟文唉声叹气，连连摇头。

1998 年，潘运英没再去外地打工，跟黄伟文一起到处乱跑。眼看着生计没有着落，黄伟文决定铤而走险。他跟潘运英说要做一笔大生意。

“什么大生意？”

“抢银行或者珠宝店。”黄伟文的话，让潘运英吃了一惊。他知道黄伟文胆大敢干，但没想到他胆子有这么大。

于是，两个人整天围着银行和珠宝店转悠，但他们发现保安人员太多，不太容易成功。

不过，黄伟文没有轻易放弃，对潘运英说：“咱们得弄把枪。”

当天晚上，两个人吃夜宵时，发现马一昆在跟踪他们。

黄伟文说：“说干就干，先弄枪去。”

潘运英建议买一把枪，但是黄伟文说：“马一昆有枪。他整天别着把破枪到处转悠。”

潘运英有点儿担心，没吭声儿。

黄伟文说：“没事儿，他是一个人，咱们是两个人。再说他个子小，咱们好好练练。”

黄伟文上学的时候就跟马一昆打过架，马一昆根本打不过他，所以他很有自信。

黄伟文有一间空房子，一直当仓库用，两个人就在那里搞演练。他们从电影里学习动作，怎么站位、怎么配合、怎么分工，都演练得很细。此外，他们买了把刀，还买来了人体结构图对照练习。

黄伟文为了锻炼身体，曾买过一对哑铃，用着非常顺手，他决定使用这个工具作案。

马一昆每天回家都很晚。1998 年 10 月 17 日，天黑后，黄伟文和潘运英就到马一昆租住的电影院宿舍去埋伏了。他们看见马一昆房间的灯没亮，说明外出了。从二楼通往三楼的平台，房顶上有盏灯，黄伟文用力把灯绳拉断了。两个人决定躲在这里，等待时机动手。

夜里，马一昆上楼后，潘运英按照演练的动作，从后面勒住他的脖子，黄伟文用哑铃照着他的头狠狠地击打。由于潘运英和黄伟文配合默契，导致马一昆几乎没有还手之力。他们目的明确，仅用几分钟就将马一昆杀死，抢走了他的枪，其他东西没拿。至于马一昆脖子下面的手机，也仅是打斗中自然掉落的，不是刻意安放的。

两个人抢到了马一昆的枪及十一发子弹，藏在事先租的仓库里。作案后，他们把刀和哑铃扔进了河里。有了枪，黄伟文更加敢想敢干了，萌生了抢劫运钞车的念头。观察了几天，保安员值守严密，无懈可击，他觉得风险太大。于是，他还是觉得抢金店更容易一些。可是，经过观察，他又发现金店离派出所太近。

就在他们乱逛的时候，看到何健康从银行的办公楼里走了出来。

黄伟文对潘运英说认识这个人，并说："他人很好。"

黄伟文的妻子也在银行工作。前几年为了妻子工作的事情，他还两次上门找过何健康。他们仅扛了一袋花生，何健康也没嫌弃。

闲逛了几天，黄伟文作了一个惊人的决定——抢劫何健康。潘运英也觉得这比抢金店更容易得手。

他们跟踪了何健康一段时间，发现何健康家有两道防盗门，他家人都是一进门就顺手把门快速关上。如果夜深人静的时候去，动静太大，容易招惹邻居报警，于是他们决定中午去。

两个人买了一些菜作伪装，上楼后，把何健康家对面邻居家门上的猫眼抹上了牙膏。然后，两个人就蹲在何健康家门口等。

下午一点多的时候，何健康的女儿何淑娴开门上学。两个人听到声音后，站起来做好了准备。门一开，潘运英就扑上去，掐住何淑娴的脖子，推着她往里闯。由于一下没掐紧，她还是喊出声来："爸爸，爸爸！"

黄伟文持枪威逼何淑娴退回屋去。何健康家邻居听到他女儿的叫声，以为是他们两口子在打孩子，就给何家女主人的好友刘云打电话，让她来劝架。

刘云与何家住在同一个小区。她先往何家打电话，可是一直没人接。听到何家电话响，黄伟文把电话线扯断了。她放下电话，赶紧跑了过来。

潘运英把何淑娴押到茶几旁边，何健康和妻子孙小萌从卧室里跑了出来。

潘运英说自己是公安局的，指着何健康说："你干过什么事，你心里清楚。"

黄伟文用枪指着何健康夫妇，让他们坐在沙发上。

这时，刘云推门进来，一看这个情景，愣在了门口。孙小萌反应很快，对她说："没你的事儿，你快出去。"

刘云想要逃走，这时，潘运英已持刀冲了过来。刘云用手抵挡，手被扎出了血。情急之下，黄伟文开枪射击，她胸部中枪倒地。

黄伟文把门关上了。何健康想要反抗，孙小萌说："别跟他们打，都听他们的！"他被戴上手铐，并被威逼交出了钱财。

手铐是黄伟文买的。正如朱会磊分析的那样，何健康手腕上的轻微血印，是手铐压在手表上造成的。

这时，何健康又一次反抗，黄伟文迅速朝他开了一枪，何健康倒在地上。然后，黄伟文开了第二枪，击中了何健康的头部。女孩何淑娴被吓晕了。潘运英用刀杀死了女主人孙小萌。然后，他又用力扎了女孩何淑娴胸部几刀，看她还没有死，又扎了几刀。黄伟文看到何淑娴还没有闭眼，就丧心病狂地从潘运英手里夺过刀，狠狠地朝着女孩的心脏扎了几刀。

黄伟文把何健康手上的手铐打开，顺手把他的劳力士手表摘了下来，装进兜里。

然后，两人进入卧室，翻找得非常仔细。

据两人交代，只找到一盒子弹、二十枚纪念币，何健康的钱夹里有两千多块钱。

两人对于杀了这么多人才取得这点儿“收获”感到非常失望，但不得不赶快离开。他们把茅台酒打开了三四瓶，把煤气罐从厨房搬到客厅，割断胶皮管，然后把通着电的电饭锅移到了厨房门口。

直到这时，两人全程戴着手套。

就在摘掉一只手套准备离开的时候，黄伟文突然止步，怒气冲冲地返回何健康夫妇的卧室，用力把挡在衣柜前面的衣帽架拨开，结果用力过猛，衣帽架折断了，留下了左手四连指指纹。

行长家怎么会没有现金和黄金？黄伟文怎么也想不通。

何健康的衣柜里有一件新的衬衫，黄伟文换上了，把自己的衣服扔在了现场。

他们以为走后会发生煤气爆炸，没想到未能如愿。

离开现场后，两个人把枪和东西藏在仓库里，把当天穿的衣服烧掉了。潘运英两次作案穿的是同一双鞋，鞋上沾了血，于是黄伟文到商场花三百元钱给他买了双新鞋。

此后不久，潘运英到外地打工去了，黄伟文在本地的一家运输公司开车。

2007 年，黄伟文介绍潘运英到运管所开车。

2008 年，黄伟文去城建局给领导开车。他很勤快，头脑灵活，善于搞人际关系，很快得到了领导的信任。工作上的如鱼得水，让黄伟文产生了洗心革面、重新做人的想法。10 月份，他把枪拆解破坏，把弹夹、枪、子弹都扔进了水库。

2013 年，他获得了提拔重用，任拆迁办副主任。2015 年，他被任命为开里市城乡改造管理局副局长。

2016 年 6 月，黄伟文因涉嫌职务犯罪被纪检部门审查。

至此，“开里两案”真相大白。

他认罪后，他的女儿怎么也不能相信，那个疼爱自己的慈父竟然是杀人凶犯。是啊，谁也没有想到，当年何健康的女儿何淑娴只有十四岁，杀她的时候黄伟文一点儿也没有手软，何淑娴的胸部总共被扎了十六刀。

关鹤鸣对专案组取得的成果表示祝贺，同时要求，务必把案件办成精品案件。

然而，截至目前，此案侦办得并不完美，警方仅掌握了一枚黄伟文的指纹和两名犯罪嫌疑人的口供，证据链缺失严重。只有把枪找到，这个案件的侦办才堪称完美。

可眼前的困难是，黄伟文说把弹夹、枪、子弹都扔到水库里了，而此时正值旅游季节，如果把水库里的水抽干，可能会带来一定的经济损失。

此案务必办成铁案，让犯罪嫌疑人得到应有的惩罚，让真相完整地呈现在公众面前。同时，也向天下彰显公安机关攻破历史遗留案件的决心，让那些侥幸逃脱的犯罪嫌疑人对形势有个清楚的认识。

在关鹤鸣的积极协调下，东南州政府决定放干水进行清淤，以便翻找弹夹、枪、子弹，时限是三天。当地部队出动人员帮助进行查找，但一天下来没有任何发现。部队又搬来新型探测仪器，第二天上午终于将枪和子弹都找到了。

水库开闸放水，一切恢复如常。

关鹤鸣随即部署下一步工作：一要加强审讯力度，让犯罪嫌疑人彻底交代罪行，弄清赃物去向；二要对现场物证进行重新比对；三要再次搜查黄伟文、潘运英的住所，争取找到更多当年从何健康家带走的物品，进一步完善证据链。

罗牧青的新闻报道适时适度，一系列悬案的破获，在全国掀起了轩然大波。

那些“不可能完成的任务”，居然在几个月里出色地完成了。

各地公安刑侦队伍受到了空前的鼓舞，纷纷表示要再下决心，用现代的理念去挑战更多“不可能完成的任务”。

在技术层面，DNA 技术的拓展应用，为公安机关开启了一个新的侦查视角，其重要地位不容置疑。而指纹，则打了一个漂亮的翻身仗，它成功锁定了两起世纪悬案的犯罪嫌疑人。

三、真实的“乘风”

整整两个月里，罗牧青没有一刻停止过对程风的追忆。虽然工作上没有出任何差错，但她总是情绪不高，让人颇不放心。

朱会磊只要有空儿，就约罗牧青一起吃晚饭，带她散散步，防止她一个人的时候胡思乱想。

罗牧青总是很客气地回绝。她想一个人回忆与“乘风”去过的地方、吃过的东西、看过的风景。这世上从来没有过一个叫“程风”的人，但是“乘风”真实地来过。

突然而至的幸福甜蜜、毫无防备的失落痛苦，哪一个更让人刻骨铭心？

那个不知姓名的人，狠狠地爱过她，狠狠地伤着她。

她努力不让自己倒下去，支撑她的是对真相的期许。

她有时候会害怕，怕把“乘风”与她采访过的那些杀人犯放在一起。她在矛盾中挣扎，向上天祈祷他与他们不一样。

12 月中旬，湖州警方终于查清了“乘风”的真实身份。

朱会磊得知消息后，马上找到了罗牧青。他要当面告诉她，怕在电话里说，万一她支撑不住，身边又没有人。

罗牧青让他到家里去，她知道自己肯定会哭，以免在外面被人看到。

“乘风”的真实姓名叫“李海遥”，是吉林省雾松市松林县新张村人，是家里的独子。他三岁的时候，父亲在外地打工时遭遇交通事故死亡。他从小学习成绩优异，虽然家庭不幸，但是性格并不孤僻，深受老师和同学的喜欢。他考上了市重点中学，平时在学校住宿，寒暑假才回家。

1999 年 3 月 30 日下午，新张村村民宋彩凤说丈夫张德才已经三天没回家了，到处找不到人。于是，她带上娘家哥哥到李海遥家找人。

以前，宋彩凤就怀疑丈夫张德才跟李海遥的母亲有私情，还去李家大闹过一场，并动手打了李海遥的母亲出气。

门上装的是暗锁，里面也没有动静。左邻右舍听到砸门和叫骂声，纷纷跑出来看热闹。

宋彩凤想要撬锁，被邻居拦住了。她怒气冲冲地打电话给派出所报警，说有人看到张德才进了李家的门。

民警拍门也没人应答，打电话也没人接，最后缠不过宋彩凤，只好找人开锁。进到屋里，只见李海遥的母亲躺在床上割腕死亡。

民警立即把人都劝离现场，但是现场已被严重破坏。

刑警队的民警和法医赶到之后，发现李海遥的母亲符合自杀特征。

院子里有一片新土，挖开后找到了张德才的尸体。

而张德才的死因，是钝器导致的颅脑损伤，推测致伤工具是锄头，死亡时间推测是 3 月 28 日。从成伤机制上判断，应该是身高比死者略高的男性所为。

果然，在院子的墙角找到了一把清洗得十分干净的锄头，民警从上面没有发现指纹。屋里像做过了一次大扫除，到处干干净净、整整齐齐。

院子被清扫过，但能看出有拖拽尸体的痕迹，符合一个人拖拽尸体所形成的痕迹。

警察找到了李海遥母亲的遗书：“儿子，妈做了错事，对不起你。要照顾好自己。户口本、存折和钱都在妈跟你说过的地方。妈给你丢人了，考上大学就不要回来了。”

调查走访进行了三天后，有一个村民说，好像在案发前看见过李海遥，具体哪天记不清了。

过了两天，警察把他叫去再问，他说没看清，有点儿像，具体是哪一天想不起来了，好像是星期日。

警方到学校调查李海遥近期是否回过家，老师和同学都说他没有请过假，但是星期日有没有回过家就不知道了。同宿舍的多名同学证实，李海遥每天晚上都在学校就寝。他自称在校园里学习，但没有目击证人。这也是正常的，很多学生都会找个安静没人的地方温习功课，毕竟高考在即。

李海遥回到家里，痛哭了一场。由于涉及刑事案件，尸体还不能立即安葬。他的爷爷、大伯等人劝他先回学校，家里的事由他们处理。后来，他们也没再过问李海遥母亲尸体的事，最后就这样不了了之了。

警方怀疑李海遥有作案嫌疑，因为他的身高比较吻合。但由于缺乏其他证据，再加上品学兼优的李海遥正在准备高考，学校方面也不愿意配合调查，警方只好作罢。

这个案子疑点很多，首先是李海遥母亲的杀人动机不明，其次是她清洗地面、门板、桌椅、锄头的行为很可疑。

而宋彩凤一口咬定李海遥的母亲就是杀人凶手，于是在民间这个案子就算有了结论。

从此以后，李海遥再没回过家。

这些年来，他偶尔听大伯以及堂兄弟们说，警察还没有放弃，隔上一段时间就会有人到村里去调查。

朱会磊把整件事情说完，看到罗牧青面无表情地坐在对面。

“听明白了吧？”朱会磊问。

“嗯。”罗牧青点了一下头。

朱会磊看她发呆的样子，心里很不是滋味儿。他喝了口矿泉水，接着说：“李海遥大学毕业后，先在一家知名企业做工艺设计师，而后自立门户，成了独立创作人。他给自己起了‘乘风’这个网名，联系业务和发表作品时都用这个名字，所以大家都叫他‘乘风’。一次去乡间采风的时候，他看到一名农妇和她生病的儿子孟渊，于是花钱使用她家的户口簿办了身份证，冒用了孟渊的身份。这样，‘李海遥’这个名字就离他越来越远了。后来，他遇到了你。后边的事，你比我清楚。”

罗牧青完全明白了。

他逃过了警方的追捕，却没有逃过她。如果她没有参加到疑难命案积案攻坚行动中，如果她没有把每次的破案消息都拿给他看，那么他可能还活在自己虚构的身份里。如果他不是真的深爱她，不是感到在她面前无地自容，那么他就不会选择重生。

他在用生命爱她，用尽所有的力气。虽然他该为自己的行为负责，但事实上，案发时十七岁的他，很有可能免于死刑。他没再选择苟且，没再选择虚伪，没再选择逃避。

爱能让人得到生的力量，也能让人获得死的勇气。如果有来生，李海遥要干干净净地与她相遇、相守。

她想象着在最后的日子里，李海遥是多么纠结、多么痛苦，用怎样的心情去关心她的喜怒，诚心诚意地帮她分担工作与生活中的小烦恼。

得到了爱情，却失去了生命。这世上最难画的就是圆。

罗牧青的眼泪簌簌地落了下来。他们用六个月的时间，缔造了人生中最刻骨铭心的关乎生死的爱情。

罗牧青觉得自己太过愚钝和自私，只顾着享受李海遥给予的爱和关心。如果早一些遇见，早一点儿相知，早一天领悟，或许可以同他一起去面对，不会让他孤单地离去。

朱会磊觉得自己没法儿劝她，只能一张一张地给她递纸巾，帮她弄个热毛巾。

“最后一个月，他都去哪儿了？”罗牧青哽咽着问。

“听说去了不少地方，把约定好的片子都拍摄制作好后，发给了签约公司，要求公司把当期的报酬打入了一个叫‘杨春丽’的账户。经过调查发现，他一直在资助杨春丽的两个孩子上小学，每年汇一万块钱，分两次，现在是第三年。”

生命的最后时光，李海遥还为她制作了一张唯美绝伦的世界风光片。

想到这里，罗牧青的眼泪又汹涌起来。

朱会磊心里产生了一种莫名的酸楚，嘴里恨恨地说：“真不知道你遇上的是个什么人。你别以为他是为你死的，他是害怕面对法律的制裁。”

说完，他愤怒地离开了罗牧青家，把门砰的一声带上了。

两个人从遇见到分离，可能时间很短，却如经历了万年的深情。

也许，他就是你心里缺少的那块拼图。只有他，才刚好可以填补内心的空白。

第十五章　未完待续

一、“灯下黑”

眼看着到了年底，各项工作蜂拥而至。而九起疑难案件还有三起没有取得突破，三个专案组的成员都急得团团转。

江南省安平县的小石灰厂八人被杀案现场提取的大批检材，最终还是没有做出有指向性的 DNA 数据。

但是，案件的侦破工作必须要向前推进。否则，民警们刚刚热起来的心又会凉下去。

无奈之下，关鹤鸣决定召集足迹专家，对案件现场提取的十九枚清晰血足迹，再进行一次深入研究。

12 月 19 日，关鹤鸣要求江南省公安厅刑侦总队迅速组成足迹侦查组，组长由江南痕检专家孟春平担任，漠北的包呼查、山东的蒋澎湃任副组长，同时邀请全国二十名足迹鉴定技术人员参加进来，对案发后陆续提取的五千多枚足迹进行重新比对。

经过四天加班加点地工作，五千多枚足迹全部鉴定完毕，无一比中。

12 月 24 日，得知这一结果，关鹤鸣把电话直接打给了孟春平：

“据我所知，案发后的这些年里，一共组织过两次大规模的足迹采集行动：一次是在2006年1月至3月，一次是在2007年4月至6月。要发通知给所有参战民警，看有没有人因为各种原因，把足迹存在自己手里了。现在拿出来，不追究任何人的责任。”

孟春平说：“好，我们马上发通知，要求采集民警和技术人员翻箱倒柜地查找清楚。”

有如神算一般。12月26日，孟春平从汇总来的五十多份补报足迹里，发现了一枚可疑足迹。

这枚足迹，采集于2007年4月6日，不知道什么原因，一直在城关派出所的档案室里存放着。这次有人翻当年的档案，才发现了这个装有二十多枚足迹样本的信封。

孟春平把图片发给了包呼查和蒋澎湃。他们也倾向于比中，但进一步结论，还要看到原图才可以。

收到这个消息，关鹤鸣立即调集包呼查和蒋澎湃两位专家赶到了安平。

关鹤鸣自己则带着九案侦办组同时出发。

嫌疑对象叫齐士贵。经过倒查，在吴楠的手机通讯录里有他的名字，并且从2005年1月至7月，两人通话二十三次。但是，和胡永发没有通话记录。他和石灰厂有生意往来，通话记录说明他与石灰厂的交易主要是通过吴楠进行的。案发在同年12月27日，为什么从7月开始就不通话了呢？

赵长征把齐士贵的照片给胡永发的儿子胡辉辨认。

胡辉一下子就认出了他，说：“这人常到石灰厂去，跟吴楠很熟。有一次带着吴小海到他家里跟他儿子玩，送回来的时候正好我在石灰厂。”

2006年2月，齐士贵也被警察叫去采集过足迹，在案件侦办档案中可以查到。6月，他家搬离了永乐镇，并且跟永乐镇的任何人都不来往。他的性情也发生了很大的改变，变得沉默寡言，不愿与人争斗。

经孟春平、包呼查、蒋澎湃比对，齐士贵于 2006 年 2 月的足迹与现场足迹并不吻合。

三位专家一致认为，这个足迹反映出来的是齐士贵当天穿了双不合适的鞋，鞋码比平常大。

2007 年采集时，民警准备了与案发现场足迹一样的各种号码的样鞋。而齐士贵这一次的足迹，不知什么原因没有提交上去，而是留在了派出所。这一次的足迹与现场足迹具有惊人的相似点。

民警找到了齐士贵于 2006 年 2 月和 2007 年 4 月足迹采集时登记的信息。

2006 年的表格，只填写了姓名，其余都是空白。

2007 年的表格，填写的年龄为四十一岁，鞋号为四十二码。这明显与实际不符。当时，齐士贵是三十八岁，鞋号为四十码。

三位专家把可疑足迹和现场足迹进行了认真比对，12 月 27 日，最终认定为同一足迹。

基于足迹鉴定的结论，关鹤鸣决定秘密提取齐士贵自然走路时的足迹，同时对他与石灰厂的关系展开调查。

12 月 28 日，安平县公安局副局长赵长征派民警把齐士贵带来，告诉他到公安局拿一份安全生产告知书。

上午 10 点，齐士贵跟着民警走进了公安局大院。他东张西望，手摸摸这儿，挠挠那儿，感觉浑身不自在。他走路略有些晃，左腿明显比右腿落地重一些。

办公楼门口的地上，撒好了薄薄的一层白灰。齐士贵像是察觉到了什么，走路跛得更加厉害了。这与现场足迹吻合，左脚重，右脚略轻。现场的圆形印记，可能是他手里的杉木棒拄在地上留下的。

齐士贵往二楼走的时候，明显很不情愿。民警把准备好的告知书给他，签完字就让他回去了。

从公安局出来，齐士贵没有回家，而是到保险公司买了一份保额为五十万元的人身意外保险，在电话里对妻子说："完了，完了，要出大事了。"

经过调查发现，齐士贵家经营着一个小卖部，紧挨着吴楠父母家。经吴楠介绍，齐士贵常年为新星石灰厂提供石料。

然而，就是这样一个十分重要的人物，在当年的多次排查中，是怎样漏掉的呢？

原来，齐士贵是一名爆破工，常有机会跟公安机关打交道。在大家眼里，他话很少，比较憨厚老实。2005 年，他积极参加公安机关主导的群众巡逻队，成了维护治安的志愿者。

2007 年 4 月，采集足迹时，他和其他志愿者一起负责登记工作。就是这样一个熟人，巧妙地利用这层身份躲过了一次次排查，造成了公安机关的"灯下黑"。

案发十年了，嫌疑人随年龄的增长，足迹会发生一定的变化。因此，足迹专家在鉴定时更加慎重。

经过一天的研究，专家最终认定：嫌疑人齐士贵的足迹，与 2007 年采集的足迹、案发现场提取的足迹相似度达到了同一认定标准。

根据齐士贵的一系列反常表现，为防止发生意外，正面接触刻不容缓。

就在真相渐渐浮出水面的时候，河北省保定市发生了一起特大持枪杀人案件。关鹤鸣必须立即前往，组织民警抓捕犯罪嫌疑人。

关鹤鸣和邱实一起赶往河北，朱会磊和罗牧青留在了安平。

"这个人的心理素质很好，必须订定严密的审讯计划。"临走时，关鹤鸣不放心，再三嘱咐。

12 月 29 日下午，齐士贵被带到公安局接受讯问。

这一次，他走进公安局的时候十分从容，不像上一次那样手足无措、慌张惊恐。显然，他已经做好了心理准备。

面对这个长期从事爆破工作、杀人后隐匿于当地长达十年的犯罪嫌疑人，赵长征感到了前所未有的压力。

客观地说，赵长征的准备不够充分，对齐士贵的经历了解得并不透彻，手头的物证也仅仅是足迹。

而齐士贵经历了长达十年的心理准备。12 月 28 日到公安局采集足迹的时候，他的心理防线就已经构建起来了。

赵长征与齐士贵曾有过一些工作上的接触，但赵长征对他肯定不了解，而他对赵长征肯定不陌生。这种有限熟悉的关系，便于齐士贵察言观色，减弱了赵长征的威慑力。

另外，由于齐士贵长期配合公安工作，有可能从侧面掌握了一些公安机关对此案的调查情况。或者说，他可能知道公安机关手里的物证不足，所以有恃无恐。

赵长征开门见山："你是自己说，还是我们替你说？"

面对质问，齐士贵一言不发，一副无所谓的样子。

"2005 年 12 月 27 日晚上，你干什么了？"

"吃饭，睡觉。"齐士贵懒洋洋地说。

赵长征镇定自若地说："好，你先摁个指纹。一会儿有人给你采血，做个 DNA 鉴定。"

说完，他出了审讯室。以他多年的经验看，这个人他审不动。

一看见朱会磊，他就说："这么审不行。他肯定对这个案子的进展情况有了解。咱们手里就有足迹，这肯定不能说，一说出来他心里就更有底了。怎么办？"

朱会磊立即打电话向关鹤鸣汇报。

关鹤鸣指示：安排测谎专家接触齐士贵。

二、心理角逐

测谎，并非只靠仪器。

能否准确掌控局面，形成可靠的结论，依靠的是测谎专家对案件及犯罪嫌疑人心理的把握。

时间紧迫，绝不能给齐士贵太多的时间喘息。

省里最好的测谎专家叫吕欣，四十多岁，沉稳老练，战斗力强。但由于时间关系，他没有十足的把握，需要有熟悉案情的人协助。

朱会磊显然是最好的人选。他既熟悉案情，又了解一些犯罪嫌疑人的情况，并且对齐士贵来说，他是个陌生人。

经过一夜的准备和演练，12 月 30 日早上 8 点，吕欣和朱会磊坐在了齐士贵对面。

对付心理素质极好的人，必须严格掌握好“火候”。

面对两个完全陌生的警察和从未接触过的测谎仪，齐士贵的情绪有些紧张，但是很快就平静了下来。

“2005 年 12 月 27 日，你在哪里？”朱会磊虽然年轻，但是参加过很多特大案件的侦破工作，又在法医和 DNA 领域颇有成就，所以他整个人精力充沛，气场很足。

齐士贵眼眉低垂，慢吞吞地说：“不记得了。”

“你妻子沈莲红说，你去马路对面的小卖部睡觉了，但是 28 日早上，她带着孩子去找你，你没在小卖部。你去哪儿了？”

齐士贵默不作声。

从仪器上看，这个问题对他有所触动，但很快就恢复了常态。

吕欣和朱会磊对视了一下，达成了默契。

“你和吴楠认识吗？”朱会磊问。

“认识。”

“你们之间来往多吗？”

“跟他做生意。他负责石灰厂的石头收购，我给他送货。”

“你认识吴楠的儿子吴小海吗？他被杀的那年才八岁。当时你的小儿子也是八岁。两个孩子放假的时候常在一起玩。”朱会磊加快了语速，提高了声音，说出的每个字都像小鼓一样，一下下捶在齐士贵的心上。

这个问题，简直点到了齐士贵的死穴。他的反应十分强烈，呼吸开始加速，脉搏跳动加快，张了半天嘴，想说什么，但没说出一个字来。他的眼睛眨得很快，舌头舔着嘴唇。

朱会磊高大而威严，神态自若地走到齐士贵的身边，把吴小海的照片递给他：“你拿好，仔细看清。我不知道你有什么话要对他说，但我知道，他一定有话对你说！”

电波显示，齐士贵慌了。

这出乎吕欣和朱会磊的预料，他们以为齐士贵能扛过三个问题。

齐士贵不愿意伸手去接照片，沉重地低着头。

“我那天喝醉了！”他的脖筋暴起，脸憋得通红，突然瞪着朱会磊，大声地喊出了这句话。

这个时候，一定要挑最重要的事情问，问那些与固定犯罪证据相关的问题。

“你对他做了什么？”

“他跪在地上求我。我当时犹豫了，可是后来我不放心，拿菜刀抹他们脖子的时候，把小海也给砍死了。”说完，他捂着脸放声痛哭起来。

原来，不管看起来多么强悍的人，在正义面前，都会败下阵来。

吕欣和朱会磊的审讯计划十分“对症”，齐士贵整个人完全崩溃了。

朱会磊回到座位上，突然想到了李海遥。

或许他也是一样，十七年来，他的每一根神经都是绷紧的。一旦触碰，就会造成整个机体的崩塌。而罗牧青，正是那根压倒他的稻草。

“继续。”吕欣轻拍了一下他，在旁边低声提醒道。

朱会磊马上意识到自己刚才走神了，暗骂了一句。

也正好，齐士贵的哭声渐渐小了下来。

“从头说起，抓住赎罪的机会，对这些人有个交代。”朱会磊说。

齐士贵平静下来，双手互相搓弄着。过了一会儿，他的表情与刚才判若两人。

“我知道你们想要什么。这些年我看电视，只看中央十二频道的法治节目。你们有本事就打死我，我什么也不想说。”

朱会磊没想到他的变化这么突然。

他耍起了无赖，以为自己很聪明。他是想在公安机关查明一切之前死在公安局，以一个无罪者的身份死在这里。

“那巧了，我也经常看。你一定听说过零口供吧？一定听说过缺席审判吧？这么多年了，我们没有新证据是不可能找到你的，你不要自以为是。我不多说，你自己想。”朱会磊隐约觉得是自己错失了战机，刚才不该给他任何喘息的机会。

“你担心自己的事说出去，会让妻儿抬不起头，我们理解。但如果你继续隐瞒事实，我们可能会搜查你家，传唤你的家人，到时候动静小不了。”

早上九点多，齐士贵在挣扎与纠结之后开始交代。

正如关鹤鸣带领专案组推测的那样，最先被杀的是吴楠，使用的是类似于西瓜刀的工具刀，削雷管引线用的，又软又薄。

刀藏在家里的废旧农用车上。后来，车卖掉了，刀不知去向。

他当天共抢劫到现金五千多元，其中有一千元是带血的百元币。他把钱拿回家里后，装在一个纸篓里，藏在床下面，纸篓上边塞了好多废报纸。有一天，钱被家里养的兔子扒了出来。他觉得很害怕，就陆陆续续地花掉了。

此外，他还交代了一个非常重要的信息，就是他在逃离现场后，把满身是血的外衣外裤都烧掉了，地点在距石灰厂一百多米的道边。

当时现勘人员的确看到了灰烬，还从灰烬中提取了一个皮带扣。因为觉得距现场有点儿远，所以这个信息一直没被充分重视。

夜里，齐士贵回到小卖部后，换了衣服，把换下来的线衣线裤都装在一个蛇皮袋子里，跑到河边，往袋子里装了两块大石头，封好口，沉到了河里。

坐在监视器旁的赵长征和罗牧青，紧握的拳头慢慢放松开来。

齐士贵交代得并不彻底，有时候含含糊糊，有时候又自相矛盾。就在将要交代具体作案经过时，他提出要上厕所。

民警带他走到卫生间门口，让他进去。过了一会儿，还不见他出来，进去找他，发现他企图跳窗逃跑。

他还是没有停止抵抗。

“别再问了。这么多年，我差不多每天都在演练怎么对付你们。我想过激怒你们，让你们把我弄死，可你们不动手。现在说的哪句是真的，哪句是假的，我自己也不知道。我编的版本实在太多了，可能有些事是假的，但我自己都信了。”他无奈地说着，“太憋屈了，早就不想活了。”

“可是，你一直活着。他们想活，你却一个也没放过。”朱会磊继续刺激他，“你跟吴楠和胡永发之间到底有什么深仇大恨？”

“我那天喝完酒，就去石灰厂要钱。吴楠说石灰厂要卖了，又是年底，我想赶紧把欠我的石头钱要回来。到石灰厂的时候，吴楠不在，胡永发说不欠我钱。吴楠回来后，拉我到他屋里，吃了点儿剩饭。我跟他要，他说慢慢讲。后来我很生气，就在外面借着酒劲儿杀了吴楠。我怕事情败露，又跑回了石灰厂。”

被害人里有个叫齐士飞的，他的伤与别人都不一样。他身上的伤最少，而且头部被一件衣服盖住了。据调查，他是齐士贵的堂兄。

“你跟齐士飞是什么关系？”

“他是我堂兄。”

“你连堂兄都不放过？”

“他拿手电筒砸我。”现场确实提取到了两个手电筒。这个信息非常重要，只要从手电筒上提取到齐士贵的 DNA，就为本案的证据链添加了重要砝码。

“砸着你哪儿了？”

“头上。我用手挡了一下，还是砸着了。”

下午，专案组带着齐士贵去指认抛弃衣物的地点。

赵长征说，孩子们都喜欢在这条小河里玩，他小时候也常来这里。

他们走到河水最深的地方，齐士贵说就丢在这里。

专案组找了些打鱼的人来。半个小时后，果然捞上来一个蛇皮袋子，里面确实有砖头和衣物碎片。只有一片片红色线衣能看出来，其余都已泡烂。

带着齐士贵指认现场的时候，朱会磊把审讯的情况向邱实和关鹤鸣作了汇报。

这起案件提取的物品，都放在公安部物证鉴定中心。关鹤鸣让朱会磊赶紧联系鉴定中心，把手电筒再检验一遍。

“没有砸破头，但是碰到头了，哪儿最可能有脱落细胞?”他满脑子都是手电筒。

直到罗牧青跟着指认现场的人员回来，他还坐在公安局的会议室里，皱着眉头琢磨这个事儿。

“你说，哪儿最有可能?”他问罗牧青。

她觉得这么多年过去了，那个手电筒掏出来放回去检了好多回了，就算有脱落细胞也早给抖搂掉了。

“我不懂，不敢乱说话。”她说。

他白了她一眼：“又没让你做试验，合理想象会不会?”

说着，朱会磊拿起笔记本，卷成圆柱状，模拟手电筒，站起来半蹲着身子。

他将模拟手电筒递给她，说：“向我头上砸。”

她接过来，抬在半空又停下，问：“使劲还是不使劲?”

“哎呀，你哪儿那么多话，赶紧砸就行了。”

话音未落，罗牧青猛地用力砸向他的头。他吓了一跳，下意识地连忙用手挡，眼睛却盯着纸卷看。

看准位置后，他有种恍然大悟的感觉，马上给物证鉴定中心的陈晶打电话，说：“把手电筒头部的接口拧开，在接缝的地方擦拭，这是一个位置；另外，把手电筒开关的凹槽缝也擦拭一下试试。”

于是，陈晶便加班加点做试验。遗憾的是，没有做出可用于认定的 DNA 数据。

三、结束也是开始

到 2016 年年底，公安部组织的疑难命案积案攻坚行动的九起目标案件中，有七起取得了重大突破。

另外两起案件，并没有停止侦办。

正如关鹤鸣在行动开始时说的那样："只要拿起来，就不会放下。只要案子不破，就没有终止期。"

由于朱会磊的优异表现，关鹤鸣有意把他调到了公安部物证鉴定中心工作。

朱会磊说，他会"认真考虑"。

他约罗牧青吃了顿晚饭，轻描淡写地说："明天我就回去了。"

罗牧青很随意地问："关局不是建议你留在北京吗？"

"你呢？你愿意我留下吗？"朱会磊真的想问这一句，但他问不出口。

他知道，罗牧青还没有走出李海遥的影子。

"我先回去吧。基层案子多，历练的机会也多。我更喜欢在基层。"他偷偷地看着她的表情。哪怕她只是皱一下眉，只有一个惋惜的表情，他都会留下，但他没有捕捉到。

人海茫茫，不是每一次相遇都能产生奇迹。两个人跨越千山万水相遇，也可能不是为了爱情。朱会磊想到这里，遗憾地笑了笑。

"明天几点的车？我去送你。"罗牧青说。

"不用了，谁都别去，最怕这种场面。"朱会磊调侃地笑着，眼睛里含着泪花。

把罗牧青送到她家楼下，朱会磊说："新的一年开始了，祝你快乐！"

“你也是!”罗牧青真诚地说。对于朱会磊，她充满了感激。

目送她走进楼门后，朱会磊买了第二天下午 3 点的高铁票。

2017 年 1 月 5 日上午，他去公安部刑侦局向关鹤鸣和邱实辞行。

关鹤鸣说：“不管什么时候，只要想来，就告诉我。”

朱会磊道：“关局，谢谢您！我会永远记住跟您一起战斗的日子。”

邱实执意要送他，朱会磊坚决不让。

两个人一起吃了午饭。

邱实说：“这次行动，部领导很满意，决定给我们九案侦办组成员请功。关局帮你、我和罗牧青都请了功，他自己什么也不要。”

朱会磊竖着大拇指说：“关局……”

他哽咽着，说不下去了。

聊着这一路的辛酸与收获，两个人不由得泪眼蒙眬。

在三十年的警察生涯中，关鹤鸣破过的大案要案数不胜数，但相对于他所付出的艰辛与努力，他得到的奖章却很少很少。

在关鹤鸣的理念中，破案就是警察的天职，无须褒奖。

在侦办案件的过程中，他见过太多的悲欢离合、潮起潮落、昼夜明暗，所以活得简单而通透。

下午两点半，朱会磊来到高铁站候车室，低头刷着朋友圈，心里想着罗牧青。

要不要再给她发一条信息？

还是算了吧。

他在心里自问自答。

两点 45 分，进站闸机开了。

朱会磊站起身，突然看到一个熟悉的身影——罗牧青。

他三步并作两步地走过去，兴奋地拍了一下她的肩膀说：“你怎么在这儿？也是这趟车吗？”

罗牧青淡淡地笑着说：“不是，我去湖州小南庄。”

她曾对李海遥说过：“最爱的是你最爱的地方。”过去，那是愿望。现在，这是承诺。小南庄是李海遥的归处，那里有他最后的温存。

爱是接纳，是懂得。

在相爱的人眼里，他不是最好，而是恰好。

爱情可以永恒在时间的无涯里，即使永不相见，浓情也不会冲淡。

罗牧青看着朱会磊进了站，朝他的方向挥了挥手。她给他的只能是祝福。

他想回头，但没有。

因为他哭了，他哭的样子不会太帅。

在小南庄的紫藤树下，罗牧青把李海遥的诀别信拍成照片，发给了关鹤鸣：“关局，这是他的意愿，此案可以结了。”

收到信息，关鹤鸣略加思索，回复：“心安是归处。保重。”

人的一生中，不知要经历几次开场和落幕。每次开场都应懂得珍惜，因为落幕的时候，可能来不及好好地告别。

结束，意味着新的开始。

自 2017 年起，全国各省、市、区公安机关都开始了轰轰烈烈的命案积案攻坚行动，破获了一大批积压多年的重案。

2020 年 6 月，海阳“9·30”案件告破。2019 年，随着检验设备的升级和微量 DNA 检验技术的提升，“9·30”案件迎来了曙光。技术人员从所剩不多的检材中成功做出了 DNA 细分数据，大大提升了比中概率。根据九案侦办组划定的范围，辽阜省公安厅和海阳市公安局强力推进，精准布控，终于将犯罪嫌疑人绳之以法，九案中的第八起得以成功侦破。

正如九案侦办组分析的那样，该案中的一名犯罪嫌疑人作案时不到四十岁，有盗窃前科。案发当天，他们持自制枪支和炸药，趁被害人张一静带孩子回家开门之际闯了进去，实施了抢劫。由于准备并不充分，导致案件升级，嫌疑人难以把控局面，最终杀人灭口。

而九案中最后一起案件的真相，也必将在中国刑警布下的天罗地网中，大白于天下。

因为，让逝者安息，给生者慰藉；对人民负责，对公安事业负责，这是中国刑警最朴素的初心和最坚定的信念。